MIRANDA LEE

LA AMANTE DEL MILLONARIO

POR DESPECHO

EL OTRO

Editado por Harlequin Ibérica.
Una división de HarperCollins Ibérica, S.A.
Núñez de Balboa, 56
28001 Madrid

© 2017 Harlequin Ibérica, una división de HarperCollins Ibérica, S.A.
N.º 6 - 8.11.17

© 1998 Miranda Lee
La amante del millonario
Título original: The Millionaire's Mistress

© 1998 Miranda Lee
Por despecho
Título original: The Boss's Baby

© 1999 Miranda Lee
El otro
Título original: The Virgin Bride
Publicadas originalmente por Mills & Boon®, Ltd., Londres
Estos títulos fueron publicados originalmente en español en 1999

Todos los derechos están reservados incluidos los de reproducción, total o parcial. Esta edición ha sido publicada con autorización de Harlequin Books S.A.
Esta es una obra de ficción. Nombres, caracteres, lugares, y situaciones son producto de la imaginación del autor o son utilizados ficticiamente, y cualquier parecido con personas, vivas o muertas, establecimientos de negocios (comerciales), hechos o situaciones son pura coincidencia.
® Harlequin, HQN y logotipo Harlequin son marcas registradas por Harlequin Enterprises Limited.
® y ™ son marcas registradas por Harlequin Enterprises Limited y sus filiales, utilizadas con licencia. Las marcas que lleven ® están registradas en la Oficina Española de Patentes y Marcas y en otros países.
Imagen de cubierta utilizada con permiso de Fotolia.

I.S.B.N.: 978-84-687-9992-6
Depósito legal: M-24327-2017

ÍNDICE

La amante del millonario 7

Por despecho. 155

El otro 303

LA AMANTE DEL MILLONARIO

MIRANDA LEE

Capítulo 1

Aquel hombre la observaba desde lejos... disgustado consigo mismo por hacerlo.

Ella estaba retozando en la piscina con un grupo de jóvenes admiradores, flirteando escandalosamente con ellos.

Por más que se esforzaba, no podía apartar los ojos de ella; su mirada estaba cautivada por su largo cabello rubio, sus brillantes ojos azules, su boca sensual que no dejaba de reír.

Aquella risa murió en sus labios cuando uno de los jóvenes la hundió en el agua, jugando. Volvió a emerger respirando con dificultad, esforzándose por apartarse el cabello de la cara. Y dando la espalda a sus admiradores, nadó hasta la escalerilla y empezó a salir de la piscina, con el agua chorreando a lo largo de su cuerpo... su perfectamente proporcionado, maravilloso cuerpo.

Una vez fuera, se sacudió la melena y se la escurrió retorciéndosela como si fuera una toalla, inclinándose hacia delante mientras lo hacía, con los senos casi escapando de su diminuto biquini.

Él maldijo en silencio mientras sentía la reacción de su propio cuerpo. Ella era todo lo que deseaba... y despreciaba a la vez. Una chica terriblemente frívola y hermosa, con un cuerpo de locura y un alma indudablemente egoísta y corrompida.

No sabía su nombre. Tampoco tenía ninguna necesidad. Quizá se llamaría Tiffany, o Felicity, quizá Jacqueline. Tal vez incluso fuera otra Stephany.

Su nombre no importaba. Ella no importaba. Lo que sí importaba era que él todavía no era inmune a las de su clase. ¿Acaso nunca aprendería la lección?

Suspirando, se dijo que no debería haber ido allí. Aquel tipo de diversiones no era para él; se le había pasado la edad. Ahora quería más... y no lo encontraría en aquel lugar.

Dejando su copa sobre una mesa cercana, se apartó de la ventana y fue en busca de su anfitrión.

–¡Pero si todavía es muy pronto! –exclamó Felix cuando su apreciado invitado se dispuso a despedirse.

–Lo siento, pero es que he tenido una semana muy dura.

–Trabajas demasiado en ese banco tuyo...

–Desde luego.

–Deberías aprender a relajarte, Marcus –le aconsejó–. ¿Por qué no te quedas un poco más? Anda, sírvete otra copa y te presentaré a la chica Montgomery.

–¿La chica Montgomery?

–Justine Montgomery. Vi cómo la observabas hace un momento. Y no es que te culpe por ello; es un verdadero bombón... dispuesto a que cualquiera se lo coma en cualquier momento...

Justine; sí, ese nombre le iba bien. Era esnob, como su propietaria. Marcus sonrió, cínico; definitivamente no albergaba ilusión alguna sobre las chicas como ella. Ya se había encontrado con demasiadas durante los diez últimos años de su vida. Incluso se había casado con una.

Un leve estremecimiento sacudió su memoria.

–No lo creo, Felix. Es mejor admirar desde lejos a las chicas como la señorita Montgomery.

–No dejes que tu matrimonio con Stephany te amargue. No todas las mujeres son tan volubles y desleales como ella.

–Menos mal. Aunque yo no llegaría a catalogar a la señorita

Montgomery como una mujer hecha y derecha. No parece tener ni veintiún años.

–Eso es porque no los tiene. ¿Pero qué tiene de malo que sea tan joven? Stephany solo tenía veintiún años cuando se casó contigo, ¿no?

–Exactamente –fue su seca respuesta.

–No tienes por qué casarte con esa chica, ¿sabes?

–Oh, sí, claro que lo sé. Lo sé demasiado bien.

–No es eso lo que quería decir. Y no juzgo a la hija por el padre. Puede que Grayson sea un tipo amoral, pero Justine es una chica muy dulce.

–Demasiado dulce para mí, me temo –la risa de Marcus era dura y fría–. En todo caso, si vuelvo a encontrarme con la señorita Montgomery, recordaré tu consejo. Bueno, debo irme. Mañana a primera hora tengo una reunión.

Justine aparcó su deportivo plateado en el garaje doble, y descubrió extrañada que el lugar del coche de su padre estaba vacío. ¿Dónde diablos podría estar un domingo a medianoche?, se preguntó frunciendo el ceño.

Si hubiera sido la noche del sábado, habría sido diferente. Generalmente los sábados jugaba al póquer con sus amigos hasta altas horas de la madrugada, pero las tardes de domingo se las reservaba a su mujer. Todavía con el ceño fruncido, subió las escaleras hasta el primer piso de la casa, donde se encontraban los dormitorios. Al ver una rendija de luz bajo la puerta del de su madre, se detuvo y llamó suavemente.

–¿Mamá? ¿Estás despierta?

–Sí, querida. Entra.

Adelaide Montgomery estaba sentada en la cama, apoyada contra una montaña de almohadones, con una novela en una mano y un bombón mordisqueado en la otra. A sus cincuenta y siete años, la madre de Justine seguía siendo una mujer muy atractiva. Pero su antaño esbelta figura había desaparecido, y siempre se quejaba de su exceso de peso.

—¡Mamá! —le reprochó Justine al ver la gran caja de bombones a un lado de la cama—. Se suponía que esta semana debías empezar la dieta.

—Y lo voy a hacer, querida. Mañana.

—¿Papá todavía no ha llegado? —inquirió Justine, sentándose en la enorme cama con dosel de sus padres.

—No, y cuando vuelva, vamos a tener unas palabras. Cuando llamó para decirme que no cenaría en casa, podría haberme avisado de que estaría fuera hasta tan tarde... de todas formas, yo no soy del tipo de mujeres que se angustian y preocupan por todo...

Justine pensó que tenía razón. Su madre nunca se preocupaba por nada porque nunca se responsabilizaba de nada. Grayson Montgomery era el cabeza de familia en todos los sentidos. Llevaba la casa, contrataba y expulsaba a la plantilla, tomaba todas las decisiones y pagaba las facturas. Ni la madre ni la hija sabían mucho acerca de sus negocios, aparte de que administraba una gran gestoría y de que trabajaba muchas horas al día.

Hombre atractivo y carismático, Grayson siempre había mimado demasiado a su esposa y a su hija en las cosas materiales porque, a decir verdad, no pasaba mucho tiempo con ninguna de ellas.

A veces, Justine se preguntaba qué tipo de relación habría tenido con su padre su hermano mayor, de haber vivido. Pero el primer hijo de Adelaide Montgomery, su querido Lorne, había muerto de forma inexplicable cuando solo contaba diez meses de edad. En aquel entonces, su madre sufrió una fuerte depresión, y se prometió no volver a tener jamás un hijo.

Cuando nació Justine unos diez años más tarde, Adelaide ya había perfeccionado su papel de «mujer despreocupada», y se convirtió en una madre espléndidamente indulgente. Justine sufrió los efectos de aquella deficiente educación, tan opuesta a lo que habría sido una normal reacción sobreprotectora por la temprana muerte de su hermanito.

Aquella carencia de cuidados por parte de su madre, junto con las numerosas ausencias de su padre, hizo que Justine creciera en un ambiente falto de disciplina alguna. Fracasó en la mayoría de los exámenes del colegio, y eso a pesar de que los informes decían que era una chica excepcionalmente inteligente. Hasta que al final aprobó el último año, a base de hincar los codos durante los seis últimos meses... de modo que pudo acceder a una universidad cercana a donde vivían los Montgomery, en Lindfield.

Ya había pasado tres deliciosos años en el campus universitario, en cuyo club ingresó desde el principio, participando en fiestas y divirtiéndose como nunca en toda su vida se había divertido. Desgraciadamente, su frenética vida social volvió a acarrearle un fracaso correspondiente en sus exámenes, de forma que al tercer año tuvo que tomárselo más en serio. De hecho, aquella misma semana había terminado con buenas expectativas su último examen para aprobar el primer curso.

–¿Te divertiste en la fiesta, cariño? –le preguntó su madre mientras mordisqueaba otro bombón.

–Oh, sí, supongo que sí. Estuve con la vieja pandilla de siempre. Me llevé mi coche, así que no dejé que Howard me acompañara... La verdad es que se está convirtiendo en un pelmazo. Solo porque haya salido un par de veces con él, ya cree tener derechos sobre mí... Me estaba divirtiendo muchísimo en la piscina cuando de pronto se me acercó por detrás y me hundió la cabeza en el agua. Me puse furiosa... No voy a dejar que me siga tratando así. Por la manera en que se comporta, cualquiera diría que nos hemos acostado.

–¿Cómo? –Adelaide levantó los ojos del libro y la miró asombrada–. ¿Has dicho que te has acostado con alguien?

Justine suspiró. Podría decirle que se estaba acostando con todos los hombres de su facultad, y aun así su madre no reaccionaría normalmente. Algún día sucedería algo que la sacara de aquella especie de niebla en que vivía.

–No, mamá. En realidad he dicho que no me he acostado con Howard. Howard Barthgate –añadió cuando su madre la miró como si no pudiera identificar el nombre.

–Ah, sí, el chico de los Barthgate. ¿Y no te has acostado con él? Eso me sorprende; un chico tan guapo... Pero así es como se los caza, querida. No te acuestes con ellos. No podrías hacerlo mejor, ¿sabes? Su padre es multimillonario, y Howard su único hijo.

–¡Mamá, no voy a casarme con Howard Barthgate!

–¿Por qué no?

–Porque es un falso adulador, arrogante y...

–¿De verdad? Oh, bueno, cualquier cosa que hagas estará bien, querida. Ya aparecerá otro. Una chica como tú siempre tendrá hombres a puñados.

–¿Qué quieres decir con eso de «una chica como yo»?

–Oh, ya sabes –repuso Adelaide con tono ligero–. Rica, soltera, sexy...

Justine se quedó sorprendida al escuchar aquel último adjetivo. La mayoría de las madres habrían dicho «preciosa», o «encantadora», o «bonita». Justine no era ninguna estúpida. Todos los días se miraba en el espejo y sabía que era una chica guapa...

¿Pero sexy? Nunca se habría definido así, principalmente porque no estaba en absoluto interesada en el sexo. Nunca lo había estado. Ciertamente había salido muchísimas veces con chicos, pero jamás había ido más allá de algunos besos y caricias.

De hecho, había sido su aversión a esas caricias lo que la había disuadido de permitirse más. Odiaba todo aquello. El pensamiento de unos dedos ardientes y temblorosos acariciándole los senos, o una boca húmeda babeándole encima... le ponía los pelos de punta.

Justine siempre dejaba claro desde su primera cita que si el chico pretendía acostarse con ella esa noche, ya podía buscarse otra. No tenía intención de darle sexo a un hombre solo porque la invitara a cenar o a ver una película. Solo un amor verdadero, reflexionaba, podría hacer soportable un acto tan íntimo y... en apariencia repugnante.

A pesar de aquel prejuicio, Justine seguía disfrutando de una ajetreada vida social, y no le faltaban pretendientes. Su vida estaba llena de alegría, sin los traumas y las complicaciones que acarreaban una relación sexual. Todas sus amigas le contaban historias terribles sobre sus variados novios y amantes.

Francamente, Justine pensaba que el sexo conllevaba más problemas de los que se merecía.

Por supuesto, mantenía constantes discusiones con las amigas que pensaban de distinta forma sobre el asunto. A Trudy, que vivía dos calles más abajo de Justine y que hacía años que era su mejor amiga, simplemente la volvían loca los hombres y el sexo. Apenas la semana anterior le había asegurado a Justine que un día aparecería algún hombre que la haría perder el sentido, y se acostaría con él.

Justine se había mostrado escéptica. Tendría que ser un hombre entre un millón, eso era seguro, inteligente y atractivo. En suma, todo lo contrario a Howard Barthgate.

Después de expulsar a Howard de sus pensamientos, se levantó rápidamente de la cama de su madre.

–Creo que voy a hacerme una taza de chocolate caliente. ¿Quieres una?

–No, gracias, querida. El chocolate engorda muchísimo –respondió su madre, toda seria.

A duras penas contuvo Justine la risa mientras salía de la habitación. Verdaderamente, su madre era incorregible. Pero al mismo tiempo era terriblemente bondadosa, sin un solo gramo de maldad en todo su cuerpo. Era maravilloso tener una madre que quería con locura a su hija, y que además no interfería para nada en su vida. Porque a Justine le encantaba la independencia.

Sonriendo, bajó por la curva escalera central mientras pensaba en todas las veces que se había deslizado por la barandilla pulimentada de madera, cuando era pequeña. ¡Qué maravillosamente despreocupada y consentida infancia había tenido! Algunas personas la habrían llamado «terca» y «mimada», pero ella no pensaba de esa forma. Se consideraba la chica más afortunada de Sídney... ¡y quizá de toda Australia!

En el momento en que terminó de bajar la escalera sonó el timbre de la puerta. Se quedó inmóvil por un momento, petrificada. ¿Quién podría ser a aquellas horas de la noche?

Un extraño presentimiento la asaltó cuando se acercó hacia la puerta con paso vacilante.

–¿Quién es? –preguntó sin abrir, nerviosa.

–La policía, señora.

Descorrió la cadena y abrió la puerta, palideciendo al ver a los dos agentes uniformados en el portal. Sus rostros serios indicaban que su misión no era muy agradable.

–¿La señora Montgomery? –preguntó uno de los agentes, frunciendo el ceño.

–No. Mi madre está arriba, en la cama. Yo soy Justine Montgomery, su hija. ¿Qué pasa? ¿Le ha sucedido algo a mi padre?

Cuando Justine vio el intercambio de miradas de los policías, la cabeza empezó a darle vueltas. «Contrólate», se ordenó a sí misma. «Mamá va a necesitarte».

–Él... está muerto, ¿verdad? –pronunció.

–Lo lamento de verdad, señorita...

–Yo... supongo que se habrá tratado de un accidente de coche –añadió con voz ahogada, pensando en todas las veces que le había regañado a su padre por conducir tan deprisa.

Los dos agentes intercambiaron otra significativa mirada, y Justine se tensó.

–Eh... no, señorita. No ha sido un accidente de coche. Lo siento. Realmente pienso que...

–¡Dígamelo, por el amor de Dios! –lo interrumpió–. Necesito saber la verdad.

—Su padre ha sufrido un fatal ataque cardíaco en un club de King Cross donde los caballeros van a... bueno, a entretenerse.

Justin retrocedió, apoyándose en la puerta principal y abriendo mucho los ojos.

—A ver si lo comprendo, sargento —dijo lentamente—. ¿Está usted diciendo que mi padre ha muerto en un burdel?

El hombre parecía dolorosamente avergonzado, reacio a repetirle aquella noticia.

—Hum... sí, señorita —admitió al fin—. Eso es lo que estoy diciendo. Mire, me doy cuenta de lo que debe de sentir ahora mismo. Desgraciadamente hay...

—¿Quién es, querida?

El sargento se interrumpió, y Justine se giró en redondo.

Adelaide Montgomery estaba bajando las escaleras. Se había puesto una bata, y en su rostro hermoso y regordete se dibujaba una sombría expresión.

—¿Ha pasado algo malo? —inquirió preocupada.

Justine vio cómo palidecía su madre al descubrir a los dos policías, antes de que sus ojos se llenaran de pánico y terror. Se cerró el cuello de la bata con las dos manos mientras se tambaleaba peligrosamente, a punto de caerse.

—¡Oh, Dios mío, no! ¡Grayson no...!

Justine se apresuró a sostener a su madre antes de que se desmayara, sabiendo que ya nunca su vida volvería a ser la misma.

Capítulo 2

–¡Una casa de huéspedes! –exclamó su madre, horrorizada–. ¿Quieres convertir mi casa en una pensión? Oh, no, no, no. Eso jamás, Justine. Está fuera de toda discusión. Dios mío, ¿qué pensarían mis amistades?

–¿A quién le importa lo que piensen? –fue la frustrada réplica de Justine–. La mayoría de ellos son gente interesada, amigos solo para los tiempos fáciles. ¿Cuántas llamadas o visitas has recibido últimamente de esos a los que todavía denominas tus amigos? ¿Cuántas invitaciones? Fueron todos al funeral, te dieron el pésame, pero, tan pronto como descubrieron que ya no había dinero, desaparecieron.

–Oh, Justine, te estás imaginando cosas. Precisamente ayer recibí por correo una carta de Ivy invitándonos a las dos a la fiesta del cumpleaños de Felix, que tendrá lugar el sábado que viene por la tarde.

Justine se contuvo de señalar que probablemente aquello se debía a la intervención de Trudy, dado que Ivy era su madre. La invitación había llegado sospechosamente tarde, en todo caso: el miércoles. No tenía ninguna duda de que Trudy habría montado en cólera al no encontrar ni a Justine ni a su madre en la lista de invitados.

A Justine no le gustaba nada Ivy Turrell. Era una detestable esnob, y su marido no era mucho mejor. Felix había hecho una fortuna vendiendo seguros, y solo invitaba a su casa a gente de la que podía conseguir algún beneficio. Naturalmente, había habido una época en la que los Montgomery siempre habían sido bien recibidos en su casa. Una época que finalmente no había durado mucho, pensó tristemente Justine.

–La gente nos está dando un plazo de tiempo para que nos recuperemos –continuó su madre–. Realmente no somos pobres y solo han pasado dos meses desde que tu padre... desde que él... –de pronto se sentó en la cama sin hacer, con las manos entrelazadas en el regazo–. Desde el funeral –terminó con voz ahogada.

Justine se sentó a su lado y le pasó un brazo por los hombros.

–Mamá. tenemos que enfrentarnos a la realidad. Somos pobres, comparadas con la gente con la que nos hemos relacionado. De acuerdo, todavía posees esta casa y todo lo que contiene. Pero ya no disponemos de ningún ingreso. Y papá murió debiendo cerca de medio millón de dólares.

–Pero no lo comprendo –sollozó su madre–. ¿A dónde fue todo el dinero? Yo heredé de mis padres una considerable fortuna cuando murieron. Yo era su única hija.

–Papá se lo gastó todo, mamá. Y, en cierta forma, nosotras también. Ni tú ni yo le preguntamos nunca de dónde conseguía el dinero para tantos lujos, ¿verdad? Nunca hicimos cálculos, nunca nos pusimos a trabajar, nunca nos cuestionamos nuestro opulento estilo de vida. Simplemente aceptamos todo esto como algo natural –terminó, señalando con un gesto el lujoso dormitorio tapizado en seda.

–Pero a Grayson nunca le gustaba que yo le hiciera preguntas...

–Lo sé, mamá. Lo sé.

–Él... solía ponerse furioso cuando yo le preguntaba algo...

«Canalla», pensó Justine con amargura. Antes había querido y admirado a su padre, pero ya no. Ahora conocía al hombre verdadero, y no al hombre de sonrisa dulce que, obviamente, había pensado que sus deberes como esposo y padre quedaban suficientemente cubiertos alimentando las cuentas bancarias de su mujer y de su hija. La verdad era que había descuidado a su familia, confiando en su propio encanto para mantener las apariencias con ellas.

Justine se había visto obligada a aceptar que su padre se había casado con su madre por dinero, jamás por amor. La codicia de Grayson Montgomery había sido tan prodigiosa como su lujuria. Uno de los peores rumores que había oído desde su muerte refería que se había aprovechado de varias viudas de edad avanzada y cuantiosa fortuna, ganándose su afecto para convertirse en beneficiario de sus testamentos... para luego derrochar todo ese dinero rápidamente.

Justine no tenía ninguna duda sobre ello. Solo tenía que mirar su apurada situación económica para descubrir la verdad sobre su padre: durante los últimos años; había gastado enormes cantidades de dinero en un estilo de vida cada vez más lujoso. Sus numerosas visitas a los burdeles de alta categoría habían terminado por arruinarlo. Había muerto sin seguro de vida, con una deuda considerable avalada por la casa familiar. Su deportivo había sido expropiado, al igual que el coche de su madre; solo se había salvado el de Justine, aunque sabía que terminaría perdiéndolo. Tendría que cambiarlo la próxima semana por un modelo más sencillo y barato.

–¿De verdad que ya no nos queda nada de dinero? –le preguntó en aquel momento su madre, llorosa.

–Eso me temo –le confesó–. El banco de papá incluso está amenazando con vender la casa para poder recuperar sus pérdidas. Y no dudo de que será capaz de hacerlo.

–Pero esta es mi casa... –los ojos de su madre se llenaron de lágrimas–. Mi padre la compró cuando se casó con mi madre, hace ya sesenta años... Yo nací, crecí aquí... Todos mis recuerdos están en este lugar. No... no podría soportar perder esta casa...

Justine se daba perfecta cuenta de ello, porque también había sido su hogar, desde que murieron sus abuelos. Ella no quería vender la casa, pero alguien tendría que ser práctico; ¡alguien tendría que enfrentarse a la realidad y hacer algo para poner fin a todo aquello!

Como su madre, Justine jamás en toda su vida se había preocupado verdaderamente por nada, y las cosas tampoco le habían resultado fáciles desde la muerte de su padre. Pero extrañamente, frente a la adversidad, Justine había descubierto unas fuerzas ocultas en su carácter que jamás había creído poseer. Y una de ellas era la decisión de no sucumbir a la autocompasión.

–Es por eso por lo que estoy intentando salvarla –le señaló con tono firme a su madre–. La idea de una casa de huéspedes es la única solución. Incluso así, tendremos que subastar algo para reducir la deuda que tenemos con el banco. He pensado que podríamos empezar con las cosas que la abuela me legó en su testamento. Ya sabes que son bastante valiosas.

Hasta aquel mismo día, la madre de Justine simplemente se había negado a enfrentarse con lo que había hecho su marido. Había seguido pretendiendo alegremente que todo terminaría por salir bien si permanecía el tiempo suficiente con la cabeza enterrada en la arena.

Justine la observaba en aquel momento, mientras se esforzaba por aceptar la realidad. Desgraciadamente, el hábito que su madre tenía de ignorar los hechos incuestionables estaba demasiado arraigado. En lugar de plantarle cara a la situación, empezó a enfurruñarse.

–¿Subastar el legado de tu abuela? ¡Absolutamente no! ¡No quiero oír hablar de ello! Yo... yo iré a hablar con el director del banco mañana mismo y se lo explicaré todo. Estoy segura de que podrá esperar a que las dos consigamos algún trabajo y podamos saldar las deudas de tu padre.

¡Justine apenas podía creer que su madre pudiera ser tan ingenua! ¿Quién podría contratar a una mujer de cincuenta y siete años que jamás en toda su vida había trabajado? ¡Y sus propias perspectivas no eran mucho mejores!

–Mamá, ninguna de nosotras tiene cualificaciones laborales que ofrecer a una empresa –le explicó con tono paciente–. Yo, en todo caso, tendría alguna posibilidad porque soy más joven. Pero no me hago ilusiones. Incluso aunque tuviera la suerte de encontrar un empleo en una boutique o en un supermercado, mi salario jamás alcanzaría ni para pagar los intereses de la deuda. Nuestra única oportunidad consiste en abrir un negocio. Tenemos cinco dormitorios libres en esta casa si compartimos este. Podríamos convertir el despacho de papá en otro dormitorio; la universidad está muy cerca, y ganaríamos bastante dinero alquilando a estudiantes las seis habitaciones, en régimen de pensión completa.

–¿Pero quién cocinaría y haría la limpieza? La semana pasada tuvimos que despedir a Gladys y a June.

–Tendríamos que hacerlo las dos, mamá. No podemos permitirnos tener una cocinera. Ni una limpiadora. Y tampoco un jardinero...

–Oh, no, Tom no... –protestó Adelaide.

–Sí, Tom también. No tenemos suficiente dinero para pagarle. El hecho es, mamá, que ya ya no nos queda dinero alguno. La factura de la electricidad llegará esta semana, y llevamos sin pagar la del teléfono desde antes de navidades. Han amenazado con cortárnosla para finales de esta semana. Hoy vamos a tener que vender algunas cosas para pagar esas facturas y comprar algo de comida: algunas cosas personales que no necesitemos realmente...

Adelaide levantó bruscamente la cabeza, con una mirada llena de dolor.

–¡Las joyas de mi madre no!

–Tal vez alguna vez tengamos que hacerlo –suspiró Justine, levantándose–, pero no, todavía conservaremos durante un tiempo las joyas de la abuela. En todo caso, no nos darían ni siquiera una fracción de lo que valen realmente. Estaba pensando en llenar el coche de ropa y dirigirme a una tienda de ropa de segunda mano, que esté especializada en prendas de diseñadores –y añadió al ver la expresión consternada de su madre–: Porque dudo que en el futuro nos inviten a muchas fiestas y actividades sociales.

–¿Y qué pasa con la fiesta de cumpleaños de Felix? –le preguntó Adelaide con tono desafiante–. ¿Qué vamos a llevar si vendes todos nuestros vestidos de noche?

–Muy bien, nos quedaremos cada una con un par –cedió Justine–. Pero algún día tendremos que venderlos también, bolsos y zapatos incluidos. ¿Quieres que mire yo en tu guardarropa para elegir algo, o prefieres hacerlo tú misma?

Adelaide empezó a negar enérgicamente con la cabeza.

–Esto es terrible. ¿Qué va a ser de nosotras?

–Nada será demasiado terrible, si puedo venderle mi proyecto de la casa de huéspedes al hombre al que voy a ver el viernes por la mañana.

–¿Hombre? ¿Qué hombre?

–Uno del banco, pero no del que amenaza con embargarnos la casa. Se trata de un banco comercial especializado en préstamos a bajo interés. Trudy me ha dado el nombre de uno de sus directivos, al que conoce personalmente. Al parecer, se muestra bastante dispuesto a ayudar a las chicas en apuros.

Pero Trudy no se lo había explicado con esas mismas palabras.

–Wade tiene un insaciable apetito por las mujeres –le había advertido su amiga–. Haría cualquier cosa con tal de acostarse con una. Yo estuve en una fiesta de Año Nuevo la semana pasada, y delante de mí se jactó de todos los préstamos que se había dignado conceder a cambio de favores... Creo que pretendía impresionarme con su descaro. Dada su inclinación hacia el sexo femenino, estoy segura de que conseguirías uno de sus créditos.

–No estoy tan desesperada, Trudy –había repuesto Justine,

estremeciéndose ante la perspectiva de intercambiar sexo por un préstamo. ¡Aquello no era mejor que la simple prostitución!

–Nadie te está sugiriendo que te acuestes con él, Jussie. Aunque por supuesto que yo podría hacerlo, en un momento dado... –había añadido Trudy, con una malévola sonrisa–. Wade es un tipo muy guapo, ¿sabes? Pero puedo comprender que una chica como tú, que todavía está esperando a su verdadero amor, considere esa posibilidad como un auténtico ultraje. Así que limítate simplemente a sonreír y a halagar a ese canalla sinvergüenza. Y dale la impresión de que será generosamente recompensado si te concede el préstamo. Con esa cara y ese cuerpo que tienes, estoy segura de que no se resistirá.

–¿Pero qué sucederá si no cumplo con sus expectativas? –le había preguntado Justine.

–Oh, se molestará bastante, no tengo ninguna duda sobre ello. Pero no podrá ir a quejarse de ello a su jefe, ¿no te parece? Créeme cuando te digo que al presidente de ese banco en particular no le haría ninguna gracia descubrir que uno de sus directivos se aprovecha de su posición para conseguir favores sexuales. Conozco a Marcus Osborne; mi padre lo ha invitado a venir a casa un par de veces. Es un hombre formidable, en todos los sentidos. Implacablemente ambicioso, pero honesto hasta la muerte. Si llegara a descubrir lo que está haciendo Wade, lo despediría de inmediato.

Y se lo tendría bien merecido, había pensado Justine en aquel instante. Y todavía lo pensaba. Pero también se daba cuenta de que no tenía más opción que arriesgarse a ver a Wade, si no quería perder la casa. Todos los intentos que Justine había hecho con otros bancos habían fracasado. Después de miles de llamadas de teléfono, solo un directivo había consentido en verla la semana anterior, y de hecho se había reído de su propuesta.

El recuerdo de aquella risa no hizo sino estimular aún más la decisión de Justine. A eso de las diez de la mañana se encontraría en el despacho de Wade Hampton, dispuesta a hacer cualquier cosa con tal de salirse con la suya y conservar la casa de la familia. Si tenía que humillarse un poco, lo haría. Y si tenía que sacrificar una parte de su orgullo, también. Si se veía obligada a suplicarle...

No, no le suplicaría. Eso sería llegar demasiado lejos. Como acostarse con aquel hombre... ¡vaya idea!

—¿Qué vas a llevar? —le preguntó su madre.

—¿Qué?

—A tu cita con ese hombre del banco. ¿Qué ropa te vas a poner?

—No estoy segura. Todavía no lo he pensado.

—Entonce quizá deberías pensártelo, antes de que vendas toda la ropa decente que tienes.

La palabra «decente» destilaba cierta ironía. «Decente» no era la apariencia que quería presentar al día siguiente, si pretendía impresionar a Wade Hampton. Necesitaba llevar algo muy espectacular, muy sexy.

Pensó en el vestido de color verde lima, que había comprado un día en compañía de Trudy. Su amiga siempre la incitaba a hacer locuras, aunque tenía que reconocer que tenía un gusto infalible en cuanto al tipo de ropa que deslumbraba a los hombres.

Aquel vestido en particular tenía un escote discreto pero era asombrosamente corto y ajustado. Justine solo se lo había puesto una vez, el año pasado, y el efecto había sido espectacular. Decidida, se levantó de la cama.

—Vamos, mamá. Es hora de que bajemos a tomar un buen desayuno. ¡Hoy vamos a tener mucho trabajo!

Capítulo 3

Marcus se hallaba sentado ante su escritorio, tamborileando furiosamente contra la mesa con su bolígrafo de oro. ¡Todavía no podía creer en el descaro de aquel joven! No tenía ni pizca de remordimiento, ni de conciencia. Ni siquiera le había importado que lo despidiera en el acto, sin contemplación alguna.

Por supuesto, procedía de una familia adinerada, con valiosos contactos. No necesitaba su salario. Y el trabajo de Wade Hampton como directivo de créditos había sido simplemente una forma de pasar el tiempo hasta que heredara la fortuna de la familia.

Los Wade Hampton que existían en el mundo no tenían ni idea de cómo vivía la otra mitad. Desde la cuna, su vida siempre había estado marcada por el sello del privilegio. Incluso la diatriba que aquella misma mañana le había lanzado no había logrado siquiera arañar la arrogancia e insolencia de aquel joven.

Cuando Marcus había sabido de la tendencia de Hampton a aprobar créditos no por el mérito de los proyectos que le presentaban, sino por la disposición de sus clientas a otorgarle favores sexuales, había montado en cólera. El simple pensamiento de que la reputación de su banco se pusiera de ese modo en entredicho lo había sacado de quicio. Si había algo que Marcus valorara por encima de todo era su buena reputación, su buen nombre. Y de pronto un empleado suyo utilizaba su posición de poder para chantajear a mujeres... con el fin de acostarse con ellas.

Aunque Hampton no lo había visto de esa manera.

–¿Chantaje? –había repetido cuando Marcus le lanzó aquella acusación–. No tengo necesidad de chantajear a las mujeres para que se acuesten conmigo. De todas formas, lo que hacía no tenía nada de malo. Todo el mundo quedaba contento: yo, las damas... y tu estúpido banco. Ninguno de los créditos que concedí ha quedado impagado. No es ningún crimen mezclar el placer con los negocios. Dios mío, mírate a ti mismo: con esa ropa que llevas, pareces un empresario de pompas fúnebres. Y además te comportas como si fueras mi abuelo. Apostaría a que hace años que no te acuestas con una chica... Pero ese es tu problema –había declarado antes de dirigirse hacia la puerta–. ¡Porque yo ya he dejado de trabajar aquí!

Quince minutos habían pasado desde la marcha de Hampton, un tiempo que Marcus había aprovechado para pedirle a su secretaria que informara de la situación a la sección de personal, para luego encargarle un listado de las citas concertadas para ese viernes en la oficina de créditos. Todo lo cual había sido hecho por su secretaria con su habitual eficiencia.

Pero era Marcus quien en aquel momento no estaba actuando con la eficiencia que le exigía a los demás. La lista de citas llevaba en sus manos por lo menos cinco minutos, y aún no había podido concentrarse en los nombres. El comentario de Hampton acerca de su vida sexual, o de su carencia de la misma, lo había impresionado.

¿Cuánto tiempo había pasado desde que se acostó por última vez con una mujer?

Demasiado. Apretando los dientes, Marcus centró su atención en el papel que tenía delante, y de pronto entrecerró los ojos al leer el primer nombre del listado. La cita que Hampton había concertado para las diez, la primera del día... ¡era con la señorita Justine Montgomery!

La sorpresa de Marcus solo se vio superada por su curiosidad. ¿Cómo era posible que la riquísima señorita Montgomery fuera a su banco a pedir un crédito? Debería saber que estaban especializados en créditos para negocios. ¿Acaso pretendía entretenerse con un negocio a la espera de cazar a un marido rico? ¿Una galería de arte, quizá? ¿O una boutique de moda?

Pero todo aquello eran puras especulaciones. Y solo había una forma de saberlo a ciencia cierta. Mantener la entrevista con ella y preguntárselo.

La perspectiva de volver a ver a la señorita Montgomery, y desde una posición de superioridad, ejercía sobre Marcus una insidiosa atracción. Empezaba a apreciar el atractivo que Hampton había encontrado en su trabajo: disponer a su merced de una mujer, sobre todo de una joven increíblemente hermosa, e intercambiar unos servicios por otros de distinta naturaleza...

A Marcus se le aceleró el pulso al imaginarse tan desagradable escena. Justine Montgomery había permanecido viva en su memoria desde aquella cálida noche de noviembre de hacía dos meses, cuando la había observado a hurtadillas mientras salía de la piscina, casi desnuda.

«¿Te gustaría acostarte con ella, verdad?», le susurró una diabólica voz interior.

Bruscamente se levantó y consultó su reloj de bolsillo: las diez menos cinco. Tenía dos opciones. Podría aplazar la cita con la señorita Montgomery, con otro directivo. O podría bajar él mismo a la sección de créditos y entrevistarse personalmente con ella.

Su instinto de evitarse problemas le aconsejó que cambiara la cita, pero cuando levantó la mirada y contempló su reflejo en el cristal de la ventana que estaba detrás de su escritorio, evocó de pronto los insultos que le había lanzado Hampton.

En la pantalla de su mente, el directivo despedido le sostenía la mirada, convencido de que siempre podían combinarse los negocios con el placer...

Pero al momento aquella visión fue sustituida por otra, en la que aparecía la expresión sobrecogida de Justine mientras él mismo le exponía las condiciones de concesión del crédito. A Marcus se le secó la garganta al imaginarse el instante en que la habría atraído a sus brazos. En aquel momento casi podía sentir su inicial reluctancia, sentir el latido de su corazón contra su pecho...

Hasta que la besó.

Después de eso ya no hubo más resistencia, solo la más deliciosa rendición mientras su cuerpo se fundía con el suyo...

Marcus apretó los dientes cuando la excitación que se estaba apoderando de él lo devolvió a la realidad. Sabía que jamás haría una canallada semejante, pero no podía dejar de pensar en ello. Había algo oscuramente sugerente en el pensamiento de tener a Justine Montgomery a su merced.

Su sentido común y su profesionalismo le exigían que se olvidara de aquella chica. Nada, ni siquiera la mujer más deseable del mundo, podía inducirlo a comportarse de una manera tan baja y rastrera.

Justine miró su reloj mientras salía del ascensor: eran las diez menos cinco.

Suspirando profundamente, cuadró los hombros y se dirigió con la cabeza bien alta hacia el gran mostrador de recepción. Aunque no era una chica nerviosa, tenía que admitir que aquella mañana estaba especialmente inquieta. Lo más fácil habría sido dar la vuelta y salir corriendo, pero la huida no figuraba entre sus opciones. Cualquier persona medianamente inteligente se daría cuenta de que su madre podría sufrir una nueva crisis si perdía la casa junto con todo lo demás. Justine la había oído llorar en la cama la noche anterior, y aquellos sollozos la habían reafirmado en su decisión de conseguir a toda costa aquel maldito crédito.

La secretaria de recepción dejó de teclear en el ordenador y levantó la mirada cuando Justine se le acercó.

–¿Puedo ayudarla en algo? –preguntó, cortés.

–Me llamo Justine Montgomery. Tengo una cita a las diez en punto con el señor Hampton.

–Oh, sí, señorita Montgomery. Wade no se encuentra en su despacho en este momento, pero lo buscaré. Estará con usted en unos minutos. La acompañaré al despacho para que pueda esperarlo allí.

El despacho del señor Hampton era de dimensiones muy pequeñas. Justine tomó asiento en una silla frente al poco impresionante escritorio, para esperar al directivo de créditos. Cruzó y descruzó las piernas varias veces, incómoda e inquieta; se sentía demasiado expuesta con aquella falda tan corta. Intentó juntar mucho las rodillas, pero sabía que con aquella postura parecería ridícula.

Dominando sus nervios, bajó su bolso del regazo para dejarlo en el suelo, y cruzó por última vez las piernas ignorando decididamente la peligrosa manera en que se le subía la falda. Otro vistazo a su reloj le indicó que pasaba un minuto de las diez.

Dos minutos después, oyó unos pasos acercándose por el pasillo. Y cuando volvió la cabeza vio a un desconocido entrar con aspecto seguro en el despacho, cerrando la puerta a su espalda.

Justine parpadeó asombrada; ¡estaba segura de que aquel hombre no podía ser Wade Hampton! En primer lugar había esperado a alguien mucho más joven, y no de unos treinta y cinco años. El gusto de Trudy en cuestión de hombres se atenía a tipos muy jóvenes, de cabello largo y mirada inocente.

Justine no podía apartar la mirada de aquel rostro de rasgos que parecían esculpidos en piedra; ni una sola sonrisa de bienvenida atenuaba su boca dura, con aquellos ojos de un intenso color negro y expresión dura. A pesar de su aspecto hosco, tuvo que reconocer que era un hombre muy atractivo.

—Buenos días, señorita Montgomery —la saludó bruscamente, con expresión indescifrable—. Lamento haberla hecho esperar —tomó asiento ante el escritorio, bajando de inmediato a mirada al documento que llevaba consigo, y transcurrió un minuto más antes de que la levantara de nuevo—. ¿Y bien? ¿En qué puedo ayudarla?

—Tengo una propuesta de negocios que hacerle a su banco, señor Hampton; creo que es muy buena, y que nos beneficiará a ambos...

Marcus permaneció en silencio durante un buen rato, como si se hubiera quedado paralizado.

Ella pensaba que él era Wade Hampton.

Algo comprensible, por lo demás. Él no se lo había aclarado, aunque había querido hacerlo antes de que la vista de aquellas increíbles piernas lo hubiera distraído nada más entrar.

La examinó con mayor detenimiento, deteniéndose en su provocativo vestido verde, en sus labios muy pintados, en sus maravillosos ojos... Estaba demasiado nerviosa, o excitada. O ambas cosas a la vez.

De pronto, una sospecha se abrió paso en su mente. ¿Conocería la señorita Montgomery la reputación de Wade Hampton como especialista en conceder créditos a cambio de otro tipo de favores? ¿Se habría presentado a la entrevista dispuesta a ofrecer su delicioso cuerpo a cambio de un préstamo? ¿Qué habría querido decir con aquello de que su propuesta podría beneficiarlos a ambos?

Aquella posibilidad suponía una tentación demasiado fuerte para su ya no tan firme conciencia. Para su desgracia, aquella joven era increíblemente hermosa, y más todavía cuando sonreía.

«Hermosa pero perversa», le recordó una voz interior. Aunque no podía estar completamente seguro de ello: aún no. Por otra parte, si era sincero, tampoco le importaría mucho que lo fuera. Al menos no en aquel momento, cuando todo su cuerpo se veía sacudido por un violento deseo. ¿Quién sabía lo que podía hacer si se había presentado allí dispuesta y deseosa de comportarse como una mujer realmente perversa? Las variadas imágenes que aquel pensamiento le evocaba poco hacían para disminuir su excitación.

Marcus continuó mirando al objeto de sus más oscuros deseos durante unos segundos más, antes de decidir no revelarle su verdadera identidad.

–¿Ah, sí? –inquirió, cruzando los brazos sobre el pecho mientras se esforzaba por no devorarla con los ojos. Tuvo que aclararse la garganta antes de continuar, porque aquella chica constituía una auténtica tentación. Si el diablo había querido enviarle a alguien para corromperlo, no podía haber elegido a alguien más adecuado–. Quizá quiera resumirme su propuesta. Me gustaría ser capaz de juzgar si finalmente nos va a beneficiar o no a los dos.

A Justine no le pasó desapercibido el tono irónico de sus palabras, y vaciló por un instante. Aquel hombre sabía... que ella iba a flirtear con él; sabía que ella iba a entregarse a sí misma a cambio del crédito. Y allí estaba, como una enorme araña negra esperando a que quedara atrapada en su tela.

El orgullo la impulsaba a levantarse bruscamente y a salir de allí cuanto antes.

Pero el orgullo no iba a facilitarle el crédito. Sería un pobre consuelo cuando se marchara de allí y le explicara a su madre que tendrían que vender la casa. Y el orgullo tampoco le sería de mucho valor cuando tuviera que ingresarla en un sanatorio...

Pero el pragmatismo se imponía a su orgullo. ¿A quién le importaba lo que él pudiera pensar de ella? Aquel hombre era un insecto, un tipo que se aprovechaba de las mujeres... «Y bien, esta vez es de ti de quien se va a aprovechar», se dijo Justine. Le lanzó otra sonrisa radiante, y acto seguido comenzó con una explicación sobre su actual situación económica.

Hampton frunció el ceño cuando ella le habló de la muerte de su padre y de sus numerosas deudas. Y el ceño se profundizó aún más cuando se enteró de la intención del banco de venderle la casa para reponer sus pérdidas.

–¿Pueden hacer eso? –le preguntó ella bruscamente.

–Legalmente, están en su derecho. ¿El valor de la casa cubriría el saldo total de la deuda?

–Oh, fácilmente. Vale un millón como mínimo.

–Mmmm.

–Mi madre no quiere vender, señor Hampton. Y yo tampoco. Si usted pudiera concederme un crédito con un razonable plazo de tiempo, tengo un plan que estoy segura me permitirá devolverle todo el dinero más los intereses.

–Bueno –Marcus arqueó las cejas–, será mejor que me cuente de una vez ese plan.

–Desde luego. En primer lugar, podría reducir sustancialmente el crédito en unas pocas semanas, subastando algunos bienes.

–Entiendo. ¿Y cuánto cree que podría saldar de esa forma?

–Estoy convencida de que podría recortar el crédito a doscientos mil dólares.

–¿Y cómo piensa reponer esos doscientos mil que le quedarían por pagar?

–De la manera habitual, mediante pagos mensuales.

–Estaríamos hablando de dos mil por mes. ¿Pero de dónde sacaría el dinero necesario, señorita Montgomery?

Aquella lógica pregunta llevó a que Justine le explicara con todo detalle su proyecto de la casa de huéspedes.

–Lo siento, señorita Montgomery –contestó finalmente Marcus–. Me temo que no podemos ayudarla. Su plan no es económicamente viable. Tiene demasiadas variables. Realmente pienso que lo que más le conviene a usted y a su madre es vender la casa y comprarse una casa más pequeña con el dinero que obtengan.

—Pero yo no quiero vivir en una casa más pequeña —le espetó Justine, nerviosa.

Marcus la miró arqueando una ceja. La joven apretó los dientes mientras se recordaba que aquella no era la actitud más adecuada que debía tener con él. En aquel momento debería estar flirteando, y no estallando de furia...

—Mi madre ha sufrido mucho —intentó explicarle—. Todavía está muy afectada por la muerte de mi padre, y el hecho de perder la casa le rompería el corazón. Por favor —le rogó, mirándolo directamente a los ojos y rompiendo las promesas que se había hecho a sí misma de no suplicar su ayuda—. Sé que puedo tener éxito con el negocio.

Por un momento, Justine creyó haberlo conmovido... y sin tener que humillarse mucho. Pero de inmediato él se levantó, mirándola con firmeza.

—No crea que no comprendo su situación, señorita Montgomery. Si tuviera un empleo que respaldara su proyecto de la casa de huéspedes, no dudaría en concederle el crédito. Pero usted misma ha hecho constar en su solicitud que es estudiante universitaria. ¿Qué es lo que está estudiando exactamente?

—Estoy haciendo una licenciatura en estudios de Tiempo Libre.

—Estudios de Tiempo libre —repitió él con tono seco.

—Me estoy especializando en la rama de gestión turística. Lo cual debería proporcionarme un trabajo bastante bien pagado... cuando termine de estudiar.

—¿Y cuándo calcula que será eso?

—Oh, bueno... acabo de terminar el primer curso.

—¿Solo el primer curso? En su solicitud consta que usted tiene veintiún años. ¿A qué se dedicó cuando abandonó el instituto? ¿A viajar?

—No. Yo... suspendí durante dos años el primer curso.

–Comprendo.

–No, usted no lo comprende –se apresuró a explicarse Justine–. No soy ninguna estúpida, señor Hampton. Lo que pasa es que no me empleé a conciencia... estaba ocupada divirtiéndome... Pero puedo conseguir cualquier cosa que me proponga.

–¿Cualquier cosa, señorita Montgomery? –se burló él.

–Bueno, casi cualquier cosa –repuso Justine–. Por ejemplo, dudo que pueda convertirme en una cirujana del cerebro. Pero soy perfectamente capaz de dirigir un negocio como una casa de huéspedes. Y mi madre me ayudaría.

–Había creído entender que su madre no se encontraba bien...

–No se trata de que esté físicamente enferma. Más bien es un problema emocional, que podría resolver si pudiera quedarse con su casa...

Justine esperó en vano a que él dijera algo. Pensó que, para tratarse de un consumado mujeriego, no se lo estaba poniendo nada fácil. Quizá disfrutara viendo cómo las mujeres se rebajaban ante él... o quizá prefería esperar a que cayesen de rodillas a sus pies, sollozando... Tragó saliva, tragándose de paso los últimos restos de su orgullo.

–Intentaré conseguir un empleo, señor Hampton. Haré lo que usted quiera. Lo que quiera –repitió, prometiéndole toda clase de cosas con la mirada mientras entreabría ligeramente los labios.

Nuevamente él seguía sin decir nada, aunque había bajado la mirada hasta su boca.

–Si me concede este crédito, señor Hampton –añadió Justine con voz temblorosa–, podrá contar con mi eterna gratitud.

–Pero yo no quiero su gratitud –replicó él fríamente.

Sintió que le ardía el rostro cuando miró aquellos negros y fríos ojos. Nunca antes se había sentido tan pequeña, tan carente de confianza alguna en sí misma. El corazón le latía acelerado, tenía el estómago revuelto...

–Entonces... ¿qué es lo que quiere que haga? –le preguntó, ruborizada.

«Él es el único que debe humillarse por esto», se dijo a manera de consuelo, rezando para que se lo dijera de una vez, de modo que el mundo viese la clase de hombre que realmente era... ¡y no aquel frío y tranquilo funcionario que parecía no haber dado un mal paso en toda su vida!

Estuvo a punto de levantarse y salir corriendo. Podría incluso informar a su jefe... ¿cómo se llamaba? Osborne, Marcus Osborne. ¡Sí, iría a ver a Marcus Osborne para explicarle qué clase de canalla tenía en plantilla!

–Quiero que convenza a su madre de que venda la casa –le respondió al fin con tono áspero–. Y luego quiero que se consiga un trabajo decente y apropiado. Pero, por encima de todo, quiero que deje de jugar a estos juegos tan provocativos y potencialmente peligrosos. ¿Acaso piensa que no sé lo que se proponía, señorita Montgomery? Usted no es la primera hermosa jovencita que intenta tentarme. ¡Y me atrevo a decir que tampoco será la última! En la vida no hay soluciones fáciles y rápidas, Justine –continuó mientras ella lo miraba con la boca abierta–. O al menos no las hay si eres una persona decente. No siga por el mismo camino que eligió su padre. Es usted demasiado joven y demasiado hermosa como para venderse por un precio tan barato.

Justin palideció, ruborizándose a continuación. Terriblemente humillada, agarró su bolso y se levantó como movida por un resorte.

–No sé de qué está hablando. Si no desea concederme el crédito, no tiene más que decírmelo. No tiene ninguna necesidad de insultarme.

–Muy bien. No voy a concederle el crédito.

–Estupendo. ¡Entonces conseguiré el dinero de otra manera!

Marcus la observó marcharse en silencio. Estuvo a punto de pedirle que se quedara, e incluso de decirle que había cambiado de idea y que el crédito era suyo.

Pero, por supuesto, a esas alturas aquello ya era imposible. Mucho antes ya había tomado una decisión al respecto. Y sin embargo, había habido un momento, un delicioso y oscuro momento en que había estado a punto de aceptar su no demasiado sutil oferta...

«Piensa, Marcus», se dijo, burlón. «Podrías haber salido con ella esta noche si hubieras jugado correctamente tus cartas. Habrías salido con ella, y luego te la habrías llevado a tu casa, a tu cama, quizá para todo el fin de semana. Y, en cambio, ¿qué es lo que has hecho?».

Maldijo entre dientes. En aquel momento, su perspectiva para el fin de semana era la fiesta de cumpleaños de Felix.

En aquellos días, detestaba las fiestas, pero a veces sencillamente tenía que salir de casa... de aquella horrible y maldita casa que había comprado para Stephany y que ella había ocupado durante menos de un año. La habría vendido si no hubiera sido tan mal negocio...

«¿Es eso en lo único en lo que piensas, Marcus?», se preguntó, frunciendo el ceño. «¿En buenos y malos negocios?». Tuvo que recordarse que en la vida había más cosas además del dinero. O al menos eso fue lo que le dijo su querida esposa el día que la echó de casa.

Lo cual era tremendamente irónico, porque ciertamente ella había necesitado muchísimo dinero para mantener el lujoso estilo de vida al que se había acostumbrado. Algo muy común en las mujeres como ella.

Sus pensamientos volvieron a Justine Montgomery una vez más. Durante su entrevista no había podido evitar compadecerse de ella. Su padre podría haber sido un sinvergüenza, pero al fin y al cabo había sido su padre. Su muerte debió de haber supuesto un fortísimo golpe para ella, sobre todo teniendo en cuenta las circunstancias que la rodearon.

Pero su compasión se esfumó cuando ella le dijo que no tenía intención alguna de mudarse a una casa más pequeña. Evidentemente, para las chicas como ella no estaban hechas ni las vidas sencillas ni las casas sencillas... ¡que el cielo la perdonara!

Su proyecto de la casa de huéspedes era sencillamente ridículo. ¿Tendría acaso alguna idea de la cantidad de trabajo que requería un negocio semejante? ¿Creería que podría administrarlo mientras continuaba con sus estudios de Tiempo Libre?

La elección de sus estudios también constituía una curiosa ironía. Las chicas como Justine Montgomery podían convertir el «tiempo libre» en un forma de arte. No tenían ninguna necesidad de estudiar aquel tema; lo conocían de manera instintiva, natural. De la misma manera que vendían sus cuerpos con tal de medrar, aunque sus objetivos más habituales fueran un ventajoso matrimonio, y no un miserable crédito.

«Eres un cínico, Marcus», le recriminó una voz interior. «Eres cínico y aburrido. Incluso con su alma depravada, Justine Montgomery tiene más vida y encanto en su dedo meñique que tú en todo tu cuerpo».

–¡Oh, cállate! –gruñó, levantándose–. No necesito nada de esto.

«Correcto», le respondió aquella implacable voz interior. «¡Lo que necesitas es sexo, ni más ni menos!».

Capítulo 4

–¡Mamá, todavía no estás preparada! –exclamó Justine cuando entró en la habitación de su madre y la encontró sentada en la cama, aún en bata y con rulos en el pelo. Y ya eran las ocho y media, la hora a la que saldrían para la fiesta de Felix.

Adelaide le sonrió tímidamente.

–He decidido no ir, querida. Pero tú sí. Dios mío, estás espléndida. Definitivamente, el rojo es el color que mejor te sienta. Y me encanta tu peinado... estás tan elegante...

Justine ignoró aquellos cumplidos, ya que sabía a qué respondían: era la forma que tenía su madre de disimular que había estado llorando. De hecho, no había dejado de llorar desde que el día anterior Justine le dijo que probablemente tendrían que vender la casa.

Justine había esperado que la fiesta de aquella noche le levantara el ánimo. Odiaba ver a su madre en aquel estado de depresión.

–Oh, no, mamá –exclamó, sabiendo que la firmeza era con frecuencia la mejor manera de conducirse con su madre–. No te creas que voy a ir sola –se acercó a la silla de cuyo respaldo colgaba su vestido de noche negro–. ¿Es este el vestido que te vas a poner? Vamos, póntelo ya y luego te ayudaré a peinarte. No pasará nada porque lleguemos tarde. En todo caso, estas fiestas nunca empiezan hasta después de las nueve.

—No puedo ponerme ese vestido –le informó Adelaide, desolada.

—¿Por qué no?

—No me sienta bien.

—Conque no te sienta bien... –repitió Justine, tensando la mandíbula. El día anterior debían de haberse deshecho de unos treinta vestidos para venderlos a una tienda de ropa de segunda mano, y uno de los dos que se había quedado su madre no le sentaba bien.

—¿Y el otro vestido? ¿Dónde está?

—Tampoco me queda bien. Ninguno de los vestidos que me he quedado me sienta bien –le confesó Adelaide, ahogando un sollozo–. No me había dado cuenta de todo lo que he engordado desde el funeral de tu padre. Yo... yo siempre me pongo a comer cuando me siento mal. Estaba tan bonita y delgada cuando Grayson se casó conmigo. En aquel entonces él todavía me amaba; estoy segura de ello. Pero después de la muerte de mi hijo, empecé a comer y yo... yo... Oh, Dios, no me extraña que tu padre nunca quisiera quedarse en casa; es culpa mía que se fuera con otras mujeres. ¡Todo es culpa mía!

A Justine se le encogió el corazón al ver cómo su madre estallaba en sollozos; se apresuró a consolarla, abrazándola con fuerza.

—No llores, mamá –le rogó, emocionada–. Por favor, no llores. Tú no tienes la culpa de nada... ¡de nada! Papá no se merecía una mujer como tú; no era un hombre bueno... de hecho, era bastante malo. Y todavía me tienes a mí. Vamos a salir juntas de esto, mamá, no te preocupes... –continuó, con un renovado tono de convencimiento–. Aún no he renunciado a conseguir ese crédito.

—¿No? –su madre levantó la mirada con expresión llorosa.

—¡Desde luego! Hay otros bancos, ¿verdad? La fiesta de Felix estará llena de gente influyente, hombres ricos con un montón de contactos. Mantendré los ojos y los oídos bien abiertos y... ¿quién sabe? Apostaría a que esta noche vuelvo a casa con buenas noticias para las dos –Justine se estiró para sacar unos pañuelos de papel de la caja que estaba sobre la mesilla–. Y ahora sécate los ojos, mamá. Y no pierdas la esperanza. ¡Tu hija apenas ha empezado a luchar!

Pero durante el corto trayecto a la casa de los Turrell, el recién adquirido optimismo de Justine se fue evaporando. Estaba muy bien albergar aquellas aspiraciones, pero realizarlas era algo completamente distinto. El truco de infundir en su madre falsas esperanzas podría haberle funcionado esa noche, pero... ¿qué sucedería por la mañana, cuando no tuviera esas buenas noticias para ella?

Justine suspiró, y suspiró de nuevo cuando entró en la calle de la mansión de los Turrell y vio que estaba llena de coches aparcados, sin ningún lugar libre.

Finalmente encontró un sitio en una calle adyacente, y cuando tuvo que caminar hasta la mansión, lamentó haber elegido un vestido con una falda tan ajustada, y además tan ligero, apropiado solamente para las cálidas veladas. Lo había visto en una famosa boutique a principios de aquella primavera, y su color rojo había llamado inmediatamente su atención. Le gustaba mucho vestir de ese color en las grandes fiestas navideñas que su madre solía organizar cada año.

Naturalmente, aquel año no se había celebrado ninguna fiesta de Navidad. Justine había encontrado aquel vestido cuando se había visto obligada a elegir la ropa para la tienda de segunda mano; no lo había vendido porque por él tan solo le habrían dado una ínfima parte de su valor. Le había costado una pequeña fortuna, siendo como era un diseño original de pura seda.

Pero en aquel momento se arrepentía de haberlo conservado. En lugar de aquel vestido, debería de haberse quedado con el modelo de terciopelo negro. La gente no recordaba el negro, mientras que el color rojo se veía a kilómetros de distancia. «Una estúpida elección, Justine», se dijo.

Para cuando subió los escalones de la puerta principal y llamó al timbre, Justine ya se estaba arrepintiendo de no haberse quedado en casa con su madre. Fue Trudy quien abrió la puerta.

–¡Así que aquí estás! Estaba empezando a temer que no fueras a venir, después de todo lo que le había presionado a mamá para que te invitara... ¿Y tu madre?

–No se sentía bien. Tenía jaqueca.

–Oh, bueno, quizás haya sido mejor así.

–¿Por qué dices eso? –inquirió Justine.

–Oh, ya conoces a mi madre, Jussie. No es precisamente la mujer con más tacto del mundo. Probablemente habría dicho alguna inconveniencia que ofendiera a Adelaide... No tiene mi naturaleza bondadosa... en realidad, tiene la naturaleza de una bruja.

Justine no pudo evitar sonreír.

–Desde luego que eres bondadosa, Trudy. A veces me pregunto si eres hija de Ivy.

Trudy sonrió mientras hacía entrar a su amiga, cerrando la puerta a su espalda.

–¿Crees acaso que soy adoptada?

–Podría ser.

–¡Qué idea tan encantadora! Vamos arriba para que dejes el bolso en mi dormitorio; luego tomaremos una copa mientras elaboramos el plan B para esta noche. Al menos te has vestido de la forma adecuada –añadió con tono críptico, arqueando las cejas.

Subió a toda velocidad las escaleras, de manera que Justine tuvo que esforzarse para seguirla.

–¿Plan B? ¿Qué demonios es eso?

–Localizar a un tipo rico. Después de todo, el plan A en el banco obviamente no ha funcionado.

–¿Cómo lo has adivinado?

–¿Falta de fe en tus habilidades de vampiresa? –replicó secamente–. Solo tuve que verte la cara cuando entraste hace un momento para saber la verdad. De todas formas, puedes contarme los detalles de la entrevista.

–Hice todo lo me aconsejaste; incluso me puse el vestido color verde lima. Aun así, me echó con cajas destempladas.

–¿Wade te echó con cajas destempladas? –inquirió Trudy, incrédula.

–No solo eso, sino que además me echó un sermón moralizante.

–¡No puedo creerlo!

–Pues lo hizo.

Ya habían llegado al dormitorio de Trudy, una habitación amplia y lujosa como el resto de la casa. La mansión de los Turrell hacía que la residencia de los Montgomery pareciera a su lado la cabaña de un minero.

Trudy dejó el bolso de su amiga sobre su tocador blanco, y luego empezó a atusarse y a retocarse el maquillaje delante del espejo. Trudy no era una belleza convencional, pero tenía un gran atractivo, una figura voluptuosa y unos enormes ojos castaños.

–Quizá alguien del banco lo descubrió al fin –comentó Trudy mientras se pintaba nuevamente los labios–. Y por eso se vio obligado a guardar las apariencias.

–A lo mejor. Mira, fue algo horroroso. Solo tenía ganas de que se me tragara la tierra, te lo aseguro.

–Dios mío, debió de ser terrible para ti. Pobre Jussie –a pesar de sus palabras, la expresión de Trudy parecía más divertida que compasiva–. Tan pronto como hayamos terminado aquí, nos tomaremos unas copas. Y pondremos en marcha el plan B. Esto... supongo que Howard Barthgate no cuenta.

–¡Supones bien!

–Qué pena. Estaba como loco contigo.

–Se le pasó cuando me quedé sin dinero. Desde entonces no he vuelto a saber nada de él. Trudy Turrell: no tengo ninguna intención de adoptar tu plan B. E incluso aunque lo hiciera, no te dejaría elegir a mis candidatos. A juzgar por tu descripción de Wade, al menos esperaba encontrar a un hombre con algo de sex appeal... ¡pero me encontré con alguien tan frío como un sandwich de pepino!

–Debía de estar fingiendo...

–No lo sé. Si ese era el caso, tiene que ser un consumado actor.

–De todas formas, admitirás que tiene un gran atractivo.

–Sí, supongo que sí. La mirada de aquellos ojos negros todavía me provoca escalofríos.

–¿Ah, sí? Bueno, eso es toda una novedad tratándose de ti. Por lo que me has contado, generalmente los hombres te dejan fría. Quizá al fin hayas encontrado a tu media naranja...

–¡No seas estúpida! –exclamó Justine–. Desprecio profundamente a los hombres como Wade Hampton –se dijo que eso era verdad. Pero también lo era que no había podido sacarse a ese hombre de la cabeza, aunque se ruborizaba de vergüenza cada vez que pensaba en él.

–Bueno, ya estoy lista –dijo Trudy, volviéndose hacia ella–. ¡Y ahora bajemos para impresionar a todo el mundo!

Guio a Justine escaleras abajo, hacia el enorme salón donde se habían reunido los invitados. Justine miró a su alrededor, advirtiendo que la mayoría eran gente de mediana edad, y que los más jóvenes se habían concentrado en la terraza, en torno a la piscina.

Alcanzó a descubrir a la madre de Trudy, que parecía haberse pintado una sonrisa en la cara mientras escuchaba a un hombre que en aquel momento le daba la espalda a Justine. No era Felix. Aquel tipo era más alto, de cabello negro y hombros muy anchos.

De repente se volvió, y Justine se quedó paralizada.

–¡Oh, Dios mío! –le susurró a Trudy–. ¿Por qué no me dijiste que iba a estar aquí?

–¿Quién?

–¿Quién va a ser? ¡Wade Hampton!

—¿Wade? ¿Aquí? Me extraña. No lo hemos invitado.
—Bueno, pues alguien tiene que haberlo hecho, porque lo estoy viendo ahora mismo con mis propios ojos.
—¿Dónde?
—Allí, hablando con tu madre.
—¿Estás loca? ¡Ese no es Wade! ¡Es Marcus Osborne!
—¿Qué?

Las dos jóvenes se quedaron mirándose fijamente la una a la otra durante un buen rato antes de llegar a comprender lo sucedido. Justine se quedó horrorizada, mientras que Trudy se echó a reír.

—¡Dios mío, Jussie! ¿Cómo pudiste confundir a Marcus Osborne con Wade? Oh, cielos, esto sí que es divertido. No me extraña que te soltara un sermón. ¡Ojalá hubiera estado presente! ¡Qué escándalo!

—¡Pues yo no le veo la gracia! —estalló Justine, mirando al hombre que había echado por tierra sus esperanzas no accidentalmente, sino de manera deliberada. Había sabido perfectamente desde el principio que ella lo había confundido con Wade Hampton cuando entró en aquel despacho.

¿Pero acaso se había molestado en señalarle su error? ¡No! Había esperado a que ella misma se pusiera en ridículo antes de negarle su ayuda. Evidentemente se había enterado de las sucias actividades de Wade y había probado a ver lo que se sentía.

—Supongo que también tendremos que tachar a Marcus Osborne de la lista del plan B —se burló Trudy—, lo cual es una verdadera pena. Es riquísimo, y está convenientemente divorciado. Y además te gustaba, ¿no? Probablemente necesites un hombre maduro que te encienda, Jussie. Algún banquero de sangre fría cargado de una oculta pasión... Quizá por eso ninguno de los jovencitos con quienes has salido ha podido pasar de la primera base. A propósito, nuestro hombre podría encajar bien con esa descripción. Hasta este mismo momento no me había dado cuenta de lo guapo que es.

–Eso no te lo voy a negar –musitó Justine con expresión sombría–. Pero en cuanto a lo de encenderme, creo que se derretiría primero la Antártida antes de que él lo consiguiera...

Tuvo que decirse que Trudy estaba en lo cierto. La chaqueta negra y la camisa de un blanco inmaculado le sentaban a la perfección, mucho más que el sobrio traje formal que había lucido el día anterior, durante la entrevista. De repente parecía más joven, y elegante, y... sí, también más sexy.

–Te estás ruborizando, Jussie –se burló su amiga.

–No, qué va. Es solo la presión sanguínea, que me está subiendo. Ahora, si me disculpas, tengo algo que decirle a nuestro amigo banquero. ¡Algo que no puede esperar!

Justine entrecerró sus ojos azules mientras la observaba atravesar el salón. Si Marcus Osborne había creído haberse desembarazado de ella de aquella manera tan abominable... ¡evidentemente se había equivocado de medio a medio!

Capítulo 5

Marcus tuvo un presentimiento. En aquel instante Ivy le estaba diciendo que se alegraba muchísimo de verlo, pero su mente ya no estaba concentrada en su anfitriona, sino en una mujer que apenas distinguía por el rabillo del ojo... Cuando volvió ligeramente la cabeza, se quedó paralizado: era Justine Montgomery, que avanzaba hacia él con gesto decidido. Evidentemente alguien debía de haberle informado de su verdadera identidad.

Estaba furiosa, y más atractiva que nunca con aquel provocativo vestido rojo. Marcus no pudo evitar excitarse, hasta el punto de que en aquel momento se alegró de llevar chaqueta.

—Me gustaría hablar con usted —le espetó ella.

—¡Justine, por favor! —protestó Ivy—. Es una grosería interrumpir de esta forma...

—¡Es mucho más grosero fingir una identidad falsa! —replicó la joven, mirando al destinatario de su furia.

A pesar de que admiraba su valentía, Marcus no tenía intención alguna de permitirle que lo difamara en público.

—Buenas tardes, señorita Montgomery —la saludó con fría cortesía—. Me alegro mucho de verla de nuevo. Y sí, estoy de acuerdo con usted. Fingir una falsa identidad es algo reprensible, pero la verdad es que, hasta después de que usted abandonara el banco ayer, no me di cuenta de que me había confundido con el señor Hampton durante nuestra entrevista. Le pido disculpas por ello.

Ivy, querida –se dirigió a su anfitriona–, tengo un asunto de negocios que tratar con la señorita Montgomery, ¿Te importaría dejarnos solos durante unos minutos?

Mientras Ivy los guiaba al despacho de Felix para que hablaran tranquilamente, Marcus no pudo evitar felicitarse de haber salido victorioso del ataque de su adversaria.

–¡Eso era una mentira! –lo acusó Justine, una vez a solas con él–. Ayer usted sabía perfectamente que lo había confundido con Wade Hampton, ¿verdad?

–Al principio, no.

–¡Muy al principio!

–No hasta que me resultó demasiado violento revelarle la verdad.

–¡Oh, tonterías! Usted sabía lo que iba a hacer y me siguió la corriente para atraparme. Lo que me gustaría saber es por qué lo hizo, señor Osborne. ¿Se divirtió haciéndome quedar en ridículo? ¿Le gustó especialmente el espectáculo de que me humillara en su presencia?

–Claro que no.

–No le creo. Pero no importa. Solo quería que supiera que no tengo ninguna intención de entregarle algo que... ayer pudo haberle parecido que le había prometido. Ni a Wade Hampton ni a usted. Especialmente a usted, señor Osborne. ¡Por nada del mundo consentiría en acostarme con usted!

–¿Ah, sí?

–Sí. No me acuesto con los hombres por dinero. ¡Y sobre todo no me acuesto con hombres que tienen hielo en las venas, en lugar de sangre!

–Lo tendré en cuenta, señorita Montgomery –repuso Marcus con frialdad–. Pero créame cuando le digo que ayer no le tendí deliberadamente esa trampa. Cuando me enteré de que el señor Hampton había abusado de su posición, me disgusté bastante...

–¿Que se disgustó? –le espetó Justine–. ¡Los hombres como

usted no se disgustan! Se resiente su ego, eso es todo. ¡Usted me humilló! ¡Y disfrutó haciéndolo!

Marcus se tensó; la indignación se imponía a cualquier sentimiento de culpa que pudiera experimentar. ¿Quién era ella para juzgarlo? Solo contaba con su palabra de que no había tenido ninguna intención de entregarse a él... Y, francamente, no la había creído. Justine era como el ladrón que no lamentaba lo que había hecho, sino que lo hubieran sorprendido con las manos en la masa.

Lo que realmente le fastidiaba más a Marcus era que Justine no estuviera en una situación tan desesperada que pudiese haber justificado una acción tan extrema. Podría haberla compadecido si se hubiera encontrado en una posición de verdadera necesidad, si su madre y ella, por ejemplo, hubieran perdido hasta el último dólar. Pero las dos podrían vivir muy cómodamente con lo que tenían si vendían su mansión y saldaban su deuda.

Pero, querían tenerlo todo. Aquella lujosa mansión era inseparable de su lujoso estilo de vida. Y para colmo, la señorita Montgomery se encontraba allí esa noche... ¡pavoneándose con un vestido que una chica de la clase trabajadora jamás habría soñado con ponerse!

Marcus reconocía los modelos de diseñadores famosos cuando los veía. Y aquel vestido de seda roja hablaba de varios billetes de mil dólares, por no mencionar lo maravillosamente bien que le sentaba a su figura... Porque no podía dejar de admirar su impresionante belleza. Justine Montgomery no era ninguna chica inocente. Era una inteligente y calculadora criatura que sabía lo que quería, y que se frustraba cuando no obtenía los resultados apetecidos.

–Yo no la humillé –le señaló con frialdad–. Usted se humilló a sí misma.

Justine lo miraba pensando que jamás en toda su vida había odiado tanto a un hombre. El corazón le latía salvajemente en el pecho, y estaba temblando de la cabeza a los pies. Mientras que él seguía allí, quieto como una estatua de mármol, con un rostro que parecía una máscara pétrea y unos ojos tan duros como el ébano.

Precisamente fue su fría indiferencia lo que la obligó a dominarse.

—De acuerdo —admitió con voz temblorosa—. Lo hice. Pero al menos tenía una buena razón. ¿Cuál es su excusa?

—¿Mi excusa? —inquirió asombrado.

—No tenía ninguna, ¿verdad? Los hombres como usted nunca necesitan una excusa. Están por encima de explicaciones, de excusas, de disculpas. Ayer usted me soltó un sermón sobre valores morales, pero yo me pregunto, señor Osborne, si acaso su propia vida soportaría una inspección tan meticulosa. ¿Es usted tan puro como la nieve? ¿Cuándo fue la última vez que se acostó con una mujer por otras razones que no fueran un verdadero amor? ¿Cuándo fue la última vez que realizó una exitosa inversión sirviéndose de información privilegiada?

Justine se quedó asombrada al ver cómo se ruborizaba de furia.

—¡Jamás he hecho tal cosa!

—¿Cómo?

—Que jamás me he servido de ese tipo de informaciones. En cuanto a lo de acostarme con mujeres... el verdadero amor es, en estos días, una especie de lujo raro y escaso, señorita Montgomery. A pesar de ello, intento elegir compañeras de cama merecedoras de mi cariño y respeto...

—Imagino que, en ese caso, el número de candidatas disminuirá considerablemente —le espetó Justine.

—Generalmente no tengo problemas.

—¿Con esos criterios tan insoportablemente selectos?

Marcus la miraba imperturbable, para asombro de Justine. Nunca en toda su vida había conocido a un hombre tan prepotente.

—¿Ha terminado ya, señorita Montgomery?

–¡No, claro que no he terminado! Se cree superior a los demás, ¿verdad? Sentado detrás de su enorme escritorio en ese gigantesco banco suyo y decidiendo quién es merecedor de su ayuda y quién no... Indudablemente expulsó a Wade Hampton por lo que había estado haciendo, pero ayer usted mismo no se comportó mejor que él. Aparte de su rechazo, no me hizo justicia al no escuchar mi propuesta con la mente abierta, sin prejuicios.

–Vamos, señorita Montgomery. ¿Sinceramente espera que me inspire confianza que alguien como usted... lleve a buen puerto un negocio como el que me proponía?

–¿Alguien como yo? ¿Qué es lo que ha querido decir con eso? –de pronto Justine lo vio todo rojo–. ¡Oh, ya lo entiendo! Usted piensa que soy una inútil. Una niña rica y mimada que jamás en toda su vida ha hecho el menor esfuerzo por ganarse la vida.

–Usted misma lo ha dicho, no yo.

–Pero lo piensa.

–Quien se pica, ajos come, señorita Montgomery...

Justine se había quedado absolutamente sorprendida; abrió la boca para protestar, pero volvió a cerrarla. Suponía que él tenía razón. Era una niña rica y mimada, y nunca en toda su vida había trabajado de verdad. Pero no era ninguna inútil. Y, ciertamente, no era nada perezosa.

–Le desafío, señor Osborne. Deme una oportunidad para demostrarle que está equivocado. Concédame ese crédito y un plazo de seis meses. Si no saldo mis deudas durante ese tiempo, venderé la casa y quedaremos en paz. Seis meses, señor Osborne –repitió–. No es mucho pedir. Tal y como le dije antes, la casa vale más de un millón. No tiene nada que perder.

–¿Está segura?

–Sí. Mire, me prometí a mí misma que haría cualquier cosa para conseguir ese crédito excepto suplicar. Y no le voy a suplicar ahora. ¡Pero si no me concede ese crédito, espero que se vaya al infierno y se quede ardiendo allí durante toda la eternidad!

Marcus se echó a reír. Y Justine no pudo evitar maravillarse del tremendo atractivo que acababa de experimentar su rostro. Sus ojos negros brillaban y aquella boca dura se había suavizado enormemente.

—Muy bien, señorita Montgomery —repuso, con una encantadora sonrisa todavía bailando en sus labios—. Preséntese en mi banco mañana a primera hora y resolveremos este asunto.

—¿Habla en serio? —Justine lo miraba con la boca abierta.

—Desde luego. Ya tiene su crédito, y un plazo de seis meses. Pero ni un minuto más; puede estar segura de ello. Y ahora, ¿no le parece que deberíamos volver a la fiesta? Nuestra anfitriona se estará preguntando qué ha sido de nosotros.

—Oh, yo no puedo quedarme —Justine se sentía demasiado excitada como para permanecer quieta—. Tengo que irme a casa para contárselo a mamá. No se imagina lo contenta que se va a poner... —presa de un ataque de euforia, le dio un beso en una mejilla—. Gracias, gracias, gracias, hombre encantador... —exclamó, y después de lanzarle una esplendorosa sonrisa, salió apresurada del despacho.

Marcus se quedó inmóvil durante un rato hasta que se llevó una mano a la mejilla, allí donde Justine lo había besado; todavía conservaba el húmedo y dulce contacto de su boca. Se echó a reír de nuevo; ¡incluso le había llamado «hombre encantador»!

Sabía exactamente lo que Justine pensaba de él; lo había visto unos minutos antes, en sus ojos. Lo había despreciado tanto como él mismo la había despreciado a ella.

Pero el dinero constituía un lenguaje universal para las mujeres de su clase. Al día siguiente por la mañana seguro que se desharía en sonrisas con él, flirteando sin cesar, tal y como había hecho el día anterior en el despacho de Hampton. E indudablemente tendría que soportar todo el impacto de su cegador encanto, ahora que ya iba a conseguir lo que quería.

Después de todo, «conseguir lo que quería» era el nombre del juego que se traían entre manos las mujeres como ella.

Pero aquella vez Marcus tenía intención de conseguir él también lo que quería: que era precisamente a la hermosa y deliciosa señorita Montgomery.

En esa ocasión no habría sospecha alguna de chantaje. Le pediría sencillamente que saliera con él, tal y como se lo hubiera pedido a cualquier mujer por la que se sintiera atraído, y después dejaría que las cosas siguieran su curso.

Marcus no tenía ninguna duda de que la señorita Montgomery aceptaría su invitación a cenar, y cualquier otro ofrecimiento que le hiciera posteriormente. Estaría deseosa de llevarse bien con su banquero, sobre todo una vez que descubriera lo difícil que era saldar una deuda mediante pagos mensuales. Si de algo estaba seguro, era de que ella se comportaría exactamente tal y como había previsto.

Seis meses de plazo, le había pedido ella. Pues bien, esos seis meses le convenían a la perfección, decidió cínicamente Marcus.

Recordó lo que Felix le había dicho aquella noche en que puso por primera vez sus ojos en ella:

–No tienes por qué casarte con la chica...

Al fin había descubierto la sabiduría que escondía aquel consejo de Felix. Tenía tanta razón... Si alguna vez se casaba de nuevo, desde luego que no lo haría con una chica que fuera capaz de cualquier cosa con tal de conservar su gran mansión, o de lucir todos los días un vestido de diseño...

Marcus se preguntó qué se pondría el lunes. Seguro que no volvería a ponerse aquel modelo color verde lima; sería algo más sofisticado, y menos descarado. Querría impresionarlo con su sinceridad y con su seriedad.

«Negro», pensó. Las mujeres siempre se vestían de negro cuando querían parecer discretamente atractivas.

En ese instante, llamaron a la puerta. Felix asomó la cabeza y miró a su alrededor antes de entrar en el despacho, como si buscara a alguien.

–Ivy me dijo que estabas aquí con Justine Montgomery.

–Estaba.

Felix arqueó las cejas y Marcus esbozó una leve sonrisa irónica.

–No, no se trata de eso, Felix. Solo estábamos hablando de negocios. La señorita Montgomery necesita un crédito.

–Ya, eso he oído. Trudy me lo dijo. Y también me dijo que tú ya habías rechazado la petición de Justine, pero que los dos llevabais aquí tanto tiempo que piensa que ella ya debe de haber pasado al plan B.

–¿Plan B? –inquirió Marcus, tenso.

–Un plan de emergencia en caso de que Justine no consiguiera ese crédito. El plan B servía al objetivo de buscarse rápidamente un marido rico.

Por alguna razón, aquella confirmación del carácter de Justine fastidió a Marcus más de lo esperado. Aunque aquello no tenía por qué haberlo sorprendido tanto...

–Me había olvidado de lo atractiva que la habías encontrado antes, en aquella ocasión... –le estaba diciendo Felix–. Pensé que quizá podrías haber estado actuando en ese sentido...

–Lamento decepcionarte, Felix. Solo le estaba ofreciendo a la señorita Montgomery ese crédito; no la estaba seduciendo.

–Eso es algo sorprendentemente generoso, Marcus, teniendo en cuenta las poco ideales circunstancias que la rodean. Pero a mí no me engañas, viejo amigo... –añadió, sonriendo malicioso–. Eres un cabezota en todo lo referente a tu banco, pero sospecho que ha sido la pasión, y no la compasión, lo que te ha movido a realizar ese gesto tan poco característico en ti. Estaba deliciosa con ese vestido rojo, ¿verdad?

–Me temo que no me he fijado en lo que llevaba, Felix –mintió Marcus mientras se dirigía hacia la puerta.

Su amigo lo siguió fuera del despacho, riendo.

Capítulo 6

El lunes por la mañana, Justine llevaba ya un buen rato esperando a que Marcus Osborne la invitara a pasar a su despacho. Debía de llevar cerca de media hora sentada en la oficina de su secretaria, con lo cual empezaba a temer que hubiera cambiado de opinión acerca de concederle el crédito.

Trudy se habría reído si la hubiera visto tan preocupada. El día anterior, por teléfono, había insinuado que había conseguido el crédito porque el banquero estaba loco por ella, una idea descabellada en opinión de Justine. Aquella amiga suya estaba obsesionada con el sexo. A Marcus Osborne ni siquiera le gustaba mínimamente...

Otra cosa le preocupaba: ella misma no alcanzaba a comprender sus propios sentimientos hacia él. Trudy había ido demasiado lejos al acusarla de haberse sentido atraída por el banquero. Justine estaba segura de que no era así, aunque tenía que admitir que el sábado por la noche había estado especialmente atractivo con su traje negro. Y también muy sexy...

Durante el fin de semana, Justine había pensado muchas veces en él, con sensaciones bien contradictorias. Todavía estaba molesta por el rechazo que tuvo que soportar el viernes, pero no podía evitar reconocer que ya no lo odiaba, ¿Cómo podría odiarlo, cuando tan magnánimamente había cambiado de idea para concederle el crédito? Lo que deseaba en aquel momento, más que cualquier otra cosa, era hacerle cambiar de idea con respecto a ella. Quería que la mirara con respeto, que se diera cuenta de que no era ni estúpida ni perezosa, que tenía carácter.

Pero temía lo difícil que pudiera resultarle realizar esos deseos. Él tenía ideas preconcebidas acerca de las chicas como ella; eso resultaba evidente. La preocupaba mucho que, en el tiempo que había transcurrido desde el sábado por la noche, Marcus Osborne pudiera haber reconsiderado su impulso de concederle el crédito a una persona a la que tomaba por frívola e irresponsable.

Una vez que a Justine la permitieron pasar al despacho, su preocupación no hizo sino incrementarse. Ignorando valientemente la inquietud que le atenazaba el estómago, esbozó una sonrisa radiante y entró con decisión.

El despacho era bastante diferente del intimidante cubículo en el que había entrado el viernes de la anterior semana. Grande, rectangular, estaba dominado por un enorme escritorio en forma de semicírculo, delante de un ventanal. Y sentado detrás se hallaba Marcus Osborne, con su silueta recortada contra una espectacular vista de la ciudad.

Parecía realmente lo que era: el presidente de un prestigioso banco comercial, con su impresionante traje gris oscuro, de diseño italiano, su elegante corbata de rayas azules y grises y su camisa de un blanco inmaculado.

Sus ojos negros recorrieron lentamente su figura mientras Justine avanzaba hacia él. Podría haber estado equivocada, pero tuvo la impresión de que su apariencia lo agradaba, lo cual no hizo sino aumentar su autoconfianza. Ahora se alegraba de haber seguido el consejo de su madre y vestirse de forma conservadora, con un traje negro de manga corta y botones dorados al frente. Se había recogido el cabello en un clásico moño francés, y lucía unos elegantes pendientes de oro.

—Lamento haberle hecho esperar, señorita Montgomery —se disculpó Marcus—. Siéntese —y señaló un grupo de sillas de respaldo alto situadas frente al escritorio.

—Por favor, no me llame señorita Montgomery —le pidió con tono suave mientras tomaba asiento, cruzando las piernas—. Detesto ese tipo de formalidades. Llámeme simplemente Justine.

—Será un placer —esbozó una atractiva sonrisa que consiguió tensarle los nervios una vez más—. Y creo que deberíamos empezar a tutearnos. Llámame Marcus, Justine.

—Marcus —repitió, sonriendo aliviada ante la forma en que se estaban desarrollando las cosas.

En aquella ocasión, no habría podido soportar tener que volver a casa para decirle a su madre que había fracasado de nuevo. La pobre mujer se había puesto tan nerviosa y excitada con las buenas noticias de la noche del sábado... que aquello la había revitalizado totalmente. El día anterior había sido de gran ayuda, dedicándose a las tareas domésticas y atreviéndose incluso a cocinar. Adelaide también le había prometido encargarse de la cocina de la futura casa de huéspedes, algo de lo cual se alegraba enormemente Justine. Cocinar nunca había sido su fuerte, aunque siempre podría aprender. Ya le había dicho antes a Marcus que sería capaz de hacer cualquier cosa si se lo proponía, así que... ¡cumpliría su palabra!

—No habrás cambiado de idea, ¿verdad? —le preguntó.

—En absoluto —respondió con tono suave—. Soy un hombre de palabra.

—¡Eso es maravilloso! —exclamó—. Estaba un poquito preocupada. Supongo que tendré que firmar los papeles...

—Será tu madre quien tenga que firmarlos, dado que ella es la legal propietaria de la casa. Ya te llamaré para pedirte mayores detalles sobre el proyecto. Lo primero de todo... —continuó, repantigándose en su sillón de piel— ¿qué pertenencias exactamente piensas vender para reducir el saldo de la deuda?

Justine se alegró de haber ido preparada.

—He elaborado una lista —dijo mientras rebuscaba en su bolso y sacaba un papel doblado, antes de levantarse para entregárselo—. Hay varias piezas de mobiliario antiguo, vajilla y cubertería del siglo XVIII y seis obras de famosos pintores australianos. He tasado en un precio justo cada uno de estos artículos. Como puedes ver, el total asciende a más de trescientos mil, aunque naturalmente parte de ese dinero se dedicará a las comisiones de las subastas.

Justine observó con satisfacción el gesto de sorpresa de Marcus.

—Es un mobiliario muy valioso. Y estas obras son excepcionales.

—¿Tienes conocimientos de antigüedades y de pintura? —le preguntó ella.

—He hecho un profundo estudio de este tipo de inversiones. Las buenas antigüedades y las obras artísticas nunca pierden su valor. ¿Quién las compró? ¿Tu madre?

—No, mi abuela.

—¿Y quién te hizo la tasación?

—Nadie. Yo misma las tasé —al ver que arqueaba las cejas sorprendido, añadió—: Mi abuela era una gran experta y me dio una formación exquisita en arte y antigüedades antes de morir.

—Tengo que reconocer que estoy impresionado, Justine. Muy impresionado.

—Esta misma tarde llamaré a una agencia de subastas —le informó ella, deseosa de impresionarlo aún más.

—No, no hagas eso. Estoy interesado en comprar personalmente lo que tienes aquí. De esa manera, los dos saldremos beneficiados y te ahorrarás una jugosa comisión.

—¡Pero eso es maravilloso!

—Naturalmente, me gustaría verlas primero. ¿Estarás en casa a primera hora de la tarde? ¿Digamos a eso de las dos?

Justine dudó por un momento; aquella misma tarde había pensado en ir a vender su coche. Pero eso podría esperar. ¡No podía rechazar una oferta semejante! No solamente se ahorraría un montón de trabajo, sino que además Marcus estaba en lo cierto: se ahorraría mucho dinero.

—Sí, por supuesto —sonrió.

«Sí, por supuesto», pensó Marcus, irónico. No tenía ninguna duda de que respondería con ese mismo «sí, por supuesto» a cualquiera de sus sugerencias, incluida la invitación a cenar que le lanzaría esa misma tarde.

Todo en Justine había sido previsible, empezando por su conducta y su comportamiento. No había perdido el tiempo en hacer a un lado las formalidades, acribillándolo con sus radiantes sonrisas. Todas las despreciativas miradas que le había lanzado durante la noche del sábado se habían evaporado, y en sus ojos había brillado una definitiva disposición a agradar...

Eso sí, tenía que reconocer que la tasación de las pinturas y de las antigüedades lo había sorprendido mucho. Aquella chica conocía aquel tema. Y él también. Marcus no era ningún estúpido. Reconocía un buen negocio cuando lo veía.

Quizá todo aquel extraño episodio que se había abierto en su vida no le costara tanto como había temido en un principio. Por supuesto, no le concedería ese crédito con dinero del banco... ¡pensarían que se había vuelto loco! Se lo financiaría con su propio dinero.

«¿Pero qué diablos?», se preguntó, inquieto. Ella lo había cautivado, a pesar de todo. Lo había cautivado y excitado de manera insoportable. Le había costado demasiado esfuerzo permanecer tranquilamente sentado allí, comportándose como un frío y sereno banquero. Su mente no le había dejado descanso alguno... y así seguiría sucediendo hasta la noche, hasta el momento en que al fin encontrara la oportunidad de estrecharla entre sus brazos y besarla.

A no ser, por supuesto, que esa oportunidad llegara antes.

—Discúlpame un momento, Justine —le dijo bruscamente.

Presionó el botón del intercomunicador, y su secretaria le contestó de inmediato.

—Me gustaría cancelar todos mis compromisos para después de comer, Grace.

—¿Todos?

Marcus podía comprender la sorpresa de Grace. Jamás antes se había tomado una sola tarde libre.

Bueno... al menos desde aquel día en que regresó a casa obedeciendo a un presentimiento y sorprendió a Stephany en la cama con su amante.

Aquel recuerdo invadió su mente con su habitual precisión, pero extrañamente aquella vez no se presentó acompañado del dolor y la amargura acostumbrados. Su asombro solo era superado por la gratitud que sentía hacia esa excitante criatura que, en aquel mismo momento, lo estaba mirando con un nada fingido interés.

Mucha gente le había dicho antes que la forma de olvidar a Stephany era encontrar a otra mujer. Y parecía que habían tenido razón. No se trataba de que pensara casarse con ella; no era tan estúpido. Si la encantadora Justine había pasado al plan B con él, entonces estaba destinada a llevarse una gran decepción. Aun así, los beneficios que podría reportarle aquel intento de cazarlo le resultaban insidiosamente atractivos.

—Sí, Grace —respondió con tono firme—. Todos.

—Muy bien, señor Osborne. Oh, antes de que se vaya...

—¿Sí?

—Acaba de llamar Gwen. Ha sufrido un pequeño accidente: se ha torcido un tobillo. El médico dice que tiene que estar en reposo durante quince días. Me encargó que le dijera que lo echa de menos. En todo caso, me encargaré de contratar a otra persona por el momento, pero pensé que antes querría saberlo...

—Sí, gracias. Llame a la floristería, Grace, y envíele unas flores. Incluya una nota diciendo que Marcus le desea una pronta recuperación, y que espera ansioso su regreso.

—Sí, señor Osborne.

Marcus apagó el intercomunicador y levantó la mirada, sorprendiéndose al ver que Justine lo miraba frunciendo el ceño. Tal vez le extrañaba que pudiera enviarle flores a una mujer que, por otra parte, había declarado que lo echaba de menos... No tenía por qué darle explicaciones, pero tampoco quería entregarle en bandeja una razón para que lo descartara como potencial marido o amante. No quería que pensara que tenía una amante en su vida. La única amante que deseaba tener Marcus era la propia Justine.

–Pobre mujer –exclamó–. Es una de las empleadas de la limpieza. Limpia cada noche este despacho. A menudo nos ponemos a charlar cuando me quedo a trabajar hasta tarde. Su marido se encuentra en paro, y tienen cinco hijos. Así que ella es la única que aporta dinero a la casa.

Marcus miró intensamente a Justine pensando que, cuando le convenía, podía adoptar una expresión dulcemente compasiva. Verdaderamente, a veces casi parecía un ángel.

–Oh, Dios mío –murmuró ella–. Qué vida tan dura. ¿Seguirá cobrando mientras está enferma?

–Por supuesto. Forma parte de la plantilla de la empresa.

–¡Déjame a mí hacer su trabajo mientras tanto!

Marcus se quedó boquiabierto ante su petición. Y contrariado. Lo último que deseaba era que Justine le limpiara cada noche su condenado despacho. Tenía otros planes para sus veladas.

–No sabes lo que me estás pidiendo –repuso con tono cortante–. Gwen limpia todo este piso entero. Trabaja desde las seis hasta las doce, cinco noches por semana. Es un trabajo muy duro.

–¿Crees que le tengo miedo al trabajo duro? –le espetó Justine, desafiante.

Marcus no pensaba eso. Pero sí estaba convencido de que no tenía ni idea de lo que significaba el trabajo duro.

–¡Pues bien, no! –insistió ella–. Puedo hacerlo; sé que puedo –se inclinó hacia adelante–. No empiezo en la universidad hasta dentro de dos semanas. Pienso poner un anuncio el próximo sábado en el *Herald* ofreciendo una casa de huéspedes con pensión completa. Espero tener muchísimos solicitantes, dada la cercanía de mi casa al campus, pero al menos durante las tres primeras semanas no sacaremos ningún dinero. Sería estupendo que pudiéramos empezar con una paga de quince días, eso te lo aseguro –como él seguía sin decir nada, le suplicó–: Por favor, Marcus...

Se conmovió profundamente ante aquel uso de su nombre de pila, que inspiraba en su corazón unos sentimientos que jamás había querido volver a experimentar por una mujer. Su inmediata reacción ante aquella inesperada debilidad fue de rechazo. ¡No deseaba por nada del mundo dejarse conmover de aquella forma por Justine!

De pronto, descubrió un perverso atractivo en la imagen de Justine limpiando y abrillantando los suelos que él pisaba, el sillón en el que se sentaba. Eso la mantenía firmemente donde él quería. En sus deseos carnales, ni más ni menos. Algo nada profundo ni peligroso.

Marcus se daba cuenta en aquel momento de que una íntima cena aquella noche habría sido un error. Habrían hablado demasiado. Y él no quería llegar a conocerla... al menos en cualquier otro sentido que no fuera el estrictamente bíblico. No había razón por la que no pudiera quedarse trabajando convenientemente hasta tarde durante las dos próximas semanas... y no pudiera poseerla en su despacho, en lugar de en su cama.

–Muy bien. El empleo es tuyo –pulsó el botón del intercomunicador antes de que su sentido común le hiciera cambiar de idea–. ¿Grace? Olvídese de contratar a una sustituta para Gwen. Tengo a alguien dispuesto a hacer el trabajo. Luego, me hará el favor de acompañarla a Personal para los trámites necesarios.

–Sí, señor Osborne.

–¿De verdad que estás deseosa y dispuesta a realizar ese trabajo, Justine?

No pudo evitar un tono burlón. Aunque era de sí mismo de quien se estaba burlando. «Has perdido, Marcus», pensó.

–Ya te dije una vez que podría hacer cualquier cosa que me propusiera. Entonces no me creíste y ya veo que sigues sin creerme ahora.

–Tendré que verlo para creerlo, Justine.

La joven entrecerró sus ojos azules, deslizando hacia adelante su labio inferior en un delicioso gesto de terquedad.

–Pues lo verás.

–¡Vas a trabajar como limpiadora!

Justine contó hasta diez antes de contestar:

–Solo durante dos semanas, mamá.

Cruzó la cocina para abrir la nevera. Hacía poco que había llegado del banco, y necesitaba desesperadamente tomar algo fresco. Fuera hacía mucho calor.

Encontró una lata de cola. La última. ¡Tendría que salir pronto a comprar comida si no querían morirse de hambre las dos!

–Pero... pero... –balbuceaba Adelaide.

–¿Pero qué? –le preguntó Justine, frustrada, conteniéndose para no cerrar el frigorífico de un portazo.

–¿Crees que sabrás lo que hay que hacer? –le preguntó su madre, incómoda.

–¡Oh, no, tú también! –abrió la lata y se la llevó a los labios.

–¿Qué quieres decir con eso de «tú también»?

La bebida no consiguió aplacar su humor, que se había acalorado al ritmo de la temperatura ambiente. Había sido el verano más caluroso en cien años, según el parte meteorológico que su madre escuchaba devotamente cada mañana.

–Marcus tampoco se cree que pueda llegar a hacerlo. Pero se lo demostraré –le aseguró–. ¡Se lo demostraré aunque sea la última cosa que haga en la vida! –bebió otro trago de cola.

–¿Marcus?

–Marcus Osborne, el presidente del banco. El hombre que estuvo la otra noche en la fiesta de Felix. El hombre al que he visto hoy. ¡El señor Santurrón! ¡Dios mío, lo que daría yo por poder borrar de su atractivo rostro esa sonrisa de superioridad!

–¿Es atractivo?

–¡Sí!

–¿Cuántos años tiene ese hombre atractivo?

–Treinta y tantos, no lo sé exactamente. Algunas veces parece más joven, otras más viejo.

–¿Casado?

–¡Eres tan mal pensada como Trudy! –Justine sacudió la cabeza, exasperada, antes de apurar su refresco.

–¿Sí? ¿Y por qué?

–Porque ella también está intentando casarme con él. Cree que le gusto, lo cual es absolutamente falso. Me considera una irresponsable niña mimada y está esperando a que fracase para escupírmelo a la cara. Me atrevo a decir que la única razón por la que se ha ofrecido a comprarnos las pinturas... ¡es porque no quiere parecer un estúpido concediéndome ese crédito!

–¿Va a comprar las pinturas?

–Si le gustan, sí. También se ha mostrado interesado por las antigüedades. Vendrá esta tarde para verlas.

–¿Y si no le gustan?

–Le gustarán. Los hombres como Marcus Osborne lo miden todo en términos de ganancia o pérdida. Todo lo que vamos a ofrecerle son verdaderas gangas, mamá, y él lo sabe...

–En realidad no te cae bien, ¿verdad?

Justine pensó en Marcus, sentado en su gran sillón de piel, con aquel aspecto tan impresionante, tan altanero...

–Me saca de mis casillas.

–Así que eso es todo. Bueno, es un hombre, ¿no? Los hombres a menudo sacan de sus casillas a las mujeres. Pero a veces los hombres más desagradables son los más atractivos. Por lo que has dicho de él, ser la esposa del señor Osborne debe de ser un empleo mucho mejor que ser su limpiadora.

Justine se echó a reír.

—El día que me convierta en la esposa del señor Osborne... ¡me presentaré desnuda en la boda!

—Sería una interesante ceremonia, querida. Sería mejor que llevaras un largo velo.

—Muy gracioso, mamá.

—No estoy intentando ser graciosa. Lo que pasa es que nunca te había visto ponerte tan nerviosa con un miembro del sexo opuesto. Habitualmente te muestras muy indiferente con ellos mientras dan vueltas en torno a ti intentando impresionarte. ¿Estás segura de que el señor Osborne no está intentando impresionarte, pero de una manera más sutil, más madura? Es un hombre de treinta y tantos años, querida, y todos tus otros admiradores solo eran unos muchachos.

—Mamá, solo te lo diré una vez más. No me gusta Marcus. No está intentando impresionarme. Es un banquero implacable, con hielo en las venas en vez de sangre. Y basta ya de hablar de él... con ello solo consigo elevar mi presión sanguínea, junto con la temperatura de mi cuerpo. Voy a tomarme una larga ducha fría antes de que acabe derritiéndome de calor...

Marcus aparcó su lujoso coche gris frente a la residencia de las Montgomery. No era exactamente una mansión, pero sí una selecta residencia de dos pisos, construida en piedra y rodeada de un encantador jardín. Valdría bastante más de un millón en subasta, situada como estaba en aquel prestigioso barrio residencial de la Costa Norte, disfrutando de una posición tan privilegiada sobre el río Lane Cove. Justine estaba en lo cierto. Haría una apuesta segura concediéndole un crédito con tan codiciada mansión como respaldo.

Poco complacido por ese pensamiento, abrió la puerta y se vio asaltado de inmediato por una fuerte oleada de calor. Todo el mundo se había estado quejando de aquel largo y tórrido verano, pero el tiempo no le preocupaba demasiado, dado que su vida transcurría principalmente encerrada en oficinas con aire acondicionado. Su casa y su coche también disfrutaban de ese sistema. Los domingos salía a navegar, pero en el puerto no hacía tanto calor.

A pesar de la alta temperatura, dominó la tentación de quitarse la chaqueta y la corbata mientras se dirigía a la puerta principal. Suspiró de alivio en el momento en que alcanzó la sombra del pórtico, aunque la larga espera hasta que alguien contestó al timbre no contribuyó a atenuar su incomodidad. Gotas de sudor empezaban a perlarle la frente, y tuvo que sacar un pañuelo para enjugárselas.

Su desasosiego no hizo sino incrementarse cuando le abrió la puerta la hija de la dueña de la casa, vestida únicamente con unos diminutos vaqueros cortos y un top de color fresa. Su encantador rostro estaba libre de todo maquillaje, y su larga melena rubia se derramaba sobre sus hombros, todavía húmeda después de la ducha reciente. El cepillo que llevaba en la mano, más su expresión de desconcierto, indicaba que la había pillado por sorpresa.

–¡Llegas pronto! –lo acusó.

–Son las dos en punto según mi reloj.

–Oh, Dios mío, es verdad. Lo siento. Me disponía a cambiarme antes de que llegaras.

¿Cambiarse?, se preguntó Marcus. Él no quería que se cambiara. Quería que siguiera exactamente como estaba, aunque iba a costarle un gran esfuerzo controlarse mientras miraba aquellos hombros desnudos, o la forma en que se delineaban sus senos bajo la tela de su top. Por no hablar de la manera en que se le destacaban los pezones...

–No hay necesidad –repuso con voz ronca–. Lo que llevas está bien.

–Desde luego es mucho más fresco que lo que me puse esta mañana. ¿Tú no tienes calor, vestido como vas?

La sonrisa de Marcus fue tensa.

—La verdad, sí.

—Entonces entra y quítate la chaqueta, por el amor de Dios.

Tragando saliva, Marcus entró en el vestíbulo y dejó que lo ayudara a quitarse la chaqueta.

—Y con esta corbata, una prenda tan absurda con este calor... —añadió ella.

Marcus imaginó que no sería el primer hombre al que Justine incitaba a desnudarse. Ni tampoco el último.

—¿Me vas a reñir? —le preguntó con expresión irónica mientras se despojaba de la corbata.

—¿Acaso alguien podría reñirte? ¿No eres el gran jefe de ese importante banco tuyo?

—Sí y no. Soy el presidente del banco, pero no el poseedor. Soy responsable ante la junta de accionistas.

—¿Tengo que suponer que la junta exige que su presidente siempre vaya vestido de traje durante las horas de trabajo?

—Creo que, si vistiera de otro modo, lo desaprobarían.

—Apostaría a que sí —rio Justine—. Pero la junta no está aquí presente, ¿verdad? Esta tarde estás haciendo novillos. Y a juzgar por el tono de tu secretaria esta mañana, tú no haces novillos con frecuencia, ¿verdad?

—Creo que soy un novato en este juego; debo admitirlo.

—Bueno, pues yo era una experta cuando iba a la escuela. La primera regla para hacer novillos es quitarse el uniforme. Nadie podría divertirse llevando un uniforme. Dame esa corbata; tengo el presentimiento de que te la vas a volver a poner tan pronto como te dé la espalda.

Marcus se la entregó obedientemente y luego observó cómo la colgaba junto con la chaqueta en el armario que había debajo de las escaleras. Al mirarla bien, se le secó la boca. Verdaderamente, ¡aquellos diminutos vaqueros deberían estar registrados como un arma mortal... junto con aquel devastador top!

—¿Y la segunda regla? —le preguntó.

—Oh, en realidad no hay una segunda regla. Lo que sigue a

continuación depende de cada cual. Hacer novillos es hacer todo lo que te apetece hacer en vez de aquello a lo que estás obligado.

–¿Y qué te apetecía hacer a ti, Justine?

–Ah –sonrió con tristeza–. Ya sé por dónde vas. Ahora mismo estás pensando que soy la chica más frívola e irresponsable del mundo. Pero no quiero alimentar tus sospechas. Digamos simplemente que cualquier cosa era preferible a tener que ir a la escuela cuando la señorita Bloggs daba clases de desarrollo personal y educación sexual.

Marcus observó el delicioso gesto de disgusto que hizo con los labios para subrayar su frase. Indudablemente, en aquellos temas no habría necesitado recibir clase alguna. Habría preferido sustituir la teoría por la práctica.

Le habría gustado tener la misma edad que Justine y haber asistido a la misma escuela que ella. Le habría encantado hacer novillos en su compañía. No había niñas en la institución para chicos en la que él se había visto obligado a ingresar. Y sus profesores habían sido hombres brutales que habían ignorado las leyes existentes contra el castigo corporal de los alumnos.

Pero en aquel momento no deseaba pensar en eso. Quería concentrar su atención en la deliciosa criatura que tenía delante. No podía seguir juzgándola con tanta dureza; era simplemente la víctima de su educación. Y no había maldad alguna en ella, ni maldad ni crueldad. No era otra Stephany. Era como un aliento de aire fresco entrando por la ventana de su aburrida vida de banquero.

De pronto se sentía hastiado y cansado del banco, de trabajar dieciocho horas al día. Quería divertirse, hacer novillos... con ella.

Podría haberla estrechado entre sus brazos en aquel mismo momento, podría haber besado aquellos maravillosos labios si una mujer no hubiera aparecido súbitamente en el vestíbulo... una mujer que Marcus supuso sería la madre de Justine.

La mujer lo miró de arriba abajo, como solo una madre podría hacerlo.

–El señor Osborne, del banco, supongo... –dijo avanzando hacia él con un mano tendida, sonriéndole–. ¿Cómo está usted? Soy Adelaide Montgomery, la madre de Justine.

–¿Cómo se encuentra, señora Montgomery? –le estrechó la mano.

Regordeta, demasiado acicalada, era el perfecto ejemplo de la forma de vida consentida, ociosa, regodeada en el lujo y en la inactividad. Pero a pesar de ello, Adelaide Montgomery todavía poseía una especie de encanto infantil que hacía que, de manera instintiva, le gustara a primera vista a la gente.

–Oh, llámame Adelaide. Ni a Justine ni a mí nos gustan las ceremonias, ¿no es cierto, querida? –inquirió, abrazando cariñosamente a su hija.

–Pues en ese caso, yo soy Marcus.

–¡Qué nombre tan masculino! Bueno, pues te dejo en las manos de Justine, Marcus. Ella te lo enseñará todo. Solo quería saludarte y agradecerte la ayuda que nos has prestado. Son los hombres como tú los que me renuevan la fe que tengo en la humanidad. Y en los banqueros –añadió con una dulce sonrisa.

–No te olvides de hablar con Tom cuando llegue –murmuró Justine, y sus palabras parecieron provocar un efecto desolador en su madre.

Marcus se estaba preguntando quién era Tom cuando Adelaide le explicó con entristecida expresión:

–Tom es nuestro jardinero. O, al menos, lo era. Justine dice que ya no nos podemos permitir tener uno. No sé cómo voy a decirle que ya no podemos tenerlo con nosotras...

Marcus estuvo a punto de abrir la boca para ofrecerse personalmente a pagarle el sueldo al maldito jardinero; tan grande era la habilidad de aquella mujer para despertar sus más profundos instintos de protección... Algo que no le sucedía a su hija. Justine le despertaba otra clase de instintos...

—Mamá, no creo que tengamos necesidad de hablar de esto delante de Marcus —le musitó la joven.

—No, no, claro que no —se ruborizó Adelaide, sintiéndose culpable—. Lo siento. Tienes razón, cariño. Perdóname; me olvidé... Somos nosotras las que tenemos que resolver nuestros propios problemas.

—Sí, mamá. Bueno, ahora voy a enseñarle a Marcus las cosas de la abuela. Esta noche tengo que trabajar, ¿recuerdas?

—Sí, sí, por supuesto. ¿Nos veremos más tarde, quizás, Marcus? Podríamos tomar el té juntos.

—Me encantaría —respondió él.

La madre de Justine se apresuró a retirarse, con aspecto escarmentado. Marcus se sentía furioso con Justine, hasta que la miró y descubrió su propia aflicción. Fue entonces cuando apreció la verdadera magnitud de sus problemas, junto con la inmensa responsabilidad que se había cargado sobre sus débiles hombros.

El impulso que sintió de estrecharla entre sus brazos no fue menos fuerte, pero en aquel momento se mezclaba a su deseo una fuerte carga de compasión. Quería consolarla tanto como seducirla.

—Lo siento —susurró ella al ver su ceño fruncido.

—No tienes necesidad alguna de preocuparte —repuso bruscamente—. Ahora comprendo lo que querías decirme. Ella no es nada fuerte, ¿verdad?

—No.

—No sería capaz de soportarlo si tuviera que vender la casa, ¿eh?

—Creo que no. Vamos, subiremos arriba para que primero te enseñe lo del primer piso.

Empezó a andar, y Marcus tuvo que apresurarse para seguirla. No volvió a decirle nada hasta que llegaron al rellano de la escalera.

—Acerca de lo del jardinero, Justine...

–¡No! –negó con énfasis, girando en redondo para mirarlo–. No quiero tu caridad, Marcus. Ya has hecho bastante. Puede que mi madre no pueda soportar bien esto, pero yo sí. Soy joven y fuerte. Yo misma podría encargarme de las labores de jardinería. ¿O acaso crees que no sería capaz de hacerlo?

–Creo que tal vez estás asumiendo una responsabilidad demasiado grande.

–Quizá sí y quizá no. Pero soy yo la que tengo que decidirlo, ¿verdad? ¿O acaso piensas que necesito un hombre que me dirija? –le espetó.

–Pienso que lo que necesitas, Justine... es un amigo.

–¡Un amigo! –exclamó–. Me temo que los amigos han escaseado bastante desde que murió mi padre. Antes tenía montones de amigos. Y novios. Pero ahora no me queda ninguno para pedirle un poco de ayuda... ¡algo que tampoco haría, de todas formas!

Marcus frunció el ceño. Aquello no era lo que había esperado. Había pensado que cualquier insinuación íntima que le hiciera a Justine sería inmediatamente aceptada e incluso estimulada, pero no malinterpretada. ¿Acaso no había estado flirteando descaradamente con él desde su llegada? ¿A qué extraño juego estaba jugando?

–¿Y qué pasa conmigo? –le sugirió.

–¿Contigo?

Su gesto de estupor, más que de asombro, no hizo sino irritarlo aún más.

–Sí, por supuesto. ¿De quién si no pensabas que estaba hablando?

Capítulo 7

Justine se había quedado helada.

–Pero... pero...

–¿Pero qué? –le preguntó Marcus con tono suave–. ¿Acaso existe alguna razón por la que tú y yo no podamos ser amigos, Justine? Tú misma admitiste que no existía ningún joven celoso que pudiera poner objeciones. Por mi parte, estoy convenientemente divorciado, sin compromiso alguno.

La miró intensamente y Justine sintió una extraña inquietud en el estómago. No era ninguna estúpida. Con la palabra «amistad», Marcus no podía referirse a una relación como la que le unía a ella con Trudy. Aunque por otro lado «novio» le parecía una palabra muy inadecuada para un hombre como él. «Amante» resultaba más acertada.

Marcus Osborne quería ser su amante. «¡Dios mío!», exclamó para sus adentros. Durante todo ese tiempo, Trudy había tenido razón. A Marcus le gustaba. Probablemente le había concedido el crédito y se había ofrecido a comprarle las pinturas y las antigüedades no porque fuera un hombre bueno, o compasivo, sino porque la deseaba.

Lo cual no lo convertía en un hombre mucho mejor que Wade Hampton, en realidad. Sencillamente era más retorcido.

Justine debería haberse sentido ofendida. Y así se habría sentido la chica que había acudido al banco el viernes de la semana anterior, o la que había asistido a la fiesta de Felix, el sábado. La Justine que había visitado a Marcus aquella misma mañana, en su despacho, habría reaccionado sin duda con disgusto.

Pero algo le había sucedido desde entonces; Dios sabía cuándo o cómo se había operado ese cambio. Su madre había estado en lo cierto cuando le dijo que nunca antes le había puesto tan nerviosa un miembro del sexo opuesto.

Y ciertamente se había puesto muy nerviosa desde el momento en que le abrió la puerta, hacía tan solo unos momentos. Había balbuceado, en cierta forma había incluso flirteado con él mientras le pedía que se quitara la chaqueta y la corbata. ¿Habría hecho eso porque inconscientemente se moría de ganas de tocarlo?

En ese instante, mientras lo miraba fijamente, se preguntó cómo sería verlo completamente desnudo, sin ropa alguna. Ese pensamiento la hizo ruborizarse aún más. Casi podía sentir la sangre hirviéndole en las venas, tiñendo de grana su rostro, su cuello...

¿Acaso Trudy habría tenido también razón en eso? ¿Acaso debajo de su aparente furia e irritación contra Marcus se ocultaba una intensa atracción sexual?

El asombro incrédulo parecía batallar con la realidad, en la cual figuraba el pensamiento de Marcus deseándola. Deseándola hasta el punto de hacer cualquier cosa con tal de poseerla: romper sus hábitos, sus preciadas reglas, arriesgar su propia alma... Aquello era sencillamente asombroso.

–¿Justine? –inquirió él–. ¿Hay algún problema? ¿Te pasa algo?

–¿Por qué quieres ser mi amigo? –le espetó–. Ni siquiera te gusto.

Sus ojos se encontraron, y ella ya no pudo apartar la mirada.

–Justine –le dijo con voz ronca, y extendió la mano derecha para acariciarle delicadamente una mejilla.

La joven no podía moverse viendo cómo él inclinaba lentamente la cabeza, cubriendo la distancia que separaba su boca de la suya. Iba a besarla, y ella iba a permitírselo.

Cerró con fuerza los ojos, como si haciéndolo casi pudiera fingir que todo aquello no le estaba sucediendo a ella. No podía quedarse allí, quieta, dejando que Marcus le hiciera eso... ¡Era algo impensable!

Un ligero gemido escapó de su garganta cuando sintió el roce de sus labios. Y en el momento en que Marcus se apartó, a ese gemido siguió otro, a manera de dolorosa protesta. El pensamiento de que podría marcharse después de haberle dado aquel breve y maravilloso beso le resultaba a Justine tan decepcionante... que se puso de puntillas para besarlo a su vez.

Marcus gruñó. De inmediato deslizó una mano a lo largo de su cuello para acariciarle la nuca, mientras que con la otra la tomaba de la cintura para acercarla hacia sí. Justine se sentía casi fundida con él; sus cuerpos se tocaban por todas partes, pecho contra pecho, vientre contra vientre, muslo contra muslo.

Todo aquello era increíble: el cuerpo de Marcus, su calor, su boca moviéndose sin descanso sobre la suya. Justine jamás había experimentado nada parecido; jamás había imaginado que un beso pudiera despertar en ella tanta excitación, tanto anhelo. Quería más besos. A sus labios afloró un leve gemido de dolorosa súplica... Y Marcus no necesitó otra invitación.

Deslizó su lengua entre sus labios, cada vez más profundamente.

A pesar de que Justine siempre había sentido repulsión por los besos con lengua, aquel lo dejó cautivada, extasiada. Hasta el punto de que, cuando vio que se disponía a retirarse, lo agarró de los hombros mientras reclamaba su boca con una desesperación que más tarde la dejaría asombrada.

Marcus finalmente se apartó, abrazándola con fuerza.

–Recuérdame no besarte en público –murmuró contra sus labios–. Diablos, Justine...

–Bésame otra vez –susurró Justine.

Marcus tomó su rostro entre sus manos para sembrarlo de pequeños besos. Justine cerró los ojos una vez más, suspirando profundamente.

—Dios, te deseo tanto... —pronunció él con voz ronca—. Dime que tú también me deseas... Esto no es solo gratitud, ¿verdad? Dime que es real, Justine. ¡Dímelo!

—Sí —fue lo único que alcanzó a responder, con el corazón acelerado—. Sí —repitió, besándolo de nuevo.

Una sensación de júbilo invadió a Marcus cuando escuchó de sus labios aquel reconocimiento y la sintió rendirse en sus brazos. Nadie, pensó triunfante, sería capaz de fingir tan bien. Justine lo deseaba, lo deseaba tanto como él a ella.

Su beso fue ávido, exigente, y la respuesta de Justine satisfizo todas sus expectativas. Todo en ella hablaba de sexo: los gemidos que emitía, la manera en que su cuerpo se adaptaba al suyo... Podía imaginar cómo sería la sensación de hundirse en su interior... Simplemente de pensarlo se excitaba hasta un punto insoportable.

La levantó en brazos para llevarla a la habitación más cercana, sin dejar de besarla. Era un dormitorio, según advirtió por el rabillo del ojo, un enorme dormitorio con una cama de dosel. Y se tumbó con ella en el lecho intentando no pensar en su madre, que debía de encontrarse en el piso de abajo.

Muy pronto ya no le bastó besarla en los labios. Tenía que saborearla más, tocarla más... Su pasión estaba fuera de control. Él mismo estaba fuera de todo control.

Y, al parecer, lo mismo le sucedía a ella.

Justine no lo detuvo cuando le bajó aquel provocativo top hasta la cintura para exponer sus perfectos senos a sus ojos, y luego a sus labios. Gemía y se retorcía debajo de su cuerpo, presa del más absoluto abandono, mientras Marcus le lamía los rosados pezones, endureciéndoselos...

—¿Te gusta? —le preguntó de pronto, apoyándose en un codo para mirarla.

—Sí —admitió, mirándolo a los ojos.

«Indudablemente sí», pensó Marcus mientras se esforzaba por mantener el control. Por mucho que le hubiera encantado desnudarla por completo allí mismo, un mínimo sentido de la decencia le exigía detenerse. Su madre podría subir en cualquier momento...

Pero era casi imposible renunciar al inmenso placer que ella le ofrecía. «Me detendré pronto», se prometió a sí mismo, dedicándose a observar su rostro mientras delineaba con el dorso de la mano sus exquisitos senos, deleitándose en sus gemidos y en su acelerada respiración.

«¿Responderá siempre con tanto abandono?»; aquella pregunta logró inquietarle por un momento antes de que se hiciera a un lado, reacio. Pero, aunque así fuera, ¿qué podía importarle a él? Aquello era lo que había deseado de ella, ¿no? Puro sexo. ¿A quién le importaba que hiciese lo mismo con otros hombres? Lo último que deseaba era una relación emocional con esa chica.

—¡Justine! —la llamó de pronto su madre, desde el piso de abajo—. ¿Estás ahí arriba?

Marcus murmuró un juramento, apartándose rápidamente de ella. Justine, según advirtió con cierta irónica diversión, tardó varios segundos en volver a la realidad. Cuando lo hizo, se sentó en la cama, intensamente ruborizada mientras se subía el top para cubrirse los senos.

Al ver aquel rubor, Marcus sintió deseos de sonreír. Al parecer, incluso una chica tan liberada como ella encontraba embarazosa aquella situación. ¿Acaso pensaría su bondadosa madre que Justine seguía siendo una virgen tierna e inocente?

Marcus imaginaba que Grayson Montgomery no habría albergado semejante ilusión sobre su hija. Un hombre como él habría reconocido al momento su innata e indudablemente experimentada sensualidad. Cualquier hombre lo habría hecho.

Mientras seguía observando sus frenéticos esfuerzos por alisar la colcha de la cama, advirtió que estaba poco dispuesta a mirarlo a los ojos. De hecho, encontraba encantador aquel rubor de vergüenza, quizá por lo mucho que contrastaba con aquella excitante criatura que un momento antes, desnuda hasta la cintura, se había olvidado de todo excepto de sus caricias.

–¿Justine? –la llamó de nuevo su madre. Indudablemente, su voz ya se oía más cerca.

Justine gimió, alisó por última vez la colcha y salió disparada hacia el rellano de la escalera, evitando decididamente la mirada divertida de Marcus.

–Aquí estoy, mamá. ¿Qué es lo que quieres?

Su madre se había detenido a mitad de la escalera, sin resuello. La propia Justine también estaba sin aliento. Daba gracias a Dios de que Adelaide la hubiera llamado en vez de presentarse directamente en la habitación.

–Tom está aquí. Estaremos en el jardín trasero, por si nos necesitas. ¿Qué tal va todo con Marcus? ¿Le ha gustado lo que tenías que enseñarle?

–Desde luego –contestó el mismo Marcus, saliendo al rellano de la escalera y apoyando ambas manos en la barandilla.

Justine se ruborizó al mirar fijamente aquellas manos que, tan solo un minuto antes, la habían acariciado de una forma tan increíblemente maravillosa. Todavía podía sentir los pezones ardiéndole por debajo del top.

–Excelente –declaró Adelaide, bajando de nuevo.

Justine permaneció inmóvil al lado de Marcus, confundida. El sentido común le advertía que aquello no era verdadero amor... ¡ni en un millón de años lo sería!

Pero los sentimientos que le inspiraba Marcus eran muy poderosos. Y desconcertantes. Lo que había experimentado en aquella cama era inenarrable. Jamás había experimentado nada tan excitante, a pesar de que no se había sentido en absoluto cómoda ante aquella pérdida de todo control...

Marcus, en cambio, no parecía compartir aquel estado de confusión. O de incomodidad. Una vez que hubo desaparecido su madre, se volvió hacia ella para estrecharla una vez más entre sus brazos, y besarla hasta hacerle perder casi el sentido.

—¿Siempre te comportas así con las mujeres? —le preguntó Justine sin aliento cuando al fin él se apartó.

—¿Cómo?

—Tan... perversamente.

—¿Conque esas tenemos, eh? —Marcus se echó a reír—. No sabía que quisieras resistirte entonces... ni ahora —empezó a besarla delicadamente en la mejilla, hasta llegar al lóbulo de la oreja.

—Me haces unas cosas... —admitió Justine, estremeciéndose— que jamás antes había sentido...

—¿De qué forma?

—De todas las formas.

—Mmm. Dime más cosas —murmuró, inclinándose para besarle el cuello.

—Quizá seas tú quien deba decirme más cosas —replicó con voz ronca.

Marcus se irguió y la contempló fijamente con los ojos entrecerrados.

—¿De qué estás hablando?

—¿Me concediste el crédito porque querías acostarte conmigo?

—¿Me ganaría una bofetada si te contestase que sí?

—No.

—Entonces sí. En parte.

De nuevo el disgusto no formó parte de la reacción de Justine, para su propia sorpresa. La emocionaba la evidencia de la pasión que Marcus sentía por ella, una pasión que debía de haberse impuesto incluso a sus principios. Porque no se había olvidado de que no la tenía en muy alta estima.

—Luché contra la tentación desde el momento en que te vi,

el viernes pasado –le confesó Marcus mientras le delineaba los labios con un dedo–. Y habría tenido éxito si no hubieras aparecido en aquella condenada fiesta, llevando aquel condenado vestido... ¿Sabes cómo estabas con ese vestido rojo? ¿Tienes alguna idea de lo que sentí al verte?

–No... –¿cómo podría saberlo? Acababa de iniciarse en los placeres de la carne. Pero había vislumbrado su poder, y podía comprender bien la necesidad de hacer a un lado cualquier principio para entregarse a aquellas sensaciones.

–Ven conmigo –la urgió, deslizando un dedo a lo largo de su cuello hasta llegar a sus senos– y te lo enseñaré.

–¿Ahora? –repitió Justine, sin aliento.

–Sí. Podemos ir a mi casa; no está lejos. Allí estaremos solos.

Por mucho que deseara aceptar, la imagen de ella misma entregándose por entero a Marcus, entregándole su virginidad, la llenó de pánico.

–Yo... yo no puedo hacer eso –se volvió, liberándose de sus brazos.

–¿Por qué no? Antes dijiste que querías. ¿Qué es lo que ha cambiado tan de repente? –su expresión se endureció, y la miró con una intensa frialdad–. No juegues de esta forma conmigo, Justine. No estoy de humor para ello, y además no te conviene...

–No, lo que pasa es que... tú... me estás apresurando demasiado. ¡Y detesto esa sensación!

Marcus arqueó una ceja, y una irónica sonrisa se dibujó en sus labios.

–Quieres hacerme esperar, ¿verdad?

–Yo... creo que yo misma quiero hacerme esperar.

–Ah...

Justine no tenía ni idea de lo que significaba aquel «ah», pero aun así le provocó un estremecimiento de deseo.

–Y tú me llamabas perverso –murmuró Marcus–. De acuerdo, lo haremos a tu manera. ¿Cuándo saldrás conmigo, entonces?

Justine sabía que aquello era como si le preguntara cuándo se acostaría con él. Y ella acabaría aceptando, de eso no tenía ninguna duda. Sinceramente, ansiaba que Marcus fuera su primer amante. Ahora se daba cuenta de que su esperanza de encontrar el verdadero amor no había sido más que un estúpido sueño romántico, alimentado por la creencia de que necesitaría un amor absolutamente especial para poder realizar un acto tan íntimo con un hombre. Porque siempre había considerado aquel acto como un doloroso y necesario sacrificio.

Pero lo que aquella tarde había experimentado con Marcus había sido puro placer. Bueno, quizá no tan puro... pero definitivamente un placer al que no podría renunciar.

Al margen de su comprensible miedo a hacer el amor, se ocultaba el temor de que pudiera ahuyentar a Marcus cuando descubriera su falta de experiencia. Justine se daba perfecta cuenta de que la consideraba una auténtica experta. Una deducción bastante lógica, teniendo en cuenta las circunstancias en que se habían conocido y el ambiente en el que ella misma se movía.

En su ambiente, la virginidad era una auténtica rareza, y la promiscuidad la norma. Marcus, por otro lado, era un hombre maduro. Y deseaba mantener con ella una relación sexual igualmente madura. No perdería el tiempo con ella si le decía que no.

La propia Justine se quedó sorprendida de lo mucho que la aterraba aquella posibilidad.

—¿Cuándo, entonces? —gruñó él.

—El sábado por la noche —respondió ella.

—¡El sábado por la noche! Dios mío, eso es una eternidad. ¿Por qué no esta misma noche?

—Esta noche tengo que trabajar, ¿recuerdas? Y todas las noches durante los próximos quince días.

—¡Maldita idea! Sabía que era una mala idea cuando acepté tu propuesta. Mira, ¿qué te parece si contrato a otra persona para que haga ese trabajo? Así podremos pasar todas y cada una de esas noches juntos. Te daré todo el dinero que necesites.

–No.

–¿Qué quieres decir con ese «no»? –inquirió Marcus con tono irritable.

–He querido decir eso mismo: que no. No vas a contratar a nadie para que haga mi trabajo. ¡Y tampoco vas a darme ningún dinero! ¡Reclamo mi derecho a ganármelo trabajando honestamente! Como ya te dije una vez antes, yo no me acuesto con los hombres por dinero.

«¿Ah, no?», pensó cínicamente Marcus. Dudaba que estuviera en aquel momento con ella si no fuera banquero.

–También dijiste que por nada del mundo te acostarías conmigo –le recordó con tono seco, buscando en su expresión algún indicio de culpa, alguna evidencia de que su pasión no era sincera, sino que obedecía a razones prácticas.

Después de todo, si ella lo deseaba tanto como parecía, ¿qué sentido podría tener demorar la consumación de aquel deseo? Sinceramente, dudaba que su petición de que esperase respondiera a un juego erótico, concebido para aumentar la intensidad de su satisfacción sexual. En los juegos que las mujeres solían practicar, Marcus siempre había encontrado más motivos de poder que de placer. Él era el único que salía perdiendo con aquella espera.

A pesar de todo, el sábado por la noche llegaría tarde o temprano.

–Creo que debería enseñarte las cosas que has venido a ver –le dijo ella bruscamente, antes de mirarlo con cierta inquietud–. Eso si realmente quieres comprarlas. Porque no irás a decirme que solo has venido aquí esta tarde para seducirme, ¿verdad?

¿Seducirla?, se preguntó Marcus, irónico. Justine tenía tanta necesidad de que la sedujeran como la propia Mata Hari. Nunca había conocido a ninguna mujer que se encendiera tan rápidamente de deseo. Su cuerpo parecía hablar un lenguaje automático e instintivo cuando la tocaba. La forma en que se habían endurecido sus pezones ante el más leve contacto, la manera en que había gemido, y se había retorcido de pasión...

¡Diablos, tenía que dejar de pensar en eso, o acabaría por satisfacer su deseo allí y ahora!

–No voy a confesarte ni una sola cosa más –murmuró–. Supongo que no vas a reconsiderar mi propuesta de adelantar nuestra salida a esta misma noche...

–¡Supones correctamente!

–Entonces continuemos con esto.

Aquella tarde supuso una dura prueba para la paciencia de Marcus. Le resultó muy duro concentrarse en las explicaciones de Justine, pero finalmente el valor de lo que le ofrecía consiguió despertar su interés.

Las obras que le enseñó habían sido pintadas por famosos artistas australianos. Merecían con justicia el precio que les había puesto Justine, y quizá más. Las antigüedades eran igualmente valiosas, en su mayor parte pequeñas mesas de enorme valor. Había una de palo de rosa y nogal que habría costado una pequeña fortuna en una subasta pública; el trabajo de marquetería era tan excepcional que Marcus sintió reparos de comprarla por el precio ofrecido. Cuando así se lo dijo a Justine, la chica hizo un gesto despreciativo, como si no le diera importancia:

–Estoy satisfecha con el precio que le he puesto a todo. Y también me satisface pensar que irá a parar a manos de alguien que sabe apreciarlo. Sé que cuidarás las cosas de mi abuela como lo habría hecho yo, especialmente las pinturas.

–¿Son tuyas, Justine? –le preguntó él, frunciendo el ceño–. ¿No eran de tu madre?

–Todo lo que te he mostrado es mío. La abuela me lo legó

en su testamento. No quise vender las cosas de mamá; ya ha perdido demasiado.

Marcus no pudo evitar conmoverse al ver las lágrimas que afloraban a sus ojos.

—Justine, si no quieres vender estas cosas, solo tienes que decírmelo.

—No se trata de que quiera o no quiera venderlas, Marcus; me temo que sencillamente tengo que hacerlo. O las vendo o pierdo la casa, y sé que eso sí que no podría soportarlo mamá.

Marcus frunció aún más el ceño. ¿Estaría fingiendo con el fin de sacarle algún tipo de beneficio? ¿Estaría provocando su compasión con ese objetivo? Justine afirmaba querer sobrevivir por sus propios medios, pero... ¿sería eso verdad?

En ese instante se acordó de nuevo del plan B. Un marido rico podría resolver todos sus problemas. Marcus casi se sentía tentado de ofrecerse él mismo para ese puesto...

Pero la posibilidad de que Justine le respondiera afirmativamente, junto con la inevitable perspectiva de un nuevo divorcio, lo disuadió de hacerlo. Tal y como le había dicho Felix, no tenía necesidad alguna de casarse con ella. Simplemente esperaría hasta la noche del sábado. Mientras tanto, le ofrecería la posibilidad de recuperar el legado de su abuela en un futuro próximo, puesto que lo conservaría como una inversión.

—Justine, yo...

—Por favor, no vuelvas a hacerme ninguna oferta que tenga que rechazar, Marcus —le espetó—. Solo he aceptado tu crédito porque creo que puedo devolvértelo. Y acepté tu oferta de compra de todo esto porque sabía que sería un negocio justo. La compasión no tiene nada que ver en ello. Una vez me dijiste que en la vida no hay soluciones fáciles ni rápidas; ahora me doy cuenta de la razón que tenías. La muerte de mi padre me ha hecho ver muchas cosas sobre mí misma. Sí, he sido una chica egoísta y mimada; jamás he tenido que trabajar para sobrevivir. Pero estoy aprendiendo. Y aprenderé más, si tú me lo permites –se interrumpió, mirándolo fijamente–. ¿Quieres ser mi amigo? Estupendo; a mí me encantaría. ¿Quieres salir conmigo? Estupendo también. Apostaría a que eres maravilloso en la cama. Lo que no quiero es que me conviertas en una mantenida. Eso no lo necesito. ¿De acuerdo?

Marcus estaba realmente impresionado, tanto por sus palabras como por los sentimientos que traslucían.

–Créeme –le dijo–, lo último que quiero es que seas mi mantenida. No iba a ofrecerte dinero. Simplemente quería darte las gracias.

–¿Por qué? –lo miró con sospecha.

–Por haberme dado la oportunidad de poseer y disfrutar de estos tesoros tan maravillosos. Te prometo que los conservaré con esmero, y que si alguna vez deseas recuperarlos, serán tuyos por el mismo precio que he pagado por ellos.

Justine desvió la mirada, parpadeando rápidamente para contener las lágrimas.

Marcus se sintió nuevamente conmovido; aquella chica era muchísimo más tierna y sensible de lo que había pensado en un principio. De hecho, estaba empezando a pensar que todo lo que estaba haciendo no se debía tanto a un ansia egoísta por conservar un lujoso estilo de vida, sino a una genuina preocupación por su madre y por su hogar.

En silencio, le puso una mano sobre un hombro desnudo, a manera de consuelo. Las palabras sobraban mientras luchaba contra el impulso de estrecharla una vez más entre sus brazos.

–Lo siento –sonrió Justine, enjugándose las lágrimas con el dorso de la mano–. Te agradezco muchísimo esa oferta que acabas de hacerme. Esta vez sí que no me puedo negar. Y tienes razón: el legado de mi abuela es sencillamente maravilloso.

Marcus retiró la mano de su hombro, inquieto ante el pensamiento de que el tesoro más maravilloso que ansiaba poseer era la misma Justine Montgomery. Solo esperaba que el precio que tuviese que pagar no fuera demasiado alto.

Capítulo 8

–¡No! –exclamó Trudy por teléfono después de que Justine le hubo relatado de manera levemente recortada los sucesos del día–. ¡No me lo puedo creer!

–¡Pero si eras tú la que decías que yo le gustaba a Marcus! –protestó Justine.

–Esa no es la parte que no me creo, tonta. Lo que me parece asombroso es que te guste a ti...

–Lo sé. Incluso a mí me cuesta creerlo. Cuando se marchó, simplemente tenía que decírselo a alguien. No podía contárselo a mamá. Ella todavía está con Tom.

–¿Quién es Tom?

–El jardinero.

–Creía que dijiste que no os podías permitir tener un jardinero.

–Y así es. Pero él insiste en seguir haciendo su trabajo gratis. Dice que no necesita el dinero y que no sabría qué hacer sin el trabajo. Tengo el presentimiento de que mamá le gusta... Es viudo, ¿sabes? Y creo que a ella también le gusta. A la hora del té se mostró muy cariñosa con él. Pero bueno, te he llamado para hablar de Marcus y de mí. Necesito que me aconsejes. Trudy, el sábado voy a salir con él, y me temo que se va a llevar una buena sorpresa cuando descubra que soy virgen.

–Dios mío, ¿vas a acostarte con él en tu primera cita? Quiero decir, es de ti de quien estás hablando, ¿no, Jussie? ¿No de mí?

—Sí —suspiró Justine—. Es de mí —sabía que sonaba absurdo, pero también sabía que no sería capaz de resistirse a Marcus cuando empezara a hacerle el amor.

Y le haría el amor. Lo sabía perfectamente. ¡No había insistido en que fueran a su casa para jugar al ajedrez con ella!

—Madre mía, ¿qué es lo que te ha hecho hoy? ¿Acaso te ha hechizado con un bebedizo mágico?

«Quizá», concedió para sí Justine. Se sentía absolutamente hechizada y cautivada por aquel hombre. Había ocupado cada uno de sus pensamientos desde que se marchó de la casa, hacía apenas un cuarto de hora. Y desde entonces tenía la sensación de que había pasado una eternidad.

—Marcus no es lo que yo creía que era. Es... es...

—Un banquero —fue el seco comentario de Trudy—. Jamás lo olvides. Y una vez estuvo casado con la mayor mujerzuela que ha existido nunca desde Jezabel... o al menos eso es lo que dice mi padre. Yo no llegué a conocerla. No se casará contigo, Jussie.

—Pero si yo no quiero casarme con él... —Justine tenía que reconocer que aquello jamás se le había pasado por la cabeza.

—Estás hablando conmigo, ¿recuerdas? Yo te conozco, Jussie. Si ese tipo te gusta tanto, apostaría hasta mi último dólar a que ya te has enamorado de él. Una vez que pierdas tu virginidad con Marcus, ya no podrás dejarlo. Especialmente si te demuestra que es un buen amante... algo que, por otra parte, yo dudo mucho.

—Será un buen amante —repuso Justine, estremeciéndose al recordar lo que le había hecho Marcus en la cama de su madre.

—Pareces muy segura de ello. Dios mío, me gustaría saber qué es lo que te ha hecho hoy... No puedo creerlo. Apenas la otra noche te referías a Marcus como un ser frío, sin sentimientos.

—Marcus no es así.
—Otra vez lo estás defendiendo. ¡Pero si el otro día lo odiabas!
—Estaba equivocada sobre él.
—A lo mejor no.
—Yo pensaba que te alegrarías cuando te diera la noticia. Llevas años deseando que me inicie en el sexo... –al ver que Trudy permanecía callada, insistió–: ¡No estoy enamorada de él!
—Mmmm.
—Veo que en este caso no tiene sentido que te pida consejo –le espetó Justine, y colgó bruscamente.

El teléfono volvió a sonar. La chica lo descolgó reacia, sabiendo que su madre todavía seguía en el jardín en compañía de Tom.

—Lo siento –se disculpó Trudy–. Lo que pasa es que no quiero que nadie te haga daño. Mira, sé que siempre me he burlado de la fe con que esperabas al amor de tu vida, pero en el fondo me parecía algo muy bonito y romántico...

A Justine empezó a temblarle el labio inferior. Antes de que pudiera darse cuenta de ello, estalló en sollozos.

—No llores, Jussie –le suplicó Trudy–. Por favor, no llores.

Justine había tenido un día cargado de emociones. Primero había llorado con Marcus por las cosas de su abuela... Y ahora estaba llorando por sus románticos sueños perdidos...

—Estoy bien. De verdad.
—No, no estás bien. Últimamente has sufrido mucho, y te mereces divertirte un poco. Sal con Marcus y acuéstate con él, si así lo quieres. Pero procura refrenar ese corazón tuyo. Tú no estás hecha para el sexo sin amor, Jussie.
—Probablemente no me deseará cuando descubra que soy virgen –sollozó.
—Yo no estaría tan segura de ello –replicó Trudy–. Podría incluso desearte más.
—¿Sí? Yo había pensado que saldría corriendo.

−¿Por qué?

−Porque mi virginidad acabará con todos los prejuicios que ha albergado sobre mí. Más todas sus expectativas... Marcus desaprobó mi comportamiento en aquella entrevista del viernes pasado, pero aun así él mismo se sintió tentado... Me toma por una experta en seducir hombres. Dice que quiere ser mi amigo, Trudy, ¡pero yo creo que solo quiere tener una aventura con una jovencita mundana!

−Mmmm. Quizá tengas razón.

−Puedo improvisar la fase previa al acto sexual... he leído lo suficiente para tener alguna idea. Pero eso no me va a ayudar mucho cuando llegue el momento decisivo. No quiero que sepa que no lo he hecho antes. ¿Qué puedo hacer?

−Mira, Jussie, no sé...

−¿Cómo fue en tu caso?

−Me dolió muchísimo.

−Oh, fantástico.

−Pero tengo un amiga que sostiene que su primera vez fue maravillosamente tierna. Nada de dolor.

Justine cerró los ojos, pensando que aquella conversación no iba a reportarle nada.

−Esto son tonterías, Trudy. Quizá simplemente debería contarle la verdad.

−Sí, eso sería lo mejor.

−Crees que entonces dejará de tener interés en mí, ¿no?

−Creo que se lo pensará dos veces.

−Bien. Eso es lo que quiero que haga. El viernes pasado, en el banco, lo convencí de que yo era algo que no era en realidad. Me gustaría tener la oportunidad de corregir esa opinión.

−Oh, querida...

−¡No estoy enamorada de él!

−No es la primera vez que me lo dices.

−Pero es que nadie me cree... −sollozó Justine.

−Yo te creo. Y ahora, Jussie, cuelga de una vez o llegarás tarde a trabajar. Son más de las cuatro y media. ¿No decías que tenías que estar en el banco a las seis?

–Sí, pero no queda lejos de aquí.

–No te olvides de la hora punta. Marcus no estará allí esta noche, ¿verdad?

–No lo creo. Tenía libre el resto del día. ¿Por qué?

–Los hombres como él siempre se quedan a trabajar hasta tarde. Incluso más tarde aún si les gusta la limpiadora...

–Tienes una mente perversa.

–Sí. Y solo soy una chica. Imagínate el tipo de mente que tiene un hombre de treinta y cinco años. ¿Qué te vas a poner?

–En el banco me darán un mono de trabajo.

–Un mono estará bien. Es muy difícil desnudar a una chica vestida con un mono.

–No estoy dispuesta a escuchar más bobadas...

–De acuerdo, pero luego no digas que no te he avisado. Te llamaré mañana. O, mejor incluso, me pasaré por tu casa.

–Sí, hazlo. Así podrás hacer algo útil y ayudarme a vender el coche.

–¡Vas a vender tu coche! ¡Pero si lo necesitas!

–Necesito un coche, pero me servirá uno más barato. No tienes ni idea de lo dura que es la vida, Trudy.

–Ya me lo dirás mañana.

–No vengas antes de mediodía. Creo que esta noche acabaré agotada.

–No lo dudo –comentó Trudy, maliciosa.

–¡Oh, basta ya! –le espetó Justine, y colgó de nuevo.

Marcus no tenía intención alguna de volver al banco cuando dejó a Justine. Se dirigió directamente a su casa y se zambulló en la piscina para enfriar el ardor que sentía. Después de nadar veinte largos, convenientemente relajado, se envolvió en un albornoz y se dispuso a prepararse un café y algo de comer. Luego encendió el televisor para ver los informativos de las cinco.

La locutora apareció en pantalla. Era hermosa y rubia, con una bonita sonrisa. Pero no tenía ni punto de comparación con Justine, cuyo rostro era muchísimo más atractivo... para no hablar de su figura. Jamás podría olvidar la forma perfecta de sus senos. Todavía podía verla en la pantalla de su imaginación, yaciendo medio desnuda, con los labios entreabiertos, jadeando...

Marcus juró entre dientes. Hasta ese instante se las había arreglado bastante bien para no pensar en ella. Y ahora volvía de nuevo, atormentando tanto su cuerpo como su cerebro. El pensamiento de que aquella misma tarde la encontraría sola en su despacho del banco suscitaba en él perversas tentaciones... Se sentía impelido de ir hasta allí, de verla en carne y hueso. Y nadie podría sospechar de su retorno, ni siquiera Justine. Tenía una razonable excusa para volver ese mismo día al banco.

–He tenido que quedarme a trabajar –se imaginó a sí mismo diciéndole a Justine–. Mucho tiempo he perdido ya esta tarde.

Esbozó una sonrisa irónica. Y se preguntó qué le diría Justine si le confesaba lo que realmente pensaba:

–Te echaba de menos, cariño. No podía esperar hasta el sábado por la noche. ¿Qué te parece si lo hacemos sobre la mesa de juntas?

«No». Eso sería lo que le respondería Justine: no.

Marcus no estaba dispuesto a colocarse en una posición en la que pudiera parecerle un desesperado. O un loco. Lo que significaba que tendría que esperar pacientemente hasta la noche del sábado para realizar su próximo movimiento.

Apretando con fuerza los dientes, pulsó su mando a distancia y consignó al olvido a la locutora rubia, antes de levantarse para servirse otra taza de café.

***

Justine tenía ganas de llorar. El denso tráfico le había hecho perder unos quince minutos, y todavía se encontraba a menos de cincuenta metros del rascacielos de cristal que albergaba el banco. Un par de veces se había sentido tentada de abandonar el coche para acercarse caminando. Pero no podía hacerlo... Al día siguiente, tendría que vender el coche, por mucho que lo necesitara. Le reportaría mucho más dinero que el que consiguiera trabajando durante dos semanas como limpiadora.

Su insistencia de aquella mañana al querer realizar ese trabajo de limpieza había sido más una cuestión de terquedad y orgullo que de desesperada necesidad, a pesar de lo que le había dicho tanto a su madre como a Trudy. Había querido demostrarle a Marcus que no era ninguna vaga, que estaba dispuesta a trabajar duro. Y ahora iba a llegar tarde...

Maldijo en silencio varias veces. En un momento determinado logró avanzar unos metros; al parecer, había tenido lugar un accidente un poco más adelante. «Qué mala suerte», pensó Justine.

Finalmente salió de la autopista para dirigirse hacia el aparcamiento subterráneo. Se vio detenida por una barrera con un guardia de seguridad, que se apresuró a decirle que aquello era un aparcamiento privado, no público. Procurando guardar la calma, Justine esbozó una de sus radiantes sonrisas y le enseñó la credencial laboral que le habían dado esa misma mañana.

—Soy la limpiadora —explicó—. Esta es mi primera noche. Ha habido un accidente y por eso he llegado un poco tarde.

El guardia miró extrañado su lujoso coche, se encogió de hombros y le indicó un lugar vacío donde aparcar. Minutos después, Justine llegaba al sexto piso para ponerse a buscar frenéticamente a la jefa de limpieza, que se suponía tenía que instruirle sobre lo que debía hacer.

Al fin la localizó en el minúsculo despacho donde había tenido lugar su primer y embarazoso encuentro con Marcus. Después de escuchar una retahíla de explicaciones y disculpas, la mujer, que debía rondar los cincuenta años y se llamaba Pat, le entregó un mono de color gris y un carrito móvil con todo el equipo de limpieza, junto con un enorme juego de llaves.

Su dominio abarcaba todo el séptimo piso, según le explicó, y debía asegurarse de cerrar bien cada habitación después de limpiarla. Empezaría por el final del pasillo, donde se encontraba el despacho del presidente y la sala de juntas, para seguir hacia atrás. Sus cometidos serían pasar la aspiradora y limpiar los despachos cada noche; no debía tocar absolutamente nada, excepto las papeleras para vaciarlas. Por último, tenía también que limpiar los servicios, y había cuatro en el séptimo piso. El señor Osborne tenía uno particular anejo a su despacho.

–Suelo parar a eso de las ocho y media para cenar algo –le informó Pat al lado de los ascensores–. Ya te avisaré. Ah, y no te preocupes si alguno de los despachos no está vacío. Los tipos de esta empresa suelen ser adictos al trabajo y a veces se quedan a trabajar hasta la madrugada. Tú como si nada: entras y limpias. Ni siquiera repararán en tu presencia –la miró con expresión astuta–. Bueno, quizá en tu caso sea diferente. Cualquier hombre tendría que estar muerto para no fijarse en ti, cariño. Será mejor que te recojas esa melena, y no sonrías demasiado. Solo tienes cinco horas para limpiar todo el piso, y charlar no figura en tu lista de tareas.

Después de recogerse el cabello durante el corto trayecto hasta el séptimo piso, se limpió la pintura de labios con el dorso de la mano. No había ido allí para seducir a ningún ejecutivo. Había ido a limpiar, a demostrarse a sí misma y a Marcus que era perfectamente capaz de trabajar para ganarse la vida.

Se abrieron las puertas del ascensor y salió a un corredor enmoquetado, empujando el carrito de la limpieza. Pat había estado en lo cierto; todavía había luces encendidas en algunos despachos. De pronto se abrió una puerta a su derecha y un hombre vestido de traje salió apresurado, sin dignarse siquiera a mirarla. Parecía preocupado, casi acosado por sus obligaciones...

¿Sería eso lo que Marcus exigiría a sus empleados?, se preguntó Justine. ¿Diez horas de trabajo al día? Recordó el asombro de su secretaria cuando le dijo que deseaba tomarse la tarde libre; evidentemente, no hacía novillos demasiado a menudo.

Sus pensamientos vagaron luego al matrimonio de Marcus y a los motivos de su fracaso. Trudy había calificado a su exesposa de «mujerzuela», pero quizá la situación había sido diferente: tal vez ella no había podido soportar su continuada ausencia en el hogar debido al trabajo excesivo. Esas cosas sucedían.

Al día siguiente, le pediría a Trudy que averiguara todo lo posible, a través de su padre, del matrimonio de Marcus y de la mujer con la que se había casado. Quería saber cuánto había durado, y cuánto tiempo había transcurrido desde su divorcio.

De pronto, Justine se estremeció al pensar que quizá podría haber niños de por medio. La idea de que Marcus fuera padre no le gustaba nada. De hecho, tampoco le gustaba la idea de que hubiera estado casado, o de que se hubiera enamorado antes...

«Pero ahora no está enamorado, tonta», le reconvino una voz interior. «¡Y desde luego que no de ti! Solo quiere llevarte a la cama; él mismo así lo ha admitido. Será mejor que lo recuerdes para no empezar a convertir esto en un romance. Es un problema de química, o de deseo, no de verdadero amor».

A Justine se le contrajo el estómago, y el corazón le dio un salto en el pecho. ¿Estaría Trudy en lo cierto? ¿Se estaría enamorando de Marcus? ¿Acaso ya había empezado a enamorarse de él?

No lo sabía; ¿cómo podría saberlo? Jamás antes se había enamorado, y no tenía ni idea de lo que se sentía. ¿No sería más bien una cuestión de puro deseo? Después de todo, siempre que pensaba en Marcus, el sexo no andaba muy lejos... No podía dejar de pensar en las sensaciones que experimentaría al acostarse con él.

Su resolución de decirle a Marcus que era virgen vacilaba

ante la posibilidad de que pudiera abandonarla al descubrir su falta de experiencia. Y no era eso lo que quería. Ansiaba sentir sus labios sobre los suyos, y sus manos... ¡y su cuerpo entero!

Un incómodo y erótico estremecimiento la sacudió de la cabeza a los pies. Tenía que dejar de pensar en Marcus, o no conseguiría hacer nada a derechas aquella noche.

Pero aquel propósito le resultaba imposible, sobre todo una vez que entró con el carrito en la sala de recepción donde se había sentado aquella misma mañana. Aunque las luces aún estaban encendidas, el escritorio de su secretaria estaba vacío, el ordenador apagado.

Grace no era una mujer joven, afortunadamente para Justine. Si su secretaria hubiera sido una atractiva jovencita, a buen seguro que se habría sentido celosa...

¿Serían los celos un síntoma del amor? ¿O simplemente del puro deseo? Fuera lo que fuese, ciertamente era un indicio de que algo sentía. Muy a menudo los chicos la habían acusado de ser insensible, de no preocuparse de nadie más que de sí misma. Justine había ignorado sus acusaciones, consciente de que era de ellos en concreto de quien no se había preocupado. Jamás se habría sentido celosa de una chica que hubiera flirteado con Howarth Barthgate. Pero el pensamiento de Marcus estando con cualquier otra mujer le producía verdadero dolor.

Justine sacudió la cabeza, perdida en sus pensamientos. Amor o deseo, no era un sentimiento con el cual resultara fácil convivir. ¡Y decidió que no le gustaba lo más mínimo!

Marcus aguantó en casa hasta la seis y veinte. Su tercera taza de café ya se le había enfriado sobre la mesa del salón cuando entró apresurado en el dormitorio para vestirse con lo primero que encontró a mano: unos pantalones grises y una camisa azul marino. Encontró especialmente dificultosa la tarea de abrocharse los botones; calzarse los zapatos no le resultó tan difícil, aunque no pudo evitar lamentar igualmente la irritante pérdida de tiempo que le supuso.

Otro precioso minuto fue desperdiciado en intentar alisarse el cabello húmedo después del baño en la piscina, que tenía una tendencia a rizarse cuando se lo mojaba. Habitualmente se lo secaba con secador, pero aquella tarde no tenía ni el tiempo ni la paciencia necesarios para ello. A pesar de su apresuramiento, todavía eran las siete menos veinticinco minutos cuando salió del garaje para tomar la autopista del Pacífico. Mientras hundía el pie en el acelerador, agradecía a su destino el haber comprado una casa tan cerca del banco. ¡En diez minutos estaría allí!

Pero se equivocaba. Poco antes, debía de haberse producido un accidente, porque el tráfico era lento y pesado. Ya eran más de las siete cuando un muy frustrado Marcus entraba en el aparcamiento subterráneo del banco, deteniéndose frente a la garita de control. Al reconocerlo, el guardia de seguridad pronunció con tono nervioso:

–Vaya, señor Osborne, creí que había dicho que ya no iba a volver... Yo... esto... me he tomado la libertad de que otra persona utilizase su espacio libre en el aparcamiento. Una nueva limpiadora. La pobre llegó a toda prisa, algo retrasada a causa del tráfico. Lo lamento, señor Osborne, pero pensé que a usted no le importaría... El lugar contiguo al suyo habitualmente está vacío.

A Marcus no le importó en absoluto... hasta que vio la clase de coche que tenía Justine.

Aparcó en el sitio libre al lado del lujoso deportivo de la chica, admirando su diseño plateado. Sabía exactamente cuánto dinero había costado, especialmente un modelo tan nuevo. Ese no podía ser el tipo de transporte adecuado para una chica presuntamente arruinada hasta el último dólar, cuando aquella misma mañana le había pedido trabajar como limpiadora porque necesitaba el dinero. Tan solo los pagos del seguro debían de ser altísimos.

Evidentemente Justine no estaba dispuesta a desprenderse

de aquellas cosas de su vida que indicaban su alto estatus social: su casa, su coche, su vestuario.

Marcus ya no tenía ninguna duda de que estaba dispuesta a ejecutar su plan B en un plazo no muy lejano. Todo lo demás que estaba haciendo eran solamente medidas provisionales, diseñadas para ganar tiempo hasta que pudiera casarse con un hombre rico que consintiera todos sus caprichos.

¿Pero por qué Justine se estaba esforzando tanto en cambiar la opinión que él tenía de ella?

Marcus sospechaba que él mismo era otro recurso provisional: alguien dispuesto a satisfacer su sensual naturaleza hasta que surgiera un conveniente candidato a marido. Tendría que ser una estúpida para pensar que querría casarse con ella, dadas las condiciones en que había tenido lugar su primer encuentro.

Y Justine Montgomery podría ser muchas cosas, pero no era ninguna estúpida.

No. Había decidido matar dos pájaros de un tiro, conformándose con un amante al mismo tiempo que se procuraba su ansiado crédito. Luego, cuando tuviera éxito el plan B, lo dejaría plantado.

¿O quizá no? Tal vez, si Marcus lograba satisfacerla en la cama, ella decidiera mantenerlo como amante. No sería la primera vez que una ambiciosa jovencita se casaba con un hombre para mejorar su posición económica mientras se entretenía con otros.

Marcus entró rápidamente en el ascensor. Un extraño fuego le ardía en los ojos, y también en el vientre. Si Justine pensaba que podía utilizarlo, entonces tendría que pensárselo dos veces. Era ella quien iba a ser utilizada. Implacable, hábil, despiadadamente utilizada.

Justine estaba encontrando el trabajo de limpiar mucho más complejo de lo que había pensado en un principio. Su equipo de limpieza era demasiado variado. Pat había dado por supuesto que sabía utilizar cada uno de los utensilios, y de hecho reconoció algunos de los productos, pero con otros necesitó leer bien las etiquetas antes, con lo que su ritmo de trabajo disminuyó bastante.

El cuarto de baño de Marcus se reveló más difícil que su despacho, pero al terminar, contempló orgullosa desde la puerta el trabajo realizado.

Fue en ese momento cuando, en el espejo reluciente, apareció de pronto el rostro de Marcus.

–¡Dios mío! –exclamó, girando en redondo para mirarlo–. Me has dado un susto de muerte. ¿Qué diablos estás haciendo aquí? –le preguntó mientras deslizaba la mirada por su ropa informal, pero elegante. Estaba tremendamente sexy con su camisa de seda azul, abierta lo suficiente para revelar el vello de su pecho.

–Tenía que recoger algo de la oficina –respondió devolviéndole la mirada, y adoptando una expresión secamente divertida ante el aspecto que ofrecía.

El mono que llevaba era demasiado grande para su pequeña y esbelta figura, y carente por completo de forma. De color gris, tenía botones desde el cuello hasta el vientre.

–Ya lo sé –pronunció Justine, con un rubor mezclado de excitación y vergüenza–. Tengo un aspecto ridículo. Pat no me pudo conseguir una talla más pequeña.

–Aun así me sigues pareciendo muchísimo más atractiva que Gwen –replicó Marcus, mirándola detenidamente una vez más.

Pero en aquella ocasión su expresión no era nada divertida. Una cruda, violenta pasión se distinguía en las profundidades de sus ojos. Justine retrocedió unos pasos, vacilante, gesto que él pareció interpretar como una tácita invitación, porque la siguió dentro del cuarto de baño y cerró la puerta a su espalda.

Justine solo pudo permanecer donde estaba, como un conejito asustado. Quería que la besara, pero la atemorizaba que todo sucediese tan rápidamente. Había una sombría intensidad en Marcus, una extraña violencia que encontraba tan turbadora como inquietante. Sin embargo, a pesar de ello, se sentía impotente para detenerlo, y su cuerpo empezaba a llenarse de un profundo anhelo.

Marcus la besó. La besó con un ansia que le quitó el aliento mientras la despojaba precipitadamente del overol, hasta dejarla en ropa interior. Por un momento Justine pensó que su sostén de raso y sus delicadas bragas, prendas ambas de diseño especialmente sexy, no le daban precisamente una imagen muy virginal... por no hablar del indecente apresuramiento con que a su vez había empezado a desnudarlo a él.

Decididamente tuvo algunos problemas con los botones de su camisa, así que él mismo se la rasgó haciéndolos saltar. Cuatro frenéticas manos se hicieron cargo de sus pantalones.

En cierto momento, Marcus le tomó la mano para hacerle sentir la dureza de su erección. Justine se dio cuenta entonces de que no había forma de que pudiera ocultarle que era virgen; y realmente tampoco deseaba hacerlo. Quería que Marcus comprendiera lo especial que era aquel acto para ella. Si era o no era verdadero amor, no le importaba. Era la primera vez que un hombre le había hecho sentir aquello.

—Marcus —pronunció—. Yo...

—No hables —le ordenó bruscamente, y se inclinó para quitarse la ropa interior.

Justine no pudo evitar admirar en silencio su poderoso cuerpo desnudo, con toda su agresiva sexualidad. Se le secó la boca al intentar imaginar lo que sería sentir su sexo en su interior, y por un instante el corazón le dio un vuelco.

Pero cuando Marcus volvió a tomarle la mano urgiéndola a que acariciara su sexo, a que sintiera su fuerza así como su extraña vulnerabilidad, aquella sensación de miedo se evaporó al instante. Y mientras lo hacía, observó extasiada cómo cerraba los ojos emitiendo un gemido de placer.

Aquel sonido pareció despertar ecos en su propio cuerpo. Y muy pronto ya estaba ardiendo de deseo, presa de un anhelo abrumador.

—Eres una hechicera —gruñó Marcus antes de apoderarse fieramente de sus labios, explorando con la lengua los ocultos secretos de su boca con desesperada pasión.

Justine se había quedado sin aliento cuando finalmente él se apartó, pero entonces ya no hubo paz alguna para el resto de su cuerpo. Marcus la agarró de los hombros para sentarla sobre un pequeño armario de poca altura, abriéndole las piernas para colocarse entre ellas. La besó en el cuello mientras la despojaba del sostén.

—Oh, Dios mío... —gimió Justine cuando él empezó a lamerle los endurecidos pezones. Arqueó la espalda ofreciéndole los senos para que pudiera saborearlos a placer. Extasiada, cerró los ojos y echó hacia atrás la cabeza, entreabriendo suavemente los labios.

Gritó su nombre y protestó con un gemido cuando Marcus se detuvo, pero cuando abrió los ojos observó aturdida que estaba terminando de despojarla de la ropa interior.

Una vez que se halló completamente desnuda, le abrió nuevamente las piernas exponiéndola totalmente a su mirada. Una embriagadora mezcla de vergüenza y excitación fluyó a través del cuerpo de Justine en el momento en que Marcus empezó a acariciarla sin dejar de mirarla a los ojos. Un violento rubor tiñó sus mejillas. Ansiaba sentirlo pronto en su interior, antes de que aquellas atormentadoras manos terminaran por volverla loca.

—Marcus... por favor —gimió, abriendo aún más las piernas y suplicándole tanto con su cuerpo como con su mirada.

—De acuerdo, hechicera —repuso con voz ronca—. Si eso es lo que quieres... Pero todavía no.

Justine se quedó asombrada al ver que Marcus inclinaba la cabeza para acariciarle el sexo con los labios. ¡Aquello no era en absoluto lo que había deseado! Naturalmente que había leído cosas sobre ello, incluso había escuchado las entusiastas descripciones de Trudy. Y verdaderamente, estaba segura de que en cualquier otra ocasión posterior le habría encantado hacer aquello con Marcus. Pero no en aquel momento, no cuando estaba tan desesperada por sentirlo dentro de ella, por fundirse de esa forma con su cuerpo. Ahora estaba segura de que no le dolería; había sido tan suave y delicioso el contacto de sus dedos en su interior... Sabía que estaba más que dispuesta.

–No –gruñó ella, y Marcus levantó la cabeza, mirándola asombrado.

–¿No?

–No –repitió–. Eso no. No ahora. Te deseo, Marcus. Solo a ti.

–Pero yo no he...

–Marcus, por favor... –lo interrumpió, acunándole el rostro entre las manos–. Hazlo. Ahora. Ya no puedo esperar.

–Que Dios me ayude –murmuró él, haciendo lo que ella quería. Rápida, apasionada, tempestuosamente.

Justine no pudo evitarlo; gritó.

Capítulo 9

Marcus se sentó ante su escritorio, con la cabeza entre las manos.

Había dejado de oír el sonido del agua corriendo. Miró hacia el cuarto de baño, con su puerta firmemente cerrada, y recordó la expresión de dolor de Justine; su propio gesto de sorpresa cuando retrocedió, asombrado, y el estupor con que permaneció mirando la roja mancha de sangre en el suelo.

No había sabido qué hacer, ni qué decir. O quizá, sin darse cuenta, habría pronunciado alguna obscenidad. Y Justine lo había mirado con una intensa expresión de desprecio.

–Vete –le había espetado, juntando las rodillas y cruzando los brazos sobre sus senos desnudos–. ¡Sal de aquí!

Y así lo había hecho. Y ahora se encontraba ante su escritorio, con la mente sumida en un absoluto caos.

¿Cómo podría haber supuesto algo parecido? Las jóvenes vírgenes no entraban tranquilamente en un banco y prácticamente se prostituían para conseguir un crédito. ¡Ni se entregaban alegremente a los hombres en un cuarto de baño!

Marcus maldijo en silencio. Los dulces labios de Justine lo habían vuelto loco, lo habían arrastrado hasta tal punto de no retorno que no había tenido más remedio que detenerla... E incluso entonces no había podido articular ningún pensamiento racional, había sucumbido a una temeridad completamente ajena a su carácter. Cuando ella le suplicó que lo hiciera, él se había olvidado de sus habituales hábitos de usar protección, perdido como estaba en su pasión por Justine Montgomery, la preciosa y deliciosamente decadente hija del igualmente decadente Grayson Montgomery.

Pero la Justine Montgomery que durante todo el tiempo había nutrido sus expectativas nunca había existido en realidad...

¡Una virgen! Aún no podía creerlo. ¿Cómo podía ser? ¿Cómo podía una chica como ella, que podía responder de esa manera a las caricias de un hombre, llegar a los veintidós años sin haber conocido íntimamente ningún cuerpo masculino?

De pronto se abrió la puerta del cuarto de baño y Justine salió con la cabeza bien alta, con una expresión cargada de desprecio.

–Yo estaba en lo cierto contigo –pronunció con amargura–. Y Trudy estaba equivocada.

¿Trudy? En un principio Marcus no pudo imaginar qué tenía que ver Trudy Turrell con la relación que los dos mantenían... hasta que al fin comprendió.

Trudy Turrell, el plan B...

–Yo le dije que, en cuanto lo descubrieras, saldrías corriendo... –continuó Justine con tono mordaz.

Marcus pensó que esa habría sido una buena idea, si el viejo plan B hubiese estado en el fondo de todo aquello. ¿Acaso Justine habría intentado atraparlo con el viejo truco del embarazo, hacía apenas unos minutos? ¿Su maravillosa disposición habría formado parte del plan de cazar a un marido rico? ¿Y sus maravillosas reacciones habrían sido una farsa?

Si ese era el caso, ¡desde luego Justine era la mayor farsante que había conocido jamás!

«Muy bien, Marcus», le dijo una cínica voz interior, «te consideras una especie de regalo divino para las mujeres, ¿eh? Ninguna se te resiste. Siempre te aman por ti mismo, y nunca por lo que puedes darles. Justine se había estado reservando para ti, esperando a que llegara su amor verdadero...».

En cambio, lo más probable era que Justine fuera una cazafortunas sin escrúpulos y venida a menos, que siempre había considerado su virginidad como una valiosa mercancía con la que comerciar o vender a cambio de un ventajoso matrimonio. «No te olvides de su lujoso deportivo», le recordó aquella misma voz cínica. Y de su casa. Y de sus vestidos de diseño.

Ella lo quería todo; esa era la cuestión principal. «Enfréntate a ello, Marcus, ha cedido a tus maniobras seductoras de manera demasiado rápida y demasiado convincente, ¿no te parece?». El corazón se le endureció ante tales pensamientos. Ninguna mujer volvería a reírse de él por segunda vez. Aunque, a pesar de ello, seguía deseando a Justine... quizá más que nunca. A pesar de sus motivos, la perspectiva de convertirse en su primer amante, de apoderarse de aquel precioso cuerpo para rendirlo a su voluntad, le resultaba increíblemente excitante.

Pero no habría embarazo. Ni matrimonio.

–Deberías habérmelo dicho –la recriminó Marcus.

Justine desvió la mirada, abrazándose con un gesto defensivo.

–Eso parece.

–¿Por qué no lo hiciste, Justine? –insistió, con la intención de ver si podría disimular bajo una mentira la verdad acerca del plan B.

–¿Qué puede importar eso ahora? –se encogió de hombros.

Marcus tenía su respuesta. Y él mismo estaba asombrado de lo mucho que le dolía.

–Supongo que la cita del sábado noche está anulada, ¿no? –inquirió Justine, mirándolo con expresión tristemente burlona.

«¿Después de todo lo que me ha hecho pasar? ¡Diablos, no!», exclamó Marcus para sí, levantándose para acercarse hacia ella, satisfecho de su propia habilidad para fingir. Tomándola suavemente por los hombros, la miró con intensidad a los ojos.

–¿Por qué habríamos de anular esa cita? –murmuró, esbozando una cálida sonrisa que desmentía la frialdad de su corazón.

–¿Tú... tú no vas a salir corriendo? ¿No me vas a abandonar? –le preguntó Justine, con lo que a juicio de Marcus podría haber sido un tono conmovedor... si hubiera sido sincero.

–Pues claro que no. Ahora que ya me he repuesto de mi sorpresa inicial, me encanta la idea de que nunca hayas estado antes con otro hombre. Lo único que me duele es haber sido tan brusco contigo hace unos momentos. Aunque tendrás que admitir que no se me puede culpar por haberte considerado una mujer experimentada, amor mío –añadió con una conveniente y dosificada carga de reproche en la voz.

Justine se ruborizó de manera encantadora, y Marcus pensó que aquella habilidad era sencillamente inestimable. Ser capaz de ruborizarse a voluntad propia en tan solo una fracción de segundo...

Consciente de que aún se sentía frustrada, se inclinó para sembrarle de pequeños besos las mejillas, la nariz, la boca, esforzándose por no dejarse excitar por sus deliciosos gemidos de placer...

–Yo... yo debería habértelo dicho –le confesó ella sin aliento, contra sus labios.

–Mmmm. No importa. No pasa nada...

En aquel momento sus besos se habían profundizado, aunque todavía refrenaba cuidadosamente su ansia. Tuvo que reconocer que besaba asombrosamente bien, maravillado de la forma en que su cuerpo se fundía con el suyo, de la aparente desesperación con que lo abrazaba.

Tal vez incluso Justine se viera incapaz de controlarse, después de haber refrenado su sexualidad durante tanto tiempo. Quizá finalmente se había abierto la caja de Pandora. Era un pensamiento muy tentador, que Marcus se dedicaría a saborear durante el resto de aquella semana.

–¿No estás enfadado conmigo? –le preguntó Justine, entre besos.

–En absoluto –respondió Marcus con sinceridad, ya que en

aquel momento furia contra ella era lo último que sentía; tenía que salir de allí cuanto antes, o continuaría las cosas allí donde las había dejado, sin ninguna protección, por cierto.

Pero fue Justine quien interrumpió primero los besos.

–Yo... debo volver al trabajo, Marcus.

–¿Debes?

–Por favor, no intentes detenerme –replicó con voz temblorosa, como si le hubiese leído el pensamiento.

–¿Podría hacerlo?

–Sabes perfectamente que sí. Pero, si me aprecias en algo, Marcus, por favor no lo hagas. Ahora no. Esta noche no.

Se le quebró la voz, como si estuviera al borde del llanto. Y mientras contemplaba aquellos ojos brillantes, Marcus no pudo evitar conmoverse de emoción. «Diablos, eso no. Eso no», pensó, desviando la mirada.

Giró en redondo para volver a sentarse detrás de su escritorio, abrochándose el único botón que le quedaba de la camisa y metiéndose los faldones bajo el pantalón.

–Muy bien. Yo también tengo trabajo que hacer. Aunque creo que sería mejor que lo hiciera en casa, ¿no te parece? Así me evitaría una nueva ocasión de pecar.

–¿Ocasión de pecar? –repitió sorprendida.

–Estando cerca de ti, mi querida Justine –le explicó con tono seco–. ¿Sabes? Llevabas las palabras «ocasión de pecar» grabadas a fuego en tu piel desde el momento en que entraste en este banco. Y mi presión sanguínea todavía no se ha recuperado de los efectos del vestido color verde lima que lucías el otro día.

Maldijo en silencio al ver que se ruborizaba de nuevo. ¿Cómo podía hacer eso con tanta facilidad? ¡El sentimiento de culpa que le producía era realmente insoportable! Lo que necesitaba era un cambio de tema. Y de escenario.

–Antes de irme... –le dijo mientras recogía las llaves de su coche de encima del escritorio–. ¿Qué día puede tu madre pasar por el banco para firmar los papeles del crédito?

—Oh, cualquier mañana de esta semana, supongo. Yo podría traerla.

«En tu lujoso deportivo», pensó Marcus, irónico.

—Le diré a Grace que te llame mañana para confirmarlo. También podrá encargarse de llamar a una empresa de mudanzas.

—¿Cómo?

—Para que se lleve las pinturas y las antigüedades, ¿recuerdas? Le diré a Grace que se haga cargo de los preparativos y que te dé todos los detalles cuando te llame.

—¿Me llamarás tú mañana? —le preguntó ella.

—¿Quieres que lo haga? —inquirió a su vez Marcus, arqueando una ceja. Quizá Justine había cambiado de idea y deseaba verlo antes del sábado por la noche. Si ese era el caso, entonces eso podría querer decir que realmente lo deseaba... a él, a Marcus. No al presidente del banco que podría darle una vida llena de lujos.

—Sí, claro.

Marcus tuvo que decirse que no había nada «claro» en aquella situación. Justine empezaba a confundirlo nuevamente.

—Muy bien —repuso con tono irritado.

—¿Por qué lo dices así?

—¿Así cómo?

—Como si estuvieras enfadado.

Marcus suspiró. Lo último que quería era que sospechara de sus motivaciones.

—Justine, cariño, ahora mismo no me encuentro demasiado bien que digamos. A los hombres como yo no les gusta llegar demasiado lejos para luego tener que detenerse. Lamento haber sido tan brusco contigo, pero me siento algo incómodo. Es una cuestión de frustración, no de enfado.

—Oh.

¡Ese condenado rubor otra vez! En todas y cada una de las ocasiones obtenía el efecto deseado, cuestionando las opiniones que Marcus se formaba sobre ella.

—Será mejor que me vaya.

—Oh, Marcus, lo siento tanto... —se disculpó Justine, dando un tentativo paso hacia él.

Marcus cerró los puños a los costados para no rendirse a la tentación de abrazarla una vez más.

—Te llamaré mañana —le prometió, antes de abandonar el despacho con gesto decidido.

—Ya te dije yo que anoche lo encontrarías en su despacho —le comentó Trudy con tono burlón mientras la acompañaba al mercado de coches de segunda mano—. Apostaría a que no fue a trabajar, sino a seducirte. Lo cual parece haber hecho con una sorprendentemente pequeña resistencia por tu parte, debería añadir... Por otro lado, me asombra que le hagas esperar hasta el sábado por la noche, para terminar lo que ya ha empezado... ¡si es que os estabais divirtiendo tanto!

—Yo también estoy sorprendida —tuvo que admitir Justine—. Pero no tienes idea de lo mucho que me dolió, Trudy. Pasé de la agonía al éxtasis sin transición alguna. Creí que tardaría toda la semana en recuperarme.

«En más sentidos que el puramente físico», añadió para sí. Después de aquello, había estado sumida en una especie de estado de shock emocional. Había tardado una buena cantidad de tiempo en volver a pensar y sentir con claridad. Ignoraba cómo había podido terminar su trabajo de limpieza después de la marcha de Marcus. Cuando finalmente llegó a casa, lo primero que hizo fue tomar un buen baño caliente antes de acostarse.

Desafortunadamente, aunque exhausta, no había sido capaz de dormir, con los recuerdos de Marcus inflamándola de deseo. Durante horas y horas había dado vueltas sin cesar en la cama, presa de una mezcla de anhelo y frustración.

Finalmente tuvo que aceptar que el deseo, como el fuego, podía ser un buen sirviente pero un mal amo. Y pudo entender perfectamente por qué Marcus se había mostrado tan irritable después de su interrumpido acto amoroso.

–Bueno, si le hubieras dicho que nunca lo habías hecho antes –le comentó Trudy–, no te habría dolido tanto. La próxima vez será más suave. ¡En un cuarto de baño, Dios mío! Has conseguido sorprenderme, Jussie.

–Yo también me he sorprendido a mí misma, créeme.

–Si has logrado disfrutar así, Marcus debe de ser mucho mejor amante de lo que había imaginado.

–Ya te lo dije yo.

–Sí, bueno, quizá me equivoqué en eso. Pero no me equivoqué al aconsejarte que tuvieras cuidado con él. Papá dice que todavía sigue muy amargado por lo de su primera mujer. ¡Y que tienes muy pocas posibilidades de llegar a casarte con él!

–¡Trudy! ¿Cuántas veces tengo que decírtelo? No tengo ningún deseo de casarme con Marcus. No le quiero; yo solo quiero que él...

Justine intentó no ruborizarse de vergüenza cuando su amiga le lanzó una mirada escandalizada.

Pero no estaba dispuesta a comportarse como una hipócrita. O como una estúpida ingenua. Esa misma mañana había aceptado que lo que sentía por Marcus era puramente sexual... Lo que estaba sintiendo y padeciendo no podía calificarse como amor. El amor era cálido, tierno, dulce. El amor era salvaguarda y seguridad. No podía precipitarla a través de oscuros e inquietantes túneles a un mundo donde la vergüenza y la excitación se mezclaban para inflamarla de un deseo incontrolable...

Justine no tenía duda de que Marcus podría volver a arrastrarla a aquel punto de no retorno cuando quisiera, y que la próxima vez no se produciría ningún dolor insoportable que lo hiciera detenerse. La barrera de su virginidad había desaparecido, desterrada al desierto donde antes ella había vagado, ignorante de los placeres de la carne. Pero ahora que ya había experimentado el pleno poder de aquellos placeres, ya no cabía volverse atrás.

Aun así, después de haber descubierto la intensidad y el poder de su sexualidad, Justine no podía evitar encontrar el futuro ciertamente amenazador, y sin duda muy confuso. Sus sentimientos hacia Marcus eran contradictorios; temía y a la vez deseaba que llegara la noche del sábado.

–¿Crees que podremos abandonar el tema de los hombres y el sexo durante la siguiente hora? –le preguntó impaciente mientras aparcaba su deportivo frente al mercado de coches de segundo mano–. Tengo que vender mi coche, ¿recuerdas?

Trudy estaba a punto de oponerse, pero en ese mismo instante vio al vendedor que se dirigía a su encuentro; un vendedor muy alto y muy guapo... Así que su mecanismo automático de seducción se activó de inmediato.

Justine sacudió la cabeza mientras su amiga salía del coche. ¡Y Trudy la acusaba a ella de haberse comportado de una manera demasiado descarada! Marcus era su primer amante, mientras que aquel pobre y desprevenido vendedor... ¡probablemente se convertiría a una nueva víctima del desdichado harén masculino de su amiga!

A las tres, Justine ya era la dueña de un conveniente utilitario de unos siete años, en bastante buen estado, y además había ingresado en su cuenta bancaria un cheque por una bonita cantidad. Al menos, ahora ya tenía suficiente dinero para vivir durante los próximos meses.

–¡Mamá! –la llamó al llegar a casa–. ¿Dónde estás?

–Aquí fuera, cariño –respondió desde el jardín trasero.

Ver a su madre trabajando contenta en el jardín, escardando las malas hierbas, sorprendió muchísimo a Justine. Tom se hallaba cerca, regando, y observando a Adelaide con la expresión más tierna y dulce del mundo...

A Justine se le encogió el corazón en el pecho, y se estremeció ligeramente. Aquella sí que era una mirada de amor, y no las miradas torvas de deseo que Marcus le había lanzado la otra noche en el banco...

—Hola, Justine —la saludó el jardinero al verla.

—Hola, Tom. Hoy también hace mucho calor, ¿verdad?

—No tanto como ayer. Pero no vendría nada mal que lloviera. Los jardines se están empezando a resentir, con todas esas restricciones de agua... Solo puedes usar la manguera durante el día, ¿sabes? Nada de aspersores.

—Desde luego, estamos teniendo un largo y tórrido verano.

—Y todavía no estamos más que a finales de enero.

—Y aun así te las has arreglado para cuidar maravillosamente bien el jardín, Tom. Solo siento que no podamos pagarte.

—Jamás podríais pagarme por todo lo que me dais al acogerme aquí, querida —repuso en voz baja, para que Adelaide no pudiera oírlo.

Justine no dijo nada, simplemente sonrió. Tom le devolvió la sonrisa, y la joven pensó en lo bondadoso que era aquel hombre. Tenía unos ojos encantadores, de un cálido color castaño, llenos de inteligencia y de ternura.

Su madre levantó entonces la mirada, con las mejillas saludablemente rosadas y los ojos brillantes.

—¿Trudy y tú habéis conseguido un coche nuevo, querida?

—No es nuevo, mamá. Es pequeño, y mucho más económico que el que teníamos. Y Trudy ha encontrado además a un nuevo novio.

—¡Esa chica...! Ah, a propósito, Marcus ha telefoneado hace un rato —añadió Adelaide con una maliciosa sonrisa—. Dijo que volvería a llamar.

—Qué bien —Justine solo esperaba que su madre no empezara a pensar en anillos de compromiso y campanas de boda.

A pesar de sus intentos por mantenerse tranquila, el súbito timbre del teléfono la hizo estremecerse de la cabeza a los pies.

—Seguro que es él —comentó Adelaide—. ¿No vas a contestar?

—Sí, pero hace demasiado calor como para que me ponga a

correr –replicó Justine. Dejó sonar el teléfono al menos una docena de veces, hasta que descolgó el auricular en el receptor del pasillo.

–¿Hola?

–¿Señorita Montgomery? –inquirió una voz de mujer.

Justine se llevó una intensa y profunda decepción. Durante todo el día había estado suspirando por tener noticias de Marcus, por asegurarse de que todavía la deseaba después de su descubrimiento de que era virgen...

–Sí –respondió con voz cansada–. ¿Quién es usted?

–Grace Peters, la secretaria del señor Osborne. Me he puesto en contacto con una empresa de mudanzas para que pase por su casa el viernes a las diez de la mañana. ¿Le parece bien, señorita Montgomery?

–Sí, sí.

–¿También le parece bien que el señor Osborne se entreviste con su madre mañana a las once?

–Sí, supongo que sí.

–Espléndido. Ahora, al señor Osborne le gustaría hablar con usted. Le pongo en seguida.

–¿Justine?

La joven agarró con fuerza el teléfono. El simple sonido de su voz le estaba produciendo sensaciones muy inquietantes, sobre todo a sus rodillas, que habían empezado a temblarle.

–Te he llamado, como me pediste –añadió Marcus con tono seco.

–Sí. Has cumplido tu palabra –la propia Justine estaba asombrada del tono tranquilo de su respuesta, cuando a punto estaba de derretirse de emoción. Se recordó que, si iba a tener con Marcus una aventura estrictamente sexual, lo mejor sería guardar la apariencia de que controlaba la situación.

–Te he llamado antes, pero no estabas en casa. Tu madre me dijo que habías salido de compras con Trudy. Como no me puedo imaginar a esa damisela comprando en los supermercados, supongo que habréis ido a dar una vuelta por las boutiques de Double Bay, ¿verdad?

Justine esbozó una mueca de disgusto ante el tono sardónico de aquel comentario. Evidentemente Marcus aún la consideraba una egoísta irresponsable, que se gastaba en ropa el escaso dinero que tenía.

–No tengo suficiente dinero para gastármelo en esas frivolidades –le señaló–. Si quieres saberlo, he estado ocupada cambiando mi coche por un modelo más barato.

Se produjo un largo silencio al otro lado de la línea.

–¿Marcus? ¿Sigues ahí?

–Sí, sí. Sigo aquí. Perdona. Es que Grace acaba de entrar para recoger algo –mintió–. ¿Qué estabas diciendo? ¿Que habías cambiado de coche?

–Sí. Hacía tiempo que quería hacerlo. Papá me compró un deportivo por mi último cumpleaños. Lo pagó al contado, y menos mal, porque entonces habría sido embargado como el coche de mi madre. Pero era un gasto innecesario, muy costoso de mantener. Las facturas del seguro eran tremendas.

–¿Qué te has comprado a cambio?

–Un pequeño utilitario de unos siete años.

–¿Ya lo has revisado?

–No. ¿Debería hacerlo?

–¿Te han dado alguna garantía?

–De un año. Oh, por el amor de Dios, no asumas tu papel de macho responsable y empieces a hacerme preguntas relacionadas con la mecánica de coches. Es un coche con cuatro ruedas que me llevará del punto A al B, y eso es todo. Tú dijiste que debía adaptarme a mi nueva situación y eso es lo que estoy haciendo.

–Mmmm.

–¿Qué quiere decir ese «mmmm»?

–Quiere decir que me encantaría poder verte esta noche.

–Yo... –se había quedado sin aliento–. A mí también.

–Dios mío, Justine, yo...

—No, Marcus —lo interrumpió—. Tengo que trabajar. Y deja ya de tentarme.

—¿Qué te parece mañana? Podríamos comer juntos.

—No, Marcus —se negó con firmeza—. El sábado, no antes. Recógeme a las siete.

—A las siete...

—¿Te parece demasiado temprano?

—No —repuso secamente—. No es demasiado temprano, a no ser que estés hablando de las siete de la mañana.

—Pues no.

—Me lo temía. En ese caso, no volveré a llamarte hasta entonces. Es demasiado... excitante.

La imagen de Marcus sentado ante su escritorio en un estado de excitación le provocaba a Justine un perverso placer. No quería detenerse a pensar por qué deseaba hacerlo sufrir, pero negarlo tampoco tenía sentido. Quizá quería vengarse por haberla sacado a la fuerza de su mundo feliz e inocente, donde había vivido ajena al verdadero significado de la pasión y la frustración.

—En ese caso, esta semana no te quedes a trabajar hasta tarde —le dijo ella con tono cortante—. ¡Porque yo también encuentro eso muy excitante!

—Mmmm. Esa es una confesión muy provocativa, Justine. Y sugiere todo tipo de posibilidades, como hacer el amor sobre escritorios, o sobre mesas de junta de superficies lacadas...

La joven se ruborizó ante las imágenes que le evocaba. Afortunadamente, Marcus no podía ver sus mejillas encendidas.

—Creo que tu junta de directivos esperaría que su estimado presidente dedicara sus energías a fusiones de otro tipo, más bien financieras, ¿no te parece? —se burló.

—Ya veremos, Justine —se echó a reír—. Ya veremos. Te daré un respiro durante esta semana; pero no te prometo lo mismo para la próxima.

Justine ni siquiera podía empezar a pensar en la semana siguiente.

–¿Mañana vendrás con tu madre?

–¿Me necesitas?

–¿Te importaría volver a formular esa frase, con un sentido más concreto?

–¿Es mi presencia estrictamente necesaria?

–No.

–¡Qué pena! Estaba a punto de planchar mi vestido color verde lima.

–No sé si sentirme aliviado o decepcionado. Ese vestido es demasiado revelador...

–No te preocupes. Me lo pondré el sábado por la noche, si quieres. Quizá tenga que hacerlo, en cualquier caso.

–¿Qué has querido decir con eso?

–Bueno, si sigue haciendo tanto calor, solo podré escoger entre ese vestido o el de seda roja que llevé a la fiesta de Felix. Son los únicos vestidos de verano que me quedan.

–¿De verdad?

Justine se mordió el labio inferior, maldiciendo en silencio. No quería que Marcus pensara que estaba buscando su compasión.

–¿Justine? Explícate, por favor.

–Mira, tuve que vender la mayoría de mis vestidos para poder comer y pagar la factura del teléfono; de otra manera, ahora mismo no estaríamos hablando. No ha sido una cosa tan horrible. Ni mamá ni yo necesitábamos tantos vestidos de noche. Durante una temporada yo no tenía muchas expectativas de salir, así que si vamos a salir de manera regular... me temo que tendrás que acostumbrarte a verme con la misma ropa una y otra vez. Lo siento.

–No tienes ninguna necesidad de disculparte, Justine. Ninguna necesidad.

–Me alegro, porque no era esa mi intención. Me temo que las mujeres tenemos la costumbre de decir constantemente «lo siento», incluso cuando no tenemos ninguna necesidad. Aunque yo sí que sentí no haberte dicho anoche que era virgen... –de repente lo oyó suspirar, y se molestó–. ¿A qué viene ese suspiro?

–No seas tan suspicaz, Justine. Simplemente estoy cansado; anoche no dormí mucho. Y supongo que tampoco dormiré mucho durante el resto de la semana.

–Oh –la joven se estremeció al imaginárselo despierto en la cama, pensando en ella, deseándola, necesitándola...–. Marcus –pronunció en voz ronca y baja.

–¿Sí?

–No te retrases el sábado por la noche.

–No te preocupes. No me retrasaré.

Se retrasó. Siete minutos. Lo suficiente para que Justine saboreara una mínima parte de lo que habría sentido si Marcus no se hubiera presentado, o si incluso hubiera decidido expulsarla para siempre de su vida.

La palabra «devastación» no alcanzaba a describir bien sus sentimientos. Había pasado aquellos interminables siete minutos paseando arriba y abajo por el salón y apartando a cada momento la cortina de la ventana, agradecida de que su madre estuviera tomando un baño después de su jornada de trabajo en el jardín.

Justine intentó decirse que su frustración sexual era el verdadero motivo de su inquietud, pero eso no logró tranquilizarla. El descubrimiento se produjo una vez que vio el coche de Marcus y estuvo a punto de estallar en lágrimas de alivio.

–¡Oh, Dios mío, estoy enamorada de él! –se quejó en voz alta.

Dejando caer la cortina de la ventana, tomó su bolso y se esforzó por no llorar. «Contrólate», le decía la voz de su sentido común. «Así que estás enamorada de él. Qué bien. Pero él no está enamorado de ti, así que no empieces a hacerte románticas ilusiones. Trudy ya te lo advirtió. No va a casarse contigo. Lo único que quiere es una aventura. ¿Lo tienes claro? ¡Estupendo!».

Ya más tranquila, Justine fue a abrir la puerta a las siete y siete minutos, dispuesta a recriminarle haber llegado tarde, pero sus palabras de reproche murieron en sus labios al ver su aspecto.

Iba vestido de negro, de pies a cabeza. Pero no era el mismo negro lúgubre del traje con que la había recibido en su primera entrevista, en el banco. No, era un negro brillante, seductor, sensual. Los pantalones, de tela muy ligera, eran de corte italiano; la camisa de seda negra, de mangas holgadas y cuello abierto; los zapatos y el cinturón, de piel negra, combinando a la perfección con sus ojos de ébano y su oscuro cabello. Parecía la fantasía sexual de cualquier mujer...

Justine tardó varios segundos en darse cuenta de que Marcus, al verla a ella con su vestido de seda roja, también se había quedado sin palabras. Y a juzgar por su expresión, parecía estar excitándose con su aspecto tanto como ella.

Ese pensamiento le hizo hervir la sangre en las venas.

–Creo que el vestido verde lima habría sido preferible –musitó él al fin.

–Lo mismo podría decirse de tu traje –repuso Justine.

Marcus la miró intensamente, esbozando una sonrisa irónica.

–¿Podríamos saltarnos esta cena en favor de otra más tardía? ¿Más, pero mucho más tardía, en mi casa?

Justine vaciló. Si aceptaba tener una aventura con Marcus, ¿podría sobrevivir después, cuando ya sabía que estaba enamorada de él? Aquella sería una nueva experiencia en todos los sentidos.

Marcus, por su parte, advirtió sus dudas y frunció el ceño. ¿A qué estaría jugando ahora?, se preguntó. ¿Volvería a burlarse de él, obligándolo a soportar una cena que le apetecía bien poco? ¿O estaría haciendo tiempo para que, cuando llegase el gran momento, estuviera tan ciego que le prometiera cualquier cosa, incluido el matrimonio?

Ese último pensamiento lo devolvió a la fría y cruda realidad. Irónicamente, durante toda la semana había estado preocupándose por Justine, cuestionándose sus propias perversas y egoístas intenciones, preguntándose por qué constantemente parecía refutar todos los prejuicios que había albergado sobre ella. Incluso había empezado a creer que los sentimientos de Justine hacia él podrían ser genuinos, sinceros, que no tenía en mente ningún plan interesado.

Pero si eso era cierto, entonces en aquel instante Justine no mostraría tanta vacilación; lo desearía tan desesperadamente como él la deseaba a ella. No habría ninguna duda, ningún falso juego.

–Si estás tan desesperada por cenar... –señaló Marcus–, iremos entonces a un restaurante.

–Yo... no estoy desesperada por cenar.

–Entonces, ¿cuál es el problema?

–¿El problema? Su-supongo que estoy un poquito nerviosa –le confesó.

Marcus suspiró; no había pensado en eso. Fueran cuales fuesen sus motivos, jamás se había acostado con un hombre antes. Le tomó una mano y se la llevó a los labios, besándole cada dedo.

–Confía en mí –murmuró con voz ronca, sintiendo reanimarse en su interior el deseo que había sentido por ella durante toda esa semana, atormentándolo cada minuto del día.

Justine no dijo una palabra mientras él la guiaba hasta la calle para hacerla subir a su coche; y tampoco abrió la boca durante los veinte minutos que tardaron en llegar a su casa.

Solo pronunció las primeras palabras cuando Marcus la invitó a pasar al dormitorio principal.

–No me acostaré contigo en la misma cama en la que dormiste con tu mujer.

Aquello tomó por sorpresa a Marcus, tanto por la voz temblorosa con que susurró su petición como por la evidente emoción que dejaba traslucir. ¿Serían los celos los inspiradores de ese sentimiento? Esperaba que así fuera. Los celos eran algo real, no un artificio. Un sentimiento que él mismo compartía; el pensamiento de Justine acostándose con otro hombre le provocaba unos celos tan horrorosos que prefería no detenerse a analizar los motivos.

La estrechó entre sus brazos, con sus labios a solo unos centímetros de los suyos. En sus ojos brillantes, alcanzó a distinguir un destello de deseo.

–No es la misma cama –murmuró–. Compré una nueva después de que nos separáramos.

–Oh, entonces de acuerdo –y deslizando los brazos por su cintura, lo acercó hacia sí.

Marcus se apoderó de su boca, con la pasión desenroscándose en su interior como un río desbordado. Tuvo que librar una batalla para dominar un ansia primitiva de arrancarle la ropa y penetrarla allí mismo, de pie. Ella no le ayudó cuando empezó a gemir de placer, o cuando le hundió las uñas en la espalda.

Al fin, interrumpió el beso para recuperar el aliento, pero al oír cómo sus labios pronunciaban su nombre, creyó enloquecer de deseo. Las manos empezaron a temblarle de manera incontrolable mientras intentaban desabrocharle el único botón de la espalda de su vestido. Cuando lo consiguió, la convicción de que muy pronto estaría completamente desnuda ante él le nubló el cerebro; su ya debilitado autocontrol terminó por saltar en pedazos. Emitiendo un grito violento, primario, la levantó en vilo y la acostó en la cama.

Justine estaba exultante de gozo. Aquello era lo que tanto había ansiado, lo que necesitaba. No tenía tiempo para pensar, ni para preocuparse; simplemente toda su persona quedaba barrida por la pasión del instante.

Allí estaba, tumbada en la cama con los ojos abiertos y la mente dándole vueltas mientras Marcus la desnudaba para luego acostarse a su lado.

Sus manos acariciaban posesivamente su desnudez, haciéndole arder la piel y hervir la sangre. Gemía bajo sus caricias, gritaba, se retorcía. Entreabría deseosa las piernas, invitándolo a una mayor intimidad.

Marcus parecía saber exactamente dónde tocarla para conseguir enloquecerla. Y cómo tocarla... Sus dedos dieron paso a sus labios, y finalmente a su lengua. Su primer orgasmo le arrancó gritos, violentos estremecimientos. El segundo, un sollozo desgarrado. El tercero, súplicas para que se detuviera.

Y lo hizo. Pero no por mucho tiempo, el suficiente para ponerse con rapidez un preservativo. Antes de que Justine pudiera recuperar el aliento Marcus ya volvía a inclinarse sobre ella, magnífico en su desnudez, impresionante en su necesidad. El recuerdo del dolor que le había causado la primera vez le provocó un fugaz momento de pánico... Así que cuando él, en lugar de penetrarla, se inclinó para besarle los senos, suspiró aliviada.

Pero su lengua acariciándole los pezones no tardó en arrancarle gemidos, más que suspiros; empezó a lamérselos despiadadamente, capturándolos con los dientes hasta que Justine creyó morir de deseo. Cuando se deslizó entre sus piernas, ella ya se había olvidado del dolor.

Y no hubo dolor cuando sus cuerpos se fundieron. De manera automática Justine le rodeó la cintura con las piernas, y gimió suavemente cuando él empezó a moverse. Luego, en el momento en que le acunó el rostro entre las manos besándola al mismo tiempo, Marcus imprimió a su lengua un ritmo paralelo al de su sexo. Aquello era muchísimo más íntimo que cualquier sueño que Justine hubiera podido imaginar, y se aferró a su cuerpo con las manos y el alma, hasta que finalmente se liberaron a la vez.

–Oh, Marcus –murmuró–. Querido Marcus...

***

Pero el «querido Marcus» no se permitió el placer de permanecer dentro de ella, sino que rodó a un lado antes de que terminara de perder algo más que el control. Y sin embargo, muy a su pesar, llevaba a Justine muy dentro de su corazón; ansiaba decirle estupideces, prometerle estupideces...

Se levantó inmediatamente para entrar en el cuarto de baño. Mirándose en el espejo, se recordó que no debía dejar que la falta de experiencia de Justine afectara a su sentido común. La virginidad no conllevaba necesariamente la inocencia. O la ignorancia. Ella todavía podría estar simulando.

¿Pero qué tipo de mujer podría simular lo que había ocurrido en aquella cama? Un acto tan retorcido no le cuadraba con la Justine que ahora conocía; la chica que amaba a su madre y su hogar con desinteresada pasión; la chica que había vendido su ropa y su coche para poder sobrevivir; la orgullosa y enérgica criatura que había aceptado trabajar de limpiadora antes que pedirle dinero a su rico amante.

Marcus frunció el ceño, sumido en esas reflexiones. El problema era que había interiorizado durante tanto tiempo su falta de fe en las mujeres, que ahora le resultaba muy difícil reconocer la sinceridad de sentimientos, aceptar la posibilidad de que Justine tal vez no estuviera manipulándolo en su propio beneficio.

Maldijo en silencio. Ya no podía seguir sospechando de ella por más tiempo.. Todo estaba saliendo de la forma que él había querido; se había acostado con Justine, y no por última vez. La deseaba como jamás había deseado a Stephany. Y quería que ella lo deseara a él de la misma manera. Obsesiva, posesivamente.

Quizá fuera amor, quizá no. Fuera lo que fuese, no podía seguir dándole la espalda durante más tiempo. Tenía que aceptarlo. ¡Tenía que hacerlo!

Justine decidió no sentirse triste mientras yacía allí, en la cama. Ni triste ni arrepentida. Hacer el amor con Marcus había sido demasiado maravilloso como para estropearlo con esos pensamientos tan negativos. Quizá no la amara, ni quisiera casarse con ella, pero ahora estaba segura de que al menos le gustaba. Tal vez incluso había llegado a respetarla algo. Y ciertamente la deseaba; sobre eso no albergaba ninguna duda.

La puerta del cuarto de baño se abrió y Justine se volvió para mirarlo. Era maravilloso verlo desnudo. Aquellos hombros tan anchos, aquellas caderas estrechas, las piernas largas y musculosas... Y aquel torso tan increíble, con una pequeña mata de vello suave en el centro...

Cuando lo miró a los ojos, se le encogió el estómago. Marcus ya la había mirado antes con deseo, pero en aquel momento había algo más. Se tumbó a su lado y empezó a besarla y a acariciarla de nuevo; en esa ocasión con una especie de ansia contenida.

No hubo nada ni remotamente violento o áspero en la forma en que le hizo el amor esa vez. Fue algo infinitamente tierno. Lenta, hábilmente, Marcus fue reavivando el fuego que ardía en su interior, llevándola hasta un punto de no retorno donde su propia pasión se confundió con la suya. Hasta que fue Justine quien tomó la iniciativa y lo castigó a su vez, tumbándolo de espaldas para infligirle la misma deliciosa tortura que él le había infligido a ella.

Marcus se quedó sin aliento al sentir el contacto de sus labios en su sexo, y la detuvo. Esperaba fervientemente que aquella parte de su ser que ansiaba entregarse por entero a la pasión de Justine demostrara ser mucho más fuerte que los estúpidos escrúpulos morales que aún lo acosaban. Era eso lo que había querido, ¿no? Justine se hallaba tan encendida, tan enloquecida de deseo, que sería capaz de hacer cualquier cosa que él le pidiera, en cualquier momento y lugar... Ese era el sueño que lo había estado persiguiendo desde que la conoció. Lo deseaba, lo necesitaba. Solo entonces aquella locura podría terminar por consumirse a sí misma dejándolo en paz.

No quería amar a Justine. De ella no quería más que deseo, pasión, un fuego inextinguible.

Mientras Justine acariciaba su sexo sintió como si todo se tambaleara en su interior. «¡Dios mío, no lo hagas!», le suplicó en silencio, presa de una agónica contradicción.

En el fondo secreto de su mente, en aquel lugar reservado a las verdades más crudas y sustanciales, sabía que si Justine lo hacía, si introducía su sexo en el calor de su boca, si lo reducía a un amasijo de gemidos, entonces estaría perdido para siempre.

Gimió cuando la vio entreabrir los labios, y gruñó cuando Justine empezó a hacerlo. La sensación física era deliciosa, y el impacto emocional devastador. Lo estaba haciendo. Dios mío.

Tensó los músculos mientras luchaba con los tempestuosos sentimientos que amenazaban con abrumarlo. Pero nada podía contra la pasión de Justine, y contra la suya propia. Se suponía que ella tenía que convertirse en su víctima. En vez de eso, él estaba a punto de convertirse en el único derrotado, en un esclavo de su superior voluntad. Estaba a punto de ser suyo, en cuerpo y alma.

Los labios y las manos de Justine eran tan hábiles como despiadados. No cejarían hasta conseguir su total rendición.

Marcus luchó durante lo que le pareció un tiempo interminable, aunque quizá solo fuera un minuto o dos. Justine se detuvo por un segundo, dándole un instante de respiro, haciéndolo pensar que podría sobrevivir a aquello, después de todo. Pero luego levantó la mirada hacia él, enloqueciéndolo con la expresión de ciega adoración que brillaba en sus ojos.

Y en esa ocasión, en lugar de detenerla, Marcus la urgió a que continuara y liberó de esa forma todo lo que tanto se había esforzado por contener: su cuerpo, su corazón, su propia alma.

Capítulo 10

Marcus se hallaba de pie al lado de la cama, contemplando su cuerpo desnudo. Justine se había encogido en posición fetal, cubriéndose con el brazo derecho sus senos perfectos, su encantadora melena derramada sobre la almohada.

¿Cuántas veces habrían hecho el amor? Había perdido la cuenta. Había pensado que haciéndole el amor durante incontables veces podría hacer que su cuerpo se liberara de la pasión que sentía por ella, y de otros mucho más inquietantes sentimientos...

Y eso no había funcionado. Todavía recaía en la misma debilidad emocional cada vez que la tocaba. No tenía ningún sentido seguir negándolo por más tiempo. La amaba.

«Entonces, ¿qué vas a hacer con respecto a eso, Marcus?», le preguntó una voz interior.

Aún no lo sabía. Suponía que no tenía prisa alguna por hacer nada. Ninguna razón para revelar aquel inesperado desarrollo de su relación. Realmente necesitaba tiempo para pensar sobre sus propios sentimientos, tiempo para alejarse de la corruptora y confusa influencia de la carne.

Volvió a excitarse al pensar en lo que habían vivido juntos. En realidad, jamás se sentiría absolutamente saciado de ella. Y se puso a caminar a los pies de la cama, mirando con avidez el cuerpo desnudo de Justine.

«Basta ya», se reconvino. «Además, no funcionará. Incluso cuando haya pasado, seguirás deseándola otra vez. Y otra, y otra».

Eran cerca de las tres. Habían estado haciendo el amor durante horas y horas, deteniéndose solamente para tomar un café y nadar un par de veces en la piscina. No habían comido nada. Su conversación había sido la típica de los amantes; frívola y seductora. Su especialidad.

Por supuesto que no le había confesado que la amaba. Y ella tampoco. Pero Marcus no dudaba que la atracción sexual que ejercía sobre ella era real, genuina; estaba absolutamente seguro de que no había fingido nada.

Además, se había mostrado muy dispuesta. Justine había satisfecho cada uno de sus deseos y peticiones con un sentimiento de abandono que lo había fascinado y asombrado a la vez.

Esbozó una mueca cuando empezó a excitarse una vez más, de manera sorprendente. Debía despertarla y llevarla a su casa. Pero no podía. En el momento en que se acostó a su lado, Justine se acurrucó contra él, gimiendo suavemente.

–Es tarde –murmuró, besándola en un hombro.

–Mmmm...

–Tengo que llevarte a tu casa, Justine.

–No quiero... quiero quedarme aquí contigo, para siempre –susurró contra su piel.

Marcus frunció el ceño. ¿Sería ese el primer indicio del plan B? Decidió probarla.

–¿Qué quieres decir? –le preguntó–. ¿Me estás diciendo que quieres venirte a vivir conmigo?

Justine levantó la cabeza, apartándose el cabello del rostro.

–Cielos, no. No puedo hacer eso. Tengo que dirigir el negocio de la casa de huéspedes. No he tenido oportunidad de decírtelo, pero hoy hemos recibido un montón de llamadas por el anuncio que pusimos en el *Herald*. Solo era... un deseo, eso es todo. Sé que tengo que regresar a mi casa.

Perversamente, Marcus se sintió decepcionado. Si Justine

estaba enamorada de él, habría aprovechado al vuelo aquella oportunidad. Y si hubiera albergado algún plan matrimonial, ¡se habría puesto a dar saltos de alegría!

Casi deseó que hubiera albergado ese tipo de planes para él...

—¿Y si yo te lo pidiera? —le preguntó, esperando ansioso su respuesta.

Justine se sentó en la cama, mirándolo sorprendida.

—¿Pero por qué habrías de hacerlo? Yo pensaba que no deseabas eso en absoluto.

Marcus pensó que esa no era la respuesta de una persona enamorada. ¡De hecho, él era el único estúpido que se había enamorado!

—No veo por qué no —murmuró, extendiendo una mano para acariciarle delicadamente un pezón, y su masculino orgullo se vio consolado por su instantánea reacción.

Al menos Justine lo deseaba; si Marcus no tenía su amor, sí su lujuria... Si no le quedaba nada más, al menos podría conformarse con eso... ¿O era de la propia lujuria de lo que había quedado prendada? Ese oscuro e inquietante aspecto de Justine, ¿podría hacer que se acostara con cualquiera? Desde la ruptura de Stephanie, Marcus se había relacionado sexualmente con mujeres que no le habían gustado particularmente. Quizá Justine estuviera haciendo lo mismo.

El pensamiento de que quizá él no le gustara particularmente a Justine le resultaba sencillamente insoportable.

—¿Qué es lo que quieres de mí, Justine? —se vio compelido a preguntarle—. ¿Qué es lo que esperas de nuestra relación?

Justine detectó la tensión de su tono de voz, el énfasis en la palabra «esperas». Al parecer Marcus pensaba que ella tenía intenciones de casarse con él. Y por mucho que lo amara, ¡el matrimonio ni siquiera se le había pasado por la cabeza!

¿Cómo podría habérsele pasado por la cabeza si ya sabía que era lo último en lo que pensaba Marcus? Trudy ya le había advertido al respecto, le había advertido que no se enamorara de él. Si Marcus pudiera adivinar al menos una mínima parte de sus verdaderos sentimientos, Justine estaba segura de que jamás volvería a verlo...

El pensamiento de no volver a hacer nunca más el amor con Marcus, o de no volver a experimentar jamás lo que ya sabía que solo él podría hacerle sentir, la forzaba a una respuesta brutalmente pragmática a su pregunta. Sería mejor mentirle que perderlo. Mejor representar el papel que él quería que jugara a no volver a formar parte de su vida.

–¿Esperar, Marcus? No estoy segura de lo que quieres decir. No espero nada de ti aparte de lo que me has ofrecido.

–¿Y qué ha sido eso?

–Tu amistad. Y tu cuerpo, por supuesto –añadió con una maliciosa sonrisa.

–Mi cuerpo...

Justine le acarició el pecho, deslizando luego su mano hacia el sexo medio erecto, con el corazón latiéndole acelerado. Todavía le resultaba difícil creer cómo el amor había cambiado su percepción del sexo. Lo encontraba todo tan delicioso... con Marcus no se avergonzaba de nada. Todo le parecía perfectamente natural y, al mismo tiempo, insoportablemente excitante. Le encantaba sentir y saborear su cuerpo, le encantaba excitarlo, oírlo gemir y convulsionarse dentro de ella.

De pronto, Marcus rodó a un lado y se sentó en el borde de la cama.

–Háblame del plan B.

–¿Plan... B? –inquirió, muda de estupor.

–Por favor, no te hagas la tonta –le lanzó una dura mirada por encima del hombro–. La noche de la fiesta, Felix me habló de tu plan B. Me dio a entender que yo era el primer candidato de la lista.

Justine lo miró fijamente, con el corazón retumbándole en el pecho. Dios mío, ¿durante todo ese tiempo habría estado pensando que ella tenía intención de atraparlo en un matrimonio de conveniencia? ¿Pensaba acaso que lo que esa noche había estado haciendo con él había sido inspirado por la codicia, y no por un genuino sentimiento? ¿Habría disfrutado de todas aquellas intimidades sospechando al mismo tiempo que no era más que una mujerzuela ambiciosa y sin escrúpulos?

Si ese era el caso... ¡entonces podría irse al infierno!

–En primer lugar, ese no era mi plan –le explicó, decepcionada–. Era el de Trudy. Una idea ridícula acerca de que lo que más me convenía era atrapar un marido rico. En un determinado momento, llegó a pensar que tú podrías ser un candidato adecuado, pero yo la puse muy pronto en su lugar, créeme.

Para su asombro, Marcus tuvo el descaro de hacerse el ofendido.

–¿No piensas que sería un marido muy conveniente para ti?

–Debes de estar bromeando. Estás demasiado amargado y eres demasiado cínico con las mujeres. Una mujer tendría que estar loca para elegirte como compañero estable.

–¿Ah, sí?

–Sí. Cuando me case, lo haré con un hombre que me ame de verdad. Un hombre que nunca cuestione mis motivos, porque sepa que yo lo amo de la misma manera. He visto por experiencia lo que sucede cuando alguien se casa por dinero, y no por amor –se interrumpió por un momento–. Así que deja de preocuparte, Marcus –le espetó, dominándose con esfuerzo–. No tengo ningún interés por tu cuenta bancaria; solo deseo tu cuerpo. Pero si no tienes más cuidado, puede que ni siquiera quiera eso. ¡Estoy segura de que muy pronto desarrollaré una fuerte aversión por intimar con un hombre que me toma por una cazafortunas! –saltó de la cama y se puso a recoger su ropa del suelo.

–Justine –pronunció frenético mientras la seguía por la habitación–. Por favor, no te enfades. Lo lamento, yo...

–¡Oh, si no estoy enfadada! ¡Estoy terriblemente furiosa! ¡Y pensar que he esperado durante tanto tiempo para entregar mi virginidad a un bastardo como tú!

Cuando se disponía a pasar de largo a su lado para entrar en el cuarto de baño, Marcus la agarró de un brazo y la obligó a que lo mirara. El montón de ropa que Justine llevaba en los brazos hacía de barrera entre sus cuerpos desnudos. Pero su furia, según parecía, no era suficiente para oponerse a su deseo. Ni a su amor. ¡Justine apenas podía creer que todavía sintiera deseo por ese hombre!

–Tienes razón –murmuró él–. Soy un cínico y estoy amargado con las mujeres. Lo admito. Y me gusta tan poco como a ti. Detesto los estrechos y estúpidos prejuicios que albergué sobre tu persona desde la misma noche en que te conocí.

Justine se había quedado sorprendida. La primera vez que se vieron fue en aquella entrevista en el banco, por la mañana. ¿De qué diablos estaba hablando?

–Sí, veo que te extrañas. No estoy hablando del día del banco. Ya te había visto una vez antes... en una de las fiestas de Felix. Fue a finales de noviembre. Tú no me viste porque estaba adentro, con Felix. Te estabas divirtiendo en la piscina, rodeada de admiradores.

–¿Y?

–Te estuve observando durante un buen rato.

Justine recordaba muy bien aquella noche, dado que fue la misma en que murió su padre. Recordaba vívidamente las estúpidas bromas de Howard, intentando ahogarla. Y, sobre todo, recordaba a la jovencita mimada y caprichosa que había sido en aquel entonces. El pensamiento de Marcus observándola en aquella situación la hizo ruborizarse.

–Supongo que te parecería muy estúpida.

–Me pareciste increíblemente hermosa –repuso Marcus con los ojos brillantes–. Te deseaba a más no poder. Felix advirtió mi fascinación y me propuso presentarte, pero yo preferí marcharme. Ya te había calificado como otra Stephanie...

A Justine se le encogió el corazón al ver su mirada de dolor.

–Ella debió de hacerte mucho daño, Marcus.

—Destrozó mis sueños.

—¿Tus sueños?

—Sí. Pero esa es otra historia, que no te interesaría. Simplemente estoy intentando explicarte que, cuando entraste en el banco aquel día, yo ya estaba preparado para pensar lo peor de ti. Aunque eso no influía para nada en el deseo que sentía —añadió arrepentido—. Con lo cual las cosas parecían complicarse aún más. En vez de despreciarte, te deseaba incluso más. Y me sentí terriblemente tentado de hacer a un lado mis escrúpulos morales con tal de pasar una sola noche contigo.

—¡Dios mío! —exclamó Justine.

—Bueno, ahora ya he cumplido mi deseo de pasar una noche contigo, y te deseo más que nunca. Te adoro, Justine. Adoro tu entusiasmo por la vida, tu espontaneidad, tu pasión...

—¿No te estarás refiriendo al sexo?

—Eso también. Cásate conmigo, Justine. Cásate conmigo.

—¡Casarme contigo! —lo miró asombrada—. Pero yo... yo... ¡no puedo!

—¿Por qué no?

—Porque... porque si lo hiciera... tú destrozarías mi sueño.

—¿Y cuál es? ¿Tu proyecto de la casa de huéspedes? Dios santo, Justine, en cuanto te conviertas en mi mujer, ya no tendrás que preocuparte por eso. Yo saldaré todas tus deudas. Ni tu madre ni tú tendréis que preocuparos por nada durante el resto de vuestras vidas.

—No, Marcus —declaró firmemente Justine—. Estás equivocado. Mi sueño no tiene nada ver con todo eso. Tiene que ver con el amor.

—¿El amor?

—Sí. ¡Cualquiera diría que nunca has oído hablar del amor! El hecho es, Marcus, que me prometí a mí misma que jamás me casaría con alguien excepto por amor. Por verdadero amor. Y no simplemente por satisfacer una atracción sexual. Lo siento, pero tú... bueno, no reúnes las condiciones. Gracias por pedírmelo, de todas formas –se apresuró a añadir, antes de que pudiera hacer algo tan estúpido como echarse a llorar–. Aunque, realmente, no era necesario. En estos tiempos, los hombres que desfloran a las vírgenes no tienen por qué casarse con ellas. Estoy segura de que una vez que reflexiones sobre ello más tarde, te sentirás aliviado de que no haya aceptado tu impulsiva oferta. Después de todo, tú no me amas, Marcus. Simplemente quieres hacerme el amor, algo que todavía podrás seguir haciendo, con bastante frecuencia y libre de responsabilidad alguna, sin el estorbo de una esposa. Porque a mí me gusta hacer el amor contigo, cariño. Eres tan maravilloso en la cama... Ahora voy a ducharme y vestirme. Luego, creo que sería mejor que me llevaras a casa, antes de que mi madre salga en tu busca con una escopeta...

Marcus seguía inmóvil después de que Justine entrara en el cuarto de baño, cerrando la puerta a su espalda. Con los ojos muy abiertos y la mirada perdida en el vacío, la cabeza le daba vueltas en un remolino de perverso placer.

Justine le había dicho dónde podía meterse su proposición de matrimonio, y su cuenta bancaria. No era en absoluto parecida a Stephanie... ¡en absoluto!

«El problema es que no te ama, estúpido», le recordó una voz interior enormemente desagradable en su brutal sinceridad, que consiguió aplacar un tanto su euforia. «Ya la has oído. Solo se casará por verdadero amor...».

Evidentemente, tendría que conseguir que Justine se enamorara de él, pero... ¿cómo?

¿Sexo? Oh, sí, se serviría del sexo... en todas y cada una de las oportunidades. Pensaba que era maravilloso en la cama, ¿no? ¡Bueno, pues todavía no había visto nada!

Y en cuanto a las atenciones que le prestaría, la llamaría por lo menos dos veces diarias.

¿Regalos? Le enviaría flores. Le regalaría bombones y perfumes cada vez que quedara con ella. ¡Pero no...! No quería darle la impresión de que aún la consideraba una cazafortunas. Solamente flores, entonces.

¿Halagos? No necesitaría adularla. Simplemente le diría la verdad: que pensaba que era la mujer más bella, inteligente, graciosa, maravillosa y sexy que había conocido en su vida...

¿Pero qué pasaba con aquel viejo y tradicional recurso... de decirle que la amaba?

No sabía por qué, pero tenía la penosa impresión de que confesarle aquella verdad no le daría ningún resultado. No, se guardaría en reserva aquellas dos sencillas palabras hasta que llegara el momento adecuado, hasta que sucediera algo especial y Justine se convenciera de que hablaba en serio. ¡Entonces, y solo entonces, conseguiría lo que tanto ansiaba!

Marcus apretó los dientes con un gesto de decisión. Se había enfrentado a muchos desafíos en su vida, pero ninguno tan crucial como aquel. Nada lo estimulaba más que un desafío especialmente difícil. Y tenía la sensación de que conseguir que Justine se enamorara de él iba a ser precisamente eso.

Se estaba agachando para recoger su ropa cuando oyó el sonido del agua de la ducha. Una erótica imagen atravesó su mente: los cuerpos desnudos, el agua caliente, el gel de baño, la esponja...

Dejó caer sus pantalones y se dirigió decidido al cuarto de baño.

–Voy a echarte de menos –le dijo Pat mientras tomaba su enésima taza de té durante su media hora de descanso, el viernes siguiente por la noche–. Eres una buena trabajadora, Justine. Y estoy segura de que serías también una gran esposa.

Justine estaba de acuerdo con ella, pero no podría decir lo mismo de Marcus. De hecho, no le había repetido su primera e impulsiva proposición de matrimonio. Había estado demasiado ocupado aprovechándose de su oferta de abastecerlo de sexo... gratis. Naturalmente, no tenía ni idea de que estaba enamorada de él. Creía que simplemente lo deseaba... lo cual, por supuesto, también era cierto.

El domingo por la tarde Marcus había vuelto a invitarla a cenar, en esa ocasión en un restaurante. Habían pedido un par de platos, pero Justine era incapaz de recordar cuáles... La tensión sexual que había reverberado entre ellos había sido tan intensa, que los dos habían vuelto a la casa de Marcus sumidos en un incómodo, violento silencio.

Y terminaron haciendo el amor no en la cama, sino en el mismo vestíbulo.

El lunes, Marcus le había propuesto que comieran juntos... y ella tuvo que reprenderle cuando él la llevó a su casa en vez de a un restaurante... Pero cualquier reproche por su parte no tardó en ceder su lugar a una pasión que la hizo olvidarse de todo...

El martes había hecho mucho calor y habían pasado varias horas en la piscina de la casa de Marcus, haciendo el amor. Eran más de las tres cuando él volvió al banco, dejando a Justine maravillada tanto de su imaginación como de su increíble resistencia...

El miércoles Justine se había negado a quedar a comer con Marcus, ya que una perversa punzada de orgullo le había aconsejado no mostrarse tan fácil con él. Pero le había resultado terriblemente difícil. Durante todo aquel día, había estado muy irritable, y el calor sofocante no la había ayudado nada. Constantemente había estado pensando en que habría preferido encontrarse en la piscina de Marcus, los dos desnudos, en vez de tener que lavar sábanas y preparar las camas a los huéspedes de la casa. Para cuando se presentó a trabajar esa noche, ya estaba tremendamente arrepentida de su decisión. ¿Para qué negarse a sí misma el placer que Marcus podría ofrecerle?

Cuando la noche del miércoles Justine entró en el despacho con su carrito de limpieza, encontró a Marcus sentado ante su escritorio, con una apariencia terriblemente sexy; la tentación fue demasiado grande y acabó seduciéndolo allí mismo. Todavía se ruborizaba al pensar en lo que habían hecho debajo de su mesa, con la gente caminando arriba y abajo por el pasillo a solo unos pasos de distancia.

Pero por mucho que Justine hubiese disfrutado con aquellos eróticos encuentros, nada podía compararse con lo sucedido el jueves.

El jueves Marcus la había invitado a cenar en un exótico hotel del puerto para luego subir a una habitación que había reservado. con la intención de «pasar las lentas horas de la tarde haciendo el amor», según palabras textuales. Su llamada a Grace para disculpar su ausencia del banco durante el resto del día había estado cargada de un doble sentido; le había dicho a su secretaria que se había visto obligado a invitar a comer a un valioso cliente, dado que tenía una excitante proposición que hacerle, y que estaría ocupado hasta la noche.

Justine sacudió la cabeza al evocar aquella tarde. Disponer de Marcus a su absoluta merced había resultado una experiencia maravillosamente excitante. Y sorprendentemente reveladora. Había descubierto que era capaz de tentarlo, de seducirlo y torturarlo hasta insoportables niveles de placer, hasta enloquecerlo de deseo. Y eso le había permitido desgarrar la fría y controlada máscara detrás de la cual él solía ocultarse.

Además, durante el curso de aquella tarde Justine había llegado a conocer una buena parte de la historia de su vida. Hijo no deseado de una adolescente toxicómana, de padre desconocido, a una tierna edad Marcus fue separado de su madre por unos parientes bienintencionados, que lo metieron en un orfanato.

No tenía esperanza alguna de que lo adoptaran, dado que su madre se negaba a firmar ningún papel, aunque varias veces vivió con familias que parecían más interesadas en los cheques de mantenimiento que recibían del gobierno que en el cuidado de un triste niño privado de cariño. Finalmente, fue destinado a un hogar de acogida, después de su mal comportamiento al conocer la noticia de la muerte de su madre, fallecida de una sobredosis... noticia que había resquebrajado su sueño secreto de vivir alguna vez en familia.

Naturalmente, tan pronto como terminó la escuela, abandonó el hogar de acogida, para abrirse camino solo en el mundo. Estudió duro en la universidad para después ingresar en un banco como aprendiz en prácticas. Doce años más tarde, se convertía en el presidente de la entidad.

Justine esbozó una triste sonrisa al recordar la modesta y sucinta descripción que le había hecho Marcus de su éxito. Llegar a su actual posición en tan poco tiempo había sido algo absolutamente espectacular.

De hecho, Justine sabía más de su currículum de lo que él pensaba. Trudy había ejercido de detective para ella durante la semana anterior, descubriendo a través de varias fuentes todo lo que había podido sobre el extraordinario banquero Marcus Osborne.

Al parecer, durante los años ochenta, había sido uno de los pocos ejecutivos en aconsejar a su banco que no siguiera prestando dinero a los numerosos empresarios especuladores que estaban inflando los precios de los inmuebles. Cuando estalló la crisis inmobiliaria, Marcus llegó a convertirse en la estrella del banco al haberlo salvado de una buena cantidad de operaciones ruinosas. Había sido rápidamente ascendido, primero a vicepresidente con veintiocho años, y a presidente con treinta.

Su único error durante aquellos años, según parecía, había sido su matrimonio, que había tenido lugar poco después de su ascenso a presidente. De acuerdo con las fuentes de Trudy, Stephany era la hija única del presidente de otro banco, que no había sido tan afortunado en sus decisiones y que, en consecuencia, había sido despedido.

Súbitamente empobrecida, la mimada hija única de la familia había puesto su codiciosa mirada en el joven banquero. Y Marcus se había casado con ella antes de llegar a conocer la egoísta naturaleza que se ocultaba detrás de su belleza. Su matrimonio había durado solamente un año, sin que llegaran a tener hijos.

Justine no era ninguna psicóloga, pero sabía que cualquier persona medianamente inteligente podía adivinar que la desgraciada infancia de Marcus había sido el factor determinante de su compulsiva necesidad de triunfar en la vida. Y que, por detrás de aquella impresionante ambición, se escondía un profundo pozo de vulnerabilidad emocional.

Para Marcus, el amor siempre sería una espada de doble filo. Desconfiaría de él, pero aun así lo ansiaría como siempre ansiaba todo aquello que jamás había tenido. El único problema estribaba en que tal vez ignorase lo que era el amor verdadero; de hecho, en ese sentido había tenido una muy pobre experiencia del mismo.

Qué fácil era confundir el deseo con el amor. O dejarse engañar por alguna bella mujer que fingiera amarlo, al tiempo que ocultaba sus materialistas intereses detrás de una hermosa y benévola fachada. Evidentemente Stephanie había sido esa mujer.

Justine frunció el ceño; Marcus había pensado que ella estaba cortada por el mismo patrón. Afortunadamente, ya no seguía pensándolo. Su rechazo a su oferta de casarse con él seguramente le había demostrado que no estaba interesada en su dinero.

En cuanto a Stephany, Justine no había podido sonsacarle ninguna información a Marcus, más allá de su admisión de que se había divorciado por adulterio. De repente, mientras hablaba con Pat, se le ocurrió preguntárselo a ella:

—Dime, Pat, ¿alguna vez llegaste a conocer a la... primera mujer del señor Osborne?

—¡Desgraciadamente sí! Todos nos alegramos mucho el día que el jefe se separó de ella, eso te lo aseguro.

–¿Cuándo fue eso exactamente?

–Hará cerca de unos dos años. Sí, dos años. ¡Diablos, cómo pasa el tiempo!

–¿Cómo era ella?

–Muy guapa. Alta, rubia, con una figura espectacular. Más fría que un témpano, y altiva a más no poder. En aquel entonces, yo solía limpiar el séptimo piso, y ella siempre me miraba por encima del hombro... ¡cuando se dignaba mirarme! La pobre Grace solía quejarse de la manera en que la trataba.

–¿Sabes por qué se rompió su matrimonio?

Trudy le había transmitido el rumor sobre la aventura de Stephany, pero desnudo de cualquier detalle.

–Esto no es ningún secreto, cariño. El jefe la sorprendió en la cama con el limpiador de la piscina. La echó de casa en el acto. Tiró todas sus cosas, y a ella misma, a la calle, y cambió luego la cerradura.

–¡Dios mío! ¿Pero cómo puedes saber a ciencia cierta eso? Quiero decir que... no me puedo imaginar a Mar... al señor Osborne confesándole eso a nadie.

–Pues yo lo oí con estos oídos que tengo. El señor Osborne había regresado aquella tarde a trabajar, tal y como era su costumbre en aquella época, cuando su esposa irrumpió en su despacho y se desahogó a placer. En aquel momento, yo estaba limpiando la sala de juntas, y la puerta que comunicaba las dos habitaciones estaba entornada. Se me pusieron las orejas coloradas, te lo aseguro. ¡Nunca había oído un lenguaje tan soez en boca de una mujer en toda mi vida! A pesar de ello, el señor Osborne se mantuvo muy tranquilo; no levantó la voz ni una sola vez. Simplemente le dijo que se marchara. Cuando ella empezó a gritar escandalosos detalles de sus relaciones con otros hombres, llamó al servicio de seguridad para que la sacaran de allí. Todos nosotros nos compadecimos de él, por haber sido expuesto a aquella humillación pública; lo oyeron todos los empleados del piso. Por eso no nos sorprende que no se haya relacionado seriamente con ninguna mujer desde entonces; dudo que vuelva a casarse otra vez. Antes de su desengaño, el pobrecito estaba totalmente encandilado con esa Stephany.

A Justine se le encogió el corazón. Eso era precisamente lo que había temido. Marcus jamás lograría superar lo ocurrido con su primera esposa para confiar en otra mujer. Pero era ridículo alterarse tanto por algo que siempre había sabido; ¿acaso la propia Trudy no se lo había dicho incontables veces?

Suspiró profundamente. Su estúpida alma romántica debía de haber estado secretamente esperando a que algún día Marcus se enamorara de ella, y le repitiera su proposición de matrimonio.

–¿Por qué querías saberlo, cariño? –le preguntó Pat–. ¿Es que estás interesada en el señor Osborne?

–Oh, esto... bueno, es un hombre muy atractivo, ¿no?

–¡Vaya! –exclamó Pat–. De hecho, tú también eres una chica muy atractiva. ¡No me digas que el jefe te ha estado echando el ojo mientras estabas arriba limpiándole el despacho!

–Alguna vez me ha mirado con cierto interés, nada más –mintió Justine, intentando no adoptar una expresión culpable. Si Pat supiera las cosas que había estado haciendo en el despacho del jefe el miércoles por la noche... ¡seguro que volvían a ponérsele las orejas coloradas!

Justine le había prohibido expresamente a Marcus que se quedara a trabajar esa noche. Dado que era la última, quería hacer un buen trabajo de limpieza, o de lo contrario Gwen se quejaría cuando regresara al lunes siguiente, ya recuperada de su lesión.

Pero se había sentido muy sola limpiando su desierto despacho. Echaba de menos a Marcus.

El corazón se le encogía al pensar que nunca se enamoraría de ella, y que incluso un día saldría para siempre de su vida. ¡Se cansaría de tener relaciones sexuales y eso sería todo! ¿Cómo podría seguir viviendo sin él? Su presencia se le había hecho tan esencial como respirar.

De repente le entraron ganas de llorar. Pero no lo haría; no delante de Pat. Forzando una sonrisa, se levantó de la mesa ante la cual se hallaban sentadas las dos, en el cuarto de servicio.

–Debo volver al trabajo –anunció con falso tono ligero.

–¿Pero y el señor Osborne?

–¿Qué sucede con él?

–Bueno... ¿qué vas a hacer respecto a él? Ya sabes que esta es tu última noche aquí.

–Sí, me doy cuenta de ello. Me temo que tengo que aceptar que el señor Osborne y yo no estamos hechos el uno para el otro, Pat –repuso Justine, con el corazón en un puño.

–Creo que tal vez tengas razón, querida. Esa Stephany ha conseguido amargarlo. Esas mujeres no tienen corazón, al contrario que el señor Osborne. Es tan tierno... ¿Sabes? Le envió flores a Gwen, e incluso la visitó personalmente para regalarle una caja de bombones. Se quedó abrumada; pocos jefes son capaces de hacer eso por una limpiadora.

–Desde luego –asintió Justine, pensativa–. Bueno, será mejor que vuelva al trabajo, Pat. Te veré después.

–Sí, hasta luego, cariño. Y no te preocupes por lo del señor Osborne. Conocerás a montones de chicos interesantes en el futuro. No lo dudes.

«Pero ninguno como Marcus», pensó entristecida mientras subía al séptimo piso. Su estado de ánimo mejoró un tanto cuando recordó lo que Pat le había dicho acerca de la ternura de Marcus. Quizá tanto Pat como Trudy estuvieran equivocadas acerca de su carácter amargado, que presuntamente lo incapacitaba para volver a amar a ninguna mujer. Una vez le había preguntado a Justine lo que esperaba de él, pero ella nunca le había preguntado lo que esperaba él de ella, quizá porque había temido su respuesta... ¿Sería solamente sexo lo que estaba buscando? ¿O podría atreverse a esperar que deseaba algo más?

Trudy le había aconsejado que disfrutara simplemente de lo que tenía y que no esperara nada permanente. Pero Trudy era demasiado cínica. También había insistido en que no le dijera a Marcus que estaba enamorada de él.

—Te tratará como a un felpudo si se entera —le había dicho por teléfono, aquella misma semana—. De verdad, Jussie. Ya te avisé que no te enamoraras de Marcus una vez que te acostases con él, ¿te acuerdas? Eres como un bebé en pañales en lo referente a los hombres y al sexo, especialmente a los hombres como Marcus Osborne. Se comen a las chicas como tú para desayunar. Ahora, si sigues el consejo de una vieja amiga, con un poco de suerte podrás salir de esta aventura más o menos bien parada y, desde luego, mucho más sabia. No digas nada que no debas. De esa forma, cuando corte contigo, al menos conservarás tu orgullo intacto.

El orgullo. ¿Qué podía significar el orgullo para Justine el día que Marcus la expulsara de su vida?

Las puertas del ascensor se abrieron y avanzó apresurada por el pasillo. La sinceridad... ¿no merecía un intento, una oportunidad? ¿Y si Marcus sentía por ella más de lo que le había dejado saber, y simplemente estaba esperando a que ella admitiera lo mismo?

Aquello era posible, dados sus antecedentes. Recelaría de comprometerse con otra mujer, especialmente con una que había crecido en un ambiente similar al de Stephany. Su propuesta de matrimonio de la otra noche podría no haber sido fruto de un simple impulso... sino la explosiva expresión de su más profundo anhelo.

Quizás Marcus la amara...

Con el corazón en un puño, se aferró a aquella posibilidad. Tenía que saberlo. ¡Y tenía que saberlo en esos momentos! No podía esperar más.

Irrumpió en su despacho y se abalanzó sobre su teléfono. Después de marcar el número de su casa, empezó a contar el número de llamadas al otro lado de la línea. Cinco. Seis. Siete. «¡Oh, por favor, que no esté fuera!», rezó desesperada.

–Marcus Osborne.

Ahora que ya había contestado, Justine se quedó helada. Se dijo que había sido una estúpida idea... ¡Estúpida, estúpida, estúpida!

–¿Hola? ¿Quién es?

–¿Marcus?

–¿Justine? ¿Eres tú?

–Sí...

–¿Qué sucede? ¿Pasa algo malo? ¿Dónde estás? ¿No se suponía que tenías que estar en el banco, trabajando?

–Y lo estoy. Me encuentro en tu despacho.

–¿Y?

–Yo... tenía que llamarte.

–Bueno, me siento halagado... además de frustrado –añadió, burlón–. ¿Sería demasiado esperar que me concedieras una cita de última hora en alguna parte? ¿No? Vaya. Entonces tendré que esperar hasta mañana.

–Marcus...

–¿Sí, amor mío?

–¿Soy de verdad tu amor? –le preguntó con voz ahogada–. Quiero decir que... ¿me amas de verdad?

Justine había oído hablar de silencios ensordecedores. Ahora comprendía el significado de esa expresión. El silencio de Marcus parecía atronarle el cerebro.

–¿Por qué lo preguntas? –inquirió al fin.

–Yo... bueno, de repente se ha convertido en algo muy importante para mí.

–¿Por qué?

–Porque... porque quiero que todo entre nosotros sea abierto y sincero –le confesó Justine–. Odio pensar en la manera en que nos conocimos. Me preocupaba que todavía pudieras seguir pensando que buscaba algo de ti... Porque es verdad, claro que busco algo de ti –añadió casi sin respirar, de lo nerviosa que estaba–. Pero no es tu dinero, Marcus, ni el matrimonio, aunque no me importaría casarme contigo algún día. Pero solo si me amases, claro está, y quisieras casarte conmigo, porque yo... Yo te amo, Marcus –le confesó finalmente, con tono apresurado–. Eso es lo que estaba intentando decirte: te amo. Oh, Dios mío, espero que no te enfades conmigo por decírtelo. Trudy me aconsejó que no te lo dijera, pero... pero yo no soy Trudy, ¿verdad?

Marcus luchó por dominar la emoción que lo embargaba. Pero era una lucha perdida.

–No, cariño, tú no eres como Trudy. Y tampoco me voy a enfadar contigo, porque yo... yo te amo a ti también. ¿Cómo podría no amarte? Oh, Dios mío, Justine... me estoy emocionando –se interrumpió para enjugarse las lágrimas–. ¿Sabes cuánto tiempo hacía que no lloraba?

–¿Estás llorando? –inquirió asombrada–. ¿Por mí?

–Por ti.

–¿No lloraste por Stephany?

–¿Por esa canalla? Dios mío. Una vez que me di cuenta de cómo era en realidad, la borré de mi memoria.

–¿Sabes qué es lo que fue de ella?

–Es gracioso que tú me lo preguntes. No tenía ni idea... hasta este martes. Grace me enseñó un artículo del *Herald* sobre un banquero de Nueva Zelanda que tenía un juicio por desfalco. Iba acompañado de una fotografía de su esposa en los tribunales, y era Stephany. El tipo se quejaba de que los cuantiosos gastos de su mujer lo habían empujado a cometer el delito. Casi me dio pena el pobre diablo... Y en cuanto a ella, no tienes por qué preocuparte de nada, Justine. No me interesa en absoluto, y no soportaría verla otra vez.

–Pero... pero debiste de amarla mucho, Marcus.

Marcus detectó la inseguridad que latía en su tono y se sintió tentado de mentirle. Pero Justine le había dicho que quería que todo fuera abierto y sincero entre ellos. Y lo mejor sería empezar con una verdad.

—Eso pensaba yo. Creía haber conseguido una vida perfecta, lo cual incluía también una esposa perfecta. Y Stephany jugó el papel de esposa perfecta a la perfección. Yo me enamoré de la ilusión que ella misma había creado, no de la mujer que se escondía debajo. Me engañó completamente. En el dormitorio, también era una consumada actriz. Y no voy a negar que al principio estaba muy enamorado –se interrumpió por un momento–. Empecé a sospechar que algo iba mal en la misma luna de miel, cuando lo único que quería hacer era comprar. Luego, poco después, abrí los ojos a la realidad. Posteriormente malinterpreté mis propios sentimientos, y creí que me sentía dolido y amargado. Se trataba más bien de mi orgullo herido. Una vez que me enamoré de ti, amor mío, comprendí que lo que había sentido por Stephany no había sido verdadero amor, sino una mala imitación.

—¿Soy yo tu verdadero amor?

—El más verdadero y el más maravilloso.

—¡Oh, Marcus, ahora soy yo quien está llorando!

—Espero que sea de felicidad...

—Oh, sí.

—Voy para allá.

—Marcus, no deberías... Todavía tengo mucho trabajo que hacer. Te... te prometo que iré a tu casa tan pronto como haya terminado.

—En ese caso, será mejor que llames a tu madre y le digas que no dormirás en tu casa esta noche. Voy a tardar horas en demostrarte lo mucho que te amo.

—Oh, Marcus... de acuerdo, cariño. La llamaré para decírselo.

—No saldrá detrás de mí con una escopeta, ¿verdad?

—No, claro que no...

—Qué pena –musitó él, casi para sí mismo.

—¿Qué?

—Nada –Marcus había pensado que el amor de Justine era todo lo que quería. Pero no era así. Quería más. Quería que fuera su esposa y la madre de sus hijos. Y pronto, no algún día.

Pero Justine era demasiado joven. No tenía ningún derecho a apresurarla, ni a insistir en que cambiara todos sus planes para ajustarse a los suyos. Tendría que ser paciente. Mientras tanto...

–No habrás cambiado de idea acerca de lo de venir a mi casa, ¿verdad? –le preguntó con tono tenso. Ya había empezado a excitarse ante la perspectiva de estrecharla en sus brazos–. Prométemelo.

–Prometido.

Justine yacía en los brazos de Marcus, escuchando el ritmo de su respiración mientras dormía, y pensando que jamás en toda su vida había sido tan feliz. Marcus le había hecho el amor con una pasión y una ternura que parecían haber conducido su relación a una dimensión distinta. Cuando finalmente entró en ella, diciéndole durante todo el tiempo lo mucho que la amaba, las lágrimas afloraron a los ojos de Justine. Era, sin ninguna duda, su verdadero amor.

Era cierto que aún no le había pedido que se casara con él, pero estaba segura de que lo haría. Algún día. Cuando llegara el momento adecuado.

Justine sabía sin embargo que ese momento podría tardar en llegar. Marcus había sufrido demasiado como para apresurarse en ese sentido. Y, sinceramente, ella quería disponer de más tiempo para demostrarle que no era en absoluto como Stephany. Además, tenía en perspectiva el desafío de llevar el negocio de la casa de huéspedes, así como terminar sus estudios de Tiempo Libre. Culminar, en suma, su metamorfosis de una niña rica y mimada en una mujer madura e independiente, orgullosa de sí misma.

Nunca quería volver a ser aquella chica frívola y estúpida. En aquel momento, casi se sentía culpable de la manera en que había tratado a Howard Barthgate, y a todos aquellos chicos con los que había salido. Los había utilizado desvergonzadamente.

Aunque ellos tampoco habían estado exentos de culpa. Todos habían dejado de llamarla después de la muerte de su padre, lo cual hablaba de la profundidad de sus sentimientos. De hecho, los chicos como Howard Barthgate eran bastante parecidos a como había sido su padre; encantadores, pero sin escrúpulos. Para ellos el matrimonio a menudo no era más que una forma de inversión. El verdadero amor era algo propio de la gente vulgar, y el sexo, algo que podía encontrarse en cualquier parte. Marcus, al contrario, era menos encantador, pero mucho más profundo en sus sentimientos.

Justine suspiró contenta y cayó en un profundo y reparador sueño. Su felicidad, sin embargo, tendría una corta vida. El desastre la estaba esperando al día siguiente.

Capítulo 11

A Justine la despertó el sonido del viento, balanceando las ramas del árbol contra la ventana del dormitorio. El reloj de la mesilla marcaba las once menos dos minutos de la mañana, lo cual quería decir que ya llevaba dos horas de retraso con respecto a la hora en que le había prometido a su madre que estaría en casa.

–Marcus... –como respuesta no obtuvo más que un gruñido–. Quédate aquí si quieres, pero yo tengo que irme a casa. Mañana llegan nuestros primeros huéspedes.

Marcus bostezó, desperezándose.

–Dios mío, ¿qué es ese ruido infernal?

–El viento. Pero no llueve, desgraciadamente. Otra vez tenemos un cielo azul y despejado.

–Este maldito tiempo que estamos teniendo... está casi tan loco como yo por ti. Ven aquí y dame un beso de buenos días, preciosa mía...

–¡Oh, no, no! –protestó Justine–. Tengo que salir de aquí en quince minutos, o si no mi mi madre me matará. Le prometí que estaría en casa a las nueve de la mañana.

–¿Se enfadó cuando la llamaste anoche? –le preguntó Marcus, sonriendo.

–¿Mamá? No. Mamá siempre es muy comprensiva conmigo. Nada de lo que hago podría escandalizarla.

—Qué madre tan juiciosa.

—No sé si lo es mucho... Últimamente anda un poco atolondrada. Los dos últimos meses han sido verdaderamente traumáticos para ella.

—Creo que la subestimas, Justine. Es una superviviente.

—Quizá. Creo que Tom está enamorado de ella.

—¿El jardinero?

—Ajá.

—Parece un gran tipo.

—Lo es.

—¿Cuál es el problema, entonces?

—Que estaba muy enamorada de papá. Y no creo que vaya a enamorarse otra vez.

—Es curioso. La gente decía lo mismo de Stephany y de mí...

Justine lo fulminó con la mirada, y Marcus sonrió.

—Pero estaban terriblemente equivocados, ¿verdad? Vamos, vete a ducharte, amor mío, mientras yo me quedo aquí languideciendo con los recuerdos de anoche.

—Pues enciende la radio mientras languideces, oso perezoso. A ver si puedes sintonizar el informe meteorológico.

Veinte minutos después, Marcus, conmocionado, se dirigía en su coche por la autopista del Pacífico hacia Lindfield. Justine, sentada a su lado, estaba terriblemente pálida. Al final, no había podido sintonizar el informe meteorológico, sino los informativos generales de las once. Y las palabras del locutor todavía resonaban en sus oídos.

Algún pirómano, no satisfecho con los incendios que castigaban durante todo el verano los alrededores de Sídney, había incendiado el parque nacional a lo largo del río Lane Cove. Vientos de velocidades cercanas a los ochenta kilómetros por hora habían convertido lo que debería haber sido un foco aislado en un larguísimo frente de fuego.

Resultaba increíble que un fuego forestal amenazara los barrios residenciales del área urbana, pero eso era precisamente lo que estaba sucediendo según las noticias. Varias casas ya habían ardido. Lindfield había sido uno de los barrios afectados, y dado que la casa de Justine lindaba con el parque... ¡mucho se temía Marcus que fuera una de las que más riesgo corrieran!

El pánico de Justine fue en aumento conforme Marcus se acercaba a su calle. La cortina de humo gris que cubría el cielo era impresionante. La joven esperaba que fuera el resultado del fuego forestal, pero temía pecar de optimista. El pensamiento de su casa ardiendo ya le resultaba suficientemente aterrador. Y el miedo a que su madre estuviera en peligro le provocaba náuseas.

Marcus intentó consolarla, pero era difícil. Las cosas no tenían buen aspecto.

No había rezado desde que tenía diez años, pero en aquel momento no lo dudó. «Dios mío, no dejes que le suceda nada a la madre de Justine. Ni a esa condenada casa».

Ya no podía seguir conduciendo por aquella calle. Se hallaba bloqueada por los coches de la policía.

Marcus sabía sin necesidad de que nadie se lo dijera que la situación era crítica. De hecho, podía ver las llamas de una casa ardiendo al final de la calle. Era al otro lado de la casa de Justine, pero con el viento el fuego no tardaría en recorrer aquella pequeña distancia. El súbito descubrimiento de que el viento soplaba en la dirección opuesta y que ya había obrado sus efectos al otro lado de la calle lo dejó temblando por dentro.

–Oh, Marcus –fue lo único que dijo Justine, desesperada.

Una vez aparcado el coche, corrieron hacia una esquina de la calle de Justine, donde se habían formado grupos de gente detrás de una barrera montada por la policía. Todo el mundo parecía terriblemente impresionado. De pronto, Justine lo agarró de un brazo.

–¡Marcus! ¡Mira, ahí está mamá! Está bien. ¡Oh, gracias a Dios!

El alivio del propio Marcus no fue menor. Pero todavía quedaba la casa. Si había ardido, Adelaide probablemente se hundiría y tal vez también Justine. Era una chica mucho más sensible y delicada de lo que había imaginado en un principio, tal y como evidenciaba el súbito brillo de lágrimas que vio en sus ojos.

–No llores, Justine –le pidió con tono firme–. Lo último que necesita tu madre es verte llorar. Tienes que permanecer fuerte por ella, querida, sobre todo si le ha sucedido algo a la casa.

–Sí... sí, tienes toda la razón, Marcus. No debo llorar. Debo mantenerme fuerte. Solo es una casa, después de todo. Mamá está bien, y eso es lo único que importa.

Marcus se sintió orgulloso de la forma en que se recuperó Justine, y de la expresión de determinación que apareció en su mirada. De todas formas, deslizó un brazo por su cintura mientras se acercaban a donde estaba Adelaide, que estaba hablando con un policía.

Marcus se dio cuenta entonces de que no parecía tan atolondrada o débil como le había advertido Justine. De hecho parecía una madre realmente enérgica, preocupadísima por su hija y decidida a toda costa a obtener respuestas. El policía, en cambio, parecía cada vez más atribulado.

–¡Tiene que dejarme pasar, estúpido! Mi hija dijo que estaría en casa a primera hora de la mañana, y Justine siempre ha sido fiel a su palabra. ¡Necesito saber si mi hija...!

Adelaide se volvió bruscamente cuando Justine la tocó en un hombro, llamándola al mismo tiempo.

La expresión que vio en sus ojos era suficientemente explícita, y Marcus comprendió entonces que no había nada tan grande en el mundo como el amor de una madre. Por una fracción de segundo, se entristeció por lo que le había sido negado, pero de inmediato se alegró de que la mujer a la que tanto amaba tuviera la suerte de tener una madre tan maravillosa.

–¡Oh, Justine! –exclamó Adelaide–. Estaba tan preocupada...

—la abrazó con fuerza—. Pero estás bien... Tom, mira, está perfectamente. Mi preciosa hija está perfectamente...

—Sí, querida —afirmó Tom, acercándose a ellas.

Justine advirtió que Tom le rodeaba los hombros a Adelaide con un brazo, y se quedó paralizada al ver cómo prácticamente se derrumbaba sobre él. La madre airada de hacía un momento parecía haberse evaporado, según pudo observar Marcus.

—La casa se ha perdido, Justine —les informó Tom.

—Oh, Dios mío —exclamó Justine—. ¿Habéis... podido rescatar algo?

—Me temo que no. Cuando llegamos aquí, ya no nos dejaron pasar. La calle había sido evacuada y cortada.

—¿Qué es eso de cuando llegasteis aquí? —la joven miraba alternativamente a Tom y a su madre.

Adelaide se ruborizó, y fue Tom quien le respondió con la mirada clara y la voz firme, sin inmutarse.

—Tu madre ha pasado la noche en mi casa, Justine.

En cualquier otra ocasión, Marcus se habría echado a reír al ver la cara de asombro de Justine.

—¿Que ella... qué?

—Tu madre y yo estamos enamorados, Justine.

Marcus pensó que Tom había hecho esa declaración con una simplicidad realmente impresionante. Le gustaba aquel hombre. Iba a ser mucho mejor compañero para Adelaide que lo que había sido Grayson Montgomery.

—Enamorados... —repitió Justine, pálida.

—Sí, querida —declaró su madre con una expresión medio tímida, medio desafiante—. Como Marcus y tú. Y vamos a casarnos. Anoche, Tom me lo pidió y yo acepté. La boda se celebrará pronto; a nuestra edad, no hay razón alguna para esperar.

—Pero... ¿qué pasa con la casa?

—Ya sé que es terrible, y lo siento muchísimo por ti. Sé lo muy encariñada que estabas con ella, y lo duro que has trabajado para conservarla.

Marcus podía comprender la frustración y la consternación de Justine. ¡Sabía perfectamente que había luchado por conservar aquella casa más por su madre que por sí misma!

–Solo es una casa al fin y al cabo, querida –añadió Adelaide–. Y estaba asegurada. Marcus se aseguró de ello antes de concedernos el crédito. Tom me ha ofrecido trasladarme a su casa cuando quiera. Dudo que hoy día pueda alguien escandalizarse de eso...

–¿Pero... pero qué pasa con tus cosas? ¿Qué pasa con las joyas de la abuela?

–Todas las joyas de mi madre están en una caja acorazada del banco... ¿no te lo había dicho? Marcus también me aconsejó que las pusiera a salvo dado que íbamos a invitar a vivir en casa a un montón de desconocidos. ¡Oh, Dios mío, me había olvidado de eso! ¿Qué van a hacer esos pobres estudiantes cuando descubran que su alojamiento ya no existe?

–Me atrevo a asegurar que sobrevivirán –terció Marcus.

«Y tú también, querida Adelaide, aunque no sé si podré decir lo mismo de tu hija», añadió para sí. Justine se había quedado anonadada. Había perdido su hogar y sus ilusiones en un solo día.

–Creo, Tom, que deberíamos llevar a tu casa a Adelaide y a Justine –le comentó Marcus–. Por el momento, no podemos hacer nada más. Hablaré con los policías para saber cuándo podremos volver.

La casa de Tom se reveló como una auténtica sorpresa. A solo unas calles de distancia, era espaciosa, elegante, y tenía un precioso jardín. Mientras tomaban el té, Tom les confesó que no siempre había sido jardinero; había llegado a ser uno de los directivos de una gran empresa de alimentación, pero había sufrido en carne propia un recorte de plantilla cuando contaba cincuenta y un años, una vez que la compañía fue adquirida por otra. A pesar de la jugosa indemnización que recibió, no quiso jubilarse y optó por dedicarse a su gran pasión: la jardinería.

Marcus se alegró de ver a Justine algo más recuperada al cabo de cerca de una hora, aunque resultaba evidente que estaba mucho más afligida que su madre respecto a la casa. Todavía estaba pálida y una conmovedora expresión dolida no terminaba de abandonar su mirada.

No creía que le estuviera haciendo mucho bien estar con su madre. Obviamente, Adelaide había dado la espalda a su antigua vida y a la casa, tanto mental como emocionalmente, y no dejaba de charlar con Tom sobre el futuro con un optimismo quizá algo indiscreto.

Marcus sospechaba que esa era su manera de sobrevivir, pero no la de Justine. Necesitaba lamentar abiertamente la pérdida de su hogar, y todo lo que la casa había representado para ella. Cuando Marcus le sugirió regresar para ver lo que a esas alturas quedaba de su casa, la joven asintió con la cabeza.

Fue peor de lo que Marcus había esperado. Una ruina ennegrecida, humeante. Un camión de bomberos todavía estaba allí, y se les advirtió que no tocaran nada, aunque resultaba obvio que los fuertes muros de piedra no presentaban ningún peligro de derrumbe. Nada se había salvado del interior. Todo se hallaba reducido a cenizas.

—Oh, Marcus... —repetía sin cesar Justine con voz temblorosa.

Poco después, contemplando los restos de lo que había sido la escalera, empezó a llorar. Marcus la acercó hacia sí. Sabía que necesitaba llorar, desahogarse, dar rienda suelta a su dolor.

Estuvo mortalmente callada durante el trayecto a casa. A su casa, no a la de Tom. Marcus no estaba dispuesta a abandonarla esa noche.

Nada más llegar le preparó una taza de té y se la puso entre las manos.

—No te enfades así con tu madre, Justine.

—No estoy enfadada —replicó, suspirando—. De verdad que no. Ella solo está haciendo lo que siempre ha hecho: enterrar la cabeza en la arena y fingir que todo está bien. Y probablemente así será. Tom es un buen hombre. Evidentemente mi madre va a ser muy feliz con él. Lo que pasa es que me siento tan abatida... Todos mis recuerdos, mis fotografías, estaban en aquella casa; ya no me queda nada. Es como si ya no estuviera viva.

–Oh, Justine, amor mío, estás más viva que cualquier otra persona que haya conocido. Tienes a tu alrededor un aura vital tan cautivadora como excitante. Tú misma eres vida. Pero comprendo lo que estás diciendo. A mí me habría encantado conservar algunas fotografías de mi madre. Pero, seguramente, hay más fotografías tuyas y de tu pasado de las que tú crees. Todos tus amigos tendrán algunas. Tus parientes. Tus antiguas compañeras de clase. Los fotógrafos guardan los negativos durante décadas, y la gente también. Conseguiremos esas fotos, amor mío. Mientras tanto, tengo una pequeña sorpresa para ti... algo que quizá pueda hacer que te sientas mejor.

–¿Qué?

–Verlo vale más que mil palabras –repuso, sonriendo, y la condujo por el pasillo hasta una habitación trasera que había estado vacía hasta cerca de una semana antes.

Abrió la puerta y la hizo entrar, observando su espontánea expresión de alegría. Marcus siempre recordaría aquel momento, la forma en que se iluminó su rostro en una sola fracción de segundo.

–¡Las cosas de mi abuela! –exclamó Justine–. Me había olvidado de ellas. ¡Oh, Marcus, qué maravillosa sorpresa! –y corrió por la habitación tocándolo todo con amor y cariño, riendo y llorando al mismo tiempo.

–Y ni siquiera te obligaré a casarte conmigo para recuperarlas –se burló Marcus.

Justine levantó bruscamente la cabeza y lo miró con expresión juguetona. A Marcus se le encogió el corazón. La chica de la que se había enamorado había vuelto a la vida, tan radiante y vivaz como siempre.

–¿Es una propuesta lo que acabo de oír? –le preguntó, maliciosa–. ¿O un soborno? Marcus Osborne, ¿no estarás intentando sobornarme, verdad?

–¿Tú crees que podría?

Justine se dirigió hacia él, contoneando las caderas, y a Marcus se le hizo un nudo en la garganta.

–No con cosas materiales, cariño –murmuró, echándole los brazos al cuello–. Pero hazme el amor como lo hiciste esta noche y seré tuya para siempre.

–¿Eso es una aceptación, o es otro soborno?

–Es una promesa.

Justine se quedó profundamente conmovida por la expresión de sus ojos. Se dio cuenta entonces de que su madre había estado en lo cierto. El amor era lo único que importaba.

–¿Mañana será demasiado pronto para la ceremonia? –le preguntó Marcus, impaciente.

Justine se echó a reír.

–No creo que pueda prepararse un matrimonio con tanta rapidez. No legalmente.

–Querer es poder.

–Entonces hazlo. Mientras tanto...

Justine se convirtió en su esposa por medio de una licencia especial una semana más tarde... Marcus tocó toda serie de teclas, utilizando el argumento del embarazo para justificar un apresuramiento semejante.

Y, como se reveló más tarde, no había mentido. Tuvieron su primer hijo, una niña, ocho meses y tres semanas después de la boda, justo cuando acababan de mudarse a la nueva casa que Marcus había encargado construir en el mismo lugar del incendio: un duplicado de la mansión original, según los planos conservados en el ayuntamiento.

En aquella casa, reinó siempre la felicidad, con su balaustrada de madera pulimentada por la que se deslizaban los niños, pero solo cuando su abuela los estaba cuidando. Nunca lograba sorprenderlos haciéndolo, al contrario que su madre, que era muy estricta. Ninguno de ellos se creía ni por un momento las historias que su padre les contaba de su madre, acerca de que había sido una chica salvaje que hacía novillos en la escuela y se ponía vestidos muy ajustados, increíblemente provocativos. Aquella no era su madre. No era posible. Tenía que ser alguna otra persona.

Pero cuando sus padres se retiraban a su dormitorio por la noche, una vez que los niños se habían quedado dormidos, algo le sucedía a su madre. En los brazos de Marcus, se convertía en una mujer distinta, una mujer que se sabía muy afortunada por haber encontrado a su verdadero amor en la vida. Y los niños se habrían quedado muy sorprendidos si hubieran podido ver a su madre entonces. ¡Indudablemente muy sorprendidos!

POR DESPECHO

MIRANDA LEE

Capítulo 1

–¿Ocurre algo, Olivia?

Olivia levantó la vista para encontrarse con su jefe, que la estaba mirando desde su considerable estatura con el ceño fruncido. Ella consiguió finalmente apartar sus tumultuosos pensamientos y sonreírle con una de esas sonrisas de plástico que solía utilizar en el despacho.

–No ocurre nada –contestó ella, ya sin sonreír–. Todo va bien. Estoy perfectamente –apartó los ojos de la mirada inquisitorial de él y se puso a ordenar su mesa de un modo maquinal. No quería confesarle a su jefe sus problemas personales. No tenía suficiente confianza con él.

Cuando la contrató dieciocho meses antes, Lewis le advirtió que había tenido serios problemas con su anterior secretaria, que se tomaba demasiadas confianzas con él y que solía vestirse de un modo algo excesivo.

Así que Olivia se había esforzado por parecer una mujer reservada y cautelosa que tuviera la aprobación de la mujer de su jefe. Y en cualquier caso, esas cualidades habían formado siempre parte de su carácter. Ella era una mujer reservada que había vestido siempre de un modo sencillo. Con trajes negros de chaqueta y blusas blancas o de color crema.

Su guardarropa era bastante económico, al igual que el sencillo estilo con el que se peinaba su largo cabello de color caoba. Siempre lo llevaba recogido con un prendedor muy sencillo. Su maquillaje era también mínimo, así como las joyas que llevaba.

Durante sus raras visitas al despacho, la mujer de su jefe nunca tuvo ninguna razón para sospechar o sentirse celosa de la nueva secretaria de su marido. Olivia estaba segura de que nunca cruzaría la línea que Lewis había trazado. Y tampoco había razones para ello. Quizá su jefe, un hombre alto, moreno y muy guapo, sí que las tuviera, pero ella desde luego no. Estaba profundamente enamorada del hombre con el que se iba a casar.

Irónicamente, Lewis y su mujer se habían separado hacía seis meses, y eso había provocado que su jefe estuviera siempre malhumorado y sumido en sus propios pensamientos. Por eso le resultó tan extraño que él hubiera percibido que no se encontrara muy bien. Y lo cierto era que la irritaba su intromisión. ¿Por qué no podía él quedarse toda la mañana encerrado en el laboratorio, como era su costumbre en los últimos tiempos? ¿Por qué había tenido que ir a entrometerse en su vida privada?

–Pues no pareces estar bien –insistió él.

–¿Oh? –sus manos comprobaron su peinado de un modo automático.

–No me refiero a tu aspecto, sino a tu modo de actuar. Llevas toda la mañana sentada ahí, con la mirada perdida.

Olivia tenía que reconocer que eso debía de ser verdad. Llevaba toda la mañana pensando en que Nicholas, su prometido, le había dicho la pasada noche que necesitaba más libertad. Había sido una de las razones para poner fin a su relación.

–Ni siquiera has encendido el ordenador –añadió Lewis como si fuera una cosa muy grave.

Olivia comprobó el reloj de pared y vio que eran las nueve y media, por lo que llevaba con la mirada perdida más de una hora. Así que tímidamente se decidió a encender el ordenador.

–Lo siento –se excusó.

–¡Por el amor de Dios, Olivia! No tienes por qué pedirme disculpas —dijo Lewis—. No me estaba refiriendo a que te pusieras a trabajar. Simplemente, me estaba preocupando por ti. ¿Puedes entenderlo?

—¿Preocupando? —repitió ella, sin poder creérselo.

Hacía mucho tiempo que nadie daba muestras de preocuparse por ella, seguramente por su imagen de mujer eficiente. Sus padres parecían pensar que era perfecta. Igual que sus dos hermanas pequeñas.

Y ella tenía toda la vida planificada... hasta la noche pasada, cuando Nicholas había recogido sus cosas y abandonado el apartamento donde vivían, dejándola allí sola, después de describirla como una mujer aburrida, calculadora y tacaña. También le había dicho que había estado arruinando su vida durante los dos últimos años. Que le había tenido controlado, limitando su personalidad y convirtiéndolo en un hombre débil.

Él ya estaba cansado de ahorrar dinero, cansado de comer en casa y terriblemente cansado de solo poder tener sexo en una cama.

Él era más joven que ella, le había recordado con mordacidad. Él quería divertirse antes de asentarse. Necesita diversión y libertad. Así que no quería casarse todavía. No quería afrontar aún la responsabilidad del matrimonio y los hijos. Y no estaba dispuesto a comprar un coche familiar. Quería conducir un Porsche. Quería viajar. Quería tener otras mujeres. Mujeres que fueran más apasionadas en la cama que ella.

A ella le molestaron especialmente los comentarios de él acerca de su vida sexual, ya que nunca se había imaginado que Nicholas estuviera insatisfecho en ese sentido. Siempre había dicho que comprendía que a ella le disgustasen ciertas cosas. Y de hecho, él había declarado que estaba de acuerdo con ella.

—Eres una mujer muy reprimida, Olivia —le había seguido diciendo—. No tienes ni idea de cómo hacer feliz a un hombre. ¡Ni idea!

En aquel momento, ella había pensado que él debía de estar loco. Pero, en esos momentos, Olivia creía que Nicholas estaba en lo cierto.

–¿Olivia? ¿Se puede saber qué te pasa? –volvió a preguntarle su jefe.

Ella consiguió reprimir las lágrimas con gran esfuerzo.

–¿Es por Nicholas?

Ella solo pudo asentir mientras los ojos se le humedecían finalmente.

–¿Es que está enfermo?

Ella sacudió la cabeza.

–¡No me irás a decir que os habéis separado!

Olivia se extrañó por el tono de asombro de su voz. Lo cierto era que veinticuatro horas antes ella tampoco podría haberse creído que eso pudiera suceder. Ella estaba tan convencida de que estaban hechos el uno para el otro, de que buscaban las mismas cosas... Iban a casarse al año siguiente. Y al otro, podrían comprar la casa. Y al siguiente, tendrían su primer hijo, justo antes de que ella cumpliera los treinta.

Pero en ese instante, lo único que ella veía para sí misma a los treinta años era la soledad. Le había llevado años encontrar a Nicholas. Y ya tenía veintisiete años...

–Por favor, Lewis –dijo ella, con labios temblorosos, mientras abría el correo electrónico en el ordenador–, no quiero hablar de eso.

Ella sintió la mirada de él, pero no se atrevió a levantar la vista. Se quedó mirando fijamente la pantalla y comenzó a teclear.

–No te preocupes en exceso, Olivia –dijo Lewis–. Dale tiempo para que recapacite. Te apuesto lo que quieras a que Nicholas volverá antes de que la semana acabe. Y lo hará arrastrándose.

Olivia levantó la cabeza mientras sentía que su corazón volvía a albergar cierta esperanza.

–¿Eso crees?

–Ningún hombre en su sano juicio abandonaría a una mujer como tú, Olivia –afirmó su jefe–. Confía en mí.

***

Nicholas regresó el siguiente fin de semana, pero no lo hizo arrastrándose y no fue para quedarse. Simplemente, quería recoger unas cuantas cosas que se había olvidado. Unos artículos de aseo y una colección de discos compactos. Cuando salió por la puerta, le dijo a Olivia en un tono sarcástico que ella podía quedarse con el maravilloso mobiliario que habían compartido.

Desde la ventana principal, ella pudo ver cómo Nicholas se marchaba en su nuevo coche, un Porsche negro en el que debía de haberse gastado todos sus ahorros. Dinero que estaba pensado para comprar la casa a medias con ella. La casa donde iba a tener sus dos hijos, según lo planeado.

Olivia se quedó entre el mobiliario que había comprado de saldo para ahorrar para sus planes futuros. Sintió cómo la depresión la invadía más y más. Y sin duda, la agravaba el hecho de que se acercasen las navidades. Se suponía que la gente debía de estar feliz en navidades.

Olivia se comportaba de un modo automático en el trabajo, pero en casa apenas podía ni comer. La hora libre para comer la pasaba deambulando sin objeto por el centro comercial Parramatta. Le había dicho a Lewis que tenía que hacer las compras de navidad, pero en realidad, su único propósito había sido escapar de su atenta mirada. No se sentía cómoda ante el intento de su jefe de ser amable con ella.

Sin duda, el hecho de que llegara el último día de trabajo del año sin haberle llevado ningún regalo ni felicitación de navidad, indicaba lo distraída que Olivia estaba en aquellos días. Se sintió muy culpable cuando vio la preciosa felicitación navideña con bordes dorados que él le había dado, acompañando a una caja de bombones que ella guardó en un cajón como solución de emergencia para una bajada de azúcar.

Decidió salir a comprarle algo. Pensó que nadie notaría su

ausencia. Todo el personal de Altman Industries estaría celebrando la llegada de las vacaciones de navidad. Habría un baile y suficiente comida como para acabar con la dieta más severa. Por no hablar de que tampoco faltarían la cerveza y el champán de calidad.

Esa fiesta le costaba a Lewis una fortuna. Olivia lo sabía.

Pero era algo tradicional y él podía permitírselo. Altman Industries era una empresa relativamente pequeña, pero sus beneficios crecían cada año y más desde que hacía tres años había empezado a ser una compañía internacional.

Lewis había comenzado su empresa en el patio trasero de un garaje unos diez años atrás. Él era químico de carrera, pero su vocación era de ecologista, así que decidió combinar ciencia y naturaleza para producir una sencilla gama de productos para el cuidado de la piel de los hombres, empezando por una espuma de afeitar y una mezcla de loción para después del afeitado y crema hidratante. Luego, siguió un jabón, un gel de ducha, un champú y un acondicionador. Y tres años atrás, una colonia de gran éxito había sido añadida a la gama.

Lewis había sido suficientemente inteligente como para contratar a una compañía de publicidad muy buena desde el principio, que habían sabido lanzar perfectamente la marca All Man, que provenía del apellido de Lewis, Altman. Utilizaban a famosos deportistas australianos para publicitar sus productos y habían conseguido un éxito inmediato.

Lewis mudó la empresa desde el limitado garaje a una fábrica moderna con un complejo de oficinas, dentro del céntrico polígono industrial de Ermington. La expansión había sido posible gracias a un préstamo bancario, pero no pasó mucho tiempo antes de que Altman Industries pudiera devolverlo y empezar a conseguir beneficios que eran la envidia de sus principales competidores.

Lewis estaba planeando ampliar el negocio para el año siguiente y lanzar una gama de productos All Woman. Ya había confeccionado los productos para el cuidado de la piel y el cabello y actualmente estaba trabajando en el perfume.

Olivia no sabía todo eso por sus conversaciones privadas con Lewis, aunque como secretaria personal de él algo había oído. Ella había leído un artículo reciente sobre él en la revista *Good Business,* que estaba confeccionando una serie de reportajes sobre las empresas más famosas de Sídney y sobre sus propietarios.

Ella había leído también que Lewis tenía treinta y cuatro años, que era hijo único y que su padre había muerto cuando él tenía cinco años. Él había recibido una buena educación gracias al sacrificio de su madre, cosa que él nunca había olvidado. En la revista se podía ver la foto de una mujer de pelo cano de unos sesenta años. Uno de los motivos que le habían impulsado en su ambición era el deseo de compensar de alguna manera a su madre por lo mucho que había trabajado por él. Él quería ofrecerle todo lo que ella nunca había tenido.

Olivia no conocía personalmente a la madre de Lewis, pero había hablado con ella por teléfono muchas veces. La señora Altman no vivía con su hijo, ni siquiera ahora, que él se había separado de su mujer. Ella vivía en Drummoyne, un barrio del centro de la ciudad que rodeaba el puerto.

Olivia siempre había sentido que a la señora Altman nunca le había gustado la esposa de Lewis. Dado lo unidos que estaban, quizá a la señora Altman tampoco le habría gustado ninguna mujer para su hijo. La revista solo mencionaba su matrimonio de pasada, diciendo que había durado dos años y que la separación había sido amigable.

Olivia se había echado a reír al leer eso. ¡Amigable, qué tontería!

Pero esa mañana de viernes no le apetecía reírse. En esos momentos, podía entender la desesperación de Lewis cuando Dinah lo abandonó. La idea de ir a la fiesta de navidad le pareció inaceptable. ¿Cómo podía disfrutar ella en su estado? Toda esa comida y bebida... Por no mencionar el baile. El único tipo de baile que a ella le gustaba era el tradicional.

Pero ese no iba a ser el tipo de baile que iba a haber en la planta de la fábrica. Pondrían música de discoteca. Y a ella no le apetecía nada exhibirse en público.

Se sentía demasiado inhibida y lo más grave era que se daba cuenta de que nunca le había gustado exhibirse en privado tampoco. Se acordó de los reproches de Nicholas, cuando le había dicho que solo habían hecho el amor en la cama. Y él llevaba razón. Solo había practicado sexo en la cama y siempre de la manera tradicional. ¡Ni siquiera había probado a ponerse ella encima!

Eso no estaba en su limitada lista de experiencias sexuales. Y mucho menos había practicado otras posturas o posibilidades más sofisticadas. Cuando conoció a Nicholas, a los veinticinco años, ella era virgen todavía. Y Nicholas también lo era, aunque él tenía solo veintidós años por aquel entonces. Así que su vida sexual no había tenido mucho éxito al principio. Pero más adelante aprendieron lo básico para manejarse y ella pensaba sinceramente que Nicholas se lo pasaba bien en la cama. Nunca lo había rechazado y él siempre había llegado al clímax, aunque ella no lo hiciera. Pero parecía que había sobreestimado el placer que su cuerpo le había proporcionado, por no hablar de sus más que limitadas habilidades amorosas.

El teléfono la sacó de sus pensamientos.

—Despacho del señor Altman —contestó de un modo automático—, le habla Olivia Johnson. ¿En qué puedo ayudarle?

—Me gustaría hablar con mi hijo, querida, si no está muy ocupado. Ya sé que hoy estáis de fiesta.

—Él está todavía en el laboratorio, señora Altman. La paso con él.

—Antes de eso, querida, me gustaría desearte felices Pascuas y agradecerte que seas tan amable conmigo cuando llamo por teléfono.

—Muchas gracias, señora Altman. Yo también le deseo unas felices Pascuas.

—¿Qué va a hacer el día de Navidad?

—Iré a casa de mis padres.

—¿Y dónde viven ellos?

—Cerca de Morisset.

—¿Morisset? Eso está en la costa, ¿no?

—Así es. Entre Gosford y Newcastle. Está a unas dos horas de tren de Sídney. Al menos desde Hornsby, donde yo tomo el tren.

—Ya veo. Bien, pues entonces comeremos juntas un día del año que viene. Me gustaría ponerle una cara y un cuerpo a esa voz. Le pregunté a Lewis en una ocasión cómo eras y lo único que me contestó fue que eras una castaña de ojos marrones y mirada inteligente. Cuando le pregunté cómo era tu cuerpo, él se quedó perplejo antes de decirme que eras de estatura media.

A pesar de sentirse algo disgustada, no podía culpar a Lewis por ello. Los trajes sastre que llevaba no estaban diseñados precisamente para realzar su cuerpo. Sus faldas tampoco eran suficientemente cortas o ceñidas. Y los escotes de las chaquetas solían estar tapados por alguna camiseta o camisa. El traje que llevaba ese día no era ninguna excepción. Si se hubiera acordado de que iba a haber fiesta, se habría puesto un traje algo más llamativo. ¡Pero no había sido así!

—Ya sabes que no he ido al despacho desde que esa horrible chica trabajaba como secretaria de mi hijo —continuó diciendo la señora Altman—. La última vez que estuve allí, ella iba con un vestido que le llegaba al ombligo. Y ese perfume que llevaba... Pensé que se había bañado en él. Pobre Lewis. Finalmente entendí por qué su exmujer solía quejarse de que él olía como el mostrador de cosméticos de David Jones cuando llegaba a casa por la noche.

Olivia no iba sin perfumar, pero solo se permitía rociarse discretamente todas las mañanas con un poco de Eternity.

—Desgraciadamente, es muy difícil deshacerse de los empleados hoy en día –dijo la madre de su jefe–. Si Lewis hubiera despedido a esa horrible chica, se habría visto envuelto en toda clase de trámites legales.

Olivia se dio cuenta de que las comisuras de su boca se arrugaban en una sonrisa.

–Imagino que Lewis se sintió muy aliviado cuando ella decidió marcharse a recorrer mundo.

–Más que aliviado, puedes estar segura. Y ahora está encantado contigo. Según parece, tú no le has causado ni una molestia.

Olivia no estaba segura de si le gustaba oír eso.

–Aunque la otra noche, él parecía preocupado porque tú habías tenido una riña con tu novio. Y me dijo que parecías muy triste.

–Sí, bueno... –su voz se apagó. Lo cierto era que tampoco quería hablar sobre Nicholas con la señora Altman.

–No te dejes llevar por el orgullo –le aconsejó la mujer–. Llámale. Dile que lo sientes, aunque pienses que ha sido culpa de él. Si lo quieres, no debe importarte humillarte un poco.

Olivia se quedó perpleja. Ella no se había humillado ante nadie en toda su vida y no iba a empezar a hacerlo a esas alturas. Aunque... la señora Altman podía llevar razón. El orgullo hacía imposible que muchas parejas se reconciliaran. Y había una gran diferencia entre humillarse ante Nicholas y llamarle por teléfono. Podía utilizar la excusa de que quería felicitarle las navidades. Seguramente, él estaría en el trabajo en esos momentos. Sintió que su pena se aliviaba al renacer la esperanza.

Tan pronto como Olivia pasó a la señora Altman con su hijo, marcó el número de Nicholas antes de pensar en lo que estaba haciendo. El teléfono de él sonó varias veces.

–Despacho de Nickie –contestó una voz femenina.

Olivia se quedó desconcertada.

–¿Renee? ¿Eres tú? –Renee era una compañera de Nicholas que algunas veces contestaba el teléfono, cuando él había salido.

—Renee ya no trabaja aquí —respondió la mujer con voz ronca—. Yo soy Ivette, su sustituta.

Así que la sustituta de Renee se llamaba Ivette... Y ella llamaba Nickie a Nicholas.

Oliva comenzó a sentirse mal.

—¿Podría hablar con Nicholas, por favor?

Hubo un breve silencio al otro lado de la línea. Luego se oyó un suspiro.

—¿No serás Olivia por casualidad?

—Pásame a Nicholas, por favor.

—No puedo. Él no está aquí. Ha ido al baño. Pero estás perdiendo el tiempo. Él no quiere verte ni hablar contigo nunca más. Ahora me tiene a mí y yo le doy todo lo que él necesita.

Olivia trató de mantener la calma.

—¿Y desde cuándo le das todo lo que él necesita?

—Desde hace más tiempo del que tú piensas. Afróntalo, cariño, tú no has sabido darle lo que necesitaba. Lo que puede hacer feliz a un hombre hoy en día no es la eficacia en el trabajo ni en la organización del hogar. Esas tareas las hacen los ordenadores y las señoras de la limpieza. Lo que un hombre necesita es pasión, espontaneidad y diversión.

—Sexo, querrás decir —añadió Olivia, que ya entendía de dónde había sacado Nicholas todo lo que le había dicho durante su discurso de despedida.

—Es lo mismo.

—¿Y crees que no tenía sexo conmigo?

—No del tipo que él quería, cariño. Bueno te dejo. ¡Felices fiestas!

Olivia se quedó con el auricular en la mano.

De pronto, sintió que la furia la invadía. Colgó de golpe y se levantó bruscamente. Sintió que la sangre corría a toda velocidad por sus venas.

Había decidido ir a la fiesta. ¡E iba a divertirse como una loca! Iba a estar de fiesta todo el día e iba a olvidarse de todo. Iba a olvidarse de Nicholas e Ivette. A olvidarse de que su futuro se había quebrado. A olvidarse de todo salvo de divertirse.

Olivia se quitó la chaqueta y la dejó sobre su silla. Divertirse no sería tan difícil. Al menos después de unas pocas copas de champán.

Seguro que beber le sentaría bien. O eso imaginaba, porque nunca se había emborrachado en toda su vida. Aunque sí que había bebido un par de vasos de vino y recordaba que le habían sentado bien.

Y Dios sabía que necesitaba sentirse bien. ¡Necesitaba sentirse bien desesperadamente!

Se quitó la horquilla que recogía su pelo y agitó la cabeza, con lo que su cabello quedó suelto. Luego se desabrochó los dos primeros botones de la blusa e hizo un gesto desafiante con la cabeza, dirigiéndose hacia donde la música había comenzado a sonar.

Capítulo 2

Hacia las dos de aquella tarde, Olivia estaba bastante alegre. Se sentía realmente bien. Si hubiera sabido que el champán era un antidepresivo tan magnífico, lo habría probado mucho antes. Desde su tercera copa todo había empezado a ir mucho mejor. Su ánimo, la música, los hombres...

Para cuando terminó su primera botella, uno de las representantes, un hombre de unos treinta años llamado Phil con el que jamás había hablado, empezó a resultarle encantador. Llevaba media hora hablando con él cuando Olivia se dio cuenta de que Lewis la estaba mirando con el ceño fruncido. Su jefe estaba con un grupo de la sección de marketing, cerca de una de las mesas llenas de comida. Tenía una vaso de cerveza en una mano y un trozo de tarta en la otra.

La expresión de su jefe provocó en Olivia un oscuro desafío. Lewis no era su guardaespaldas. Ella tenía derecho a divertirse si quería. ¡Por el rostro de él, parecía que ella estaba haciendo algo equivocado, en vez de lo que hacían allí todas las mujeres solteras de la empresa: divertirse un poco y tratar de conocer a algún hombre apuesto!

Cuando Phil le pidió un baile, Olivia no vaciló un segundo. Dejó su copa vacía y tomó la mano que le ofrecían para dejar que la llevaran al centro de la pista. La melodía que sonaba en ese momento dio paso a una música rítmica que encendió su sangre y la sensación de rebeldía que llevaba dentro. Ello hizo que sonriera y bailara con Phil de manera más provocativa.

Olivia descubrió en sí misma un genuino sentido del ritmo. Su cuerpo tomó vida propia, ondulándose con toda la agilidad y sensualidad de una bailarina árabe. Elevó los brazos por encima de la cabeza como dos serpientes bajo la influencia hipnótica de un encantador.

La mirada azul de Lewis, sorprendido ante la sinuosidad de su cuerpo, no pasó desapercibida a Olivia. Inmediatamente, ella tomó conciencia de su femineidad. Notó la manera en que sus pechos redondos se movían bajo su blusa, el balanceo de sus caderas femeninas, el calor que se producía en sus lugares más secretos. Era la experiencia más excitante que jamás hubiera vivido.

Olivia se sentía de lo más provocativa. Tenía una sensación casi de pecado. Podía haberse quedado bailando para siempre, exhibiéndose sin la más mínima vergüenza ante los ojos asombrados de los hombres.

Pero sobre todo de uno de ellos.

Actuar así ante su jefe, sin su habitual complacencia, le resultaba algo verdaderamente divertido. Le gustaba que la mirara por una vez como a una mujer capaz de atraer a los hombres, incluso capaz de atraerlo a él.

La verdad era que no solo le gustaba, le parecía... excitante.

La música, sin embargo, llegó a su fin y el pinchadiscos anunció que iba a tomarse un descanso.

—No sabía que fueras así —declaró Phil, al sacarla de la pista.

Al pasar por una de las mesas, el hombre tomó una copa de champán y se la puso en las manos.

—¿Cómo?

La sonrisa lasciva de Phil alertó de repente a la muchacha, mareada por el alcohol. El darse cuenta de cómo Phil pensaba que iba a terminar aquella noche para ambos la hizo dudar unos segundos, pero inmediatamente borró de su mente el pensamiento. Estar borracha tenía además otra deliciosa ventaja, pensó en ese momento: que uno no se preocupa por nada. De manera que Phil iba a enfadarse al final de la noche. ¿Y qué? No estaba haciendo nada malo.

Dio un trago a su bebida y miró a su alrededor para ver si Lewis seguía observándola.

Pero no era así. No se le veía por ninguna parte.

Olivia no pudo evitar sentirse irritada.

–¿Otro baile? –sugirió Phil.

Olivia empezaba a pensar que bailar sin ser observada por Lewis no tenía ningún atractivo. Así que de repente perdió todo interés por seguir allí.

–Lo siento –se excusó ella–, pero tengo que hacer algo ahora mismo.

Dejando a Phil con la boca abierta, cruzó la pista de baile y llegó a la mesa donde estaban las botellas de champán, metidas en un recipiente con hielo. Sacó una, tomó dos copas limpias y se dirigió hacia el edificio principal.

Lewis no estaba en el laboratorio, sino en su despacho. Miraba por la ventana hacia los cuidados jardines. Se había quitado la chaqueta y la corbata, que había dejado descuidadamente sobre el sillón negro de piel. Mientras observaba distraídamente al frente, comenzó a quitarse los gemelos y a remangarse la camisa.

Olivia se quedó en la entrada sin hacer ruido, observándolo.

Era un hombre increíblemente atractivo, admitió finalmente. Algo que ella siempre había sabido, pero a lo que nunca antes se había enfrentado con sinceridad. Esta era otra de las ventajas de estar un poco ebria. Sonriéndose para sí, Olivia decidió denominarlo como inspiración alcohólica.

–¡Así que estás aquí! –exclamó alegremente la muchacha, cerrando la puerta con un pie y dirigiéndose hacia la mesa.

Él se dio la vuelta y la miró con expresión seria.

–¿Qué demonios estás haciendo? –preguntó al ver que ella

llenaba ambas copas con el líquido espumoso, parte del cual cayó sobre la madera oscura.

—Trayéndote aquí la fiesta, jefe —contestó con una sonrisa provocativa, mientras se encaminaba hacia él, alegrándose de que las copas estuvieran solo a medias—. Es el único día del año en que no trabajamos aquí y eso te incluye a ti. Así que, si crees que vas a esconderte en este maldito laboratorio, estás muy equivocado. Toma esta copa —ofreció ella, llevando la suya a los labios con ojos brillantes—. Feliz Navidad, Lewis.

—Olivia, tú no estás únicamente feliz, estás borracha.

—Lo estoy, ¿verdad? —contestó con una carcajada.

—Vas a tener una resaca horrible mañana.

—Me preocuparé de eso por la mañana. Mientras tanto seguiré divirtiéndome.

El hombre arqueó una de sus oscuras cejas.

—Ya me he dado cuenta. No habrás olvidado la fama que Phil Baldwin tiene con las mujeres, ¿verdad?

—No.

—Por el amor de Dios, Olivia, si quieres vengarte de Nicholas elige a alguien un poco más discreto. No me agradaría escuchar que Phil anda presumiendo por ahí de que se ha acostado con mi secretaria en la fiesta de navidad, ¿de acuerdo?

—¿Crees que yo se lo permitiría?

—No sé qué pensar —los ojos de él tenían una expresión confusa mientras observaba la sombra entre sus senos—. Cuando te has soltado el pelo, Olivia, realmente lo has hecho de verdad.

El aire entre los dos pareció espesarse. Espesarse y llenarse de electricidad. La tormenta que había ido formándose en el interior de Olivia durante todo aquel día, ganó en intensidad y encendió sus venas. Su corazón empezó a palpitar con fuerza. Sus ojos brillaron.

—Por lo menos te diste cuenta de que era una mujer —contestó con voz ronca.

—Era difícil no hacerlo.

—¿Te gustaría acostarte conmigo, Lewis?

El hombre se quedó confuso. Pero junto con la confusión había una poderosa fascinación. No podía apartar los ojos de ella. Y Olivia se aprovechó de su momentánea inmovilidad para acercarse a él y apretarse contra su cuerpo. Los orificios nasales de Lewis se ensancharon por la sorpresa.

Olivia estaba más allá de la sorpresa, más allá de todo y solo quería que Lewis la mirase del mismo modo en que lo había hecho cuando ella estaba en la pista de baile. Era un deseo imperioso que encendía sus sentidos y nublaba su conciencia. Lo único que quería era que su jefe admitiera que la deseaba, tenerlo a su merced.

Nicholas la había llamado aburrida. Si la pudiera ver en ese momento... Lewis no la miraba como si se estuviera aburriendo, desde luego. Poniéndose de puntillas, rozó sus labios con los suyos.

Su jefe se quedó helado, pero solo por un segundo. Cuando ella lo besó por segunda vez, más firmemente, los labios de él se hicieron suaves, se separaron a la vez que los de ella. Cuando la lengua de Olivia fue al encuentro de la de él, Lewis soltó un gemido de abandono.

Una oscura sensación de triunfo llenó su alma. Sonriendo, se separó un poco para observar el rostro sonrojado de él.

—Vuelvo en seguida —dijo, con una sonrisa maliciosa.

Se bebió el resto de su copa de camino a la puerta. Luego, se dio la vuelta e hizo un gesto travieso.

—No queremos que nos molesten, ¿verdad?

En el fondo, algo le decía que su comportamiento estaba siendo escandaloso, pero nada iba a detenerla. Sus razones, cualquier escrúpulo, estaban enterrados bajo la excitación del momento.

Los ojos de él no dejaron de observarla mientras ella cruzaba de nuevo la sala. Y le brillaban, delatando lo excitado que estaba.

Ella depositó su copa sobre la mesa, pero no hizo ademán de agarrar la suya. Simplemente tomó la mano libre de él y le condujo hacia el sillón negro de piel.

Lewis se sentó donde ella le indicó. Los ojos azules de él ardieron al verla quitarse los zapatos y acurrucarse a su lado.

–Ahora terminaremos esto los dos juntos, ¿verdad? –dijo ella, agarrando ya la copa de él.

Cuando ella se la puso en los labios, él bebió obedientemente, quedándose en silencio cuando le tocó terminar a Olivia. Decidida a no ponerse nerviosa por su silencio, se terminó el vaso y luego lo arrojó suavemente sobre la alfombra. Después, agarró el rostro de él entre las manos y lo besó. Primero suavemente y luego con más intensidad, consiguiendo que gimiera.

Con las manos sorprendentemente ágiles, Olivia consiguió desabrochar la camisa y besarlo. Finalmente, apartó los bordes de la camisa a ambos lados para poner las manos sobre su pecho desnudo.

Él era firme y musculoso, con el vello suficiente para emanar una virilidad que comenzaba a encenderse abiertamente. Lewis tenía un cuerpo magnífico, decidió. Sería porque equilibraba perfectamente la vida sedentaria con sesiones en el gimnasio.

La meta de seducirlo se acrecentó cuando su propio deseo se encendió. La cabeza le daba vueltas y apartó la boca de sus labios para lamer y besar el lugar que sus manos habían tocado. Cuando llegó a uno de sus pezones, él dio un suspiro entrecortado. Con una sabiduría de la que no había sido consciente hasta ese momento, deliberadamente evitó sus pezones después de aquello, hasta que se pusieron rígidos por sí mismos.

–¡Oh, Dios! –exclamó Lewis, cuando ella atrapó uno de ellos con los dientes.

La desnuda pasión del estallido de él la excitó, y comenzó a atormentarlo con más intensidad hasta que el pecho de Lewis comenzó un movimiento ascendente y descendente acompañado de una respiración irregular. Cuando los besos de Olivia viajaron hacia su ombligo y sus manos encontraron la cremallera de sus pantalones, él trató de detenerla.

–No –dijo él.

Pero ella pensó que su voz no había sido demasiado firme.

Sonriendo seductoramente, ella tomó sus manos y se las apartó, colocándoselas después en el respaldo del sofá. Olivia tuvo que ponerse prácticamente encima de él para hacerlo, sus senos se apretaron contra el pecho ancho de él. Al sentir la impresionante erección de él contra su vientre, sintió una mezcla de seguridad y excitación. De alguna manera, le aseguraba que Lewis no iba a negarse a hacer lo que ella tenía pensado.

Y tenía un montón de cosas en la cabeza. Todas las cosas que Nicholas pensaba que era incapaz de hacer. Todas las cosas que la querida Ivette había estado dándole en su propio despacho.

La necesidad de venganza, intensificada por su propio deseo, encendió sus venas y envió una orden firme a su corazón.

–Calla –dijo ella–. Tú quieres que lo haga. Lo sabes.

Él juramento que soltó la hizo sonreír.

–Sí, pronto –prometió ella–. Pero, primero, túmbate y disfruta. No tenemos prisa, ¿verdad?

Olivia esbozó de nuevo una sonrisa. Era maravilloso sentirse tan segura.

Desde luego, en realidad, estaba bastante lejos de sentirse segura. Se sentía totalmente fuera de control. Pero necesitaba hacerlo más que ninguna otra cosa en el mundo. Lewis iba a devolverle su autoestima, su confianza y su alma. Él iba a hacer que su espíritu se revitalizara, que se llenara de vida. Iba a hacer que se sintiera de nuevo como una verdadera mujer.

Le fue bastante fácil quitarle la ropa a Lewis. Se maravilló del modo en que sus dedos manejaban su sexo de un modo tan natural, como si fuera una verdadera experta. Y no sintió ninguna repulsión al hacerlo. Era como si se hubiera convertido en otra persona. En una mujer desinhibida y con una gran experiencia.

—Olivia —exclamó Lewis cuando la cabeza de ella comenzó a descender.

Ella se detuvo y lo miró a los ojos.

—Está bien —dijo ella, sonriendo—. Deja de preocuparte.

Lewis se quedó mudo después de eso, excepto por el pequeño ruido que sus uñas comenzaron a hacer sobre el cuero del sofá mientras sus dedos se retorcían.

—Ahora quédate exactamente donde estás —murmuró ella finalmente, apartándose el pelo de la cara y sentándose sobre él—. Prométeme que no te moverás.

Él parecía completamente asombrado mientras ella se desnudaba. Se subió un poco la falda y se quitó las medias y las braguitas. Olivia disfrutó al ver que él devoraba sus piernas con la vista. Se dejó la falda puesta, ya que le parecía muy erótico estar completamente desnuda bajo ella. Y tampoco se quitó la blusa. Eso podía esperar.

Luego se dio la vuelta y volvió a llenar su vaso con champán, dando un buen trago, por si el maravilloso efecto del alcohol comenzara a debilitarse.

Llevándose el vaso con ella, volvió hacia Lewis y se subió a horcajadas sobre él, pero apoyándose con sus rodillas, de modo que sus cuerpos no se tocaran todavía. Olivia dio gracias a que su falda no fuera demasiado ajustada. Y luego dio otro trago de champán.

—Creo que yo necesito también un trago —murmuró Lewis, con voz ronca.

—Bebe del mío —dijo ella, alcanzándole su vaso. Él lo vació y lo arrojó detrás del sofá.

—Tengo que advertirte que no llevo preservativo.

—Ya me he dado cuenta —dijo ella con una pequeña sonrisa, mientras comenzaba a desabrocharse la blusa.

—Esto es una locura, Olivia.

—Tranquilízate, jefe. Solo soy la vieja Olivia. ¿Crees que puedo suponer un riesgo para la salud?

–Habitualmente no...

–Nicholas siempre usaba preservativos. Y yo empecé a tomar la píldora el mes pasado, ya que confiaba en Nicholas. ¡Qué idiota! Pero no te preocupes. Confío en ti, Lewis. Tú eres un hombre honorable.

–¡Honorable! ¡Dios mío! ¿Y crees que esto es honorable? ¿Dejarte hacer esto cuando sé que estas bebida?

–No subestimes tu atractivo, Lewis. ¿Cómo sabes que no estoy haciendo esto porque me moría por ti y me controlaba solo porque sabía que eras un hombre felizmente casado? ¿Cómo sabes que yo no he fantaseado contigo cada día de estos seis últimos meses, que no he pensado en que me hacías el amor en el laboratorio o sobre tu escritorio o como ahora?

Ella observó que él estaba ya fuera de sí. Una expresión salvaje y primitiva llenaba su rostro.

Le abrió la camisa, subiéndole el sujetador para descubrir unos pechos llenos y duros. Luego, acercó su lengua al pezón más cercano. Olivia echó hacia atrás la cabeza, y soltó un sensual gemido. Mientras lamía el pezón de ella, Lewis le subió la falda hasta la cintura y la colocó sobre él, empujándola luego hacia abajo.

Olivia jadeó. No estaba segura de por qué esa postura les gustaba tanto a los hombres, pero finalmente comprendió cuál era su atractivo para las mujeres. Nunca se había sentido tan llena, su carne atravesada completamente por la de él. Ella se comenzó a mover de un modo instintivo y voluptuoso, subiendo y bajando de un modo increíblemente placentero.

Todos los pensamientos acerca de Nicholas y las ganas de vengarse de él, desaparecieron al enfrentarse a la experiencia sexual más increíble de toda su vida. Lewis estaba agarrando sus nalgas, apretándolas fuertemente y urgiéndole para que incrementara el ritmo. Ella comenzó a moverse más rápidamente.

La cabeza le daba vueltas y sentía que el cuerpo le ardía. Apenas podía respirar. Su boca se abrió y sus gritos hicieron que

Lewis se excitara todavía más, comenzando a jadear hasta que sintió el primer espasmo. Soltó un gemido y echó la cabeza hacia delante. Lewis comenzó a gemir y a arquearse, profundizando más en ella.

Olivia a su vez podía sentir su propia carne, que se contraía alrededor de la de él, apretándola, ordeñándola... Las sensaciones casi le hicieron perder la cabeza. Finalmente, él se relajó bajo ella y se hundió en el sofá.

Olivia se quedó mirando la boca jadeante de él y sus ojos cerrados en tensión, mientras volvía poco a poco en sí. Gradualmente, sus terminaciones nerviosas se relajaron y una ola de satisfacción inundó su cuerpo, haciendo que bajara bruscamente de las alturas como si le hubieran arrojado una esponja húmeda a la cara. Una realidad asquerosa reemplazó al júbilo salvaje que ella había sentido un minuto antes y un sudor frío y pegajoso brotó de todo su cuerpo.

¡Santo Dios! Pero ¿qué había hecho?

Sintió que el estómago se le revolvía. Viendo el estado en el que estaba, trató de arreglarse la ropa, mientras notaba cómo la bilis le subía por la garganta, delatando que se iba a poner mala.

Apenas pudo llegar al cuarto de baño privado de Lewis. Nada más cerrar la puerta, vomitó sobre la papelera. Incluso después de echar fuera de su cuerpo todo lo que había comido y bebido, sintió nuevos espasmos. Y, sobre su frente, aparecieron gotas de sudor mientras se retorcía de dolor.

Por unos minutos, Olivia pensó que se iba a morir. Y casi hubiera deseado morirse. Así no tendría que salir del cuarto de baño y enfrentarse a Lewis.

Le temblaban las manos todavía cuando alcanzó una toalla para limpiarse. Gimiendo, se acercó hasta el lavabo, donde se enjuagó la boca con agua. Finalmente, se derrumbó sobre el frío suelo. Y se quedó allí tirada mientras oía golpes en la puerta.

—¿Estás bien, Olivia?

¿Estar bien? ¿Cómo podía estarlo después de lo que había

hecho? Solo de recordarlo los ojos se le llenaban de lágrimas y el pecho se le tensaba de remordimiento y vergüenza.

—¿Olivia?

—Vete —gritó—. Te digo que te vayas.

—No seas tonta. Estás enferma. Así que me voy a quedar.

—Si no te vas ahora mismo, no sé lo que soy capaz de hacer.

Se oyó un suspiro de Lewis.

—Ya veo. Ya me imaginaba que te arrepentirías después. Y yo también me arrepiento, diablos. Pero me ha sido imposible detenerte, Olivia.

—Por favor —rogó ella—. Yo... no quiero seguir hablando de esto.

—Quieres olvidar lo que ha pasado, ¿no es eso?

—Sí.

—Yo no estoy seguro de que pueda olvidarme.

—Pues tienes que hacerlo. O yo... presentaré mi dimisión.

—¿Tu dimisión?

—Sí.

—No quiero que dimitas. Así que me marcharé si eso te hace sentirte mejor. Prométeme que pedirás un taxi. Te lo paga la empresa.

—Ya me lo pagaré yo misma, muchas gracias. No necesito que me recompenses. Nunca he estado tan disgustada conmigo misma.

—La culpa ha sido de los dos, Olivia, suponiendo que culpa sea la palabra adecuada.

—¿Y qué otra palabra hay?

—Necesidad, quizá.

—¿Necesidad?

—Sí. Pero podemos hablar de eso otro día. Creo que en este momento tu estado no es el mejor para ponerte a discutir acerca de las complejidades de la vida.

—Solo márchate. ¡Por el amor de Dios!

—Muy bien. Veo que estás tan trastornada, que no puedes razonar, así que te llamaré mañana a casa y podremos hablar sobre lo sucedido ya más tranquilos.

–De acuerdo –dijo ella entre dientes.

–Buena chica.

¿Buena chica? Él debía de estar bromeando. Su comportamiento había sido vergonzoso. Lewis no tenía por qué sentirse culpable. No se había aprovechado de que ella estuviera bebida. Había sido ella la que se había aprovechado del estado de frustración en el que se encontraba él. Olivia estaba segura de que Lewis no había estado con ninguna mujer desde que su matrimonio se rompió. Lo sabía porque ninguna mujer le había llamado y él se había quedado trabajando hasta tarde todos los días. Incluso alguna vez se había quedado toda la noche.

No, él había sido célibe desde que Dinah lo abandonó, así que su reacción había sido normal en un hombre joven y sano. Se entendía que no se hubiera resistido a las insinuaciones de su secretaria. Así que la única culpable era ella y solo ella debía avergonzarse. Y él había sido muy generoso al tratar de excusarla. Ella no se merecía tanto.

–Dime de nuevo que estás bien –insistió él.

–Me pondré bien –dijo ella débilmente. Luego, se secó las lágrimas que le bajaban por las mejillas.

–Lo siento, Olivia. Pero no pareces estar bien. Y no me perdonaría si te dejara en este estado. Déjame entrar.

–No. No puedo.

–Pues tú lo has querido.

Olivia miró boquiabierta cómo Lewis echaba la puerta abajo con gran estrépito.

Capítulo 3

—¡Maldita sea! —se quejó Lewis, frotándose el brazo—. Y parecía tan fácil en las películas...

A pesar de los gestos de dolor, él se agachó para ayudar a Olivia a levantarse del suelo. Ella estaba anonadada ante la gentileza con la que la sacó del baño para tumbarla sobre el sofá. Luego, se acercó a por pañuelos de papel a su escritorio y con ellos le secó las mejillas y la boca, apartando un mechón de pelo que tenía entre los labios.

—Te traeré un vaso de agua —dijo él amablemente, volviendo al cuarto de baño.

Desgraciadamente, en su ausencia, Olivia recordó otra vez la escena del crimen. No pudo evitar un gruñido al ver allí sus zapatos y ropa interior tirados por el suelo. La inundaba el recuerdo de lo que había dicho y hecho.

Sintió que se le encogía el corazón. Se dio la vuelta, hundiendo la cabeza en el cuero negro y se echó a llorar de nuevo.

Sintió la mano de Lewis sobre su hombro tembloroso.

—Por favor, no llores más, Olivia. No puedo verte así.

—Lo... lo siento —balbuceó ella.

—No eres tú quien tiene que disculparse.

Olivia se sintió fatal al ver que él se estaba disculpando. Con gran esfuerzo, consiguió darse la vuelta para mirarlo a la cara.

—Pero si no fue culpa tuya, Lewis.

—Ya, claro.

Los ojos de él se clavaron en los de ella.

Olivia tomó el vaso de agua que él le había llevado y dio un buen trago, aprovechando el tiempo que tardó en vaciar el vaso para ordenar sus ideas. Trató de convencerse de que debía afrontar honestamente lo que había hecho y tratar de superarlo.

Pero la tentación de darse por vencida era fuerte, tenía que admitirlo. Después de todo, ¿qué sentido tenía seguir adelante? El futuro por el que había estado trabajando ya no existía. Ivette se lo había dejado claro. Y Olivia sabía que tardaría años en volver a abrir su corazón a otro hombre.

Era una persona muy prudente.

Al menos cuando estaba sobria.

Olivia terminó de beberse el agua y de tomar una decisión. Como no quería que Lewis se sintiera culpable, ella simularía sentirse bien, aunque no fuese cierto.

Pero, aun así, seguía pensando que tenía que dejar su puesto. ¿Cómo iba a poder enfrentarse a Lewis día tras día? ¿Cómo iba a olvidarse de la tarde en la que ella había perdido el respeto por sí misma y por su jefe?

Pero podía esperar a dimitir después de las vacaciones navideñas. Además, francamente, no estaba en condiciones de hacer nada que no fuera marcharse a casa y meterse en la cama.

Sola.

Pero antes tenía que conseguir que Lewis se sintiera algo mejor.

—Gracias —dijo ella, tranquila, devolviéndole el vaso vacío.

—¿Estás mejor, Olivia? —preguntó él, mirándola a los ojos.

—Sí —dijo, esbozando una débil sonrisa—. Creo que me he portado como una mujer típica.

—¡Oh, nada de eso! Tú estás lejos de ser una mujer típica.

Olivia se sonrojó.

—Bueno, no quería decir exactamente eso —se excusó él—. ¡Maldita sea! Parece que no sé hacer nada bien.

—Creo que has hecho muchas cosas bien, Lewis. No muchos hombres habrían sido tan considerados en estas circunstancias. Créeme cuando te digo que no te culpo de nada.

—¡Eso es porque no estás dentro de mí!

—Lo hecho, hecho está. Creo que ambos estamos siendo demasiado duros con nosotros mismos.

—Puede que lleves razón. Al fin y al cabo, somos humanos. Creo que lo mejor será que te lleve a casa. Todavía tienes mal aspecto.

Olivia estaba segura de que así era. Se sentía fatal. Debía de ser la resaca, sin duda. O eso, o que el marisco que había devorado estuviera en mal estado.

—Traeré el coche hasta la puerta –le ofreció Lewis–, y nos encontraremos allí dentro de unos... cinco minutos.

Olivia agradeció la posibilidad de ponerse de nuevo la ropa interior en privado, aunque el hecho de ponérsela le recordó el momento en el que se la había quitado. Pero ¿había sido ella quien lo había hecho? ¿Había sido ella la mujer tan sensual y decidida que había seducido a Lewis? Él no había podido apartar los ojos de ella ni había podido evitar desearla.

Olivia se estremeció violentamente. Todavía no se podía creer lo que había hecho. Al recordarlo, le parecía que había sido otra persona la que había dicho y hecho aquellas cosas.

Sacudió la cabeza y se apoyó en el escritorio para ponerse los zapatos. Luego, se metió los faldones de la blusa dentro de la falda. Cuando salió a su despacho, lo primero que vio fue la horquilla negra que se había quitado horas antes para soltarse el pelo. Refunfuñando, metió el doloroso recordatorio en su bolso. Luego, agarró su chaqueta y salió a toda prisa.

Lewis estaba ya esperándola, sentado al volante de su Fairlane Ghia. Al verla, se bajó del coche.

—Estaba poniendo el aire acondicionado –dijo él, abriéndole la puerta del copiloto–. Tendrás que indicarme el camino. Sé que vives en Gladesville, pero no conozco la dirección exacta.

—Sigue por Victoria Road —contestó ella mientras se subía y él la ayudaba a ponerse el cinturón de seguridad. Cuando el brazo de él rozó sus senos, todavía sensibilizados, ella se encogió ligeramente, luego se puso rígida—. Yo... te diré dónde tienes que girar.

Afortunadamente, tardaron solo quince minutos. Olivia pensaba que su estómago no podría aguantar más de ese tiempo en un coche. Tampoco era muy agradable ir al lado de Lewis, dadas las circunstancias.

Tenía ganas de gritarle. ¿Pero por qué? Tendría que tener ganas de gritar a Nicholas. Él era el canalla, no su jefe.

De alguna manera, logró superar el siguiente cuarto de hora, pero cuando el Fairline se detuvo suavemente en la entrada de su bloque, lanzó un suspiro profundo. Lewis no pudo evitar mirarla de reojo.

—Subiré contigo —anunció.

Ella se giró bruscamente, con una expresión de dolor.

—Oh, no, Lewis. Por favor, no ha... Necesito estar a solas.

—No quiero discutir, Olivia.

Gimiendo, cerró los ojos. Olivia sabía que su jefe era muy testarudo, algunas veces hasta dictatorial. Ella podía admirar esas cualidades en el trabajo, pero no allí y en ese momento. De manera que iba a tener que luchar.

Sujetándose el estómago, todavía revuelto, se enfrentó a él con una expresión igualmente testaruda.

—Lo siento, Lewis, pero ahora no estoy en el trabajo y tendrás que aceptar que me niegue. Si estás preocupado porque pueda hacer alguna estupidez, no tengas cuidado. Soy una persona fuerte.

—Todos tenemos momentos de debilidad, Olivia —replicó él con voz tranquila. Y ella se preguntó si se estaría refiriendo a lo que había pasado momentos antes o a cómo se había sentido él cuando su mujer lo abandonó—. No es bueno estar solo cuando estás triste.

–No estaré sola –replicó–. Por lo menos, no mucho tiempo. Mañana me iré a casa de mis padres para pasar todas las navidades allí.

–¿Y dónde está la casa de tus padres? ¡Dios, ni siquiera sé eso! No sé casi nada de ti. Llevas siendo mi secretaria dieciocho meses y sé sobre ti lo mismo que sabría si hubieras estado contratada un solo mes. ¿Por qué, Olivia? ¿Es por tu culpa o por la mía?

Ella se encogió de hombros.

–Si te acuerdas, cuando me contrataste me aconsejaste que no te tratara con demasiada familiaridad. A tu esposa no le gustaba el atrevimiento de tu última secretaría, ¿recuerdas?

–Sí, lo recuerdo.

–Esa fue la única razón por la que yo te hablé de mi relación con Nicholas. Para que Dinah no se inquietara por mis posibles intenciones hacia ti.

–¿Y también por eso nunca te arreglas para venir al trabajo?

–En cierto modo sí.

–¿Qué quiere decir eso?

–Me resulta cómodo vestirme como lo hago –contestó con una sonrisa–. Es barato.

–¿Barato?

Olivia estuvo a punto de soltar una carcajada.

–Eso es algo que tendrías que haber visto en mí. Soy muy ahorradora. Cuido mucho el dinero. Tengo cierta inclinación a planear cuidadosamente mi presupuesto mensual, a ahorrar, a hacer cuentas. Sí, siempre estoy haciendo cuentas.

Olivia necesitaba hablar.

–Pero el peor de mis pecados es que soy aburrida. Según mi exprometido, no tengo espontaneidad ni frescura. Por eso me cambió por una mujer libre de espíritu y divertida llamada Yvette que le hace todo tipo de cosas excitantes que la pobre y aburrida Olivia nunca haría. Pero él se equivoca, ¿verdad? –la muchacha miró a Lewis con una sonrisa irónica que bordeó la histeria–. Yo puedo hacer esas cosas. ¡Y en cualquier sitio! Nicholas se habría asombrado, ¿no crees?

–Creo que deberías olvidar a Nicholas.

–Oh, claro que lo haré. Con el tiempo. Me voy, Lewis. Sola. Siento no haberte regalado nada por las fiestas. Pensé en comprarte algo hoy, pero ha sido un día bastante diferente a como lo había planeado. Últimamente nada está saliendo como yo quiero. Ten una feliz navidad y descansa, lo mereces. No creo que lo hagas, sé que te pasarás las cinco próximas semanas metido en tu laboratorio inventando maravillosos productos para las mujeres. Pero para ti eso no es trabajo, ¿verdad? Es un placer. Y no te preocupes por mí. Estoy bien, de verdad. Mañana a estas horas estaré en el tren, de camino a casa. Estoy deseando empezar el viaje. Nunca pensé que me apetecería tanto ir. Las navidades en casa son un poco locas. Pero creo que este año la estancia me va a venir bien.

La muchacha puso la mano en el cierre de la puerta.

–Te veré dentro de cinco semanas, jefe –añadió, saliendo.

Olivia le hizo un gesto con la mano. Sí, lo vería de nuevo al cabo de cinco semanas, pero con una carta de dimisión del trabajo. Su conciencia la obligaba a quedarse las cuatro semanas estipuladas en el contrato, aunque sería duro para ella.

Sería horrible enfrentarse a él cada día, aunque lo conseguiría. Y encontraría una sustituta para Lewis que no le diera problemas. Una mujer agradable, eficiente, sensata y madura. Casada, a ser posible. Felizmente casada.

El pobre Lewis no había tenido mucha suerte con sus secretarias en los últimos tiempos. Primero contrataba a una rubia descarada, cuya única preocupación era la de conseguir que alguien la mantuviera toda la vida. Luego, una mujer de pelo de color caoba intentando demostrar que podía ser una violadora si se lo proponía.

La violadora en potencia subió las escaleras de entrada del edificio de ladrillo rojo. La cabeza le daba vueltas y tenía el estómago revuelto. Le dio el tiempo justo de llegar al baño antes de vomitar de nuevo.

Después, con el estómago ya vacío, se desnudó y se dio una larga y relajada ducha, intentando borrar los olores de su cuerpo.

Sintiéndose solo ligeramente mejor y mucho más limpia, salió finalmente. Se secó, se puso una camiseta grande y se tumbó sobre la cama. Después de media hora, abandonó la idea de dormirse en aquella habitación claustrofóbica y se levantó para abrir la ventana y hacerse un café. Debido al estado de su estómago no quería tomar ninguna aspirina, a pesar del dolor que sentía en las sienes. Una bolsa de hielo la ayudó un poco.

Hacia las siete se hizo una tostada de pan integral que acompañó con un café solo bien cargado. Después, trató de hacer la maleta, aunque finalmente abandonó la idea y se puso a ver la televisión. Vio una serie que la hizo sentirse mejor. Pensó que su vida era casi normal comparada con las vidas torturadas de la gente que salía en la serie.

También la hizo olvidarse de muchas cosas. Eran las once cuando apagó la tele e intentó dormir de nuevo. Estaba tumbada, mirando al techo, cuando recordó la píldora.

Se levantó de un salto y corrió hacia el baño. ¡Caramba! ¿Qué habría pasado si se hubiera ido a dormir y se hubiera olvidado de tomar la píldora? La sola idea la horrorizó.

Olivia se tomó la píldora del viernes y volvió a la cama, donde, una vez más, tardó en conciliar el sueño. Comenzó a preguntarse lo que Lewis pensaría realmente de su comportamiento. Él había hecho todo lo posible por ser amable con ella, pero seguro que le había perdido el respeto. Era curioso, ya que en su estado lo que más necesitaba era el respeto de los demás.

De todos modos, iba a pagar por su estupidez, ¿no era así? Iba a tener que dejar un trabajo que le gustaba y un jefe al que admiraba. La gente pagaba por sus pecados. Podías estar toda la vida comportándote correctamente, pero cometías un solo fallo y tu mundo se venía abajo.

Dio un suspiro profundo y cerró los ojos, intentando vaciar su mente. El sueño llegó, finalmente, pero no por mucho tiempo. Se despertó pasadas las dos, sudando y con el estómago revuelto. Parecía que las consecuencias de la fiesta de navidad todavía seguían dándole problemas. Tal vez, las ostras que había comido estuvieran en mal estado.

Se levantó de la cama y fue hacia el baño, donde permaneció sentada lo que pareció una eternidad. Finalmente volvió a la cama, hasta su próxima visita al cuarto de baño. Por la mañana estaba pálida y agotada. Nada, sin embargo, se dijo con firmeza, evitaría que hiciera las maletas y tomara el tren.

El teléfono comenzó a sonar cuando se dirigía hacia la puerta a media mañana. Después de dudarlo unos segundos, continuó caminando, diciéndose que no tenía tiempo para hablar con nadie en ese momento. El taxi la esperaba abajo.

Si era Nicholas, le importaba un pimiento. Si era Lewis... cuanto antes se diera cuenta de que no iba a ser un problema para él, tanto mejor. No quería su compasión.

Y eso era lo que sentía por ella. Compasión. El corazón de Lewis todavía pertenecía a su esposa. Cualquiera podía darse cuenta de ello. Lo que había ocurrido en el despacho el día anterior había sido únicamente sexo. Nada más. Cualquier hombre podía disfrutar del sexo sin sentirse enamorado.

«Igual que las mujeres borrachas, al parecer», susurró una voz dentro de su cabeza.

El teléfono seguía sonando. ¿Y si era Lewis pensando que podía divertirse un poco durante las fiestas de navidad? ¿Y si no había comprendido que no era la verdadera Olivia la que le había hecho el amor el día anterior? ¿Y si la había creído, después de todo, cuando ella le había asegurado que siempre le había gustado él?

¡Oh, Dios mío!

Olivia bajó corriendo las escaleras y se metió en el taxi, que ya la estaba esperando.

Capítulo 4

–Yo tenía razón, Olivia, estás embarazada –anunció el doctor, mirando el papel que tenía en la mano–. Por las fechas que me has dado y el tamaño de tu útero, creo que estás de un mes.

Los ojos de Olivia se agrandaron por la sorpresa.

–¡Pero no puede ser! –protestó–. Ya se lo dije, tomo la píldora y no la he olvidado ni un solo día.

El doctor se encogió de hombros.

–Eso no significa que no puedas quedarte embarazada. La píldora no es cien por cien segura, incluso aunque la tomes siempre a la misma hora. Hay factores que cuentan. Los antibióticos pueden reducir su efectividad, así como ciertas drogas. Una cantidad alta de vitamina C se cree que puede provocar alteraciones en su efectividad. Y sobre todo si hay problemas gástricos. ¿Has estado enferma durante el último ciclo? ¿Has tenido vómitos o diarrea los días próximos a tus relaciones sexuales?

Olivia se habría puesto a llorar. De hecho, estaba al borde de hacerlo. ¡La vida podía ser tan cruel!

–Por tu expresión, creo que hemos encontrado la causa de tu inesperado, y creo que no deseado, embarazo –dijo el doctor con tacto.

Olivia permaneció inmóvil, incapaz de decir nada.

–¿Tienes una relación estable? –preguntó el doctor–. ¿O es el resultado de un único encuentro?

Olivia hizo una mueca. ¡Qué manera tan suave de llamar a una aventura de una noche! O en su caso, a la aventura de una tarde.

—Ya no tengo ninguna relación estable —contestó con tristeza—. He roto recientemente con mi novio.

—¿Es él el padre entonces?

—No

—¡Oh! Entiendo...

Olivia no sabía cómo podía entenderlo.

—¿Hay alguna posibilidad de que el padre se haga cargo del hijo?

—No se lo voy a pedir.

—Comprendo. Entonces, ¿qué vas a hacer, Olivia?

—No lo sé —dijo. Todo le parecía tan irreal y cruel...

—¿Por qué no vas a casa, piensas seriamente en ello y vuelves dentro de una semana?

—Es que volveré a Sídney la semana que viene. Tengo... tengo que volver al trabajo.

—Ya. ¿Tienes un doctor regular allí?

—No.

Cuando necesitaba un doctor, iba al centro médico que había cerca de su casa, que recibía pacientes las veinticuatro horas del día, y pedía el doctor que mejor le convenía. Lo cierto era que casi nunca caía enferma y nunca había pensado en la necesidad de tener un mismo doctor.

—Me imagino que puedo ir a la consulta de la doctora que me recetó la píldora —contestó—. Era muy amable.

—Eso me parece buena idea. Las doctoras pueden ser más sensibles con las muchachas que están en tu situación.

Las muchachas en su situación...

Olivia parpadeó. Nunca se le habría ocurrido que pudiera llegar a ser una madre soltera y, desde luego, nunca lo habría planeado. Sabía, por casos cercanos, las consecuencias y problemas que una mujer tenía, y no lo deseaba para sí.

A su madre un embarazo no deseado la llevó a un matrimonio precipitado y de él resultó una vida entera llena de peleas. Su hermana Carol había caído en la misma trampa y, en ese momento, con veinticinco años, ya tenía cuatro hijos. Su marido y ella tenían serios problemas para llegar a fin de mes. Su otra hermana, Sally, había escapado de un destino parecido por pura suerte, en opinión de Olivia.

Por supuesto que el matrimonio no era la única salida en estos días, pero el aborto tampoco era la única respuesta. Desde luego, no para ella.

Su mejor amiga del colegio se había quedado embarazada durante el último año escolar y sus padres la presionaron para que abortara. Anna fracasó en sus exámenes finales y tuvo una depresión nerviosa. Se tomó una sobredosis de pastillas para dormir, pero nunca se llegó a saber si había sido o no premeditado.

Al parecer, ocurrió justo el día en que su hijo podía haber nacido.

El funeral afectó terriblemente a Olivia en aquel momento y durante muchos años más. Fue una de las razones por las que no quiso acostarse con nadie hasta que cumplió los veinticinco años.

De repente, le pareció que era demasiado y se levantó bruscamente.

—No tomes una decisión apresurada, Olivia —aconsejó el doctor—. Tienes unas semanas para pensar. Ahora mismo estás aturdida y puede que pienses otra cosa dentro de uno o dos meses.

—No se preocupe. No tomaré ninguna decisión apresurada.

—Bien —el doctor se levantó y puso una mano sobre su hombro—. Tener un hijo no es el fin del mundo, Olivia. No eres una jovencita estúpida. Para mí eres una persona bastante sensata. Serías una buena madre.

Ella lo miró, pensando por primera vez en el hijo y no en ella misma. Pero, de alguna manera, no podía creerse que fuera una madre en potencia. No se sentía como una madre. No se sentía diferente del día anterior.

Olivia dio las gracias al doctor y fue caminando despacio hasta la sala de espera.

Su madre estaba allí sentada pacientemente, con la cabeza inclinada sobre una revista del corazón. Era evidente que se estaba divirtiendo bastante con todos los cotilleos. En ese momento, Olivia pensó en que su madre nunca había tenido el dinero suficiente para comprarse pequeños lujos como esos.

Una enorme tristeza la invadió. ¿Era eso lo que quería para sí misma? ¿Y para su hijo? ¿Una vida sin posibilidades para hacer nada extraordinario, de alquileres baratos, de ropas usadas?

Olivia miró a su madre. Observó su rostro ajado y su pelo gris. Tenía solo cuarenta y cinco años y parecía mucho más vieja. Y una vez había sido guapa. Los años de trabajo duro y los disgustos le habían pasado factura.

Aquel año, además, había sido también difícil. El padre de Olivia había perdido el empleo y, a su edad, era bastante difícil encontrar otro. Eso le había sumido en una terrible depresión.

Las navidades aquel año habían sido un poco más aburridas de lo habitual, a pesar de que toda la familia se había reunido. El estado de ánimo de Olivia no pasó tan desapercibido como ella hubiera querido. Se pasó los días sentada en una mecedora en el porche, leyendo libro tras libro.

Solo por las noches dedicaba sus pensamientos a Nicholas y, algunas veces, a Lewis. Finalmente consiguió aceptar el abandono de Nicholas. No deseaba tener a su lado a nadie que no la correspondiera. También aceptó incluso lo que había hecho a Lewis. La distancia y el tiempo habían hecho desaparecer parte de la vergüenza y sus acciones le parecieron casi excusables.

Hasta empezó a considerar la idea de volver al trabajo de Altman Industries la semana siguiente sin dejar su puesto.

O por lo menos, lo había estado pensando hasta aquel día...

La madre de Olivia apartó los ojos de la revista y se quedó mirándola.

–¿Está todo bien? –preguntó, dejando la revista y levantándose.

Olivia esbozó una sonrisa.

–Estoy bien. Tan sana como una manzana.

No tenía por qué añadir más preocupaciones a su madre.

–Yo no creía que te pasara nada –dijo su madre mientras salían de la clínica–. Con el buen aspecto que tienes es imposible que estés enferma. ¿Y qué te dijo el médico de que se te retrasara el periodo? ¿Se debe a algún problema con la píldora?

Olivia había estado pensando en alguna excusa que la eximiera de confesar que estaba embarazada.

–¿Qué imaginas?

–Tomar algo en contra de la naturaleza no es bueno, podrías dejar de tomarla, Olivia.

–Es lo que voy a hacer.

–Seamos claras, ahora que Nicholas y tú habéis roto no tienes ningún motivo para seguir tomándola.

–Tienes razón.

–Sé que esto es desagradable para ti, cariño –dijo su madre–, nunca pensé que Nicholas fuese el hombre adecuado para ti.

–¿No? ¿Por qué?

Llegaron hasta el viejo utilitario gris de su padre y se subieron. Su madre se encogió de hombros al arrancar el motor.

–Era muy guapo, supongo. También bastante elegante, pero demasiado joven e inmaduro. Tú necesitas un hombre que ya haya hecho su vida, alguien seguro de sí mismo y que pueda ofrecerte la seguridad que necesitas. Te conozco, Olivia –continuó la mujer, mientras miraba hacia la carretera para ver si llegaba algún coche–. Querrás que tus hijos tengan lo mejor. Sally y Carol no son tan sensatas como tú y entiendo lo difícil que fue para ti crecer en medio de la pobreza.

Los ojos de Olivia se llenaron de lágrimas.

—¡Oh, mamá!

La madre se giró, con los ojos llenos de alarma.

—¿Qué te pasa, cariño? ¿Qué he dicho? ¡Oh, Dios mío! —exclamó, al tiempo que apartaba las manos del volante y abrazaba a su hija—. Estás enferma, ¿verdad?

—No estoy enferma, mamá.

—Entonces, ¿qué tienes?

—Estoy embarazada. Al parecer la píldora no es infalible.

Olivia apenas podía soportar la tristeza y compasión que los ojos de su madre expresaban.

—¡Oh, mi pobre niña!

La madre apretó a su hija contra ella y a continuación tomó su rostro entre las manos.

—Esto cambia las cosas. Tendrás entonces que decírselo a Nicholas. Hacer que se case contigo.

Olivia no había pensado en que aquello sería la única solución para su madre. Casarse con el padre de su hijo. No podía ver otro camino.

Olivia se apartó despacio y tomó aire.

—Creo que no, mamá. ¿Sabes? No es hijo de Nicholas.

—¿No? —la madre abrió mucho los ojos—. Entonces, ¿de quién?

—De Lewis.

—¿Lewis? —repitió su madre—. ¿Quién es Lewis? ¿Se supone que tengo que conocerlo?

—Es mi jefe. Lewis Altman.

La madre miró a Olivia con una expresión de disgusto.

—¿Estás diciéndome que salías con tu jefe a espaldas de Nicholas? ¿Por eso te dejó?

—No, mamá. Es Nicholas quien ha estado saliendo a mis espaldas con una chica con la que trabaja. Nunca hubo nada entre Lewis y yo hasta el día de la fiesta de navidad, dos semanas después de que Nicholas me dejara. Me temo que bebí demasiado y fui demasiado lejos. Ambos nos arrepentimos después.

—Estoy segura de que será un consuelo para su esposa.

—No tiene esposa. Ella le ha dejado.

—¡Ah! Yo también lo dejaría si va por ahí dejando embarazadas a sus secretarias. ¿Por eso le dejó ella? ¿Por la secretaria que tuvo antes de ti?

Olivia soltó un gemido de protesta.

—Lewis no es así.

—¿Cómo es entonces? Reaccionas como si tú hubieras sido la culpable. Nunca he oído decir que violaran a un hombre.

—Créeme cuando digo que fue casi lo que pasó —musitó Olivia.

—¡Hija! ¿Estaba también él borracho? ¿Fue así?

—No, solo estaba borracha yo.

—Entonces él tiene la misma culpa que tú. Quizá más. Este hijo es responsabilidad suya y tiene que hacerse cargo de él. Lo menos que puede hacer es ayudarte económicamente. Es un hombre que tiene dinero, según lo que nos has contado. ¡Que pague sus caprichos! Así que, ¿cuándo se lo vas a contar?

—Toda... todavía no —contestó, pensando que su madre no entendía la situación exacta.

—¿Es guapo?

—¿Qué? Sí, mucho.

—¿Cuántos años tiene?

—Treinta y cuatro.

—Muy bien, muy bien. En ese caso, creo que quizá tengas razón. No se lo digas todavía, no hay por qué asustarlo. Hay que darle tiempo para que se enamore de ti.

Olivia contuvo una exclamación.

—¿Enamorarse de mí? Mamá, no me había mirado en los dieciocho meses que llevo trabajando para él. Además, todavía está enamorado de su mujer.

—No durante mucho tiempo, te lo garantizo. Los hombres no se enamoran durante mucho tiempo.

Olivia hizo un gesto de impotencia. Su madre, pensó, se estaba volviendo muy cínica con los años.

—Ya te lo he dicho. Él no es así. Él es... una persona profunda.

—Oh, vamos, Olivia. No puede ser tan profundo. Los hombres raramente son profundos. Tú eres una mujer muy atractiva cuando quieres. Él ya se ha rendido una vez a tus encantos. Me has asegurado que él no estaba borracho, ¿verdad? La próxima vez será mucho más fácil. Antes de que se dé cuenta, estará rendido a tus pies y te pedirá que te cases con él. Entonces, solo entonces, debes hablarle del hijo.

Olivia apenas podía creer lo que oía.

—¿Esperas que lo seduzca una segunda vez?

—Pues naturalmente. En el amor y la guerra todo está permitido.

—No estoy enamorada de Lewis.

—Pero te parece muy atractivo.

—Sí, eso imagino, pero...

—Pero nada —interrumpió su madre—. Piensa en el niño.

—¡Estoy pensando en el niño!

—No lo suficiente, creo yo. Pero lo harás. Los hijos tienen el poder de sacar lo mejor que hay dentro de una mujer. Nada supone ningún sacrificio para una madre cuando piensa en sus hijos. Además, parece que conquistar a Lewis no sería un sacrificio demasiado grande —añadió sabiamente—. Si lo que dices es verdad, tiene todas las cualidades que deberías buscar en un hombre. Es guapo, maduro, tiene estabilidad económica, inteligencia y... profundidad, ¿no es así? Francamente, Olivia, parece que es justo lo que te aconsejaría cualquier doctor.

Capítulo 5

–¿Has tenido unas buenas vacaciones, Olivia?
–Sí, gracias, Pat –replicó alegremente.
Pat era el guardia de seguridad de Altman Industries. No tenía por qué poner mala cara, ni a Pat ni a nadie. A pesar de lo que su madre le había dicho, Olivia sabía que la culpa no era de nadie más que de sí misma.
–Tienes buen aspecto –replicó él.
–Gracias.
Era cierto, pensó ella con amargura. Su piel estaba reluciente, su pelo brillaba y su cuerpo nunca antes había estado mejor.
Le sentaba bien el embarazo.
Olivia dio un suspiro profundo que no tenía nada que ver con la inclinación del sendero que conducía de la verja al edificio principal. Cada vez que pensaba en su embarazo no podía evitar que el estómago se le encogiera.
Todavía le era difícil creer en su actual situación. Ella siempre había estado segura de que su vida seguiría el plan que ella misma había trazado después de conocer a Nicholas. Punto por punto. Un trabajo bien pagado al cumplir los veintiséis, un matrimonio a los veintiocho, una casa comprada y amueblada para los veintinueve y su primer hijo a los treinta.
En sus planes no figuraba quedarse embarazada de su jefe como primer punto. Y tampoco que Nicholas la abandonara.

Olivia no estaba segura de lo que iba a hacer respecto al niño. ¡Por supuesto que iba a tenerlo! Era de la única cosa de la que estaba segura. Todavía no había pensado si decírselo a Lewis o no. Había rechazado el plan de su madre por ingenuo e inconcebible. Dos equivocaciones no daban como resultado algo bien hecho.

No había descartado decírselo a Lewis en algún momento, pero tenía varios motivos para retrasarlo y no tenía nada que ver con intentar seducirlo primero.

Para empezar, él intentaría convencerla de que abortara. Olivia lo entendía y le sería difícil no respetar la opinión del padre.

Segundo, la echaría a la calle, lo que la obligaría a denunciar la situación y provocar un escándalo innecesario.

Punto tres, tal vez él la acusara de intentar atraparlo, lo cual sería terriblemente injusto con ella.

Cuarto punto, puede que le diera un cheque generoso con la advertencia añadida de que no volviera a entrar en su despacho jamás.

Olivia frunció el ceño. ¿Y era todo eso un buen argumento para hablarle o no a Lewis del hijo?

Por supuesto que habría gente que diría que él tenía derecho a saberlo. Era el padre, después de todo. Olivia aceptaba esa opinión... en teoría, pero pensaba también que las circunstancias no eran las normales. Ella había sido la instigadora y había asegurado a Lewis la imposibilidad de un embarazo.

Probablemente se lo diría en algún momento, pero más tarde. Mucho más tarde.

Mientras tanto, iba a volver al trabajo y no iba a dejarlo. Necesitaba el dinero. Ya había comenzado un plan de ahorro para poder comprar un pequeño apartamento de dos habitaciones en un barrio acomodado, pero barato, en Sídney.

Dejar Sídney era impensable. Allí era donde trabajaba y siempre tendría que hacerlo, aunque eso implicara tener que dejar el niño al cuidado de una niñera.

Tenía una buena cantidad ahorrada en el banco y recibiría una generosa liquidación si alguna vez dejaba el trabajo. También tenía bastantes muebles para el pequeño apartamento y podría buscar todo lo necesario para el niño en tiendas de segunda mano.

Todos aquellos planes la habían mantenido ocupada y no habían permitido que su mente se llenara de pensamientos más tristes. Quizá, el doctor que había visto durante las vacaciones tuviera razón y comenzara a pensar de otra manera sobre el niño, o por lo menos, a darse cuenta de que era real. Pero se despertaba por la mañana sin vómitos y con una energía y vitalidad increíbles, y aquello no la ayudaba a sentirse embarazada. Varias personas le habían comentado que tenía muy buen aspecto.

Se preguntaba si Lewis lo notaría aquella mañana.

El estómago de Olivia se encogió. Una cosa era pensar en Lewis de una manera desapasionada y pragmática fuera del despacho, a solas. Y otra muy diferente tener que enfrentarse a él, especialmente cuando sería la primera vez que se veían después de aquella horrorosa tarde, sabiendo, además, que llevaba un hijo suyo.

Cuando entró en el edificio, estaba tan nerviosa que empezó a revolvérsele el estómago. El único consuelo fue encontrar la cabina de recepción desierta. Eran solo las ocho y diez, veinte minutos antes de la hora de comienzo de las actividades, y los empleados no tenían costumbre de llegar antes de tiempo, especialmente un lunes tras cinco semanas de vacaciones.

Enfrentarse a los empleados era tan difícil como enfrentarse a Lewis. Si alguien hacía algún comentario malintencionado sobre su comportamiento en la fiesta, se moriría de vergüenza.

Afortunadamente, el despacho de Lewis estaba bastante alejado de los demás, aislado, por tanto, de los chismorreos. Olivia caminó por el pasillo que conducía al despacho. Dejó a su derecha el departamento de Ventas y Distribución y a su derecha el de Marketing y Contabilidad. De pronto, una puerta se abrió bruscamente y apareció Lewis. Vio a Olivia y puso una expresión de asombro que en seguida se convirtió en alivio.

–Gracias a Dios.

Olivia estuvo a punto de detenerse. Se había olvidado de lo guapo que Lewis era. De su físico... impresionante.

Llevaba un traje muy bonito aquella mañana. Era de un color gris claro y la camisa blanca resaltaba el azul de sus ojos. Era evidente que había estado practicando algún deporte al aire libre porque estaba bronceado.

–¿Gracias a Dios por qué?

–Durante las vacaciones, tuve el presentimiento de que no volverías, de que tendría una llamada de tu madre diciendo que te habías ido y de que te mandara un cheque a Angola, Afganistán o cualquier otro lugar. Tienes madre, ¿no? –añadió, frunciendo el ceño.

Ella se quedó sorprendida.

–¿No la tiene todo el mundo?

–Me refiero... viva y con buena salud.

–Mi madre solo tiene cuarenta y cinco años.

–Sería muy joven cuando te tuvo.

–Sí.

Los ojos de Lewis miraron a Olivia de arriba abajo.

–¿Y tú cómo estás? Tienes, desde luego, muy buen aspecto. No estás tan pálida ni pareces cansada.

–Me siento mejor –replicó, intentando parecer natural.

Pero le estaba costando intentar no mirarlo a los ojos, no recordar cómo había sido concebido aquel niño que llevaba dentro... Sin embargo, los pensamientos no le producían vergüenza ni eran desagradables, por el contrario, Olivia no podía evitar pensar en la sensación de él penetrándola profundamente.

–¿Has superado ya lo de Nicholas?

–¿Qué?

–Eso me parece que es una afirmación –dijo, esbozando una sonrisa.

Olivia intentó concentrarse en el presente. Luchó desesperadamente por no sonrojarse.

–Es una afirmación en parte.

–Eso está bien. Tenemos por delante un año muy ocupado, Olivia. Quiero que All Woman se convierta en la mejor línea de cosméticos del mercado. Necesitaré que trabajes más horas de lo habitual. ¿Será un problema? Naturalmente, te pagaré las horas extras.

Olivia vaciló. El dinero le vendría bien, pero sería terrible tener que pasar más horas con Lewis.

–Si estás preocupada por lo que pasó aquí el día de la fiesta –dijo Lewis, casi con brusquedad–, por favor, tranquilízate. Me di cuenta de que lo lamentabas sinceramente y quiero que te olvides completamente de ello. Yo no puedo decir que lo haya olvidado, pero no quiero estropear la relación con la mejor secretaria que he tenido nunca. ¿Te tranquiliza lo que te digo?

–Sí –contestó, esperando que así fuera.

Pero algo parecía haber cambiado en su trato con Lewis. Mientras que antes era capaz de ignorar su considerable atractivo, ahora, de repente, le resultaba imposible.

Los ojos de Olivia observaron cuidadosamente cada detalle del rostro de aquel atractivo hombre. La perfecta simetría de sus rasgos duros, el color azul claro de sus ojos inteligentes y profundos. Su boca firme y ancha, su labio inferior sensual...

Olivia de repente notó que la expresión de los ojos de él cambiaba y volvió a la realidad.

–¿Qué? –preguntó, reaccionando involuntariamente.

–Me estabas mirando de una manera extraña.

–Oh, lo siento. Estaba muy lejos de aquí.

–¿Pensando en Nicholas?

–No –dijo, con una sensación de triunfo.

–¿Has tenido noticias de él?

–No.

–Si te llama, no vuelvas con él, Olivia. No te merece. Ese estúpido ni siquiera te había comprado un anillo de compromiso, me di cuenta.

–Eso fue culpa mía, Lewis. Le dije que prefería que ahorráramos el dinero para la casa.

Lewis la miró con incredulidad.

–Desde luego eres una mujer única.

Ella rio.

–Muy barata, querrás decir.

–Nada en ti es barato, Olivia –murmuró–. Nada. Ven. Vamos al despacho antes de que comience a decirte cosas que no debiera.

«¿Como qué?», pensó Olivia mientras trataba de mantener sus pasos al ritmo de los de él. Lo miró de reojo y se dio cuenta de que Lewis estaba preocupado por algo. Antes de que llegaran al despacho tenía las llaves preparadas.

Y así fue toda la mañana a partir de entonces. Todo rapidez y brusquedad. No hubo más conversaciones sobre temas personales. Solo trabajo y más trabajo.

Olivia pasó la mayor parte de la mañana llamando a diferentes personas con las que Lewis tenía que citarse durante la semana. Por el despacho, pasaron el director de ventas, de marketing y el contable.

A las doce y media, Lewis salió a tomar un aperitivo con un representante de la agencia de publicidad Harriman's, con el que Altman Industries había firmado un nuevo contrato. Harriman's había crecido considerablemente en los últimos años. Durante el anterior le habían enviado un catálogo de sus últimos anuncios de televisión. Olivia se había encargado de visionarlos y, francamente, opinaba que no eran gran cosa.

Poco antes de las tres, Lewis estaba de vuelta y parecía de muy mal humor.

–Maldito idiota. Ponme con la agencia Harriman's, Olivia. Quiero hablar con Bill Harriman en persona. Y no me importa si él está reunido o no.

Olivia se quedó asombrada. Nunca había visto a Lewis de tan mal humor. Le pasó con Bill Harriman, pero no pudo escuchar la conversación. Lewis no era de los que pegaban voces por teléfono. Era un hombre que sabía controlarse. Todo lo que ella pudo saber fue que la conversación no duró mucho. Cuando las luces del interfono se encendieron, ella pulsó el botón y agarró el auricular.

–¿Sí, Lewis?

–Creo que necesitamos otra agencia de publicidad, ¿tienes alguna sugerencia?

–Bueno, no caigo ahora mismo... Pero puedo investigar. ¿Qué tipo de agencia quieres? ¿Conservadora? ¿Vanguardista? ¿Quieres que sea famosa o una pequeña que esté creciendo?

–Pequeña y en crecimiento. Y que la lleven mujeres.

–¿Mujeres...?

–¡Sí, mujeres! Imagino que las mujeres sabrán apelar mejor a la sensibilidad femenina, cosa de la que esos idiotas de Harriman's no tienen ni idea. Esos arrogantes incompetentes... –Lewis cortó la comunicación.

Oliva levantó las cejas asombrada. No era nada habitual que Lewis perdiera los estribos. Cuando la luz del interfono volvió a parpadear, agarró el auricular con mucho cuidado.

–¿Sí, Lewis?

–Lo siento, olvídate de lo que te he dicho. Buscar una nueva agencia publicitaria no entra dentro de tu cometido. Se lo encargaré a Walter, que es el encargado de la sección de marketing. Cuando él haya seleccionado tres candidatos, llámalos por teléfono y concierta una entrevista con ellos aquí en mi despacho. No voy a contratar a unos estúpidos ignorantes que cobran unas tarifas enormes.

–Muy bien, jefe.

Él volvió a suspirar.

–Eres muy paciente conmigo –se oyó a Lewis, que seguramente estaba esbozando una de sus maravillosas sonrisas.

–Eso sí entra dentro de mi competencia.
–Olivia...
–¿Sí?
Hubo un largo e incómodo silencio.
–Nada –murmuró él finalmente–. Nada –y volvió a colgar.

Olivia entonces respiró hondo y al hacerlo se dio cuenta de que había estado conteniendo el aliento. ¿Estaba sufriendo alucinaciones, o Lewis también había descubierto que sus sentimientos por ella habían cambiado? ¿Qué haría si fuera en ese momento a decirle que iba a tener un hijo suyo? ¿Cómo reaccionaría?

La sensatez y la experiencia sugerían que no se alegraría mucho. La mayoría de los hombres no recibían de buen grado la noticia de un inesperado y no deseado embarazo, especialmente de una mujer a la que no amaran. Olivia no pensaba que los sentimientos de Lewis hubieran cambiado tanto.

No, tal vez Lewis sí que la viera ya como una mujer, pero no la amaba. Tampoco iba a enamorarse de ella. Y, por tanto, no le gustaría saber la existencia de aquel hijo. Solo la quería como secretaria, no como amante o esposa. Su madre se equivocaba en eso. No entendía a los hombres como Lewis.

Además, si Lewis hubiera querido hijos, los habría tenido ya. Tenía treinta y cuatro años, era adicto al trabajo y no tenía tiempo para ser padre.

Olivia siempre había sospechado que Dinah lo abandonó por el asunto de los hijos, además de por la cantidad de tiempo excesiva que dedicaba al trabajo. Probablemente se sentía poco querida o necesitada.

Antes de que Nicholas la dejara, este siempre había dado a entender que la necesitaba, aunque solo fuera para organizar su vida. A ella le gustaba sentirse necesitada. Era casi tan bonito como sentirse amada.

La puerta del despacho de Lewis se abrió y Olivia alzó la vista para mirarlo. Estaba allí en pie, con las manos en las caderas y las piernas separadas. Su rostro estaba sonrojado, el cabello revuelto y tenía las mangas dobladas hacia arriba. Estaba impresionante, pensó ella. Parecía un animal al acecho.

–Es inútil, Olivia –declaró.

–¿Inútil? –repitió ella, con el corazón palpitante.

–No puedo concentrarme, estoy demasiado enfadado. Necesito salir de aquí. Iré a tomar un café. ¿Te vienes conmigo? Me vendrá bien tu compañía sensata y relajante.

Entonces así era como seguía viéndola, ¿no? Sensata y relajante. ¡Qué idiota había sido imaginando, aunque solo fuera por un momento, que era para él una mujer atractiva y deseable! Su madre tenía la culpa por haberle metido aquellas estúpidas ideas en la cabeza.

–Si insistes... –dijo, con voz débil.

La muchacha apagó la pantalla del ordenador y se levantó. Notó que Lewis la observaba. Pero él pareció sentirse incómodo y comenzó a bajarse apresuradamente las mangas de la camisa.

–Iré por mi chaqueta –anunció, colocándose la corbata–. Si quieres ir al baño, ve ahora. Te veré en la puerta lateral en dos minutos.

–Sí, papá –murmuró ella, en voz baja. ¡La trataba como si fuera una niña!

Olivia se miró a sí misma en el lavabo de señoras. ¿Cómo iba a tener Lewis de ella otra imagen que no fuera la de secretaria? Porque, de acuerdo, ese día no iba con uno de esos trajes rectos habituales. Hacía mucho calor para llevar blusa y chaqueta. En el despacho había aire acondicionado, pero ella no tenía un coche cómodo para ir al trabajo y siempre iba en autobús. Pero su vestido era negro, tan remilgado como discreto, con un cuello redondo sencillo, manga corta y ceñido ligeramente solo en la cintura. El largo era justo por encima de la rodilla. Unas medias negras cubrían sus piernas largas y sus zapatos eran negros, de tacón bajo. El cabello estaba sujeto en el moño habitual y el único arreglo del rostro era el toque en los labios con una barra que había comprado hacía unas semanas y que le había costado menos de dos dólares. Por último, su perfume hacía horas que había dejado de oler.

En resumen, se veía como una mujer sin ningún atractivo, sin ninguna magia.

Una piel reluciente y un cabello brillante, a pesar de demostrar buena salud, no podía compararse con los rostros maquillados de las secretarias que trabajaban en el edificio. Las dos recepcionistas, por ejemplo, parecían salidas de una revista de moda. Olivia nunca había envidiado la sofisticación o aquellos vestidos cortos, hasta ese momento.

Pero era demasiado tarde para cambiar, se dijo con tristeza, mientras recogía su bolso y salía del cuarto de baño. Demasiado tarde.

Capítulo 6

–Phil Baldwin nos estaba mirando por una de las ventanas –reveló Olivia mientras Lewis sacaba el coche hacia la carretera.
–¿Y qué? –preguntó este, mirándola de reojo.
–Puede pensar que es sospechoso que salgamos a media tarde juntos.
Lewis dio un bufido.
–Sin duda cree que todos están tan obsesionados con el sexo como él.
Olivia se quedó en silencio. No quería añadir que Phil habría sin duda notado la ausencia de ambos en la fiesta de navidad, ya que él había estado flirteando con ella antes de que se fuera en busca de Lewis con la botella de champán en la mano. Como ninguno de los dos volvió a la fiesta, Phil llegaría, seguramente, a cualquier conclusión desagradable.
–Sé lo que estás pensando, Olivia –dijo Lewis–, pero pensar algo no es saberlo. Además, Phil es un superviviente. Se dará cuenta de que lanzar chismes contra su jefe puede ser contraproducente para su seguridad y su carrera.
–Eso espero.
–Créeme, si dice alguna inconveniencia, irá a la calle y se quedará sin trabajo.
–Claro. Y eso detendría los rumores, ¿verdad? –replicó Olivia irónicamente.

Lewis la miró con ojos brillantes.

–¿Es esto una nueva faceta que desconocía en ti?

Ella se sonrojó y apartó la vista.

–No te quedes en silencio, me gustan las mujeres ingeniosas.

–Y a mí no me gustan las complicaciones.

–¿Te resulta una complicación trabajar para mí?

–No, pero sí salir contigo a media tarde. Mi intuición no se equivocaba al pensar que tenía que haber dejado el puesto hace cinco semanas.

–No lo habría aceptado.

–Tú no tendrías mucho que decir al respecto. Puede que te hayas olvidado, Lewis, pero una empleada tiene derecho a dejar el trabajo.

–Bueno, pero tú no vas a hacerlo.

–¿No?

–Por supuesto que no. Te lo prohíbo.

–Lo prohíbes –repitió ella, sonriendo con amargura–. Esta es una faceta tuya desconocida. ¿No te ha dicho nadie, Lewis, que puedes llegar a ser muy egoísta y testarudo?

Además de amable y generoso, honrado y sincero. Pero no iba a decírselo. Ya tenía un ego suficientemente grande.

–Mi madre ya me lo ha dicho varias veces –confesó él.

–¿Tu esposa no? –quiso saber, mirándolo con una súbita curiosidad mientras la boca de él se torcía en una mueca.

–Seguro que también lo mencionó en alguna ocasión.

Olivia se moría de ganas de preguntarle por qué se habían separado, pero en el último momento no fue capaz.

–Ya hemos llegado –anunció Lewis, metiendo el coche en el aparcamiento de Carlingford Court–. Ahora tenemos que encontrar una cafetería en un lugar suficientemente conocido para alimentar el chismorreo.

Así fue, a pesar de que Lewis eligió un café con bastantes recovecos y apartados. La camarera llegó tan pronto como se hubieron sentado, quizá porque eran los únicos clientes en el lugar. Los centros comerciales no solían tener mucho movimiento un lunes por la tarde.

—Dos capuchinos —ordenó Lewis—. Y dos rebanadas de esa deliciosa tarta de zanahoria que tienen en la vitrina. ¿Te apetece, Olivia?

—Sí, gracias.

La camarera se fue y Lewis se recostó en la silla, con los azules ojos pensativos.

—Eres fácil de complacer.

—Siempre agradezco las invitaciones.

Él hizo una mueca y ella esbozó una sonrisa. Lo hizo sin pensar, automáticamente.

—Ten cuidado, la gente puede pensar que estás flirteando conmigo.

—¿Qué gente? Este sitio está desierto.

—Entonces puedes flirtear todo lo que quieras —contestó, sin pensarlo dos veces.

—Mi trabajo no es flirtear con mi jefe —murmuró ella, mirando hacia otra parte.

—No —dijo él con suavidad.

—¿No qué? —preguntó ella, mirándolo de nuevo.

—No mires hacia otra parte como si tuvieras algo de qué avergonzarte. Te lo dije una vez, Olivia, y te lo digo de nuevo: lo que pasó entre nosotros fue tanto culpa mía como tuya. Tendría que haberte detenido. He estado durante todas las vacaciones intentando descubrir por qué no lo hice y todavía no he encontrado la respuesta.

Aquella revelación no hacía más que confirmar lo que Olivia ya sabía: que los sentimientos de Lewis hacia ella no habían cambiado mucho. Era evidente que todavía se preguntaba y le sorprendía el hecho de haberse dejado seducir por ella de aquella manera.

Y eso no era muy halagador para una mujer. Tampoco permitía albergar esperanzas de que pudiera repetirse de nuevo, y menos que de ahí pudiera surgir una relación afectiva verdadera.

Olivia se quedó sorprendida de lo mucho que le molestó la confesión de Lewis.

—Por favor, Lewis —dijo secamente—. Me prometiste que hablaríamos de cualquier otra cosa.

Él suspiró.

Afortunadamente, el café y la tarta de zanahoria llegaron y la tensión del momento desapareció. Olivia decidió que estaba demasiado sensible aquel día. Había oído que las mujeres embarazadas se volvían irracionales y bastante sentimentales. Era mejor cambiar de tema y hablar de algo más neutral.

—¿Qué ha pasado para que te enfadaras tanto? —preguntó mientras ponía dos sobres de azúcar en su taza de café.

Lewis se encogió de hombros y se llevó la taza a los labios.

—Creo que perdí la paciencia.

—Lo sé, Lewis, ¿pero por qué? ¿Qué te dijeron en Harriman's para que te pusieras así?

La taza de café de Lewis sonó sobre el plato, la nata se balanceó peligrosamente.

—¡Ese idiota no tiene una sola idea original en la cabeza! Creyó que podía simplemente copiar lo que se había hecho en los productos All Man y añadir fotos de mujeres atletas para los diferentes productos. Me dijo cómo serían las fotografías y los modelos que tenía en mente. Una de ellas era una mujer muy delgada que podría ser fácilmente confundida con un hombre. Otra era una corredora de maratón que parece anoréxica. Cuando le dije que esa modelo podría ganar un concurso de Míster Nueva York me dijo que a él le resultaba guapa. ¡Pero tengo razón! Llámame si quieres machista, pero ninguna de esas mujeres coinciden con la imagen que yo tengo en la cabeza.

—Ya. Quieres vender una imagen sexy, ¿no es así?

—No necesariamente. Solo quiero vender productos. El nombre de la línea de productos habla de mujeres femeninas, no de anoréxicas o mujeres de aspecto ambiguo.

–¿Por qué no eliges modelos de uno de esos calendarios femeninos? ¿O de una revista de bañadores femeninos?

Lewis entornó los ojos.

–¿Eso es sarcasmo, Olivia? ¿O es que eres feminista?

–No me gustan los modelos de mujeres establecidos, sobre todo los que se utilizan en los anuncios.

–¿Crees que he hecho mal en descartar a Harriman's?

–No, claro que no. La agencia Harriman's hace mucho que vive de los premios pasados. Ahora mismo creo que están sobrevalorados y que se les paga un precio que no merecen. Pero si lo que quieres es contratar a una agencia dirigida por mujeres, será mejor que te quites ese machismo anticuado.

Él la miraba como si pensara que se había convertido en un marciano.

–Eres asombrosa, ¿lo sabías? No solo eres una mina de información, sino también intuitiva. Creo que he desperdiciado tu verdadero talento durante estos dieciocho meses.

Olivia no pudo evitar recordar el día en que él había aprovechado todo su talento.

–En el futuro consultaré contigo temas más creativos –dijo él–. De hecho, voy a darte un aumento de sueldo y a llamarte de otra manera desde hoy. Te nombro mi ayudante personal. Es mejor que secretaria, ¿no te parece? ¿Y qué opinas de un aumento de diez mi dólares al año?

–Me parece que es una buena base para los chismorreos. A Phil Baldwin le interesará muchísimo ese aumento de sueldo.

–Te preocupas demasiado por Phil Baldwin. ¡Y demasiado de los cotilleos!

–Es lógico que digas eso. Tú eres el jefe. Eres indispensable para el funcionamiento de Altman Industries y, por tanto, para todos los empleados. Yo solo soy tu secretaria.

–Mi ayudante personal –corrigió él.

–Lo que sea.

Lewis se echó hacia atrás con expresión disgustada.

–Te he traído aquí para relajarme, Olivia, no para ponerme más nervioso. ¿Me estás diciendo que no quieres el nuevo puesto o un aumento de sueldo?

Ella se encogió de hombros.

–Siempre he pensado que los títulos no son nada, son palabras vacías cuando todo está dicho y hecho. Pero puedes llamarme como te guste.

–No me tientes. ¿Y qué me dices del dinero?

–Claro que aceptaré el aumento de sueldo. No me puedo permitir el lujo de elegir.

Olivia supo, nada más decirlo, que había cometido un grave error. Lewis se echó hacia delante con un gesto de confusión.

–¿Qué quieres decir con eso? ¿Tienes problemas?

Olivia tuvo que pensar rápidamente en alguna salida.

–Un poco. Nicholas y yo estábamos pagando a medias el piso y ahora lo tendré que pagar yo sola.

–¿Cuánto pagas?

Olivia vaciló unos segundos. En realidad el precio era bastante bajo para la zona. Había tardado meses en encontrar un piso tan barato. Aunque tenía que admitir que era pequeño y el último piso, además de que daba al oeste, con lo cual era en verano bastante caluroso. Nicholas se había quejado a menudo, pero Olivia siempre decía que era preferible quejarse un poco y tener algo seguro en el futuro.

Si le decía a Lewis el precio verdadero, sospecharía que le estaba engañando, que era lo último que quería hacer. Por otro lado, Lewis era bastante obsesivo cuando se enfrentaba a un problema, así que tenía que desviarle en seguida de sus problemas económicos.

–Doscientos veinte –mintió, cruzando los dedos bajo la mesa como solía hacerlo de niña; como si con ello creyera que todo se iba a solucionar.

—Eso no es tanto, considerando la zona.

Olivia estuvo a punto de gemir. Debería haber pensado que para Lewis no era tanto.

—No me estás diciendo toda la verdad, Olivia –dijo–. Lo veo en tus ojos. Ese canalla te ha dejado deudas, ¿a que sí? Apuesto a que ha utilizado tu tarjeta de crédito o tu dinero y eres demasiado orgullosa como para decírmelo.

Olivia consideró si seguirle la corriente, pero finalmente rechazó la idea. Nicholas se había portado mal con ella, pero no merecía aquella fama.

—No es eso, Lewis –protestó, entonces sonrió–. Si me conocieras, sabrías que nadie, y digo nadie, ni siquiera Nicholas, ha tenido acceso nunca a mi tarjeta de crédito.

—Entonces, ¿qué problemas tienes?

«Tu hijo», pensó en silencio, pero se reprimió justo a tiempo. Buscó alguna otra razón por la que pudiera necesitar dinero, pero no encontró nada.

—Mi padre se ha quedado en paro –explicó finalmente–, y estoy intentando ayudarles –dijo, diciendo una verdad a medias.

Ella había ofrecido varias veces dinero a su familia, pero siempre se habían negado, diciendo que en el pasado habían tenido que afrontar épocas mucho peores. De pequeña, ella nunca había entendido la negativa de sus padres a aceptar caridad, pero de mayor se enorgullecía de aquello.

—¿Cuántos años tiene tu padre?

—Cuarenta y seis.

—¿Y en qué trabaja?

—En cualquier cosa. No ha estudiado y suele hacer trabajos mecánicos. Pero no es estúpido.

—Estoy seguro de que no, es tu padre.

Ella se sonrojó halagada.

—¿Qué es lo último que hizo?

—Trabajar como minero en Hunter Valley. Antes de eso, tuvo un empleo en una central eléctrica y antes en la fábrica de acero de Newcastle. Siempre hemos vivido en la zona de Newcastle, pero nos hemos mudado varias veces.

—Entiendo. ¿Entonces tus padres no tienen una casa propia?

—No. Tienen un pequeño piso alquilado en Morisset. ¿Por qué?

—Me pregunto si podrían mudarse.

—¿A Sídney, quieres decir?

¿Sería capaz de ofrecer a su padre un trabajo en la fábrica?, se preguntó.

—No necesariamente, pero se podría pensar.

—Para ser sinceros, no creo que a mamá le gustara irse de la región de Central Coast Area —dijo Olivia rápidamente—. Mi hermana Carol vive en Wyong y necesita que mi madre cuide a sus hijos los fines de semana mientras va a trabajar. Luego está mi hermana menor, Sally, que está estudiando el último año de universidad en Morisset High. No creo que le gustara dejar la universidad, especialmente en el último año.

—Es normal. Bueno, deja que piense y veré qué puedo hacer. Tengo varios contactos con otras fábricas en otros lugares. Algunas veces no es lo que tú sabes, Olivia, sino a quién conoces.

—Eso... eso sería muy amable por tu parte —balbuceó, emocionada.

—No me lo agradezcas todavía, mis motivos son egoístas.

—¿Por qué?

Los ojos de Lewis adquirieron una expresión ilegible.

—No puedo tener a mi ayudante preocupada por dinero, ¿no crees? —dijo, entre sorbos de café—. Tengo para ella otros planes. Y ahora termina el café, Olivia, para que te pueda llevar al despacho de vuelta y los chismosos puedan hablar.

Capítulo 7

La semana transcurrió rápidamente. Olivia se pasó casi todo el martes organizando las citas de Lewis con las tres agencias de publicidad que Walter había recomendado, aunque ninguna de ellas estaba dirigida exclusivamente por mujeres. Pero sí tenían bastantes mujeres en la directiva y como trabajadoras. Olivia, por instrucciones de Lewis, pidió que enviaran a una representante de cada una de ellas para una cita preliminar.

También, bajo órdenes de Lewis, Olivia habló con ellas primero para comentarles un poco el punto de vista de su jefe.

La cita del miércoles no tuvo los frutos deseados. Las ideas de la representante no tenían ninguna originalidad ni atractivo especial desde el punto de vista femenino.

El jueves fue más o menos lo mismo. La representante era una intelectual esnob que irritó a Olivia con sus ideas condescendientes sobre las mujeres. La publicista opinaba que solo se necesitaba un envoltorio bonito y bien presentado.

La candidata del viernes provocó en Lewis un gesto de sorpresa nada más entrar.

Olivia no podía culparlo. Desde luego, su aspecto no era el más indicado para llevar la campaña de All Woman. Llevaba el pelo muy corto, quizá afeitado. Tenía un anillo en la nariz y otro en la ceja.

Habló con ella unos minutos. Desde luego, tenía una personalidad vibrante y creativa, pero era imposible confiar en una mujer que intentaba parecer lo menos atractiva posible. Además, se excedía dando explicaciones. Todos se habían marchado en Altman Industries cuando terminaron la entrevista.

Olivia la condujo hacia la puerta poco antes de las seis, despidiéndose amablemente de ella.

Cuando Olivia entró en el despacho de Lewis, este hizo un gesto negativo con la cabeza.

–¡Caramba, Olivia! Puedes llamarme machista si quieres, pero prefiero una mujer que parezca una mujer, no una andrógina con aspecto de refugiada por sus ropas de tienda de segunda mano.

Olivia pensaba lo mismo, pero las palabras de Lewis la molestaron.

No debería de haberlo tomado como una crítica, pero lo hizo.

–No creo que una mujer deba ser juzgada por su aspecto –replicó–. No lo harías con un hombre.

–Por supuesto que lo haría. Y lo he hecho. ¡Te olvidas del chico con el que he tenido que ir a comer hoy!

Olivia tuvo que sonreír. Lewis trataba con el mismo desdén que su padre a los hombres que no eran muy viriles.

–Hablando de comida –continuó Lewis, levantándose de la mesa y estirándose–. No he comido mucho hoy, me muero de hambre. ¿Qué te parece una fuente de marisco acompañada de un buen vino blanco?

–No sé qué decirte –murmuró Olivia.

Todavía se sentía bastante bien de su embarazo, pero tenía un deseo constante por ostras, lo cual era horrible porque probablemente había sido una ostra maligna la que la había metido en todo aquel lío.

–¿Te gusta el marisco? –quiso saber Lewis.

–Me encanta.

–En ese caso, déjame que te invite a cenar marisco. Te llevaré al restaurante Clive's.

—No puedo permitirlo —protestó ella. El Clive's era uno de los restaurantes más caros que había en Sídney, especializado en marisco. Normalmente estaba lleno de personajes ricos y famosos—. Es demasiado caro.

—Tonterías. Llámalo recompensa por haber trabajado esta semana demasiado.

—Pero no has llamado para reservar —protestó Olivia, pensando en la cita que tenía con el ginecólogo a las ocho.

Podría cambiar la cita para el lunes siguiente por la tarde. Tres días no importarían demasiado, pero no le apetecía.

El problema era que no podía hablarle a Lewis de su cita con el ginecólogo, eso conduciría a más preguntas y más mentiras.

—No conseguirás mesa. Tienes que llamar una semana antes para cenar un viernes por la noche en Clive's.

Los sábados eran aún peores. Lo sabía porque ella había sido la que normalmente se había encargado de reservar mesa para Lewis cuando todavía vivía con su esposa.

—Conseguiremos mesa si nos vamos enseguida —insistió Lewis—. La gente suele ir mucho más tarde.

—¿Así vestidos? —protestó Olivia.

Lewis iba bien. Su vestuario de trabajo consistía en trajes elegantes y caros que podría llevar a cualquier sitio. El que llevaba aquel día era gris oscuro, combinado con una camisa azul clara y una corbata gris y amarilla.

El hombre miró la chaqueta de lino negro que Olivia solía llevar, a esas horas un poco arrugada. Bajo ella la blusa de seda de color crema llenaba el escote. Desde luego no era algo para llevar a uno de los más exquisitos restaurantes de la ciudad, y menos si se acompañaba de los zapatos bajos de color negro que solía llevar al trabajo.

—¿Qué hay de malo en el modo en que vas vestida? —le preguntó Lewis, intentando parecer sincero—. A mí me parece que vas muy bien, como siempre.

«Muy bien». Esos débiles elogios de él solo corroboraban lo poco que se fijaba en ella como mujer. Olivia había pensado que lo que pasó en la fiesta de navidades habría cambiado eso, pero, al parecer, no había sido así.

Ella se preguntaba qué habría visto Lewis en ella aquella tarde. ¿Habría sido una alucinación provocada por la bebida? Quizá Lewis bebió aquella tarde más champán del que ella creía. Los hombres solían decir que cuanto más se bebía más guapa parecía la camarera. Quizá eso se pudiera aplicar también a las secretarias.

–Deja de pensar tanto, Olivia –dijo él, enfadándose–. Y no vayas a creerte que no sé lo que estás pensando.

–¿Lo sabes?

«Dios mío». ¿Habría traicionado su madre su confianza contándole a Lewis lo del niño?

–Sí, lo sé perfectamente. Mira, no hay nadie que nos pueda ver salir juntos. Ya sabes cómo son los viernes por la tarde. A partir de las cuatro y treinta y un minutos, podrías descargar el tambor de una ametralladora en el despacho y no herir a nadie.

–Es cierto –admitió ella.

–¿Así que estamos de acuerdo, entonces?

–Creo que, aun así, debería llamar y reservar una mesa –de ese modo podría llamar también al ambulatorio y cambiar su cita.

–De acuerdo. Llama mientras cierro el laboratorio.

Olivia corrió a su despacho y agarró la agenda. El número de Clive's era el segundo por la C. El primero era Carson. Nicholas Carson.

Oliva se quedó mirando fijamente ese nombre, extrañándose de lo poco que la afectaba actualmente pensar en él. Lo que más le dolía era la inversión que había hecho en ese hombre de tiempo y emociones. Y sabía que si él intentara reanudar la relación, ella se negaría.

Y aun así eso sería imposible, le dijo su lado pragmático. Iba a tener un hijo de otro hombre. Y ningún hombre querría responsabilizarse del hijo de otro.

Olivia soltó un gemido, luego marcó el número de Clive's.

Lewis llevaba razón. Podían conseguir una mesa para dos al señor Altman si llegaba a las siete y la dejaba libre a las nueve. Ella aceptó, aunque no sabía si podrían estar allí a las siete. Miró su reloj y vio que pasaba un minuto de las seis. Luego colgó y marcó el teléfono del ambulatorio. Desgraciadamente, tardaron en contestar. Cuando finalmente lo hicieron, ella les dijo quién era y que quería cambiar su cita con el doctor Holden para el lunes a la misma hora. Afortunadamente no hubo ningún problema.

–Estupendo, entonces. Gracias.

–¿Todo bien?

Olivia se volvió y vio a Lewis, que estaba entrando en el despacho. Por suerte, lo que le había oído se podía aplicar a Clive's.

–Sí –contestó ella, agarrando su bolso–, hemos conseguido mesa para las siete, aunque tendremos que dejarla a las nueve.

–Sin problema –contestó, agarrándola del codo y llevándola hacia la entrada.

Allí, después de cerrar la puerta, puso el sistema de alarma en marcha.

–Tenemos menos de una hora para llegar al centro, encontrar aparcamiento y caminar al restaurante –replicó Olivia–. El tráfico será denso y la zona centro estará llena de turistas.

–Tranquilízate –aconsejó él, esbozando una sonrisa.

Olivia no sonrió. Estaba demasiado ocupada controlando su pulso y diciéndose que una sonrisa no tenía ninguna importancia. Una sonrisa era simplemente una sonrisa y un beso simplemente un beso...

Olivia se detuvo bruscamente. ¿Cómo era posible que su mente relacionara sonrisas y besos?

Frunció el ceño cuando su mente fue aún más lejos, recordando los lugares donde Lewis la había besado aquella tarde fatídica. Tragó saliva e intentó borrar las imágenes de sí misma. «¿Pero cómo borrar las imágenes que ardían dentro de tu cerebro?».

Recordar su escandaloso comportamiento, sin embargo, provocaba en ella una reacción diferente cada vez. La vergüenza hacía tiempo que había dado paso a la sorpresa y Olivia casi envidiaba a la mujer que aquella tarde había ido en pos de sus deseos. Había sido capaz de que Lewis se diera cuenta de su presencia, aunque hubiera sido por un corto periodo de tiempo. Aquella mujer no se habría preocupado de cómo iba vestida esa noche. Se habría quitado la chaqueta y se habría soltado el cabello con tanta seguridad que Lewis habría ido tras ella sin pensarlo.

El corazón de Olivia dio un vuelco. Sabía que era imposible esa transformación sin el ímpetu de la venganza y la valentía que daba el alcohol. Era algo que pertenecía al terreno de los sueños, no al día y a su fría realidad.

¿Pero sería conveniente aquella mujer, cuando estaba esperando un hijo de Lewis? No necesitaba que Lewis la deseara demasiado, no le hacía falta una pasión desbordante, sino un compromiso sólido como padre.

Pero, después del abandono de Nicholas, su creencia en la capacidad de compromiso de los hombres se había visto seriamente dañada. Probablemente era ese el motivo por el que todavía no le había dicho nada a Lewis. Aunque deseaba saber si él era suficientemente hombre como para aceptar una responsabilidad que el destino había puesto en su camino sin que él lo buscara. Pero era preferible que su bebé siguiera sin padre a tener uno que lo rechazara. La vida ya era suficientemente dura sin sentirse no deseado.

–Te has quedado muy callada –dijo Lewis, una vez estuvieron en marcha.

Olivia observó el rostro pensativo de él y trató de adivinar cuál sería su reacción ante la noticia. Lo cierto era que no lo conocía lo suficiente como para hacer un juicio adecuado. Había sido su jefe durante dieciocho meses, pero le faltaban datos más personales.

—Estaba pensando.

—Has pensado mucho durante toda esta semana –contestó.

Olivia se quedó sorprendida.

—¿De verdad?

—Sí. No podría decirte el número de veces que he salido del despacho y te he encontrado sentada mirando a la pantalla del ordenador sin ver nada. Ni siquiera te dabas cuenta de que yo me había puesto detrás de ti.

Olivia estuvo a punto de sonreír. Parecía que le molestara el hecho de que ella no se diera cuenta de su presencia.

—No me gusta verte tan triste.

—¡No estoy triste! –protestó.

—Claro que lo estás. Estoy seguro y lo puedo entender. Aparte del trauma inevitable que se sufre cuando se rompe una relación estable, a nadie le gusta ver que sus planes quedan arruinados. Te conozco, Olivia. Te gustan mucho los planes, eres como yo. No tengo duda de que en estos momentos te sientes vacía.

«No lo suficientemente vacía», pensó, y comenzó a morderse el labio inferior.

—Esperaba que el trabajo extra pudiera distraerte y llenar el hueco que sientes en tu vida –continuó mientras conducía hacia el centro–. Pero, por supuesto, esa es una solución para hombres. Las mujeres no se entierran en el trabajo si están sufriendo. Les gusta hablar. Así que, Olivia, si lo necesitas, puedes hablar conmigo. Imagino que no tienes muchos amigos cercanos para desahogarte. Suele ocurrir cuando has estado saliendo con alguien durante dos años y te separas. Incluso las otras parejas te ven como una amenaza y te dejan a un lado.

Olivia se sintió emocionada por su cariño y solidaridad, pero un poco aturdida por la situación. A pesar de que quería conocerlo mejor, él era la última persona en la que confiar sus miedos y preocupaciones actuales.

–Estoy bien, Lewis. De verdad. Pero eres muy amable por ofrecerme un hombro en el que llorar –dijo ella, pensando que no esperaba que fuera tan cariñoso.

–Pero tú no vas a llorar sobre él, ¿verdad? –dijo él secamente.

–No me gusta llorar –contestó ella.

Era cierto. Antes de que Nicholas la dejara, había llorado pocas veces.

–Ya me he dado cuenta. La última secretaria que tuve lloraba a la mínima ocasión.

Olivia sonrió.

–Por lo que he oído, esa mujer usaba una extensa variedad de estrategias para acaparar tu atención.

–Tendría que haber intentado lo contrario.

Olivia no entendía de lo que estaba hablando.

–Creo que necesitamos un poco de distracción –murmuró Lewis, tomando un CD y poniéndolo en el reproductor.

Olivia dio un suspiro de alivio. Escuchar música era mucho mejor que hablar de temas personales con Lewis.

La voz clara de Sarah Brightman llenó el automóvil. Olivia cerró los ojos y se echó hacia atrás para disfrutar de las maravillosas melodías de Andrew Lloyd Webber.

Llegaron con el tiempo más que justo. Si Lewis hubiera encontrado aparcamiento cerca del restaurante, habrían llegado. Pero tuvieron que caminar un par de manzanas y eran las siete y diez cuando Lewis abrió la puerta de madera tallada que conducía al restaurante.

Olivia trató de no poner cara de estúpida al entrar, pero, ciertamente, no estaba acostumbrada a comer en restaurantes tan elegantes. Hamburgueserías y restaurantes italianos habían sido los lugares habituales donde comía o cenaba con Nicholas. Ella valoraba demasiado el dinero que ganaba como para gastarlo en un simple comida.

Suspiró admirada al observar las paredes de ricos paneles,

las baldosas de granito blanco y negro y las enormes lámparas de cristal y bronce del techo. Era como si hubieran retrocedido en el tiempo. A un tiempo elegante y lujoso.

—Es precioso —murmuró.

Lewis miró a su alrededor, como si lo viera por vez primera.

—Supongo que sí —replicó—. Pero solo he venido aquí por la comida. Buenas noches, Clive —dijo, al hombre de traje oscuro que se les acercó en seguida.

Olivia habría creído que era el maître, pero era el dueño. De unos sesenta años, con el pelo gris bien peinado, no habría quedado mal como mayordomo en una mansión inglesa.

—Buenas noches, señor Altman —dijo, con una leve inclinación de cabeza—. Hacía mucho tiempo que no teníamos el placer de saludarlo.

—Es verdad. Esta es Olivia, Clive. Mi... ayudante personal.

Olivia tuvo deseos de dar a Lewis una patada en la espinilla. ¿Cómo era capaz de dudar, y después presentarla con ese matiz provocativo? Lo había hecho como si hubiera algo vergonzoso y sexual en su relación.

Afortunadamente, Clive estaba enterado del divorcio de Lewis. No le apetecía que nadie pensara que estaba teniendo una aventura con su jefe, y que este estuviera casado. Que era lo que, desde luego, estaba pensando Clive. Lo pudo ver en sus ojos cuando se giró hacia ella.

—¿Cómo está, señorita? —dijo él—. Si me permite su chaqueta...

Ella se quedó pensativa unos segundos. A pesar del aire acondicionado, el lugar estaba lleno de gente y no hacía frío, pero la idea de sentarse frente a Lewis durante las próximas dos horas con una simple blusa de satén le resultaba un poco inquietante.

—No, me la dejaré puesta, gracias —contestó.

—Muy bien, señorita. Por aquí, señor Altman...

Clive los condujo a través del bar, abarrotado ya, hacia el salón principal del restaurante, situado una planta más abajo. Había unas mesas vacías cerca de la entrada, pero continuó hacia una esquina que estaba bastante aislada del resto gracias a unas palmeras y un delicado biombo japonés que podía haber resultado fuera de lugar en el estilo del restaurante, pero no era así.

El hecho de llevarlos allí demostraba claramente la opinión que tenía Clive de su relación. Olivia no estaba segura de si estaba intentando esconderlos de los curiosos por discreción o porque esperaba una buena propina.

Después de dejarlos sentados y desdoblar pomposamente las servilletas de lino blanco, Clive prometió que un camarero les llevaría en seguida las bebidas y luego se marchó a atender a sus otros invitados.

Olivia empezaba a sentirse verdaderamente furiosa cuando Lewis soltó una carcajada.

–¿Qué es tan divertido? Sabes lo que piensa, ¿verdad?

–Clive piensa lo peor de los que vienen a su restaurante –dijo Lewis divertido–, y normalmente acierta.

–Pues esta vez se equivoca –contestó Olivia.

Lewis se puso la servilleta en el regazo antes de alzar los ojos hacia Olivia.

–Desde luego, esta vez sí.

Olivia no tenía por qué sentirse molesta por su afirmación. Entonces, ¿por qué le dolió? ¿Era su orgullo femenino que se sentía herido después de lo que había compartido con Lewis?

Decidió que probablemente así era.

Bajó los ojos y deseó estar en cualquier otro sitio.

–Olivia...

Ella contuvo el aliento y alzó los ojos.

–¿Qué?

–¿Puedes olvidarlo, aunque sea solo por hoy?

Los ojos de Olivia se abrieron de par en par. ¡Caramba! Él pensaba que ella estaba acordándose de Nicholas.

–Él no es el único hombre de la Tierra –continuó Lewis–. Hay otros hombres que sabrían apreciar lo especial que eres.

Olivia trató de sentir la amabilidad de aquellas palabras, pero no pudo. Lo único que oía era el silencioso rechazo en las palabras de Lewis. «Otros hombres», había dicho. No él. ¿No sabía que el único hombre al que ella quería estaba sentado frente a ella?

Los ojos de Lewis demostraban una compasión infinita y eso la molestó aún más.

«No quiero tu compasión», deseaba decirle. «Quiero tu pasión. Quiero que me tomes en tus brazos y me digas que me amas. Quiero...».

Olivia detuvo sus absurdos pensamientos bruscamente. ¡Dios! ¿Qué le estaba pasando?

–No debería haber venido contigo aquí esta noche.

En ese momento, fue él quien pareció frustrado.

–No me gusta la compasión ni la pena.

–¿Pena? ¿Crees que es pena? –Lewis hizo un gesto con la mano, señalando el salón–. La pena es mucho más barata que todo esto, Olivia.

La llegada del camarero impidió toda discusión, dejando una atmósfera tensa entre ellos. Después de una ojeada a la lista de vinos, Lewis pidió una botella de Chablis y rechazó cualquier refresco o cóctel para antes de la cena.

–Tráiganos el vino nada más.

El camarero se marchó, incómodo por la brusquedad de Lewis. Era evidente que estaba acostumbrado a la mala educación de la gente poderosa.

Esa era otra faceta de Lewis que ella no había visto antes.

–Ahora hablemos claro –exclamó, cuando se quedaron solos–. No tengo pena de ti. Esto no es pena.

–Entonces, ¿qué es? –preguntó ella desafiante.

Olivia vio cómo la boca de Lewis se abría y volvía a cerrarse. Los músculos de su mandíbula se contrajeron al apretar los labios.

–Es un jefe tratando de relajarse con una empleada a la que

valora después de una semana dura de trabajo –declaró–. Es un hombre tratando de obtener algo amable de una mujer a la que respeta y admira. Es también una persona solitaria, tratando de cenar en agradable compañía en vez de irse a cenar a una casa vacía.

Olivia notó la tensión en su voz y no pudo evitar emocionarse. Había estado tan inmersa en sus propios problemas, que no había dedicado a Lewis un solo pensamiento. Por supuesto que estaba solo. Muy solo. Sin duda, había sido aquella soledad la que había contribuido a los sucesos de aquella tarde de diciembre.

¿Esa soledad se aliviaría si supiera la existencia de un hijo? ¿Mitigaría el dolor del abandono de su esposa? ¿Le ayudaría a llenar aquella casa tan vacía?

–Lewis...

–¿Sí?

Por segunda vez en la velada la llegada del camarero interrumpió un momento crucial. La vez anterior su irrupción había hecho que la conversación continuara después. Esa vez, sin embargo, salvó a Olivia de cometer la más grave equivocación de su vida.

Para cuando Lewis hizo un gesto de aprobación del vino y las copas fueron llenadas, Olivia ya había tenido tiempo de reaccionar. Era prematuro hablarle a Lewis del hijo. Tenía que saber más cosas de él antes de arriesgarse a ser rechazada y ver cómo rechazaba a ese hijo.

Sí, esperaría a decírselo.

–¿Qué ibas a decirme? –preguntó Lewis, tan pronto como el camarero se marchó.

–¿Decir?

–Ibas a decirme algo.

–Ah, sí... Que... no me gusta el vino Chablis.

–¿Y por qué no lo dijiste? Te pediré otra cosa. ¿Quieres algo seco y dulce? ¿Blanco o tinto?

–Creo que solo me apetece agua mineral.

–Una copa o dos de vino no hacen daño a nadie, Olivia. Puede que te relaje incluso, que te haga sentirte mejor.

Tal vez sí, pero en su estado no debía tomar alcohol, pensó Olivia.

–No, gracias. Creo que pediré agua mineral.

La mirada de él era furiosa.

–¿Y ahora qué te pasa? ¿Crees que te he traído aquí para emborracharte y aprovecharme después?

–¡Por Dios, Lewis! Te prometo que no. No se me ha ocurrido nada parecido.

–Pues no es tan extraño. ¡Créeme que no te equivocarías mucho!

Capítulo 8

Olivia abrió mucho los ojos mientras Lewis tosía incómodo.

–La verdad es que lo he pensado –dijo Lewis con un tono de disgusto–. Solo puedo defenderme diciendo que pensar algo no es hacerlo, Olivia. Si se condenara a los hombres por sus pensamientos, en este momento estarían todos muertos. He leído en alguna parte que el hombre piensa en el sexo cada diez minutos. Es una exageración, por supuesto. Estoy seguro que es cada doce.

Un brillo lascivo apareció en sus ojos al observar el rostro sorprendido de Olivia. Esta cerró la boca, que había dejado abierta unos segundos sin darse cuenta, y él hizo una mueca.

–Me imagino que el lunes por la mañana tendré el placer de encontrar en mi despacho tu carta de despido.

Olivia estuvo a punto de gemir. La confesión de Lewis, además del empleo de las palabras placer y despacho, le recordaron inmediatamente la fantasía que había tenido aquella tarde lejana. La sorprendente confesión de Lewis de que la deseaba le hacía difícil apartar de su mente ciertos recuerdos.

El efecto fue inmediato. Su pulso se alteró y sus pezones se pusieron rígidos bajo la blusa de satén.

–No... no creo que sea necesario –balbuceó.

–Me sorprende –admitió él.

–A mí también –replicó ella.

Ella se daba cuenta de que era más consciente de la presencia de Lewis desde que había vuelto al trabajo tras las vacaciones, pero nunca habría imaginado que reaccionaría de aquella manera ante las palabras de Lewis. No había champán al que echarle la culpa.

Olivia pensó que a su madre le habría gustado, pero ella no era tan optimista. Lewis no hacía más que admitir una atracción estrictamente sexual. También había admitido estar muy solo.

La soledad y la frustración le habían hecho vulnerable a ella. Las aventuras entre jefes y secretarias eran bastante comunes. Las largas horas que pasaban trabajando juntos fácilmente daban paso a otro tipo de intimidad. ¡Y qué fácil era cuando la línea ya había sido cruzada una vez!

Su madre pensaba que el sexo era una manera de ganar el amor de un hombre, pero Olivia pensaba de diferente manera. Los hombres podían separar amor y sexo sin ningún problema, a diferencia de las mujeres. Aunque en ese momento comenzaba a preguntarse si ella no era diferente.

¿Los sentimientos de aquella noche se debían a una carencia emocional o era únicamente un deseo sexual? ¿Se estaba enamorando del padre de su hijo o no?

Lewis inclinó la cabeza a un lado mientras observaba con atención el rostro de Olivia. Esta tuvo miedo de comenzar a sonrojarse. Sentía mucho calor, allí sentada, con su corazón palpitándole a toda velocidad y sus pezones rígidos.

–¿Quieres que te prometa que nunca intentaré seducirte? –preguntó Lewis.

Olivia lo miró con los ojos muy abiertos. Esa era una pregunta peligrosa. Contestar que sí sería hipócrita. Decir que no, provocativo.

–¿Lo harías? –preguntó a su vez.
–Si tengo que hacerlo... No quiero perderte, Olivia.
–Entiendo.

Eso demostraba que el deseo de él era relativo. Difícilmente podía ser una pasión arrebatadora cuando podía ser tan fácilmente dejada a un lado.

Y aun así era preferible a la idea de que no sintiera nada al mirarla.

–No creo que sea necesario, de todos modos. Creo que el camarero quiere que pidamos...

La velada fue un desastre después de aquello. Por lo menos para Olivia. Lewis pareció disfrutar de la mitad de la fuente de marisco que compartieron. También acabó con la botella de Chablis. A ella se le había ido el apetito, así que picó algo de marisco y se tomó su agua mineral. La conversación, o lo que pretendía ser algo parecido, se centró en el trabajo.

–¿Sabes conducir, Olivia? –preguntó Lewis, cuando tomaban el café.

Ella miró hacia su taza.

–Sí, ¿por qué?

–Sospecho que estoy al límite y prefiero que seas tú quien conduzca. Si no, podemos tomar un taxi. Desde luego eso significaría tener que dejar el coche aquí y no me apetece. Pueden rayarlo. Por supuesto, te pagaría el taxi a tu casa.

Olivia suspiró resignada.

–De acuerdo.

–Créeme, no es una excusa para llevarte a mi casa.

Olivia no se molestó en hacer ningún gesto ni contestar. Lewis pagó la cuenta y en seguida salieron silenciosos hacia el coche.

–Me tendrás que dar tu dirección –dijo ella mientras se subía al asiento del conductor–. Sé que vives en Cherrybrook, pero es una zona desconocida para mí.

Era normal, ya que Cherrybrook era una zona cara y lujosa donde vivían ejecutivos y personas adineradas.

–Conduces muy bien –dijo Lewis, diez minutos después–. A pesar de que no tienes coche.

–Es caro mantener un coche en la ciudad. Es más barato utilizar autobuses o trenes. Nicholas tenía un pequeño utilitario que utilizaban los fines de semana. Pero eso era antes, ahora lo ha cambiado por un Porsche.

–No hablemos de Nicholas.

–Sí, mejor no.

–¿Te apetece algo de música? –sugirió Lewis.

–Buena idea.

Esa vez Lewis eligió la banda sonora de *Los Miserables,* que a Olivia pareció muy adecuada para su estado de ánimo. Cincuenta minutos después, Lewis señalaba una ancha avenida de espaciosas casas. Olivia no debería haberse sorprendido de la casa de Lewis, pero no pudo evitarlo.

¡Era enorme! Una mansión de dos plantas que podía albergar a dos familias numerosas. En el enorme jardín había un cartel de *Se vende.*

–¿La quieres vender? –quiso saber Olivia mientras se detenía en la acera.

Lewis ya había sacado el mando de apertura del garaje y su puerta de tres cuerpos comenzaba a elevarse.

–Sí, por orden del abogado de Dinah. Además es demasiado grande para una sola persona. La verdad es que nunca me gustó. La eligió Dinah, no yo.

Las luces del garaje se encendieron automáticamente y Olivia metió el coche. Lewis tenía razón. Allí cabían seis automóviles.

–Tienes que entrar un momento –dijo Lewis mientras ambos salían–. A menos que te sientas más segura en el porche mientras llamo al taxi.

–No seas tonto, Lewis –dijo secamente ella–. Confío en ti.

–Me halaga.

–No es un halago. Es cierto.

–No me trates como a un héroe todavía, Olivia –dijo, mientras la tomaba del codo y la conducía a una puerta interior–. La noche es joven.

—Y yo soy tan guapa... —dijo ella irónicamente.

Lewis se detuvo y frunció el ceño.

—¿Por qué eres tan cínico?

—Oh, vamos, Lewis. Enfrentémonos a ello. No soy de esa clase de mujeres que vuelven locos a los hombres.

—Yo no diría eso exactamente.

—¿Tú qué dirías?

—Que eres una mujer que hace que un hombre piense antes de actuar.

Olivia asintió.

—Exactamente. Los hago tan aburridos como soy yo. Por eso Nicholas me dejó, porque no podía soportar lo que había hecho con él y con su vida. Me dijo que necesitaba vivir un poco antes de convertirse en un hombre sin espíritu.

—¿Tú crees que los hombres que están contigo se convierten en personas tremendamente aburridas y sin espíritu?

—Lo creo. Creo que alimento lo peor que tienen dentro de sí.

—Ahora sí que estoy de acuerdo contigo, Olivia —gruñó él, pasándole una mano por la cintura y atrayéndola hacia sí—. En este momento, estás alimentando lo peor que hay en mí.

Lewis tomó su barbilla con la mano libre y la apretó con firmeza.

—Te prometí que no haría esto, pero no puedo permitir que pienses que tu jefe es un aburrido y un hombre sin espíritu. No puedo permitir que creas que no me vuelves loco.

La boca de Lewis se acercó peligrosamente a los labios sorprendidos de Olivia.

—¡Caramba, Olivia! Esta semana me ha costado mucho mantener mis manos apartadas de ti. Cada vez que te miraba, deseaba tomarte en mis brazos para soltarte ese maravilloso cabello que tienes, para desnudar esa personalidad perversamente sensual que escondes.

Olivia giró la cabeza. ¿Perversamente sensual? ¿Qué quería decir con aquello?

—Me excita lo natural que eres. Miro tu cuello desnudo y me dan ganas de devorarlo. Y de hecho, lo devoraré dentro de un rato. Te devoraré a ti por entero y tú no me detendrás, ¿verdad?

Lewis la besó entonces. Y el beso hizo que ella se marease. Y cuando la tomó en sus brazos y la llevó hacia la casa oscura, Olivia se dejó llevar, sin oponerse. Era como si se viera arrastrada por una fuerza inexorable. Y luchar contra ella habría sido inútil e, incluso, fatal. Así que se dejó llevar.

—Tú también lo estás deseando –insistió Lewis mientras subía los peldaños de la escalera de dos en dos–. Estoy seguro de que es así.

—Sí –se oyó susurrar a sí misma–. Sí...

Capítulo 9

Lewis encendió la luz con el codo y Olivia parpadeó al iluminarse la habitación.

Debía de ser el dormitorio principal, ya que era enorme. También era muy elegante y decorado con cierto estilo femenino.

Predominaba el color rosa oscuro, que se combinaba con tonos crema y azul claro. La alfombra estaba adornada con motivos florales y el papel de la pared estaba lleno de pequeñas rosas. La cama, que era enorme, tenía un cabecero acolchado de color crema y estaba cubierta por una colcha de tonos rosas. Olivia estaba segura de que esa debía de ser la cama que Lewis había compartido con su esposa, pero fue incapaz de decir nada.

Él debió de darse cuenta y salió del cuarto, dirigiéndose hacia otro dormitorio de aspecto más masculino. Allí predominaban los tonos verdes y dorados. A Olivia le gustó más. Ella siempre había odiado el color rosa.

La dejó sobre la cama y la besó de nuevo. Fue un beso delicado. Posó sus labios suavemente sobre los de ella y tocó ligeramente la punta de su lengua con la suya propia. A Olivia le gustó mucho ese beso. La lengua de él sabía a vino y café.

–Eres tan dulce... –murmuró él, levantando la cabeza y sonriendo.

Ella parpadeó mientras pensaba en lo seguro de sí que estaba ese hombre. Su madre llevaba razón. Lewis era todo un hombre. Un hombre que sabía lo que quería, tanto en la vida como en la cama.

–¿Quién habría adivinado que eras tan sexy? –murmuró él mientras pasaba el dorso de su mano derecha sobre los labios de ella, con lo que Olivia se estremeció–. Ni siquiera tú sabes lo provocativa que eres –continuó él con un tono cálido y divertido mientras le desabotonaba la chaqueta–. Y eso me gusta. Y hace que todo lo que digas o hagas sea más efectivo. Solo que no te olvides... de que yo vislumbré a la verdadera Olivia durante la fiesta de navidad.

¿A la verdadera Olivia? Ella nunca hubiera pensado que la mujer en la que se había convertido aquel día era su verdadero yo. Pero quizá fuese así. En esos momentos, no estaba bebida, aunque se sentía algo ebria. Ebria de deseo. Estaba impaciente por sentir las manos de él sobre su cuerpo desnudo.

–Bajo esos trajes sastre negros y esas blusas de colegiala, ocultas a una apasionada criatura –él le quitó la chaqueta y descubrió una camisola de satén que dejaba intuir la forma de sus pechos desnudos, donde los pezones se habían endurecido ya.

–¡Oh, Olivia, Olivia...!

Ella se sonrojó al ver que él sonreía de un modo lascivo.

–¿Quién podría resistirse a semejante tentación? –Lewis se inclinó sobre ella y lamió con su lengua los dos pezones de modo que humedeció el satén y se pegó sobre la piel.

Cuando volvió a levantar la cabeza, su respiración era mucho más rápida. Y también la de ella.

–Dios, me encanta ver esto –dijo él con voz áspera.

Luego, él comenzó a acariciarle ambos pechos a la vez, posando los pulgares sobre los pezones, con lo que ella comenzó a contornearse y a gemir.

–Casi me da pena quitarte la camisola –dijo él a la vez que la desnudaba–. No tardaré mucho –anunció, levantándose y quitándose la ropa con impaciencia, sin dejarle apenas tiempo para disfrutar de la visión de su cuerpo perfecto.

Volvió a levantarla en brazos y la llevó hasta el cuarto de baño.

−Creo que esta era tu tercera fantasía −dijo él mientras la dejaba sobre el suelo y comenzaba a acariciarle los pechos.

−¿Tercera fantasía? −preguntó ella.

−Bueno, creo que la primera era que lo hiciéramos sobre mi escritorio −dijo, mientras bajaba las manos hasta su estómago. Luego le agarró las nalgas−. Y la segunda era pasar una noche entera en mi laboratorio.

Ella se sonrojó al recordar que le había confesado aquellas fantasías la tarde de la fiesta.

−¿Habías pensado de verdad en hacer ese tipo de cosas conmigo? −preguntó él.

−No... al menos, no hasta entonces.

−¿Y desde entonces?

−He pensado en... en una de esas cosas −confesó ella.

−¿En el escritorio?

Ella no se atrevía a confesárselo. Ni siquiera se atrevía a mirarlo. Parecía que tenía el rostro a punto de estallar en llamas.

−No tienes que preocuparte −murmuró él y rodeó su cara con las manos en un gesto tierno, obligándola a mirarlo−. No es nada malo pensar en esas cosas. Y tampoco hacerlas. Al menos, cuando estás con alguien que se preocupa por ti, Olivia. Tienes que creerme. No existe ninguna razón para que te sientas culpable por eso ni para que te arrepientas. Esto no es ninguna venganza ni nada parecido. Son simplemente un hombre y una mujer que se aman el uno al otro como ha sucedido desde Adán y Eva. No hay nada de lo que avergonzarse. El sexo es un regalo de Dios y los hombres deben disfrutar de él, no preocuparse. Es obra de la Madre Naturaleza, Olivia...

Él se volvió hacia la ducha y la obligó a meterse bajo el agua con él. Entraron así en un mundo erótico donde el cuerpo de ella se vio inundado por sensaciones de sumo placer. Él comenzó a acariciarla de nuevo.

Olivia parecía rendida por completo a la voluntad de él. Tenía los ojos cerrados y levantaba la cabeza para recibir el agua sobre el rostro mientras él seguía explorando su cuerpo. Luego, él la giró y comenzó a besarla en los hombros y en el cuello. Ella pudo sentir la erección de él.

–Olivia –dijo con voz ronca contra su oreja–. La última vez me dijiste que no necesitábamos usar nada. ¿Sigue siendo así?

–¿Qué? Oh, sí... sí... –ella no tenía ganas de hablar ni de pensar. Lo único que quería era sentirlo dentro de ella.

Ella abrió las piernas de un modo instintivo, invitándolo a penetrar en ella. Él gruñó y, tomándola de las manos, se las apoyó sobre la pared húmeda, haciendo que se doblara hacia delante. Ella sintió el agua sobre su espalda. Apenas podía creer que estuviera allí, ofreciéndose a él de un modo tan erótico.

Él agarró las nalgas de ella, haciendo que se estremeciese de placer. Luego ella gimió cuando él deslizó sus dedos entre sus piernas. Pero, por excitante que le pareciera el contacto de esos dedos dentro de ella, Olivia quería más. Lo quería a él.

–Sí, cariño, sí –prometió él, cuando ella comenzó a gemir desesperadamente, urgiéndole a que la penetrara.

Ella gruñó al sentir la carne de él llenándola. Luego él comenzó a moverse hacia atrás y hacia delante con sensual y profundo empuje. Olivia descubrió puntos de placer que desconocía hasta ese instante. La cabeza comenzó a darle vueltas.

–No pares –suplicó ella, comenzando a moverse con el mismo ritmo que él–. Oh, por favor... no te pares.

Ella gimió cuando él situó la mano izquierda sobre su vientre y se estremeció al situar él la mano derecha otra vez entre sus piernas temblorosas. Llegó al éxtasis de inmediato y también él. Fue algo increíble.

Olivia podría haberse caído sobre sus rodillas si él no hubiera estado sujetándola contra él con sus brazos. Él comenzó a besarla por el cuello y por los hombros, mientras se balanceaba con ella todavía debajo del agua.

—¿Estás bien? –susurró él.

—Mmmm –ella apenas podía permanecer despierta ante el bienestar en que la había sumido el agua caliente y el modo tan tórrido en el que habían hecho el amor.

—Necesitas dormir –dijo Lewis.

—Mmmm –ella suspiró, en señal de acuerdo.

Él la lavó primero. Luego, cerró el grifo del agua y agarró una toalla de color crema. Después de frotarla, la cubrió con otra y la llevó de vuelta al dormitorio. Lewis abrió el embozo y la dejó sobre las sábanas limpias. Ella le echó las manos alrededor del cuello y lo atrajo hacia sí.

—Duerme conmigo, Lewis –le pidió con voz ronca.

—Lo intentaré –contestó él, sonriendo.

—Muy bien.

—Bueno, no estoy seguro de que esté tan bien, Olivia. Pero lo haré igualmente.

—¿Qué quieres decir?

—Ambos sabemos que todavía sigues pensando en Nicholas. Así que imagino que mañana te arrepentirás de lo que ha pasado.

—Me dijiste que nada de culpa –le recordó–. Ni de remordimientos.

—Pero eso fue antes. Ahora es distinto. Hay una cosa que debes saber acerca de los hombres, Olivia. Ellos son capaces de faltar ligeramente a la verdad cuando están en manos del deseo. Y ahora, vamos a dormir. Voy un momento abajo a comprobar que todo está bien cerrado y luego volveré para dormir contigo.

Olivia se quedó allí inquieta mientras él salía del cuarto. ¿Habría faltado él a la verdad solo un poco o habría sido mucho? ¿Sería sincero cuando le dijo que se preocupaba por ella o habría sido solo un engaño para conseguir lo que quería?

«En manos del deseo», había dicho él. ¿Sería lo que le había sucedido a ella también? ¿Se habría visto ella atrapada a su vez por el deseo?

Hizo una mueca al recordar lo que había sucedido en la ducha.

Y en esa ocasión no había habido ninguna excusa. No podía echar la culpa al champán. Ni tampoco a Nicholas. Lewis se había equivocado en eso. Ella había superado lo de Nicholas. Lewis era el único hombre en el que había estado pensando esos días. Era él único hombre al que necesitaba. Él único hombre al que... ¿amaba?

Olivia frunció el ceño. De eso no estaba todavía segura. Lo que era bastante extraño. Ella siempre había estado hasta entonces bastante segura de sus sentimientos. Pero Lewis la trastornaba por completo.

¿Tendría que ver el niño con su estado de confusión? ¿Sería eso?

Al acordarse del niño, Olivia comenzó a preocuparse. ¿Habría sido imprudente al hacer el amor de un modo tan tórrido?

Seguramente, el niño no había corrido ningún riesgo. Se acordó de que su hermana le había contado que durante sus embarazos había seguido haciendo el amor normalmente. De hecho, Carol le había dicho que sus relaciones sexuales habían mejorado.

Además, pensó Olivia, solo estaba embarazada de seis semanas y se sentía todavía muy bien. No tenía por qué preocuparse.

Pero ese momento de pánico le hizo ver que el niño estaba comenzando a convertirse en algo real para ella. Estaba empezando a comportarse como una madre.

Al oír pasos en la escalera, Olivia se echó sobre un lado y simuló que estaba dormida. No movió ni un solo músculo cuando Lewis se metió en la cama con ella. Y tampoco se retiró cuando él se dio la vuelta y sus nalgas desnudas se tocaron.

Olivia tardó en dormirse debido a la tensión. Pero, finalmente, quedó sumida en un profundo sueño, de modo que cuando Lewis comenzó a acariciar sus pechos ya por la mañana, ella no se encontraba en disposición de defenderse. Él le dio la vuelta y la penetró antes de que estuviera completamente despierta, pero sus piernas se levantaron y se colocaron rodeando la cintura de él, mientras su cuerpo se arqueaba. Hicieron el amor de un modo tranquilo y tierno. Olivia se estremeció de placer cuando él cubrió su rostro con gentiles besos.

Olivia se sorprendió por su respuesta emocional cuando alcanzaron juntos el clímax. Sintió que se veían alcanzados por una ola de afecto y ternura mientras Lewis temblaba sin poder controlarse entre sus brazos. Ella quizá no estuviera enamorada de él, pero de lo que sí estaba segura era de que él le importaba muchísimo.

Y por suerte, parecía que él también se preocupaba por ella. Así que seguramente él no le había mentido respecto a eso la pasada noche. Ningún hombre haría el amor de un modo tan tierno si no sintiera algo por la otra persona.

¿O ese pensamiento sería solo consecuencia del modo de pensar de las mujeres?

Olivia se quedó dormida en los brazos de Lewis sin estar segura de la respuesta.

Capítulo 10

Olivia se despertó y se dio cuenta de que olía a café. Movió las ventanas de la nariz, todavía con los ojos cerrados, y la boca se le hizo agua. Ella apenas había sacado un brazo del edredón cuando Lewis entró con una taza humeante en sus manos.

Él se había duchado, pero estaba todavía sin afeitar. Llevaba unos vaqueros lavados a la piedra y una camiseta roja y gris. Era la primera vez que Olivia lo veía con ropa informal. Y estaba muy guapo con esa barba incipiente y el pelo mojado.

–Buenos días –dijo él–. ¿Has dormido bien?

–Eh... sí, gracias –contestó ella, metiendo otra vez el brazo debajo del edredón y subiéndoselo hasta el cuello.

Lewis suspiró expresivamente mientras dejaba la taza sobre la mesilla y se sentaba sobre la cama.

–Vamos, Olivia, me parece que ya deberíamos haber superado eso.

–¿Superar el qué?

–Superar la timidez. Ahora somos amantes y ya no hay vuelta atrás.

–Es cierto.

–¿Te arrepientes?

–No... no es eso.

–¿Y cuál es el problema entonces?

Olivia suspiró.

—Yo... supongo que todavía no me acostumbro a verte de este modo –dijo ella, agarrando la taza de café y comenzando a dar pequeños tragos.

—Pues te sugiero que te acostumbres. Pronto te darás cuenta de que soy una persona diferente cuando estoy fuera del despacho. Me gusta llenar de atenciones a la mujer de mi vida. Y tú vas a ser la mujer de mi vida, Olivia. No tengas ninguna duda acerca de ello.

Olivia se quedó sorprendida ante la inesperada promesa. No estaba segura de lo que Lewis pretendía con lo de la pasada noche. Se había sentido como una tonta al rendirse sexualmente a él por segunda vez. Y se había dormido sin quitarse la preocupación de la cabeza. Incluso al despertarse, seguía todavía preocupada.

—Me gustaría ser la mujer de tu vida, Lewis –dijo ella–. Pero...

—¿Pero qué? Oh, ya sé que yo tenía dudas anoche. Pero esas dudas son tuyas, Olivia, no mías. He estado pensando en ello esta mañana y he decidido que esto es lo que quiero.

—¿Has pensado en lo que ocurrirá en el trabajo? La gente murmurará...

—No tienen por qué enterarse, ¿no te parece?

—¿Quieres mantener nuestra relación en secreto?

—Por un tiempo, sí. Al menos hasta que consiga el divorcio. A mí personalmente no me importa en absoluto que la gente murmure, pero me imagino que a una persona tan buena y sensible como tú sí que le pueden afectar los cotilleos.

Olivia se sintió orgullosa. «Buena y sensible». Se sentía una mujer feliz después de escuchar esas palabras. Pero había una cosa que seguía preocupándola.

Dado que era evidente que Lewis quería tener una relación estable con ella, tendría que contarle lo de su embarazo antes o después. No podía mantener lo del bebé en secreto durante mucho más tiempo. Y quizá lo mejor fuese decírselo cuanto antes.

—Lewis...

—¿Sí?

—Quiero decirte que yo... yo... —el miedo y la ansiedad no la dejaron seguir. Él no había dicho que la amara después de todo. Y tampoco era libre para casarse con ella. Quizá lo único que quisiera de ella por el momento fuera sexo. Quizá intentara convencerla para que abortara.

—No tienes por qué decir nada —dijo Lewis secamente—, sé que tú no estás enamorada de mí. Y me parece lógico. Sé lo difícil que sería abrir tu corazón a otro hombre tan pronto, después de que alguien te haya hecho daño. Y quiero ser sincero contigo, Olivia. Yo tampoco estoy enamorado de ti. No, al menos, con esa pasión ciega que hace que pierdas el sentido común y no te importe involucrarte en una relación que está claro que no va a funcionar.

Olivia escuchó esas palabras sensatas destinadas a calmarla, pero no la tranquilizaron en absoluto.

Lewis arqueó las cejas al oír el timbre de la puerta.

—¿Quién diablos será a estas horas de la mañana del sábado?

—Espero que no sea tu madre —comentó Olivia.

—Lo dudo. Mamá siempre va de compras los sábados por la mañana. De todas formas, no le importaría verte en mi cama, Olivia. Aunque eso sí, quizá se sorprendiera.

Él se levantó, y se dirigió hacia la puerta del dormitorio.

—Bébete el café mientras yo voy a ver quién es el que llama al timbre a estas horas.

Olivia echó un vistazo a su reloj, el único objeto que adornaba su cuerpo desnudo. Eran las diez menos cinco. Tampoco era tan temprano.

Ella escuchó cómo Lewis bajaba las escaleras y abría la puerta.

—Santo Dios, Dinah —le oyó saludar, disgustado—. ¿Se puede saber qué diablos estás haciendo aquí?

Olivia no escuchó la respuesta de ella, pero sí pudo oír, aguzando el oído, la siguiente frase de Lewis:

—Puedes ver el contrato por ti misma. Si insistes en valorar la casa por encima de lo que ofrece el mercado, es problema tuyo. Los compradores no son tontos, ya sabes. No son como los maridos.

Olivia dejó otra vez la taza de café sobre la mesilla, salió de la cama y se dirigió al cuarto de baño. Ella no podía seguir escuchando el tono de emoción en la voz de Lewis que delataba sin lugar a dudas dónde seguía estando su corazón.

Se metió en la ducha y abrió el grifo. Dejó que el chorro de agua le cayera sobre el pelo y agarró un bote de champú. Comenzó a frotarse vigorosamente, dándose cuenta de pronto de que estaba llorando.

Fue un momento revelador para Olivia. En ese instante, se dio cuenta de que amaba a Lewis. Lo amaba con ese amor ciego del que había hablado Lewis y que él seguía sintiendo por su exmujer.

—¡Oh, Dios! —exclamó, y se tapó los ojos con las manos.

«¡Gran error!».

El champú comenzó a escocerle mucho más que las lágrimas. Abrió los ojos irritados y enrojecidos y los puso de modo que cayera el agua dentro. Estuvo allí un buen rato hasta que el dolor comenzó a remitir.

Pero ya era hora de vestirse e irse a casa.

Un cuarto de hora después, Olivia parecía vestida para un día normal de trabajo. Los botones de la chaqueta estaban prudentemente abrochados, por lo que ocultaban la camisola manchada que llevaba debajo. Y se había recogido el pelo mojado en una coleta. Iba sin maquillar, ya que no llevaba con ella ni su pintalabios. Su bolso debía de seguir en el suelo del garaje de Lewis.

Olivia observó su imagen reflejada en el espejo del tocador y se vio poco atractiva. No sabía por qué le gustaría a Lewis.

No tenía nada que ver con la despampanante rubia con la que él se había casado.

Desde arriba de las escaleras, pudo ver que la puerta principal estaba cerrada. Y no se oía ningún ruido abajo. Así que no podía saber si Lewis seguía hablando con Dinah o si ella se habría marchado ya. Olivia rogó por que hubiera sucedido lo último.

Mientras bajaba las escaleras, iba moviendo la cabeza en todas las direcciones. Y todo en lo que fijaba la vista le parecía una muestra de extravagancia y riqueza. Desde los óleos que cubrían las paredes, hasta la araña de cristal que colgaba del techo.

Aunque estaba exquisitamente decorada y amueblada, la casa no terminaba de entusiasmarla. A Olivia le gustaría que su casa tuviera un aspecto hogareño por mucho dinero que se gastara en decorarla. Le gustaría que fuera un lugar donde se pudiera relajar. Y tampoco se podía imaginar esa casa con niños dentro.

Olivia bajó hasta el piso principal, cuyo suelo era de mármol, y pensó en lo fácil que sería partirse el cuello en ese suelo. Estaba preguntándose qué camino tomar cuando oyó que una voz femenina salía de una puerta abierta a su izquierda.

—No hay motivos para que te escondas, Olivia.

La esposa de Lewis se acercó a ella. Llevaba en las manos unos exquisitos cisnes de cristal de color violeta, que hacían juego con sus ojos, muy maquillados. Estaba deslumbrante con su traje de lino blanco y el pelo de color platino.

—Lewis intentó librarse de mí diciéndome que no estaba solo —dijo Dinah mientras observaba a Olivia con mirada fría, recorriendo su indumentaria de pies a cabeza—. Pero, como puedes ver, no le funcionó la excusa. Lo único que hizo fue aumentar mi curiosidad y no paré hasta conseguir que me confesara el nombre de su nueva amante. Lo amenacé con subir para comprobarlo por mí misma si no me lo decía él. Por alguna razón, él no quería que nos viéramos. A propósito, Lewis está en el garaje intentando encontrar una caja para meter esto.

Olivia nunca se había sentido tan pequeña como entonces.

–La verdad es que no es fácil sorprenderme, pero tengo que admitir que tú lo has conseguido. Sé lo que una secretaria ambiciosa está dispuesta a hacer para ganarse los favores de su jefe. Pero tú me habías engañado con ese aspecto de institutriz. Conociendo a Lewis, debes de ser una fiera llegado el momento. A él le gusta el sexo. Mi única duda es qué has hecho con tu novio. ¿Te libraste de él una vez conseguiste a Lewis?

Olivia estaba empezando a enfadarse cada vez más. Pero no quiso morder el anzuelo.

–Creo que volveré arriba hasta que te vayas –dijo, en un tono frío, y se dio la vuelta, dirigiéndose hacia las escaleras.

–Si crees que él se va a casar con una ratita como tú, estás muy equivocada, cariño. Tú eres un mero pasatiempo hasta que él encuentre su segunda esposa dentro de su plan cinco estrellas.

Olivia se quedó intrigada con esa mención a un supuesto plan.

–¿Qué quieres decir?

–Por el amor de Dios, tú ya debes saber cómo es Lewis. Y él no actúa nunca irreflexivamente. Especialmente, en lo que le concierne a él. Y créeme, la elección de la que se convertirá en su esposa y madre de sus hijos le importa mucho a Lewis. Él quiere que su descendencia lo tenga todo. Inteligencia, belleza y una madre al viejo estilo que los cuide las veinticuatro horas del día.

Dinah hizo una pausa. Posiblemente, para que terminara de asimilar lo que le había contado.

–Y lo que sucedió fue que, en contra de los planes de Lewis, yo no quería ser una madre tradicional, que se quedara en casa con los niños todo el día. Al fin y al cabo, solo tengo veinticinco años. Así que le dije que no tendría hijos hasta que cumpliese los treinta, pero eso no le pareció suficiente. ¿Y sabes lo que hizo él? Me echó de su casa. Sí, tu maravilloso jefe se libró de mí. Créeme cuando te digo que tan pronto como consiga el divorcio, él se librará de ti para casarse con alguna joven bonita y manejable.

–No... no te creo –dijo Olivia, y Dinah se echó a reír.

–¿Qué es lo que no te crees exactamente?

–Lewis te amaba.

–Lewis no sabe lo que esa palabra significa. Solo sabe lo que es el deseo. Y es un hombre muy apasionado, tengo que reconocerlo. Así que estoy segura de que él te desea. Y así seguirá siendo, al menos, durante los próximos seis meses. Pero no te olvides de lo que él tiene planeado. Porque como intentes ir más allá de tu estatus de secretaria y amante, él se deshará de ti igual que hizo conmigo –Dinah echó a andar despacio hacia la puerta principal. Luego, se volvió y sonrió cínicamente–. Dile a Lewis que en realidad no necesito estos cisnes.

Olivia se quedó mirando boquiabierta cómo Dinah dejaba caer deliberadamente las exquisitas figuras de cristal. Luego se dio la vuelta mientras los cisnes se rompían en mil pedazos al chocar contra el suelo de mármol. El ruido resonó en toda la casa.

Lewis entró corriendo con un par de cajas de cartón en sus manos. Se quedó mirando fijamente los cristales del suelo. Luego, volvió la cabeza hacia Olivia, que se había quedado muy pálida. Tiró los cartones y subió la escalera para abrazarla.

–Esa zorra –murmuró sombríamente mientras acariciaba la espalda a Olivia–. No puede aguantar verme feliz. ¿Qué demonios te contó?

–Dijo... dijo que...

Lewis se apartó para mirarla a los ojos, con gesto preocupado. ¿O sería cautela?

–¿Qué fue lo que dijo?

Olivia se sintió mal.

–Dijo que ya no quería los cisnes.

Él se echó a reír bruscamente.

–Lo que quiere Dinah es evitar que yo sea feliz. Esa zorra vengativa ya no me quiere, pero tampoco quiere que nadie pueda tenerme.

–Dijo que fuiste tú quien la echó.

–¿Eso dijo?

–¿Es cierto? –preguntó Olivia, decidida a conocer la verdad, a pesar de que estaba comenzando a sentir náuseas.

–No exactamente. Simplemente le sugerí, tras nuestra discusión final que, si decidía irse a hacer un crucero, no se molestara en volver. Cuando ella regresó varias semanas después, yo había cambiado las cerraduras y enviado sus pertenencias a casa de sus padres.

Olivia pensó que eso era lo mismo que haberla echado. Comprendió entonces que la emoción que había captado antes en la voz de Lewis no era porque estuviera todavía enamorado de su mujer, sino porque estaba furioso. Furioso de que esa mujer tratara de entrometerse en su vida cuando él había dispuesto que saliera de ella para siempre.

–¿Y la amaste alguna vez, Lewis?

Él se encogió de hombros.

–Lo dudo. Me engañó con sus artimañas. Y luego resultó ser una mujer muy diferente de la que yo pensaba. Pero no merece la pena malgastar el tiempo hablando de Dinah. Ella ha muerto para mí.

Olivia se quedó mirándolo fijamente. Dinah no había exagerado al decirle que la había echado. Incluso había dicho que, para él, su mujer había muerto. Olivia se había recuperado de la traición de Nicholas, pero no se había olvidado de él ni de las cosas que habían compartido. Ella lo había amado en otro tiempo y pensaba en él alguna vez todavía. Él no era un malvado. Sencillamente, era joven, débil e inmaduro. No sabía lo que quería realmente.

Lewis era un hombre maduro, sin embargo. Y un hombre ambicioso que sabía exactamente lo que quería.

Olivia comenzó a sacudir la cabeza al recordar las vanas ilusiones que se había hecho acerca de él. Dinah llevaba razón cuando le dijo que él no querría casarse con ella. No entraba en sus planes que su secretaria se convirtiese en su segunda esposa y en la madre de sus hijos. Y eso era una pena porque ella iba a ser la madre de un hijo suyo, tanto si le gustaba ella como madre o no.

—Esto no va a funcionar —dijo Olivia en voz alta.

Lewis se quedó mirándola, extrañado.

—¿El qué no va a funcionar?

—Lo nuestro.

—¿Y por qué no? Por Dios, no vayas a dejar que nada de lo que Dinah te haya contado influya en nuestra relación. Es una mentirosa compulsiva y una experta en deformar la verdad. ¿Qué más te dijo para que pienses así?

—Me dijo que la seleccionaste como esposa porque te parecía una mujer adecuada para criar a tus hijos y porque era joven, guapa y brillante. Y me contó que tú te libraste de ella cuando se negó a convertirse en la madre de tu perfecta descendencia.

La risa de él fue amarga.

—Esa mujer sería un magnífico abogado.

—¿Es cierto que decidiste divorciarte de ella solo porque no quería dejar de trabajar para tener un niño?

—No es tan sencillo, Olivia, yo...

—Por favor, solo di sí o no.

—¿Qué es esto? ¿Un juicio?

—Tengo que saber la verdad —insistió Olivia.

—Dinah sabía lo que yo quería cuando nos casamos. Y ella me dijo que estaba de acuerdo. Solo que no era cierto. Ella me mintió.

—Puede que lo hiciera, Lewis. Quizá sintió que debía hacerlo para conseguirte, debido a que te quería. Quizá tú no sepas lo que es eso, Lewis, pero lo que más necesita una mujer es sentirse querida.

–No todas las mujeres quieren eso, Olivia. Eso es un ideal romántico.

–Pues en mi caso es real, Lewis. Y es por eso por lo que sé que lo nuestro no va a funcionar.

–Pero podemos intentarlo al menos, ¿no?

–No, Lewis.

–Pero ¿por qué? –Lewis cambió el tono, como si se hubiera enfadado–. Demonios, Olivia, lo que compartimos anoche fue algo muy especial. ¿Crees que esa química es algo habitual en todas las parejas? Y no puedes descartarlo solo porque creas que todavía sigues queriendo a Nicholas.

–No es eso.

–¿Y qué es entonces? Dime una buena razón para que tú y yo no sigamos siendo amantes.

Ella sintió que la furia la invadía. Él solo pensaba en el sexo. Era lo único que buscaba en ella y en cualquier otra mujer a la que no considerase suficientemente perfecta como para ser la madre de sus hijos.

–Muy bien, te daré una buena razón. Dentro de poco ya no me querrás como amante. Dentro de poco la maravillosa química de la que me hablas se disipará porque yo estaré tan gorda que te repugnaré. Sí, Lewis, veo que sabes de lo que estoy hablando. Sí, voy a tener un hijo.

Capítulo 11

Olivia se empezó a arrepentir de sus palabras incluso antes de que Lewis abriera la boca, completamente asombrado. No había sido inteligente decírselo de ese modo. Le dieron ganas de cortarse la lengua.

–¿Y lo sabe Nicholas? –preguntó él.

Olivia se quedó en silencio unos segundos, sin poder contestar. No había pensado que Lewis pudiera sacar esa conclusión.

–No –respondió ella, con tono sombrío.

–¿Y vas a decírselo?

–No –repitió ella, preguntándose cuánto tiempo tardaría Lewis en darse cuenta de que el hijo no era de Nicholas–. A él no le interesaría.

La mirada de Lewis fue desdeñosa.

–Santo Dios, ¿qué clase de hombre es ese? Él debería afrontar su responsabilidad. Al menos debería apoyarte económicamente.

Olivia no estaba segura de si Lewis habría opinado lo mismo de haber sabido que el padre iba a ser él y no Nicholas. Era muy fácil indignarse con el comportamiento de los demás.

–No quiero que Nicholas tenga nada que ver con mi hijo –dijo ella fríamente–. Un niño necesita amor, Lewis. Y un padre que no ama a su hijo no me vale.

—¿Y vas a tener ese niño?

Ella se enojó ante la sorpresa de él.

—Por supuesto que lo voy a tener. ¿Qué te piensas?

—Francamente, creo que no estoy en condiciones de pensar con claridad en estos momentos. Me has dejado anonadado.

—Estoy segura de que no tardarás en recuperarte.

Él pareció no darse cuenta del sarcasmo. Olivia se estremeció cuando él puso sus manos sobre los hombros de ella. Y cuando la miró fijamente a los ojos, tuvo que hacer un verdadero esfuerzo para mantener la calma.

—¿Has ido al médico ya?

—Estuve en el ambulatorio de mi madre.

—¿Y lo sabe ella?

—Naturalmente. No podía ocultarle algo así a mi madre.

—¿Y qué te dijo? ¿Piensa ella que deberías contárselo a Nicholas?

—No, mi madre cree que él es un idiota.

—Pues qué extraño. Lo normal es que las mujeres crean que si un hombre...

De pronto, Lewis apartó las manos de los hombros de ella y la miró preocupado.

—¿Sabías que estabas embarazada el día de la fiesta?

Parecía que él comenzaba ya a darse cuenta de la segunda posibilidad. Y a Olivia le dieron ganas de mentirle, pero eso no sería justo. Él tenía derecho a saberlo. Lewis nunca le perdonaría que se burlara de él.

—No. No lo sabía.

—Pero me dijiste que estabas tomando la píldora...

—Y era cierto. Pero parece que la píldora no es infalible.

—Pues con Dinah fue condenadamente infalible —murmuró él, frunciendo el ceño—. Pero decías que Nicholas solía usar también preservativos. Así que, combinando ambos métodos, es altamente impro...

Se quedó mudo y su rostro perdió todo el color. Olivia vio

cómo el cerebro de Lewis sumaba dos y dos y daba con la solución correcta.

–Dios mío, Olivia. ¿Estás diciendo lo que yo creo?

–Eres un hombre inteligente, Lewis. Me sorprende que te haya llevado tanto tiempo adivinar la verdad.

–¿Y no tienes ninguna duda?

–Ninguna –tuvo el periodo justo después de que Nicholas la abandonara–. De tener la culpa alguien, los culpables son los de la empresa de catering que se ocupó de la fiesta de navidad. Me pasé toda la noche vomitando después de que me dejaras en casa. Y parece que los problemas gástricos reducen la efectividad de la píldora.

Ella se fijó en que él se estaba esforzando por mantener la compostura, pero no había duda de que se había quedado muy confundido al conocer la verdad.

–¿Y por qué no me lo dijiste antes?

Había un tono lógico de reproche en su voz.

–Mírate al espejo y en seguida te darás cuenta de por qué. Tu aspecto es el de alguien al que se le ha muerto su mejor amigo. Es fácil criticar a los demás, ¿verdad? Pero no es lo mismo cuando el que tiene que asumir su responsabilidad eres tú mismo. Ya sé que lo que pasó fue culpa mía, pero tú te empeñaste después en dejar claro que había sido culpa de los dos. Aunque, por lo que parece, eso no incluía la posibilidad de asumir tu paternidad. Especialmente, cuando no consideras que la madre sea suficientemente buena para tu hijo.

–Dinah te ha llenado la cabeza de basura. Yo no creo que tú no seas suficientemente buena para ser la madre de mis hijos. De hecho, me gustas mucho más que Dinah.

–No me lo creo. Sé cómo soy, Lewis. Sé que no estoy mal cuando me maquillo. Tengo una piel bonita y un cuerpo que no está mal siempre que me abstenga de comer dulces, pero no tengo comparación con Dinah. Tú nunca me incluirías en tu pequeña lista de mujeres adecuadas para criar tu perfecta descendencia.

–Por el amor de Dios, yo nunca he querido que mi descendencia sea perfecta. Nunca le he dicho a Dinah nada parecido. Lo único que le dije, al comienzo de nuestro matrimonio, fue que nuestros hijos iban a ser muy guapos. ¿De verdad crees que yo puedo preocuparme por una cosa tan poco importante?

–No lo sé, Lewis.

–Pues créeme si te digo que lo único por lo que me preocuparía sería por que naciesen sanos.

–Me gustaría creerte. Pero esperaré hasta estar segura. En cualquier caso, pareces algo contrariado. Seguramente es porque crees que te he estropeado todos tus planes. Pero no te preocupes, mi sueño no era tampoco exactamente el de tener un hijo con mi jefe. Y no te voy a pedir nada. Ni a ti ni a ningún otro hombre. Ahora quiero irme a casa. Gracias por todo.

Con el corazón palpitando a toda velocidad, Olivia pasó al lado de Lewis de camino a las escaleras, pero cuando pisó el suelo de mármol, su pie derecho resbaló y tuvo pánico de caerse sobre el suelo duro y hacer daño a su pequeño.

Pero Lewis la agarró e impidió que se cayera. Ella se apretó contra él y se echó a llorar.

–Oh, Lewis... Pensé... por un momento tuve tanto miedo... por el bebé.

–Por nuestro bebé –corrigió él, abrazándola con fuerza–. Lo sé –continuó, con voz temblorosa–. Yo también. Nunca he sido tan rápido en toda mi vida.

Sorprendida por la emoción en la voz de él, se echó hacia atrás y lo miró fijamente.

–¿De verdad quieres este niño?

–No sabía cuánto hasta que vi que te ibas a caer.

Pero Olivia no sabía qué pensar. Deseaba que él también quisiera ese hijo, por supuesto. Sin embargo, también deseaba que la quisiera a ella. No solo en la cama, en la ducha o en su mesa de trabajo, sino siempre y para siempre. Deseaba que la amara con un amor que nunca muriera.

–Tendremos que casarnos tan pronto como consiga el divorcio.

Olivia tomó aire, sintiéndose adulada por la propuesta, aunque en seguida cayó en la cuenta de que la propuesta de él no tenía nada de romántica. Aun así resultaba tentador aceptar. Su madre pensaría, incluso, que estaría loca si rechazaba la oferta de Lewis.

Pero ella no era su madre. Tenía que ser sincera consigo misma y con sus sueños.

–Eres muy amable, Lewis. De verdad, pero no creo en el matrimonio si no es por amor.

Los ojos azules de él se tornaron del color del acero, igual que cuando no le salía algo bien en el trabajo. Cuando aquellos ojos brillaron con una luz más dura todavía, Olivia se dio cuenta de que había pasado a la categoría de un problema cuya solución había que encontrar a toda costa.

–Muy bien, Olivia –dijo, con los dientes apretados–. Me imagino que tendré que aceptar esa respuesta por el momento, pero no hemos terminado todavía. Te lo pediré de nuevo y espero obtener una respuesta diferente la próxima vez.

Sin duda se lo pediría de nuevo. Lewis era una persona testaruda. Y ella, sin duda, lucharía por mantener su negativa. No iba a decir que sí a menos que él declarara su amor por ella y ella lo creyera.

Incluso no bastaría con las palabras. Ella tendría que ver ese amor también en sus actos.

¡Y no estaba hablando de sexo! Ya no habría más. No habría fantasías que cumplir, ni en el trabajo ni en fin de semana. Seguramente, Lewis creía que iba a conseguirla de una manera u otra. Seguro que él utilizaría su atractivo y su forma de hablar para intentar convencerla. La pasada noche, ella se había mostrado como una mujer débil.

¡Pero nunca más! Lo mantendría a prudencial distancia desde ese preciso instante.

Pero, de repente, se dio cuenta de que todavía estaba entre sus brazos y no pudo evitar sentirse de nuevo frágil. Le gustaba tanto estar entre sus brazos... Le gustaba demasiado.

–¿Puedes llevarme a casa, por favor? –preguntó, mientras trataba de soltarse.

Ella logró apartar los brazos de él, pero Lewis la agarró por los hombros.

–No hace falta que vayas a tu casa –le dijo suavemente, observando su rostro y su cuerpo–. Quédate. Te haré el desayuno y podemos hablar un poco más.

«¡Y hacer el amor también!», pensó ella, sonrojándose.

–No, Lewis. Tengo cosas que hacer hoy en casa.

–Entonces, ¿cuándo puedo verte? ¿Esta noche? –sugirió él, sonriendo dulcemente–. Te llevaré a cenar a algún sitio especial. Podemos celebrar juntos el embarazo.

Olivia dio un suspiro profundo. Veía el plan que Lewis estaba intentando trazar para conseguirla. La corrompería con su dinero y la seduciría con su encanto. Sería una combinación difícil de resistir, especialmente cuando ya se había ganado su corazón.

Pero eso él todavía no lo sabía.

–Creo que no, Lewis.

–¿Por qué no?

No podía decirle que se negaba porque tenía miedo de estar a solas con él, que tenía que hacerse fuerte. La noche anterior estaba demasiado fresca todavía en su mente. Sería demasiado fácil rendirse a él una vez más, abandonarse a los placeres que él era capaz de procurarle.

–¿No puede una mujer decirte que no?

–Tú no eres una mujer simplemente. Eres la madre de mi hijo.

De manera que el papel de madre de su hijo había sustituido al de secretaria dulce y entregada.

–Ya lo sé, y un poco antes que tú, Lewis. Te sugiero que pases el resto del fin de semana pensando en el tema y hablemos de nuevo el lunes.

—No cambiaré de opinión —gruñó.

—¿Sobre qué?

—Sobre nuestro matrimonio.

—Yo tampoco, Lewis.

Él la miró cómo si ella hubiera crecido medio metro.

—Sabes que soy un hombre muy rico —dijo, con un matiz de incredulidad en la voz—. Como esposa mía, tendrías todo lo que quisieras.

«Oh, no, no lo tendría», pensó. Y su corazón le dio un vuelco al darse cuenta de que deseaba lo único que nunca conseguiría.

—¡Qué amable! ¿Podemos irnos ya?

Lewis no dijo una palabra durante el trayecto. El coche casi vibraba con su furia y frustración. Olivia nunca lo había visto antes tan enfadado, ni siquiera cuando tuvo problemas con la agencia de publicidad. Tenía los nudillos blancos sobre el volante y se mordía los labios una y otra vez. Cuando llegaron frente al edificio de ella, la tensión casi se podía mascar en el ambiente.

—Entonces, dime —inquirió él, con brusquedad, mirando con desagrado hacia el viejo edificio donde estaba el apartamento de ella—, si por alguna extraña e incomprensible razón te niegas a casarte conmigo, ¿es aquí donde piensas criar a mi hijo?

—No. Tengo ahorros suficientes para pagar la entrada de un apartamento mejor en cualquier otra parte. No en un barrio caro, por supuesto. Creo que tendré que vivir en la parte este. Pero es que yo soy una persona de clase media.

—Entiendo. ¿Y qué me dices de cuando el niño nazca? Me imagino que lo dejarás en alguna guardería antes de que abra los ojos.

—Será un niño, Lewis, no un gatito. Abrirá los ojos nada más nacer. Y no, no tengo intención de dejar al niño en una guardería. Espero poder meterme en el mundo de los ordenadores y poder cuidar yo misma de mi hijo. Como tú eres muy rico, según dices, quizá, como padre, puedas comprarme un ordenador para ayudarme.

–Estupendo, te compraré un ordenador. ¡Eso es justo para lo que se necesita un padre! ¿Y qué me dices de una niñera? ¿Y de todas las demás cosas que mi hijo necesitará? ¡He oído decir que supone muchísimo dinero!

–Solo si compras todo nuevo. Yo soy experta en tiendas de segunda mano. Y coso estupendamente. No me gusta despilfarrar el dinero.

–Bien, Olivia. Me dijiste que eras tacaña, pero eso sería lo último. Mi hijo no va a ir en un cochecito oxidado de segunda mano. Tampoco va a dormir en una cuna donde no se sabe quién durmió antes.

Olivia se estaba divirtiendo y, a la vez, emocionando con la pasión con la que Lewis hablaba. Por lo menos era capaz de sentir algo. Lo miró de reojo y esbozó una sonrisa al ver su rostro encendido por la ira.

–Eres un esnob, Lewis, ¿lo sabías?

–Mi madre me acusó varias veces de ello.

–Una mujer con una mente excepcional.

–Eres ingeniosa, señorita, y tienes la lengua muy afilada.

–Entonces cumplo uno de los requisitos.

–¿De qué demonios estás hablando?

–No soy guapa, pero sí brillante.

La desesperación de Lewis divertía muchísimo a Olivia.

–Voy a estrangular a Dinah cuando la vea la próxima vez, que será muy pronto. Voy a deshacerme de esa maldita casa tan pronto como pueda, así me libraré también de mi mujer.

–Pobre Dinah.

–¿Pobre Dinah? No será muy pobre cuando obtenga el divorcio. Además, me imagino que pensará que será el pago por haber estado casada dos años con un idiota.

El corazón de Olivia se enterneció.

—Oh, Lewis —dijo con cariño—, tú no eres idiota. Pero no debiste casarte con ella si no la amabas realmente.

—Puede que tengas razón. Pero ¿cuál es el verdadero amor, Olivia? ¿Estás tan segura de saberlo?

—Oh, sí —asintió, mirándolo fijamente—. Lo sé...

—Entonces te envidio.

—No lo hagas. Cuando no se es correspondido, duele.

—Lo superarás, Olivia. Confía en mí.

Ella se quedó en silencio.

—Me imagino que no vas a dejarme que suba contigo.

—No.

—Tienes mucha fuerza de voluntad, ¿verdad?

Olivia no pudo reprimir una carcajada.

—Para algunas cosas sí, pero no para otras.

Él se acercó y la besó en los labios. Olivia echó la cabeza hacia atrás, lo cual no fue una buena idea porque la dejó a su merced. Lewis entonces se acercó más y la besó profundamente. Su deseo de mantener a Lewis a una distancia prudencial no podía competir con la pasión de aquel beso. Con un gemido de abandono, Olivia abrió los labios y permitió que la lengua de Lewis penetrara en su boca.

Fue uno de los besos más largos y apasionados que jamás había recibido, que la hizo despojarse de toda promesa y todo disimulo y la sometió a sus deseos.

Y él se dio cuenta.

—¿Puedo decir que esta es una de las áreas donde no tienes tanta fuerza de voluntad? —murmuró, contra su boca.

—Yo... yo... creo que tengo cierta debilidad cuando se trata de los placeres de la carne.

La cabeza de Lewis se alzó lo suficiente como para poder mirar a los ojos oscuros y dilatados de Olivia.

—Eso era de lo que te acusaba Nicholas antes de abandonarte. Te dijo que eras aburrida en la cama. Créeme cuando te digo que no me resultas aburrida ni en la cama ni fuera de ella.

Ella se ruborizó violentamente.

–Tú... tú pareces haber llegado a una parte de mí inexplorada.

–Me gusta oírte decir eso –dijo, mirando hacia abajo y observando cómo se elevaban y descendían sus senos.

–No –dijo ella, de pronto temerosa de lo que pudiera hacer.

Él se volvió a sentar en su asiento y la miró de reojo.

–¿Tengo que recordarte que la razón principal que me diste para no seguir siendo amantes ya no existe, Olivia? No me parece desagradable la idea de hacer el amor contigo en los próximos meses. A menos que el médico diga que es peligroso, no veo razón para que nos neguemos a nosotros mismos el consuelo y el placer de nuestros cuerpos.

Olivia solo era ya capaz de admirar la suavidad de sus palabras, de modo que comenzó a dudar si era mejor aceptar seguir manteniendo relaciones o decirle que no. Por otro lado, esa no era la mejor manera de conseguir que él la respetara como persona.

Pero ella tenía que poner ciertos límites.

–Probablemente tengas razón –dijo, como algo evidente–. Sé que existe entre ambos cierta atracción. Pero me gustaría ver primero al médico y saber que no hay problema. Aunque, incluso si acepto, debo insistir en que no intentes nada en el despacho.

–¡Dios, Olivia! Parece que estás hablando de un trato profesional.

–Lo siento. Creo que no estoy acostumbrada a este tipo de cosas.

–¿Y crees que yo sí?

–No lo sé. Solo hace dieciocho meses que te conozco. No sé cómo eras antes.

–Desde luego no como ahora, te lo aseguro –declaró–. De acuerdo, no haremos nada hasta que veas al doctor. Y nada de tonterías en el despacho. ¿También tengo que reprimirme en lo de comprarte algo a ti y al niño?

—No puedo impedirte que compres cosas al niño, pero a mí no tienes que comprarme nada. Me parecería que estás intentando chantajearme.

—¿Sí? No puedo creerlo. ¿Y qué hay de mi madre?

—¿Qué pasa con ella?

—¿Puedo darle la noticia?

—¿Ella creerá que son buenas noticias?

—¡Claro que sí! Lleva queriendo ser abuela diez años. Va a darte muchísimo la lata. Y por lo que concierne a los regalos... mamá seguro que me deja como un tacaño.

—Da la impresión de que es una mujer maravillosa —comentó Olivia, en un tono cálido.

—Así es. Y seguro que quiere conocerte.

—Muy bien. Yo también quiero conocerla. Pero no este fin de semana, por favor, Lewis.

—Si insistes...

—Insisto. Y ahora debo irme. Gracias por traerme a casa.

—¿Tienes que mostrarte tan educada?

—Sí.

—¿Por qué?

—Porque... —ella salió del coche antes de que él pudiera besarla de nuevo—. Te veré el lunes por la mañana —se despidió ella a través de la ventanilla antes de alejarse a toda prisa.

Olivia oyó sonar el teléfono mientras subía las escaleras. Echó a correr, aunque supuso que dejaría de sonar en cuanto ella entrase en la casa. Pero no fue así. El teléfono seguía sonando de un modo insistente. Quienquiera que fuese estaba decidido a hablar con ella. Olivia, extrañada, atravesó a toda velocidad la pequeña sala de estar y descolgó el teléfono.

Capítulo 12

–¿Sí? –contestó ella, sin aliento.
–Soy mamá, Olivia. Parece como si hubieras estado corriendo.
–Así es.
–¿Dónde has estado? Intenté hablar contigo anoche, pero no había nadie. Y esta es la tercera vez que te llamo esta mañana.
–Bueno –Olivia no quiso dar explicaciones–, ¿y qué es lo que pasa?
–No pasa nada. De hecho, tengo una noticia muy buena que darte. Por eso estaba tan ansiosa por hablar contigo. Tu padre ha conseguido un trabajo. Y es un trabajo muy bueno.
–¡Eso es maravilloso! –exclamó Olivia. Luego se acordó que Lewis le había dicho que iba a ver si podía hacer algo por su padre–. ¿Y qué trabajo es? –preguntó, pensando que podía ser una mera coincidencia. Al fin y al cabo, Lewis no le había dicho nada la noche anterior.
–No lo adivinarías nunca –dijo su madre, excitada.
–Seguro que no. Así que dímelo.
–Bueno, tiene que hacer de guarda en una finca cerca de casa. Los dueños se dedican a la cría de caballos. Y tienen yeguas preñadas y caballos de carreras. Todo lo que tendrá que hacer tu padre es alimentarlos y darles de beber. Así como llamar al veterinario si algo va mal.

—Eso es estupendo, mamá. ¿Y cómo consiguió papá ese trabajo?

—Eso es lo más extraño. Los dueños de la finca llamaron a la oficina de empleo y preguntaron específicamente por él. Habían oído por el amigo de un amigo que era un buen trabajador, honrado y de confianza. Lo único que querían saber era si él entendía algo de caballos. Y se quedaron impresionados cuando en la entrevista les hizo una demostración de lo mucho que sabía. Ya sabes que tu padre conoce todo lo que se puede conocer acerca de los caballos. Y es un hombre hábil además. No te puedes imaginar lo animado que estaba cuando llegó a casa y dijo que había conseguido trabajo. Está más orgulloso que un pavo real.

Olivia se quedó estupefacta al ver que estaba a punto de echarse a llorar. Le parecía ridículo, a pesar de que sabía que las mujeres embarazadas solían estar especialmente sensibles. Debería estar sonriendo de oreja a oreja. Y en lugar de eso, se sentía horriblemente frágil.

—Yo... me alegro tanto por él –dijo, con voz sofocada. Estaba segura de que tenía que haber sido cosa de Lewis. ¿Por qué si no habrían preguntado por su padre? Y lo había hecho antes de saber que el niño era suyo. Eso demostraba que era un hombre generoso y sincero.

—Nos mudamos mañana –dijo su madre–. Deberías ver la casa, Olivia. Es enorme y tiene una cocina maravillosa. Necesita algunas reformas por fuera, pero Dave puede arreglarla perfectamente. Les preguntó si podría hacerlo en su tiempo libre y ellos le dijeron que les parecía estupendo. Incluso se ofrecieron a pagarle los materiales y a darle un dinero extra una vez acabara el trabajo. ¿Qué opinas?

—Creo... creo que es la mejor noticia que he recibido en mucho tiempo –dijo, llorando.

—¿Te encuentras bien, Olivia? Tu voz suena extraña. ¿Estás llorando?

—Solo un poco.

—Yo tengo que confesar que también lloré cuando me enteré. Y luego, al ver el sitio donde íbamos a vivir, me eché a llorar de nuevo. Nunca había estado antes en una casa con cuatro dormitorios. Incluso hay un cuarto de costura precioso en la terraza de atrás.

—Ambos os merecíais que cambiara vuestra suerte, mamá.

—Tu padre desde luego que sí. Es un buen hombre y siempre ha hecho las cosas lo mejor que ha podido. No fue fácil para él casarse cuando solo era un crío.

—Ya me lo imagino, mamá. De verdad.

—Eso espero. Hablando de matrimonio, espero que no pienses que tu caso podría ser igual. Tu jefe es un hombre, no un crío, y tiene mucho que ofrecer a su mujer y a sus hijos.

—Eso es lo que dice él.

—Santo Dios, ¿se lo has dicho ya?

—Sí. Esta mañana.

—¿Y quiere casarse contigo?

—Sí.

—Doy gracias al cielo.

Olivia sabía que la verdad no le iba a gustar a su madre.

—Mamá... por favor, no te pongas tan contenta. Yo le dije que no.

—¿Que dijiste qué? Pero ¿se puede saber qué te pasa? ¿Es que has perdido el juicio?

—Yo...

—¡Eso es soberbia! —exclamó su madre, enfadada—. Siempre has tenido mucha soberbia. Puede que él no te lo vuelva a pedir, ¿te das cuenta?

—Me dijo que lo haría —dijo con voz temblorosa. Su madre había conseguido hacerla dudar.

—¿Sí? Bueno, supongo que eso es buena señal. ¿Y cuál fue su primera reacción cuando se lo dijiste?

Olivia tragó saliva para aclararse la garganta.

—Creo que, después de la sorpresa inicial, se puso bastante contento. Parece ser que su matrimonio se rompió porque su mujer no quería dejar su trabajo para criar a sus hijos.

—¡Qué mujer tan estúpida! Pero tú te aprovecharás de su egoísmo, Olivia. Si juegas tus cartas como es debido, conseguirás todo lo que siempre has querido. Y podrás dar a tus hijos todo lo que tú no pudiste tener.

—Pero, mamá, es que no estoy segura de que yo llevara razón.

—¿Que llevaras razón en qué?

—En darle tanta importancia al dinero. Creo que de niñas subestimamos lo que tú y papá nos disteis. Y ahora empiezo a creer que el amor y el apoyo son los mejores regalos que unos padres pueden hacer a sus hijos. Mucho mejores que las cosas materiales.

—¡Oh, Olivia, eso es muy amable! No tienes ni idea de lo que significa para mí como madre. Yo... siempre he sentido que os había fallado. Que había sido una egoísta al haberos traído al mundo.

—No vuelvas a pensar eso, mamá. ¡Nunca! Tú has sido una madre maravillosa. Y espero que yo pueda ser tan buena madre como tú cuando me llegue el turno.

—Pero ese es un trabajo muy duro para un sola persona, Olivia.

—Sí, ya puedo imaginarlo —admitió Olivia, aunque comenzó a pensar en que para formar un matrimonio había que estar muy seguros. Si Lewis y ella no lo estaban, sería mejor seguir como buenos amigos antes que estar peleándose todo el día.

«Cuando un miembro de la pareja ama al otro y no es correspondido, lo normal es que acaben divorciándose», pensó para sí Olivia. Ella había visto varios matrimonios destruidos por ese motivo.

—Prométeme que, si Lewis te lo vuelve a pedir, te lo pensarás un poco más antes de contestarle.

–Lo haré. Te lo prometo, mamá.

–Buena chica. Ahora tengo que dejarte. Tu padre va a llevarme al cine para celebrarlo. Y debe de hacer como dos años que no voy al cine. No tengo ni idea de lo que vamos a ver, pero, francamente, tampoco me importa demasiado. Me lo pasaré bien de todas las maneras. Ahora te dejo, cariño. Cuídate.

–Adiós, mamá.

Olivia colgó despacio, pensando en lo que le había prometido a su madre. Esperaba que Lewis no volviera a pedirle que se casaran demasiado pronto. Porque ella no podía decir que sí solo por seguridad económica. Como le había dicho a su madre, ya no creía que el dinero lo fuese todo.

Y por otra parte, iba a ser difícil seguir negándose cuando todo el mundo quería que aceptase. Parecía que la madre de Lewis iba a unirse a la suya para intentar convencerles de que se casaran. La gente de esa generación no podía concebir ninguna otra solución.

Pero Olivia se recordó a sí misma los motivos por los que se había negado. Lewis no la amaba. Y sabiendo eso, ella no quería convertirse en su esposa. Le provocaría inseguridad emocional. Y la inseguridad emocional era mucho peor que la inseguridad económica.

No, había tomado la decisión más acertada, decidió, mientras entraba en la pequeña cocina para prepararse una tostadas. Tenía hambre.

Olivia, después de desayunar, comenzó a pensar que en cualquier caso debería llamar a Lewis para agradecerle el haberle conseguido trabajo a su padre. No importaba por qué lo había hecho, en todo caso había sido un bonito detalle.

Pero no quería telefonearle. No tenía ganas de hablar de nuevo con Lewis durante ese fin de semana. Lo que realmente necesitaba era actuar como si no estuviera embarazada durante un par de días. Necesitaba dedicarse a cosas sin importancia, como hacer la colada, hacer limpieza o planchar.

Así que decidió quitarse de encima la llamada cuanto antes. Lewis contestó al segundo timbrazo.

–¿Sí? –respondió él.

–Soy Olivia.

–¿Sí?

–Solo... solo llamo para agradecerte lo del trabajo de mi padre. Mi madre y él están encantados.

–¿Y tú, Olivia? –preguntó él, secamente–. ¿Estás contenta?

–Te estoy muy agradecida.

–¿Cómo de agradecida? –se burló él.

Olivia se puso tensa. Eso era por lo que no había querido telefonearle. Sabía que Lewis trataría de utilizar su gratitud contra ella. A su jefe no le gustaba que las cosas no saliesen como él quería.

–No tan agradecida como para acceder a tus deseos –contestó ella.

–Bueno, Olivia, como se suele decir: el lunes será otro día –y colgó.

Capítulo 13

El lunes por la mañana, Olivia estaba sentada delante de su escritorio con su remilgado aspecto habitual, llevando una camisa blanca abotonada hasta el cuello, cuando Lewis llegó a las ocho y media con un elegante traje azul y una amplia sonrisa en sus labios.

–Buenos días, Olivia –saludó él mientras se dirigía a su despacho–. Bonito día, ¿verdad? Esta mañana no tomaré café, gracias. He estado desayunando con mi madre. Y eso me recuerda... –dijo, deteniéndose ante el escritorio de ella–. No hagas planes para comer. Mamá quiere que comamos con ella. ¿Te parece bien?

–Eh...

–Será mejor que acabemos con esto cuanto antes –advirtió él secamente–. No porque pase más tiempo resultará más fácil.

Olivia había pasado un fin de semana horroroso, pensando en Lewis. Y a medida que se acercaba el lunes, todo había ido a peor. De modo que esa mañana se había levantado para ir a trabajar en un estado terrible de excitación nerviosa.

–De acuerdo –dijo ella, con tono resignado.

–Eres una chica sensata. O, por lo menos, aparentas serlo. Estoy seguro de que mi madre se quedará impresionada contigo.

Luego se metió en su despacho, dejando a Olivia pensando

en si Dinah estaría en lo cierto cuando le dijo que por su aspecto parecía una institutriz. Esa mañana había estado jugando con la idea de cambiarse el peinado, maquillarse un poco más e incluso ponerse un traje algo más alegre. Luego había descartado esas ideas una por una.

Pero ya no estaba tan segura de haber hecho bien, debido a que no le gustaría tener un aspecto demasiado severo. Estaba segura de que la madre de Lewis no iba a quedarse impresionada con su aspecto en absoluto.

–¿Olivia?

Levantó la cabeza y vio a Lewis frente a su escritorio. Él llevaba una hoja de papel.

–Aquí están los nombres de tres agencias de publicidad de Melbourne que me recomendaron este fin de semana. Por favor, telefonéales y fija una cita para el próximo miércoles por la tarde. Otra para el jueves por la mañana y la última para el jueves por la tarde. Nosotros volaremos a Melbourne el miércoles por la mañana, pero no en hora punta. Alquila un coche para dos días. Y pide que nos esté esperando en el aeropuerto. Reserva habitación para los dos en un hotel decente. No importa cuál. Volaremos de vuelta el jueves por la noche.

–Has... has dicho que reserve habitación para los dos –consiguió decir Olivia–. ¿Quieres decir que vamos a compartirla?

–Claro que sí.

–Claro –repitió ella, aturdida. Él sonrió.

–Me alegra que estés de acuerdo. ¿Por qué vamos a malgastar el dinero reservando dos habitaciones si podemos compartir la cama? Tú me dijiste que estabas de acuerdo en que siguiéramos siendo amantes. Y Melbourne no es el despacho.

–Lo... lo sé –ella apenas podía pensar. Su mente se encontraba en ese momento en la habitación de ese hotel. Y ella estaba en la cama con él.

Le habría gustado abofetearlo, le habría gustado odiarlo por hacerle eso.

Pero no podía. Amaba a ese hombre y lo deseaba. De repente, lo deseaba muchísimo, como si alguien hubiera conectado algún mecanismo dentro de ella que desataba olas de calor a través de todo su cuerpo.

–A propósito, sé que eres una experta en ahorro, pero no me gusta sentarme al lado de desconocidos cuando voy en avión, así que quiero primera clase, por favor. Tú también, por supuesto –continuó, con el modo de hablar arrogante propio de la gente guapa y rica–. Te quiero a mi lado. No podría soportar que mi ayudante personal se ponga a conversar con cualquier vendedor de mala fama, ¿me entiendes?

Lewis se marchó de nuevo, dejándola sonrojada y aturdida. En ese momento lamentaba haberle agradecido que consiguiera el trabajo a su padre. Seguramente lo había hecho como una estrategia más para seducirla, no por bondad.

Las buenas personas no cometían actos de coerción, que era justamente lo que sentía con ese viaje a Melbourne. Los directivos de esas agencias de publicidad darían la vuelta a Australia para besar los pies a Lewis, si era necesario.

Pero no, él iba a ellas. ¿Por qué? Porque quería tenerla a solas. A solas y fuera de su ambiente habitual. La quería en una lujosa habitación de hotel, en una cama enorme de sábanas exquisitas. La quería comida y bebida, sin ninguna voluntad. Seducida y reducida a ser nada más que una esclava sexual.

Olivia se estremeció ante el perverso placer que aquellos pensamientos automáticamente evocaron.

Por supuesto, sabía que el sexo era para Lewis un medio de conseguir su fin. Que ni siquiera la deseaba. El modo en que la acababa de mirar no delataba ninguna incontrolable pasión. Le pediría que se casara con él cuando la tuviera debajo de él, temblorosa e incapaz de negarse a cualquier cosa que él pidiera.

Olivia volvió a estremecerse al admitir en silencio su debilidad.

¿Qué diría la próxima vez?, se preguntó desesperada. ¿Tendría la fuerza de rechazarlo una segunda vez? ¿Sería capaz de decirle que no?

Olivia se levantó, incapaz de mantenerse quieta por más tiempo. Se sentía confusa y terriblemente excitada.

Sus ojos brillaron peligrosamente cuando Lewis cerró la puerta del despacho. ¡Era un canalla!

–¡No! –gritó a la puerta–. ¡La respuesta seguirá siendo no!

La puerta se abrió y Olivia se sintió terriblemente estúpida.

Lewis no tenía la cara roja, como ella, ni tampoco respiraba entrecortadamente. Estaba muy elegante y tenía un control absoluto sobre su persona.

–¿Has gritado, Olivia? –preguntó, con total serenidad.

Ella cerró los puños y apretó los dientes.

–Dije que no –gritó.

La expresión de Lewis apenas se alteró.

–¿No? ¿No qué?

–¡Que no me voy a casar contigo!

Las cejas de Lewis se elevaron.

–Pero, Olivia... no te lo he vuelto a preguntar. Por favor, ten la amabilidad de esperar a que te lo pida –dicho lo cual cerró y desapareció dentro del despacho.

Ella miró la puerta y estuvo a punto de darle una patada de la rabia que sentía. Entonces, se dio la vuelta, salió al pasillo y se dirigió al aseo. Se quedó allí mucho más tiempo del necesario, tratando de calmarse y recuperar el control sobre sus emociones.

Cuando salió, una de las secretarias de Marketing, Lila, estaba delante del espejo arreglándose. Tenía el pelo rubio muy corto, y llevaba un traje bastante ceñido de color crema. Cuando se echó hacia delante para darse color en los labios, su magnífica chaqueta se abrió, revelando un top de color rojo con un escote en forma de V. Sobre la encimera que había a un lado del lavabo, tenía el bolso, rebosante de todo tipo de productos de maquillaje.

Olivia tuvo una idea...

–Lila... –comenzó mientras se lavaba las manos.

Lila se dio la vuelta y esbozó una sonrisa con sus labios perfectamente dibujados.

–¿Sí? –se conocían poco, únicamente se saludaban.

–No sé si puedo pedirte un favor. Mi jefe me ha invitado a una comida de trabajo y no voy vestida para la ocasión. ¿Me podrías dejar algo para maquillarme?

–¡Claro que sí! ¿Qué te gustaría?

–¿Tú qué opinas? Tú siempre vas muy guapa.

–Gracias, eres muy amable, Olivia. Si quieres te maquillo yo.

–¿Te importaría?

–Me encantaría. Es mi especialidad. Mírame. A mi propia madre le cuesta reconocerme.

Olivia tuvo que sonreír.

–No quiero demasiado maquillaje.

–Es increíble lo que un detalle en diferentes sitios puede hacer, especialmente con tus grandes ojos marrones y tus pómulos.

Olivia se quedó sorprendida.

–¿Mis pómulos?

–¿Quieres decir que no te has dado cuenta?

–Bueno, sé que tengo unos ojos bonitos...

–Créeme, tienes unos pómulos mejores todavía. Y me moriría por tener tu cabello. El mío tenía un color horrible hasta que decidí teñírmelo de rubio mientras que el tuyo parece caoba barnizada. Y me encanta la forma en que te lo recoges hacia atrás. Es muy elegante, pero también un poco provocativo. Siempre pensé que, si enseñaras un poco más tu cuerpo y te pintaras ligeramente, tendrías un montón de hombres detrás de ti.

–¿De verdad?

–Confía en mí.

–Lila, ¿te parece si dejamos la sesión de maquillaje hasta la hora del bocadillo?

–Será un placer. Y a propósito, ¿por qué quieres arreglarte hoy especialmente?

–Digamos que... me interesa que se fije en mí cierta persona.

«Y además, me encantaría hacerle sentirse tan incómodo como él me ha hecho sentirme a mí esta mañana», añadió en silencio, «y para el jueves por la noche tengo que conseguir que él se haya olvidado de todo lo concerniente al matrimonio y solo piense en el presente».

–Oooh –Lila torció su bonita boca–. He oído rumores acerca de la relación del jefe contigo.

Olivia pensó en mentir, pero decidió que no merecía la pena. Pronto, todo el mundo en Altman Industries estaría enterado de lo que había entre ellos dos.

–Digamos que nuestra relación ha sufrido un pequeño cambio –dijo Olivia con cara de póquer.

–Y a ti te gustaría que cambiara un poco más –añadió Lila, sonriendo–. Vaya! Esto va a ser divertido. Pero maquillarte no va a ser suficiente, Olivia. También necesitarás cambiarte esa blusa. No creo que el señor Altman sea de esa clase de hombres a quienes les gustan las mujeres con aspecto de colegialas. No lo creo, por el aspecto de su exmujer. ¿Qué te parecería si te presto mi top rojo? Yo puedo abotonarme la chaqueta hasta arriba durante un par de horas.

Oliva respiró hondo. ¿Se atrevería?

Se imaginó a la señora Altman observando su atuendo actual y pensando que era una chica fácilmente manejable. También recordó la expresión de superioridad de Lewis esa mañana.

¿Se atrevería a cambiar su imagen tan radicalmente? Desde luego, tenía que hacerlo.

Capítulo 14

–¡Caramba! –exclamó Lila al ver el cambio. Retrocedió un poco para observar a Olivia de pies a cabeza, frunciendo el ceño al reparar en los zapatos.

–Esos zapatos lo estropean todo. Necesitas unos buenos zapatos de tacón para enseñar esas piernas tan largas que tienes. ¿Qué número usas?

–Treinta y siete.

–Espérame aquí. Vuelvo en un momento.

Olivia estaba nerviosa mientras esperaba. Casi le daba miedo mirar su aspecto. Estaba diferente. Tan llamativa...

El maquillaje hacía parecer enormes sus ojos marrones y su boca de color escarlata resaltaba de un modo atractivo. Aunque lo que más preocupaba a Olivia era el top rojo. A ella le quedaba mucho más ajustado que a Lila, ya que su cuerpo era más voluptuoso que el de ella, de modo que le daba un aire decididamente provocativo.

Lila volvió con un par de zapatos negros de tacón.

–Por cortesía de una amiga nuestra.

–Te lo agradezco mucho, Lila –dijo Olivia, mientras se quitaba sus zapatos–. Y también a la dueña de los zapatos. Se los cuidaré. Igual que tu top rojo. Intentaré no manchártelo.

–No seas tonta. Si se mancha, se lava y asunto arreglado –dijo, sonriendo.

Olivia se arrepintió de no haber intentado antes hacer amistad con las chicas del despacho. Parecían muy amables.

«Aunque más vale tarde que nunca», decidió.

—Bueno, ¿qué opinas? —dijo, mirando los sensuales zapatos.

—Dale la vuelta a la cinturilla de la falda —sugirió Lila.

Lo hizo, de modo que los bajos de la falda subieron por encima de la rodilla, mostrando el muslo. Cosa que ella nunca había hecho antes en el trabajo.

Lila sonrió, haciendo un gesto afirmativo.

—¡Perfecto! Le vas a dejar con la boca abierta.

—Eso espero.

—Bueno, ahora dame los zapatos. Los guardaré bajo mi escritorio hasta que regreses. De ese modo tendrás que venir a buscarlos cuando vuelvas y estarás obligada a contarme lo que suceda.

Faltaba cinco minutos para las doce cuando Olivia salió del aseo de señoras. Lewis le había dicho que estuviera lista al mediodía y, a pesar de que le hubiera gustado llegar tarde, no se atrevió a hacerlo. Y tampoco le convenía. Quería impresionar a la madre de Lewis con su aspecto y seguridad, y hacerla esperar no la ayudaría.

Mientras iba a toda prisa por el pasillo que llevaba a su despacho, a un empleado del departamento de contabilidad se le salieron los ojos de las órbitas al verla con su nuevo aspecto.

Olivia entró en su despacho con una sonrisa de satisfacción en sus labios pintados, pero la expresión de Lewis al verla entrar se la borró. Hasta que vio que sus expresivos ojos azules brillaban de un modo salvaje al reparar en su escote.

—Santo Dios, ¿pero qué te ha pasado?

—Solo me he arreglado un poco —replicó Olivia, quitándole importancia. Luego se dirigió a su escritorio y metió la barra de labios en el bolso. Lila le había dicho que tendría que retocarse el maquillaje después de comer—. No podía dejar que tu madre se formara una idea equivocada de mí.

Por primera vez en su vida, Lewis se quedó un rato sin saber qué decir.

—¿Se puede saber a qué estás jugando, Olivia? —consiguió decir finalmente.

Ella lo miró enfadada.

—Yo no estoy jugando a nada, Lewis. Eso se lo dejo a los hombres. Yo soy una mujer honrada y sincera, así que no te olvides de ello.

Hizo una pausa, indignada, llevándose las manos a las caderas.

—Te recuerdo que yo adopté mi anodina imagen como deferencia a los celos de Dinah. Pero esta mañana me di cuenta de que no me hacía ningún bien vestir así. La gente suele juzgar el interior de las personas por su aspecto externo. Y a mí no me gusta que me subestimen.

—Yo nunca te subestimaría.

—Eso espero.

—¿Nos vamos, entonces? —dijo él, recuperando su compostura habitual—. Son más de las doce.

—Es culpa tuya por armar todo este lío. Yo he llegado puntual.

—Ya lo sé —dijo, agarrándola del brazo—. Esa es una de las cosas que más me gusta de ti. Tu puntualidad.

Cinco minutos después, estaban parados frente a un semáforo en rojo en Victoria Road y un silencio incómodo flotaba a su alrededor. Olivia iba sentada en el asiento del copiloto con su bolso sobre el regazo. Se fijó en que Lewis la estaba mirando.

—Estás muy guapa —dijo él—. Demasiado —añadió secamente.

—¿Qué quieres decir con «demasiado»?

—Me hiciste prometer que no te tocaría en el despacho. Y si vas a empezar a ir vestida así, las cosas se van a poner un poquito... tensas.

—¡Oh! —comenzó a arrepentirse Olivia. Una de las razones por las que le había pedido a Lila que la ayudara a cambiar su aspecto era que quería incomodar a Lewis, pero ya no estaba segura de haber hecho bien. Y estaba empezando a sentirse culpable. Sabía que la frustración masculina era mucho más dolorosa que la femenina. Y atormentarlo deliberadamente sería un juego demasiado cruel.

–Lo siento, Lewis. No... no pensé en eso.

–No tienes por qué disculparte. Al fin y al cabo, tienes derecho a ponerte la ropa que quieras. De hecho, te falta mucho para ir tan provocativa como mi anterior secretaria. Pero lo más curioso es que ella nunca consiguió excitarme como tú, Olivia... Dios sabe que me cuesta mucho controlarme contigo en estos días. Ya lo pasé mal cuando viniste a trabajar, pura y remilgada como una monja. Al parecer funcionó en ello una especie de psicología contraria. Cuanto más discreta venías, más atrevidos eran mis pensamientos. Aunque ahora sé que me estaba engañando. Mis pensamientos son mucho más atrevidos ahora.

Pero no más atrevidos que los de ella misma.

–Lewis –dijo, con las mejillas encendidas–. Por favor, no sigas hablando de ello.

–Ven conmigo esta noche –dijo, mirándola de reojo y con su voz más seductora.

Olivia se mordió el labio inferior y luchó contra la tentación, todavía recordando la cita que tenía con el doctor a las ocho.

En eso era en lo que tenía que concentrarse, para su paz mental y la de su cuerpo. Iba a tener un hijo y esa tenía que ser su única prioridad.

–No puedo, Lewis. Tengo una cita con el ginecólogo. Por favor, deja de ponerme las cosas difíciles.

–¿Que deje de ponerte las cosas difíciles? ¿Yo?

El semáforo se puso en ese momento en verde y Lewis se quedó pensativo mientras apretaba el acelerador. Pronto, estalló.

–¿Tienes idea de lo difícil que tú me lo has puesto desde el día que decidiste emborracharte y demostrarme lo seductora que puedes llegar a ser? Me pasé las malditas navidades preocupado por si se te ocurriría tomarte una sobredosis de pastillas para dormir. Cuando te vi sana y salva a la vuelta, mi alivio se convirtió inmediatamente en un deseo terrible por poseerte de nuevo.

Los ojos de Olivia se agrandaron por la sorpresa ante aquella revelación.

–Y entonces, cuando nuestra relación se hizo más íntima y pensé que conseguiría algo de paz, vas y me cuentas que la píldora te falló y que estás esperando un hijo mío. Añade a eso tu negativa de casarte conmigo, ni siquiera por el bien del niño... Yo diría que tú eres quien estás poniéndome las cosas difíciles, ¿no te parece?

Ella tragó saliva y miró hacia delante.

–Yo... la verdad es que no lo veía así.

–¡Claro! Eso es típicamente femenino. ¡Nunca creen que un hombre pueda tener sentimientos!

–Eso no es cierto –protestó–. Es simplemente que la mayoría de los sentimientos de un hombre están relacionados con la parte inferior del cuerpo.

–Eso no es culpa suya. La Madre Naturaleza ha hecho a los hombres así deliberadamente. Si el sexo no fuera la prioridad de todo hombre, la raza humana hace ya mucho tiempo que habría acabado.

–Y si las mujeres no cuidaran de sus hijos ocurriría lo mismo. Voy a ser madre, Lewis, y mi hijo es lo más importante para mí.

–Y yo te admiro por ello. De verdad que sí. Pero no te olvides de que yo voy a ser padre al mismo tiempo que tú madre. Antiguamente los padres solo tenían que hacer hijos, trabajar y proteger a su familia. Hoy en día, sin embargo, los psicólogos están descubriendo que los padres deberían ser más activos en la educación de sus hijos. ¿Cómo puedo hacer eso en la distancia? Necesito estar cerca de él, bajo el mismo techo.

—Sí —murmuró—. Lo entiendo.

—Lo único que quiero es que pienses en ello la próxima vez que te pida que te cases conmigo. No va a ser ahora, Olivia, pero te lo pediré cuando sienta que ha llegado el momento.

Olivia dio un suspiro. Se sentía culpable y egoísta por haberlo rechazado la primera vez.

—Aquí está el apartamento de mi madre.

Mientras Lewis aparcaba el coche azul oscuro en la acera, Olivia observó el impresionante edificio moderno de cuatro plantas. Las paredes de cemento azul celeste estaban divididas por los marcos blancos de las ventanas y las puertas. El efecto general era elegante, limpio y clásico.

—Parece muy nuevo —dijo Olivia.

—Tiene dos años.

—¿Es propiedad de tu madre o es alquilado?

—Ella posee todo el edificio. Yo lo construí y se lo regalé, antes de casarme con Dinah, como forma de asegurar su situación económica para toda la vida.

Olivia miró al edificio y se preguntó cuántos apartamentos tendría. Los alquileres serían mucho más altos que el del viejo y destartalado edificio suyo. Incluso aunque hubiera solo doce apartamentos, los beneficios semanales serían formidables. Desde luego, la señora Altman había cobrado de su hijo una buena recompensa por todos los sacrificios hechos.

—Has sido muy generoso, Lewis —admitió ella.

—Soy muy generoso con aquellos a los que amo. Y con los que quiero corromper o chantajear —añadió, con una sonrisa—. ¿Crees que entras en una de esas categorías?

—No estoy segura de entrar en ninguna de las dos. Pero nunca me casaría con un hombre que utiliza el chantaje para conseguir lo que quiere.

«O con uno que no me amara...».

—Eso nunca se sabe hasta que tienes que enfrentarte a ello, Olivia. Es lo que he aprendido en estas últimas semanas. Y ahora deja de discutir y vamos. Mi madre odia esperar tanto como tú. Y su nombre es Betty, por cierto. Se llama Margaret, pero le gusta que la llamen Betty.

Betty Altman parecía más joven que en las fotos y tenía los mismos ojos inteligentes que su hijo. Observaron a Olivia con curiosidad y extrañeza, casi como si se divirtiera.

—Tengo que regañar a Lewis por su incapacidad para describir a las mujeres —declaró mientras conducía a Olivia al interior del salón, dejando que su hijo cerrara la puerta—. La palabra atractiva no es adecuada para ti, Olivia. Tampoco se puede describir tu pelo como castaño, no le hace justicia. Ahora dame un beso y un abrazo, cariño. No todos los días conoces a la mujer que va a darte tu primer nieto.

La mujer abrazó cariñosamente a Olivia.

—¡Pero si tienes un aspecto estupendo! —añadió, cuando finalmente se apartó para mirar de nuevo a Olivia—. Estoy harta de ver a las chicas jóvenes con cara de no haber comido nada decente durante semanas. Es un placer conocer a una que tiene buenas caderas para dar a luz.

Olivia sonrió.

—Creo que mis pechos son también buenos para criar.

—¡Sí que lo son! ¿Le darás pecho a tu hijo? —replicó Betty.

—Eso espero. Mi madre dice que no solo es mejor para el bebé, sino también más barato.

Lewis tosió y su madre lo miró con una expresión ceñuda.

—¿Tienes algún problema? Te diré que tú también te alimentaste de mi leche. Además, si lo único que sabes hacer es protestar, ¿por qué no te vas a la cocina y haces algo útil? Hay una botella de champán en el frigorífico que podemos abrir.

—¡Estupendo! —exclamó Lewis—. A Olivia le encanta el champán.

Olivia no tenía intención de volver al despacho ebria.

—Lo siento —se disculpó—. El doctor me ha dicho que el alcohol no es bueno para el embarazo.

—Un poco no puede sentarte mal —aseguró Betty—. Tenemos que brindar por el niño.

—Entonces una copa por la mitad. Puedes compartir el resto de la botella con tu madre —añadió Olivia, mirando con una sonrisa irónica a Lewis—. Después de todo, tú no estás embarazado. Yo puedo conducir el coche hasta el despacho si es necesario.

Lewis frunció el ceño. Betty sonrió a Olivia mientras la conducía, a la terraza donde estaba preparada la mesa.

—No tengo palabras para decirte lo que me alegro de haberte conocido por fin, Olivia —dijo cariñosamente, al tiempo que ofrecía una silla a la futura madre—. Quería decirte, además, que tienes mi total apoyo en tu decisión de tener al hijo de mi hijo, y también en tu decisión de no casarte con él.

Olivia parpadeó sorprendida y confundida. Se sentó en la mesa con expresión pensativa.

—No... estoy segura de cómo tomar eso.

Betty se sentó en el lado opuesto antes de contestar.

—Ambos acabáis de salir de relaciones largas —explicó—. Lewis todavía no está legalmente separado de la mujer que le hizo perder la confianza en el sexo femenino. Yo me imagino que tú has experimentado algo parecido en manos del hombre con el que pensabas casarte. No es bueno comenzar una nueva relación sin saber con seguridad que va a durar, por mucho que parezca que os lleváis bien.

Olivia suspiró aliviada.

—Me alegro de que opine así, señora Altman.

—Conozco a mi hijo y va a hacer todo lo posible para conseguir que hagas lo que él quiere, que, al parecer, es casarse contigo. Por eso he arreglado todo para que uno de los apartamentos de este edificio sea puesto a tu nombre. De esa manera, tú serás económicamente independiente y tendrás una niñera cerca —añadió, con una sonrisa amplia.

Olivia no podía creer lo que estaba oyendo.

—Eso es maravilloso, Betty, pero... es demasiado generoso. Yo tengo algunos ahorros.

—Que guardarás para las épocas malas. El apartamento tres está normalmente vacío –continuó–. Está en el bajo y tiene un bonito jardín con su cuerda para tender la ropa. No hay nada peor que tener que subir y bajar escaleras con el cochecito y la ropa para tender. Te gustará, estoy segura.

Olivia se sentía a la vez emocionada y abrumada.

—¿Sa... sabe Lewis esto?

—Todavía no.

—Se va a enfadar con usted.

—Lo superará.

—¿Qué tendré que superar?

Betty esbozó una sonrisa dulce a su hijo mientras Olivia se ponía rígida.

—He regalado un apartamento del edificio a Olivia.

—¡Qué buena idea! –exclamó él, comenzando a servir el champán.

Las mujeres intercambiaron miradas de sorpresa. A Olivia le extrañaba mucho que Lewis se tomara tan bien la noticia.

—¿No dices nada?

—¿Por qué iba a decir algo? Prefiero que vivas aquí y no en ese apartamento lleno de cucarachas donde vives ahora.

—¡No está lleno de cucarachas! –protestó, a pesar de que sí que había visto una en el armario de la cocina.

En realidad, el verano anterior se había quejado varias veces de ello al casero.

—Todos las casas viejas de Sídney tienen cucarachas –declaró Lewis–. Entonces, ¿cuándo te vas a venir aquí?

—No puedo mudarme hasta que termine el contrato de mi casa, que será el mes que viene.

—No te preocupes –dijo Betty–. El abogado habrá hecho todo lo necesario para entonces. Mientras tanto Lewis puede llevarte a comprar los muebles.

—No puedo hacer eso, mamá. Se me prohíbe comprar cualquier cosa a Olivia, ¿verdad? –dijo, depositando una copa de champán frente a cada una de ellas y sentándose–. Olivia no quiere.

—¿Ni siquiera para el bebé? –preguntó asombrada Betty.

Olivia tuvo un momento de debilidad. En realidad sería maravilloso que su hijo tuviera una habitación como las que se muestran en las revistas, con todo nuevo, listo para estrenar.

—De acuerdo, pero solo para el cuarto del niño. Yo ya tengo muebles buenos que puedo utilizar para el resto de la casa.

Lewis le dirigió una mirada penetrante, pero no insistió.

—Brindemos –sugirió–. Por mi hijo o hija. Para que él o ella sean sanos y felices.

—Por nuestro hijo o hija –corrigió Olivia–. Para que él o ella sean queridos.

Ambos se miraron mientras Betty se reía entre dientes. Levantó su copa y la chocó contra las otras dos, mirándolos divertida.

—Por mi nieto –terminó–. Para que él o ella tenga una voluntad de acero. De otro modo, la vida con vosotros dos será una batalla constante.

Capítulo 15

–¿Cómo ha ido todo? –preguntó Lila, una vez que estuvieron solas en el aseo.

–Regular –contestó Olivia.

Lewis había mantenido un estado de ánimo bastante irónico durante toda la comida, como si supiera que no tenía la más mínima posibilidad de ganar contra las dos mujeres. Después, de camino al despacho, se había sumido en un silencio absoluto. Olivia no estaba segura de si estaba enfadado con ella o con su madre. No había protestado por lo del apartamento, pero tampoco le había agradado. Lo había visto en sus ojos.

–¿No le gustó tu aspecto? –preguntó Lila mientras Olivia se quitaba el top rojo y los zapatos.

Ella dudó.

–Para serte sincera, creo que prefiere mi aspecto habitual.

Lila arrugó la nariz.

–¿Qué le pasa a ese hombre? ¿No tiene sangre en las venas?

–No durante el trabajo, parece ser.

–¡Qué desagradable!

–No estoy segura, Lila. No creo que sea conveniente mezclar trabajo y placer. Las aventuras entre jefes y secretarias son un poco peligrosas.

–¡Ese tipo de cosas las suelen decir las madres y son tonterías!

«La mía no», pensó, mientras se iba hacia el despacho.

Lewis estaba sentado a la mesa de Olivia cuando esta llegó. Se levantó al verla y arqueó una ceja al ver su blusa blanca y sus zapatos austeros.

–Es inútil, Olivia. El daño ya está hecho.

–¿El daño?

–Todavía tengo en mi mente el top rojo. El mismo rojo, podría decir, que hace que tu boca sea tan provocativa. Francamente, creo que no estás manteniendo tu parte del trato de no provocarme en el despacho. Si no te conociera mejor, creería que quieres violarme ahora mismo.

El corazón de Olivia dio un vuelco. ¿Era cierto?

–Pero soy un hombre de palabra –continuó–. Y por eso voy a irme pronto a casa. Confío en que mañana no vengas con nada que eleve mi presión sanguínea. ¡Ni ninguna otra parte de mi cuerpo!

Las cosas no mejoraron el martes. Incluso vestida discretamente, con un traje que le tapaba desde la cabeza hasta los tobillos, y sin huella de maquillaje, Lewis continuó irritado. La tensión entre ambos era palpable. El intento de Olivia de suavizar las cosas entre ellos, contándole la visita al doctor de la tarde anterior, fue un tremendo fracaso. Él escuchó impacientemente lo que le contaba y quiso asegurarse de que tenía referencias buenas del doctor.

–¿Cómo sabes que es un buen ginecólogo?

Ella lo miró con desesperación.

–Lo preguntaré. También preguntaré qué tal es el hospital donde voy a dar a luz –contestó, con un suspiro.

–¿Por qué suspiras? ¿No te encuentras bien? ¿Hay algo que no me has dicho?

–No. El doctor dice que estoy bien. No solo eso, me ha dicho que tengo muy buena salud.

–¿Y qué te ha dicho sobre las relaciones sexuales?

–¿A qué te refieres?

—¿Le has preguntado si puede ser un problema? —preguntó con visible impaciencia.

—Sí.

—¿Y?

—No hay problema... con tal de que...

—¿Con tal de que...?

—Con tal de que mi pareja no sea demasiado brusca.

Lewis la miró asombrado.

—¿Es eso lo que te preocupaba? ¿Crees que soy un animal incapaz de controlarme?

—¡No!

—De acuerdo —musitó, quedándose inmediatamente callado.

—Lewis...

—¿Qué pasa? —preguntó, con una expresión de dolor.

—Nada.

Hacia el miércoles por la mañana, Olivia estaba dividida entre sus sentimientos y sus deseos. No era Lewis de quien tenía miedo, sino de su propia debilidad. Aquella noche apenas había dormido pensando en Lewis, deseándolo, dándose cuenta de que si él pensaba presionarla para que se casara utilizando el sexo como medio, desde luego iba a conseguirlo.

Lewis le había dicho el día anterior que no se molestara en ir al despacho. Él la recogería en un taxi hacia las diez para ir directamente al aeropuerto. Eran las nueve y todavía no se había vestido ni preparado la maleta.

Olivia dudó sobre qué ropa ponerse, tentada de adoptar una vez más una imagen provocativa. Finalmente, ganó el orgullo y eligió uno de sus discretos trajes oscuros. La única concesión que hizo al deseo que ardía en sus venas fue ponerse una blusa de seda que tenía un escote amplio y dejaba ver el comienzo de sus senos. Se recogió parte del cabello sobre la cabeza con un prendedor y el resto lo dejó suelto sobre la espalda.

Era imposible que Lewis la acusara de ir provocativa, aunque iba un poco más femenina de lo habitual. A continuación guardó un vestido de seda rojo y negro que había comprado el invierno anterior pensando en las fiestas de navidad y en Nicholas. Ya no pensaba en él, sino en Lewis.

Cuando faltaban dos minutos para las diez se colocó la chaqueta sobre el brazo, agarró la maleta y el neceser y bajó las escaleras. Estuvo esperando impacientemente en la acera. A las diez y cinco, apareció el taxi. Cuando el conductor bajó y agarró su maleta, ella se subió en seguida en el asiento trasero, al lado de Lewis.

–Buenos días –saludó.

–Buenos días –replicó él bruscamente.

Se miraron y Oliva fue la primera en apartar la vista. Él estaba muy atractivo con un traje azul oscuro y ella pensó que le sería difícil mantener la compostura durante todo el día.

–¿La terminal nacional o internacional? –preguntó el taxista.

–Nacional.

–Muy bien.

Olivia se alegró de no estar a solas con él. Se recostó hacia atrás y tomó aire profundamente, para intentar tranquilizar su corazón.

–Espero que no estés cansada –musitó Lewis entre dientes.

Olivia giró la cabeza hasta que sus ojos se encontraron.

–No he dormido bien esta noche –admitió en voz baja.

Los ojos azules de él se suavizaron y, con ellos, el corazón de Olivia.

–Yo tampoco –admitió, también en voz baja–. Pero no importa, esta noche dormiremos bien.

El día se le hizo interminable.

Primero el vuelo. Luego, el viaje desde Tullarmarine hasta Melbourne. La larga y aburrida tarde, escuchando a dos ejecutivos que hablaban con voz suave, pero de algo que a Olivia no le interesaba en ese momento. Hacia las seis se dirigieron hacia la habitación de su hotel. La tensión de Olivia era cada vez más insoportable.

—Pareces cansada —dijo Lewis, frunciendo el ceño.
—No hay nada que un baño relajante no cure.
—Después del baño, deberías tumbarte un poco antes de cenar.

Ella sonrió, a pesar de la presión en el pecho.
—¿Es una orden o un consejo?
—Es un consejo sensato. No me gusta cenar con gente que bosteza.
—Quizá llame al servicio de habitaciones.
—Buena idea. De esa manera, no importará que bosteces.
—¿Puedo ponerme el vestido provocativo que he traído?
—¿Te has traído un vestido provocativo?
—Creí que iba a tener que seducirte de nuevo.
Él rio.
—Es lo más divertido que he oído hace tiempo.
—¿Quieres hacerme el amor antes o después de cenar?
—Las tres veces.
Olivia puso un gesto de no entender.
—Antes, durante y después.
La respuesta encantó a Olivia, que rio a carcajadas.
—No sabía que tuvieras tanta hambre.
—Cariño, no tienes ni idea —murmuró él.
Ella se estremeció al ver la expresión de sus ojos.

Le demostró su deseo antes, durante y después. Y a pesar de su insaciable apetito, sus actos fueron tan dulces y cariñosos que a Olivia finalmente se le llenaron los ojos de lágrimas.

Cuando él vio que lloraba, se asustó.
—¡Estás llorando! —gritó, atemorizado—. ¿Qué tienes, amor mío? ¿Te he hecho daño? ¿Estás bien?
—Sí, estoy bien —aseguró.
Pero sus palabras hicieron que se emocionara de nuevo. ¿De verdad llegaría ella a ser su amor? Deseaba serlo, más que nada en el mundo.
—Estoy... un poco emocionada —balbuceó—. Ya sabes...

Él tomó su cara entre las manos y miró dentro de sus ojos húmedos.

—Ya sé y odio verte llorar, Olivia. Odio pensar que no te alegra tener un hijo mío.

—Pero no es verdad, Lewis. De verdad, yo...

—Tú preferirías que el padre fuera otra persona –estalló.

—No. ¡Jamás! Creo que tú vas a ser un padre maravilloso.

—¿De verdad? –dijo él.

Los ojos de Lewis se aclararon y un brillo de felicidad apareció en ellos.

—Sí, claro. Voy a sentirme orgullosa de presentarte como el padre de mi hijo.

—Orgullosa –repitió él pensativo.

—Sí. Y ahora duérmete, Lewis. Debes de estar terriblemente cansado.

La sonrisa de él fue dulce y extraña.

—¿Me estás diciendo que es suficiente por esta noche?

—Sí.

—No olvides quién es aquí el jefe.

—No lo he olvidado –contestó ella, sonriendo también–. Pero en esta cama soy yo.

—¿Tú crees?

Olivia supo inmediatamente que no tenía que haberlo provocado.

—¿Quieres apostar algo? –preguntó él.

—No.

—¿Por qué?

—Probablemente perdería.

—¿Quiere eso decir que no mantienes lo dicho?

—Puede ser.

—¿Por qué?

—Porque creo que estoy en tus manos, jefe.

—Dios, me gusta que digas eso. ¿Me lo repites?

—Tú eres el jefe –dijo con el corazón palpitante.

Volvieron de Melbourne el jueves por la noche. Lewis en un estado de ánimo fantástico. No solamente se había demostrado a sí mismo ser formidable en la cama, sino que la última de las tres agencias de publicidad resultó ser fantástica. Se entrevistaron con tres mujeres de la junta directiva que se ganaron su aprobación.

La campaña se basaba en mujeres bonitas, pero normales. Con trabajos normales y llevando modos de vida también normales, lo cual era atrayente y a la vez suponía un buen negocio. Se concentrarían en cuatro mujeres casadas con niños, en su trabajo, su casa y su familia. La agencia de publicidad había sugerido una variedad de trabajos, desde cajera de supermercado a maestra infantil, pasando por mecánica de un taller o enfermera de un hospital. La agencia seguiría a esas cuatro mujeres durante todo un día, deteniéndose cuando utilizaran productos All Woman. Era una idea sencilla, pero la sencillez normalmente tenía éxito.

–Vente a casa conmigo –dijo bruscamente Lewis mientras esperaban un taxi en el aeropuerto de Mascot.

Olivia temía que sucediera eso. La noche anterior había sido demasiado sumisa y Lewis daría por hecho que iba a conseguir ya cualquier cosa de ella, incluyendo el matrimonio cuando se lo pidiera la próxima vez.

Y tenía razón.

Pero eso no significaba que se lo fuera a poner tan fácil.

–Me gustaría, Lewis –dijo, con una sonrisa de disculpa–. De verdad que sí, pero estoy cansada. Y no llevo más ropa limpia aquí.

–Tengo lavadora y secadora –le dijo cariñosamente, tomándola de la mano.

–Por favor, no sigas, Lewis –dijo, soltándose de él–. Me estás poniendo en un compromiso.

Él la miró con una expresión de impaciencia en el rostro.

–Pensé, después de lo que ha pasado esta noche, que dejaríamos de jugar al ratón y al gato. Pensé que me deseabas tanto como yo a ti.

Olivia miró a su alrededor, consciente de que había una cola de gente detrás de ella.

–Lewis, este no es el lugar ni el momento adecuado para discutirlo.

–Si no vienes a mi casa ahora... esta noche, Olivia, no te lo volveré a pedir más. Te lo prometo.

A Olivia le resultaba increíble que él intentara presionarla de ese modo.

–No sabía que pudieras llegar a ser tan cruel –dijo enfadada.

Él la miró fijamente, luego se volvió con expresión dura. Ella reconoció ese gesto, era el que adoptaba cada vez que iba a echar a un empleado.

Olivia se sintió profundamente herida. Se dio cuenta de que era el fin. Le apetecía ponerse a llorar, pero no lo hizo. Se quedó allí en pie, al lado del hombre al que amaba, en silencio.

Capítulo 16

El viernes por la mañana Olivia se despertó muy triste. Tuvo que obligarse a sí misma a levantarse. El desayuno fue pura rutina y le costó mucho ducharse y vestirse.

Las chicas de recepción se quedaron mirándola fijamente cuando llegó al trabajo veinte minutos tarde. Ella murmuró alguna excusa poco convincente y echó a correr por el pasillo, donde a medio camino se encontró a Lewis.

Él parecía arrepentido, pero ella no estaba de humor para perdonarlo. Su corazón se había visto atrapado durante la noche por una profunda depresión, así como por un hondo resentimiento. Ni siquiera se vio en condiciones de darle los buenos días en un tono civilizado.

Él la agarró por el brazo cuando ella pasó a su lado.

–Olivia, por favor... Lo siento... Yo no quise decir eso.

Ella no dijo nada, así que él lanzó un suspiro y la dejó libre.

–¿Ni siquiera vas a aceptar mis disculpas? –preguntó él en un tono suave.

–No. Y ahora debería ir a trabajar. Llego tarde.

–Olivia, yo...

Ella volvió bruscamente la cabeza y lo miró con ojos fríos.

–Si piensas que voy a volver a hablar de nuevo en público de nuestra relación privada, te equivocas. Además, Lewis Altman, nosotros ya no tenemos ninguna relación privada.

Ella se marchó hacia su despacho sin decir nada más. Dejó su bolso en el suelo al lado de su escritorio, se sentó y se dispuso a trabajar. Pero le fue imposible concentrarse. Su corazón latía a toda velocidad y la cabeza le daba vueltas.

Lewis regresó diez minutos después y se quedó de pie, frente al escritorio de ella, con los brazos cruzados.

–Tenemos que hablar, Olivia.

–Ahora no, Lewis –ella ni siquiera lo miró.

–¡Ahora sí! –rugió Lewis.

–No tenemos que discutir nada más. Tú no eres el tipo de hombre que yo creía. Eres arrogante y egoísta. Presentaré mi dimisión esta misma mañana.

Él la miró con incredulidad y horror.

–¡Pero eso no puede ser! Quiero decir que... ¡Santo Dios, Olivia! Vas a tener un hijo mío.

–Y eso es lo único que te importa, ¿verdad? Solo para eso quieres a las mujeres, para que tengan niños. Bueno y para tener relaciones sexuales, por supuesto. O para que sean tus secretarias. Compadezco a Dinah. Si hubiera tenido la mala suerte de casarme contigo, habría tenido que divorciarme de ti. Con niño o sin niño. Tú no sabes nada acerca de lo que una mujer necesita. No sabes nada acerca del amor. Tu vocabulario empieza y acaba con lo que Lewis Altman desea.

Olivia se dio cuenta de que sus palabras estaban causando el efecto deseado. Lewis parecía dolido. Pero ella no había acabado todavía. Se había pasado toda la noche pensando en el asunto y quería decirle lo que había decidido.

–Yo creía que tú, a pesar de ser una persona ambiciosa, eras también un hombre bueno y generoso. Y hasta puedes serlo, pero solo cuando quieres conseguir algo –añadió, con una sonrisa de desprecio–. Y lo que ahora quieres conseguir es ese niño. Te dije que serías un buen padre, pero ahora lo dudo. Creo que tu hijo sería para ti otro producto que tú has creado, el reflejo de tu enorme ego.

Olivia hizo una breve pausa. Luego tomó aire y siguió:

—También te dije una vez que eras un hombre profundo. Pero me he dado cuenta de que no es verdad. Eres un hombre increíblemente superficial. Y ahora te sugiero que me dejes tranquila o me levantaré y me marcharé de aquí ahora mismo. No te necesito para nada. No necesito ni este trabajo ni tu dinero. Me las puedo arreglar perfectamente yo sola.

Por un momento, pareció que él iba a seguir la discusión. De hecho, incluso llegó a abrir la boca. Pero luego la volvió a cerrar, quedándose con un gesto inexpresivo.

Se dio la vuelta y se metió en su despacho, cerrando la puerta con sospechosa suavidad.

En cuanto estuvo sola, le comenzó a temblar la barbilla. Sabía que había ido demasiado lejos, que él tampoco era tan malo. Además, tampoco quería dejar el trabajo.

«¡Oh, Olivia, Olivia, te has comportado como una chica estúpida!».

Estaba empezando a contemplar la idea de entrar en el despacho de Lewis y disculparse cuando la puerta de su despacho se abrió y apareció Nicholas, sonriente.

—¡Qué tal, Liv! —dijo él, observándola para ver cómo reaccionaba.

Olivia no contestó nada.

—Me acerqué a tu apartamento el miércoles a hacerte una visita, pero no estabas. Así que te llamé ayer aquí y me dijeron que estabas en Melbourne con tu jefe en viaje de negocios y que no volverías hasta hoy. Espero que no te moleste que me haya acercado, pero es que no podía esperar hasta la noche.

Lo único que Olivia pudo hacer fue sacudir la cabeza, completamente asombrada. Le sorprendía tanto su propia reacción al verlo como el aspecto de él.

Hubo un tiempo en que Nicholas le había parecido un hombre terriblemente atractivo. Con su pelo rubio y su figura esbelta. Pero al fijarse en él ese día solo pudo ver a un muchacho inmaduro. Y el bonito traje que llevaba no conseguía enmascarar su inmadurez. Si acaso, la incrementaba.

A Olivia le pareció que ella había madurado en lo que se refería a los hombres. Prefería los hombres morenos, altos y sofisticados, con ojos experimentados y fuertes músculos.

Pero estaba pensando en Lewis, observó de pronto, con el corazón contraído.

Así que ver a su ex fue todo un alivio, ya que le había demostrado que él ya no significaba nada para ella.

—¿Qué es lo que quieres, Nicholas?

—A ti, Olivia —dijo él, y ella se echó a reír sin poder evitarlo.

—Sé que te he hecho daño y lo siento —dijo él con gesto de dolor—. Mi única excusa es mi juventud. Y que era un estúpido.

—Y todavía lo sigues siendo, Nicholas.

—No, ya no —insistió él. Luego rodeó el escritorio y se arrodilló ante ella. Olivia intentó retirarse cuando él le agarró las manos y se las puso sobre su pecho—. Hasta que no te abandoné, no me di cuenta de lo mucho que te quería. No puedo vivir sin ti. Te necesito. Por favor, déjame volver contigo. Me he dado cuenta de que Ivette era una bruja. No como tú. Ahora sé lo buena que eres. Nos casaremos cuando tú quieras. Di que me perdonas, Liv, cariño. Di que me sigues queriendo. Dios, no sé lo que haré si no es así.

—¡Lo que vas a hacer es marcharte de aquí ahora mismo!

Olivia se sorprendió al oír la voz de Lewis. Apartó sus manos de Nicholas y se volvió para enfrentarse al rostro furioso del padre de su hijo. Estaba a pocos pasos de ellos y miraba a Nicholas como si fuera a matarlo.

—Olivia no va a volver contigo, maldito bastardo. Te informaré de que ella...

—¡Lewis! —lo interrumpió ella, antes de que pudiera contar lo del embarazo—. Por favor, no.

—¿No estarás pensando en volver con él? —preguntó Lewis, evidentemente agitado ante la sola idea.

–No –contestó ella, deseando que la pasión de Lewis se debiera a que le preocupaba ella y no el niño.

Pero sabía que no era así.

Nicholas se había puesto en pie. Se había sonrojado y parecía bastante confuso.

–Se suponía que tú y yo íbamos a vivir juntos, Liv.

–Lo siento, Nicholas, pero ya es tarde. He dejado de quererte.

–¡No te creo!

–Ya has oído lo que te ha dicho –intervino Lewis–. Ella ya no te quiere. ¡Así que largo de aquí!

–Escucha, amigo, nadie te ha preguntado a ti. ¿Por qué no desapareces? Tú puedes ser su jefe, pero resulta que yo soy su novio. Y ella es mi chica. Siempre fue así y siempre lo será.

–¿Ah, sí? –Lewis avanzó hacia él, de modo que Nicholas se echó hacia atrás asustado–. Ahora escúchame tú a mí, amigo –dijo Lewis, en un tono furioso, golpeándolo en el pecho con su dedo índice–. Olivia quizá fue tu chica alguna vez. Pero ahora ella es mía. Sí, lo has oído bien. La amo y la necesito más de lo que tú lo hayas hecho nunca. Y pienso que ella también me quiere y me necesita.

–¿Que ella te quiere? –se burló Nicholas–. Te puedo asegurar que Liv no te ama.

–Sí que lo amo, Nicholas –confesó ella, poniéndose en pie y mirando a Lewis con ojos borrosos–. Y siempre lo amaré.

Olivia observó la cara de sorpresa de Lewis. Luego su rostro delató tal emoción que ella apenas lo pudo soportar. Él la amaba. La amaba de veras.

–Pero... pero... –Nicholas no se lo podía creer.

–Y no solo es que lo ame –continuó Olivia, con la mirada fija en Lewis–. Es que además voy a tener un hijo suyo.

–¡Un hijo suyo! –repitió Nicholas–. ¿Y desde cuándo...? Yo te dejé hace solo dos malditos meses. Tú ya estabas liada con él antes de eso, ¿verdad? Y yo que me sentía tan culpable por lo de Ivette... Yo pensaba que tú eras especial, pero veo que me he equivocado. Eres tan mujerzuela como las demás.

Luego, todo sucedió rápidamente. Lewis agarró a Nicholas del pescuezo y lo arrastró hasta la puerta, desde donde lo arrojó al pasillo. Después, ajeno a la gente que se había agolpado allí para ver qué ocurría, se dio la vuelta y se sacudió las manos satisfecho de sí mismo.

Oliva se levantó y se echó en sus brazos.

—¡Oh, Lewis! –gritó ella.

Él levantó su barbilla y la miró fijamente a los ojos.

—¿Es cierto lo que dijiste? ¿Acerca de que me querías?

—Por supuesto que sí.

—¿Para siempre?

—Me di cuenta de que mis sentimientos hacia ti habían cambiado cuando regresé al trabajo después de las vacaciones de navidad. Pero cuando realmente estuve segura fue cuando Dinah apareció en tu casa. Sentí tantos celos, que la única explicación fue que te quería.

—Sé de lo que estás hablando. Cuando vi a Nicholas arrodillado ante ti y sujetando tus manos contra él, me dieron ganas de matarlo. Y cuando le oí pedirte que volvieras con él, sentí ganas de gritar tan alto que se me hubiera oído desde América. Tenía miedo de que tú siguieras amándolo.

—Dejé de amarlo hace tiempo. Es a ti a quien amo.

—Dímelo de nuevo, cariño. Me encanta escucharlo.

—Te amo, Lewis.

—Y yo te amo a ti. ¡Solo Dios sabe cómo te amo!

El aplauso espontáneo de la gente que estaba ante la puerta, hizo que Olivia se sonrojara.

—Dado que tenemos audiencia, cariño, voy a volver a pedírtelo. ¿Quieres casarte conmigo?

Olivia estaba al borde de las lágrimas. Pero quiso ser fuerte.

—Sí –dijo, alto y claro–. Sí, quiero.

—Aah –fue todo lo que Lewis pudo decir antes de abrazarla.

Capítulo 17

–Eres muy guapo –le dijo Lewis a su hijo, que estaba entre los brazos de su padre, mirándolo alerta.

–La enfermera dice que es demasiado guapo para ser niño –comentó Olivia desde la cama.

La próxima vez, se prometió, llegaría al hospital con tiempo suficiente para que le pusieran la epidural. Desgraciadamente, se había quedado en casa hasta demasiado tarde, creyendo que era todavía pronto para ponerse de parto. Pero, una vez rompió aguas, todo transcurrió demasiado rápidamente y pronto el dolor se hizo insoportable. El camino al hospital se hizo interminable. Y eso que solo tardaron un cuarto de hora en llegar, poco antes del amanecer. Cuando llegaron y la ingresaron en la sección de maternidad, Olivia apenas si podía contener las ganas de gritar. Luego el doctor le dijo que ya era demasiado tarde para ponerle anestesia y ella gimió de dolor. Y ya no dejó de gemir hasta que el niño nació, cuarenta minutos después.

–Va a ser un donjuán –dijo Lewis, mirando orgulloso al bebé–. Especialmente, con esos ojos que tiene. Son iguales que los tuyos, cariño –añadió, acercándose a Olivia para besarla en la frente.

–Pero si mis ojos no son azules...

–Tonterías, todos los niños nacen con los ojos azules. Pero los suyos son más oscuros que los míos incluso ahora. En unos pocos meses, él tendrá unos enormes ojos castaños como los de su hermosa madre.

Olivia se ruborizó, adulada por el cumplido. Lewis siempre le estaba diciendo cosas bonitas. No había nada suyo que no le gustara. Ni siquiera su pasión por hacer listas y planear hasta el último detalle por adelantado.

La vida, sin embargo, solía trastocar sus planes, como había pasado con el parto. Ella habría querido estar serena, en vez de gimiendo de dolor todo el tiempo.

—Será mejor que decidamos cómo se va a llamar –propuso Lewis–. Tendremos que elegir un nombre que no se pueda cambiar por algún diminutivo horrible. A mí me llamaban Lew en el colegio, que suena fatal.

Olivia se echó a reír.

—Entonces, creo que debemos descartar llamarlo Lew junior.

—Eso jamás.

—Te propongo que seas tú quien elija el nombre de nuestros hijos. Y yo elegiré el de nuestras hijas –ella había hecho una lista de nombres de mujer, ya que su madre le había asegurado que sería niña, debido a que tenía la barriga muy baja. ¡Pero eso eran cuentos! La próxima vez se lo preguntaría al médico cuando le hicieran una ecografía. Ella prefería prepararse por adelantado para todo.

—Creo que me gustaría que se llamara Christopher –dijo Lewis–. Claro, que podrán llamarle Chris, pero incluso eso tampoco suena mal, ¿no te parece?

—Sí, a mí también me gusta. ¿Y te parece que usemos el nombre de mi padre como segundo nombre?

—Christopher David Altman –dijo Lewis, pronunciando el nombre despacio–. Suena bien, ¿verdad?

—Sí, suena a hombre fuerte. Como su padre.

Lewis la miró con ojos que reflejaban lo mucho que la quería y lo orgulloso que estaba de ella.

—No puedo creerme que hables de tener más hijos, después

de lo que acabas de pasar. Me he quedado impresionado con tu fuerza y coraje.

–No te engañes, Lewis. Yo no soy nada valiente. ¡Y mucho menos masoquista! La próxima vez, estaremos en la puerta del hospital en cuanto sienta la primera contracción para que me pongan la epidural.

Lewis asintió.

–¿Y crees que me podrán dar algún analgésico a mí? Tampoco es nada fácil quedarse quieto mirando y preocupándote por lo que más amas. Te sientes tan indefenso...

–Tú no te puedes sentir indefenso, amor mío. Tú eres fuerte como una torre.

–Pero todo lo que podía hacer era sujetar tu mano.

–Pero lo hiciste muy bien.

Él se echó a reír. Luego se inclinó sobre ella y la besó.

–Hoy es el día más feliz de toda mi vida.

–Y el mío también.

–Tendré que ponerme a buscar la casa donde vamos a vivir. No vamos a quedarnos en ese apartamento toda la vida.

Después de que se subastara la casa de Lewis, varios meses antes, Olivia y él se mudaron al apartamento que le regaló a ella la madre de Lewis.

–Pero si es perfecto. Incluso tenemos ya niñera, con tu madre viviendo en el piso de arriba. Lleva deseando tener al niño entre sus brazos desde que se enteró de que estaba embarazada.

–Es cierto. Eh... ¿y piensas que querrás más adelante volver al trabajo, Olivia?

Ella se quedó sorprendida. Había afirmado que no quería seguir trabajando después de tener el niño. Podía ser que lo hubiera confundido porque había estado yendo al despacho hasta dos semanas antes, cuando al ver que el parto se acercaba, decidió buscar una secretaria que la sustituyera.

Y no había dejado nada al azar. Olivia había llamado personalmente a una agencia de empleo y había conseguido que le mandaran a una mujer de unos cincuenta años, eficiente y que se alejaba mucho de ser una persona que pudiera resultarle atractiva a Lewis. Olivia no se sentiría nada insegura con Barbara Hoskins ocupando su puesto.

Y no porque pensara que Lewis pudiera traicionarla. Era solo que prefería evitarle la tentación.

–Por el momento, no lo creo, cariño –contestó ella–. Creo que me llevará unos ocho años completar nuestra familia, si queremos tener cuatro hijos. Incluso más adelante podremos tener un quinto, justo antes de que el más pequeño empiece a ir al colegio. Y eso hace en total trece años.

–¡Caramba! ¿Te das cuenta que para entonces tendré cincuenta años?

–¡Y yo cuarenta! –exclamó ella.

–Pero tú seguirás siendo toda una mujer, amor mío. Y eso me recuerda que recibí ayer el balance de ventas del primer cuatrimestre desde que se empezó la campaña de All Woman.

–¿Y?

–Que los beneficios superan con creces los de All Man. Apenas podemos hacer frente a los pedidos, Olivia. Ha sido un éxito impresionante.

–Oh, Lewis, eso es maravilloso.

–Sí, pero no tan maravilloso como esto –declaró, mientras dejaba al bebé dormido en la cuna–. Esto sí que es importante, ¿no te parece?

–Sí que lo es –murmuró Olivia, luchando por contener las emociones que se agolpaban en su pecho.

–Te amo, Olivia Altman.

Lewis alzó los ojos y Olivia pudo ver que estaba igual de emocionado que ella.

–Yo también te amo.

Lewis la besó dulcemente, pero de repente se apartó.

–Creo que oigo pasos en el pasillo.

–Serán mis padres –aventuró Olivia.

—Y mi madre. Despierta, hijo, tenemos visita —dijo él, tomando al niño de nuevo entre sus brazos.

Mientras Lewis enseñaba el niño a los familiares, Olivia nunca había visto un hombre tan orgulloso y feliz. Después de unos minutos admirando a su nieto, la madre de Olivia se llevó a esta a un lado de la habitación y le dio un abrazo emocionado.

—Enhorabuena. Estoy tan feliz por ti... Lewis es maravilloso y ha sido un gran detalle que vayáis a poner al niño, de segundo nombre, Dave por tu padre.

Olivia sonrió a su madre, que parecía tener diez años menos en aquellos días. También su padre había rejuvenecido.

—He tenido mucha suerte —respondió Olivia.

—La suerte no tiene nada que ver con esto, Olivia. Cuando me hablaste de Lewis, supe en seguida que era el hombre adecuado para ti.

—Ya lo sé —contestó Olivia, riendo.

—Se lo estaba diciendo a Betty hace unos momentos. Ella me dijo que sintió lo mismo al conocerte a ti, que pensó de inmediato que Lewis había encontrado su media naranja.

Olivia tuvo que asentir. Eran la pareja perfecta. Buscaban las mismas cosas en la vida y, lo más importante, sentían lo mismo el uno por el otro.

Como si leyera su mente, Lewis miró hacia Olivia con cariño, y el corazón de la mujer se llenó de amor. Su madre pensaba que la suerte no tenía nada que ver, y puede que tuviera razón, pero ella se sentía muy afortunada. Tenía un marido atractivo y cariñoso, además de un hijo guapo y sano. Sin mencionar a una familia solidaria y estupenda.

El dinero era útil, pero no podía comprar la felicidad. Ya nunca se preocuparía tanto por las cosas materiales. No quería dejar a un lado las cosas que de verdad importaban en la vida.

El amor y la familia eran las llaves de la felicidad, decidió Olivia, esbozando una sonrisa a su marido.

El amor... y la familia.

EL OTRO

MIRANDA LEE

Capítulo 1

«Un día maravilloso», pensó Jason cuando salió a la calle. La primavera había llegado por fin. Y con ella el sol. Hacía una temperatura ideal. La ciudad nunca había tenido mejor aspecto, una ciudad situada a las faldas de las que, en aquella estación, eran unas colinas llenas de vegetación. El cielo estaba despejado. Los pájaros cantaban en uno de los árboles cercanos.

Era imposible sentirse desdichado en un día así, decidió Jason mientras caminaba por la acera.

Sin embargo...

–No se puede tener todo en la vida, hijo –le decía su madre.

Qué razón tenía.

El corazón le dio un vuelco al acordarse de ella y de la vida tan desgraciada que había tenido. Se había casado a los dieciocho años con un hombre que era un borracho y jugador. Cuando cumplió los treinta, ya tenía siete hijos. A los treinta y uno, la había abandonado. A los cincuenta estaba agotada y canosa y hacía cinco años había muerto de un infarto de miocardio.

Tenía solo cincuenta y cinco años.

Jason era el hijo menor, un chico inteligente y cariñoso que se había convertido en un adolescente descontento y ambicioso, decidido a hacerse rico cuando fuera mayor. Se matriculó en Medicina no porque le gustara, sino porque pensaba que era una profesión en la que se ganaba mucho dinero. Su madre había puesto objeciones, argumentando que uno no se podía hacer médico por dinero.

Cómo le habría gustado decirle que al final se había convertido en un buen médico y que era muy feliz, a pesar de no ser rico.

Claro, que uno nunca era completamente feliz. Eso era algo muy difícil.

–Buenos días, doctor Steel. Un día precioso, ¿verdad?

–Sí, Florrie –Florrie era una de sus pacientes. Rondaba los setenta años y casi todas las semanas iba a la consulta para quejarse de alguno de sus muchos achaques.

–Parece que Muriel tiene bastante trabajo hoy –dijo Florrie, señalando la panadería que había al otro lado de la calle. Del autobús que había aparcado frente al establecimiento, entraba y salía gente para comprar empanadas.

La panadería de Tindley era famosa en kilómetros a la redonda. Algunos años antes, había conseguido hacer famosa aquella localidad al ganar el premio a la mejor empanada de carne de Australia. Los viajeros y los turistas que iban de Sídney a Canberra se desviaban de la autopista solo para comprar una empanada en Tindley.

En respuesta a tan repentina afluencia de visitantes, las tiendas que había a cada lado de la carretera, que antes estaban casi vacías, habían abierto de nuevo sus puertas para vender toda clase de artículos de artesanía local.

A los alrededores de Tindley habían acudido artistas de todo tipo, por el paisaje y la tranquilidad que se respiraba. Pero antes de aquel florecimiento del mercado, habían tenido que vender sus productos a las tiendas situadas en sitios más turísticos, sobre todo en la costa.

En un momento determinado, ya no fueron las empanadas las que atrajeron a los turistas, sino los artículos de piel y barro, madera y otros productos hechos a mano.

En respuesta a tanta popularidad, habían abierto más negocios, donde se ofrecían té de Devonshire y comida para llevar. También habían abierto un par de buenos restaurantes y una pensión que se llenaba los fines de semana con la gente que escapaba de Sídney y les gustaba montar a caballo, caminar por el bosque, o sentarse a observar el paisaje.

En un período de cinco años, Tindley había resurgido casi de la nada y se había convertido en un sitio próspero. Un lugar que se podía permitir el lujo de tener dos médicos. Jason había comprado parte del consultorio del viejo doctor Brandewilde, y no se había arrepentido de ello en ningún momento.

Aunque tenía que admitir que había tardado tiempo en habituarse al ritmo del lugar, acostumbrado como estaba a trabajar doce horas al día en el consultorio de Sídney. Había tenido que luchar al principio contra su impulso por pasar consulta de la manera más rápida posible.

En la actualidad no se podía imaginar estar con un paciente menos de quince minutos. Sus pacientes habían dejado de ser rostros anónimos y se habían convertido en personas que conocía y apreciaba. Personas como Florrie. Una conversación agradable con el paciente era una práctica habitual del médico rural.

El autobús arrancó y al poco desapareció de la vista.

–Espero que Muriel no haya vendido mi almuerzo –comentó Jason. Florrie se echó a reír.

–Nunca haría algo así, doctor. Usted es su cliente favorito. El otro día me decía que, si tuviera treinta años menos, le habría echado ya el guante y así no tendría que aguantar a la casamentera de Martha.

Jason se empezó a reír. No solo Martha Brandewilde era casamentera. Desde que llegó a aquel pueblo, todas las damas padecían la misma enfermedad. Al parecer, no era normal que un hombre atractivo y soltero, por debajo de los cuarenta, se fuera a vivir a un sitio como aquel. Con tan solo treinta años, más apuesto que la media, era considerado el partido perfecto por muchas.

Aunque ninguna de ellas tuvo éxito, a pesar de haber invitado a Jason a varias fiestas donde siempre por casualidad había cerca de él una chica que no estaba emparejada. Jason sospechaba que había defraudado a todas las que le habían intentado ayudar en ese sentido. Martha Brandewilde era la que más frustrada se sentía.

Sin embargo, lo que sí le alegraba era el que, a pesar de su falta de entusiasmo por las chicas que le ofrecían en bandeja, nadie había sugerido que era un solterón empedernido. Aquello era algo que le gustaba de los habitantes de Tindley. Tenían valores y puntos de vista chapados a la antigua.

Florrie frunció el ceño.

–¿Cuántos años tiene, doctor Steel?

–Treinta, Florrie. ¿Por qué?

–Un hombre no debe casarse muy mayor –le aconsejó–. Porque, si no, se empieza a hacer maniático y egoísta. Aunque no hay que casarse con la primera que aparezca. El matrimonio es algo muy serio. Pero un hombre inteligente como usted lo sabe. A lo mejor por eso no se ha casado aún. ¡Dios mío, mire qué hora es! Tengo que marcharme. Va a empezar *The Midday Show* y no me lo quiero perder.

Florrie dejó a Jason pensando en lo que le acababa de decir.

La verdad era que estaba de acuerdo con ella. Casi en todo. Su vida tendría más sentido si encontraba a una mujer con la que compartirla. Había llegado a Tindley después de una experiencia bastante triste, pero no por ello abandonaba la idea de encontrar a alguien. Quería casarse, pero no con cualquiera.

Movió en sentido negativo la cabeza, al pensar en lo cerca que había estado de casarse con Adele. ¡Qué desastre hubiera sido!

La verdad era que había sido una mujer con la que había estado dispuesto a compartir su vida. Bella. Inteligente. Muy sensual. Había estado ciegamente enamorado de ella, hasta el día en que se le cayó la venda de los ojos y se dio cuenta de lo que había detrás de esa fachada. Un ser sin sentimientos que había sido capaz de asumir la muerte de un niño, sin culpabilizarse de su propia negligencia, diciendo que así era la vida y que no era la última vez que un accidente de ese tipo iba a pasar.

En ese momento, decidió dejar de verla y separarse de su estilo egoísta de vida. Y había tenido que pagar un alto precio por ello. En vez de reclamarle a Adele la mitad de sus bienes, le había dejado todo. El piso en Palm Beach y el Mercedes. Se había ido con lo puesto. Después de haberle comprado al doctor Bradewilde la mitad del consultorio, Jason había llegado a Tindley tan solo con su ropa, su colección de vídeos y un coche, que estaba lejos de ser un Mercedes último modelo. Un coche de cuatro puertas, australiano, pero bastante duro y fiable. El coche típico de un médico rural.

Adele pensó que se había vuelto loco y le había dado seis meses para que atendiera a razones. Pero era lo que Jason había hecho. No quería seguir viviendo deprisa y con la obsesión de conseguir riqueza, ni tampoco estaba dispuesto a una vida sexual tan retorcida como les gustaba a las mujeres tipo Adele. Quería paz y tranquilidad tanto de cuerpo como de alma. Quería una familia. Quería casarse con una mujer a la que respetara y amara.

Sin embargo, le daba igual estar enamorado.

Naturalmente, era importante querer a su mujer. El sexo era tan importante para Jason como lo era para el resto de los hombres apasionados. La primavera no solo afectaba al pueblo, también le afectaba a él. Necesitaba una esposa y la necesitaba cuanto antes.

Por desgracia, las posibilidades de casarse con la chica en la que se había fijado nada más pisar Tindley eran casi nulas.

Miró la calle y se fijó en la pequeña tienda que había en la esquina. Sus puertas estaban todavía cerradas. Era normal, pensó. No había pasado ni siquiera una semana desde el funeral de Ivy Churchill.

¿Se encargaría Emma de la tienda de chucherías de su tía?

¿Qué podría hacer él para conquistarla? Porque del corazón de aquella chica se había apoderado un cretino que se había marchado del pueblo hacía ya unos cuantos meses. Según su tía, la chica estaba todavía enamorada de ese tipo y esperaba con anhelo su regreso.

Aquella señora se lo había contado a Jason una de las veces que había ido a reconocerla, seguramente porque se había dado cuenta de las miradas que le dirigía a su sobrina.

Aunque la chica no se había enterado de nada. Las veces que había ido, ella se quedaba tejiendo al lado de la ventana.

Para Jason había sido imposible no fijarse en ella. Sus ojos volvían una y otra vez al mismo sitio, para contemplar la bella imagen de aquella chica sentada, arqueando de forma graciosa el cuello, su mirada baja, sus pestañas descansando en la palidez de sus mejillas. Siempre llevaba un vestido hasta los tobillos. Los rayos del sol habían iluminado sus hombros, convirtiendo su cabello rizado en oro puro. De su cuello colgaba una cadena de oro, que se agitaba ligeramente cada vez que movía la lanzadera del telar.

Jason aún recordaba el deseo que había sentido en esos momentos de acariciarle su delicado cuello y besarla en los labios. Su paciente le dijo algo que le sacó de aquellos pensamientos tan eróticos, los cuales incluso lo habían excitado.

Jason frunció el ceño, salió del consultorio y se dirigió a la panadería. Nada más abrir la puerta, cambió su expresión por una más agradable.

Una de las pegas que tenía vivir en sitios como Tindley era que nada pasaba desapercibido. No quería que todo el mundo empezara a comentar que el doctor Steel tenía problemas. También sabía que no era bueno hacer demasiadas preguntas, a pesar de que se moría por saber qué iba a hacer Emma con la tienda de su tía.

–Buenos días, doctor Steel –le saludó Muriel–. ¿Lo de siempre?

—Sí, gracias, Muriel —le respondió sonriendo.

No había hecho más que sacar el zumo de naranja del frigorífico cuando Muriel ya le había puesto en una bolsa de papel su acostumbrada empanada de carne con champiñones y dos panecillos. Estaba a punto de pagar, cuando le picó la curiosidad.

—La tienda de chucherías está todavía cerrada —comentó como por casualidad.

Muriel suspiró.

—Sí. Emma me ha dicho que no tiene ganas de abrir esta semana. Me da pena esa chica. Lo único que tenía en este mundo era a su tía, y se ha ido para siempre. El cáncer es una enfermedad horrorosa.

—Tiene razón —respondió Jason mientras le entregaba un billete de cinco dólares.

Muriel abrió la caja registradora para darle el cambio.

—Cuando muera, me gustaría morir de un infarto, no de una enfermedad lenta. La verdad es que estoy sorprendida de que Ivy durara tanto como duró. Cuando el doctor Brandewilde la envió al hospital en Sídney el año pasado para la quimioterapia, yo no le daba más de unos días. Pero aguantó un año. En cierta forma, es un alivio para Emma que muriera. A nadie le gusta ver sufrir. Pero se ha quedado muy sola esa chica.

—Supongo —comentó Jason—. La verdad es que es increíble que una chica tan guapa como Emma no tenga novio —se aventuró Jason.

—¿No le han contado lo de Emma y Dean Ratchitt? Seguro que Ivy se lo contó. Al fin y al cabo, usted fue muchas veces a visitarla en los últimos meses.

—No recuerdo que mencionara a nadie con ese nombre —respondió Jason. Al único Ratchitt que conocía era a Jim Ratchitt, un medio descastado que vivía en una granja fuera del pueblo—. ¿Tiene alguna relación con Jim Ratchitt?

—Es su hijo. Tendría que enterarse de lo que se comenta por

ahí –dijo Muriel mientras le entregaba el cambio–. Sobre todo si está pensando en echar la mirada en esa dirección, como supongo.

–¿Qué se comenta?

–Pues lo de Emma y Dean, por supuesto.

–¿Estaban saliendo juntos?

–Oh, eso no lo sé. A Dean le gustan las chicas liberales, y Emma no es así. Ivy la educó respetando los viejos valores. Esa chica cree en la castidad hasta el matrimonio. Pero quién sabe. Dean tiene mano con las mujeres, de eso no hay duda. Y durante un tiempo estuvieron saliendo.

–¡Saliendo!

–Sí. Eso fue antes de que Ivy se fuera a Sídney, el año pasado. Nos sorprendió mucho, porque Dean había estado saliendo con otra un mes antes. Emma llevaba un anillo que le regaló cuando se marchó a Sídney a ver a su tía. Cuando dos meses más tarde volvió de Sídney con Ivy, en todo el pueblo se comentaba que Dean había dejado embarazada a la chica pequeña de los Martin.

–¿La chica con la que estaba saliendo antes de Emma?

–No, no, esa era Lizzie Talbot. De todas formas, él nunca negó que se había acostado con la chica de los Martin, pero no quiso reconocer al niño. Dijo que la chica era muy liberal y que él no era el único que se había acostado con ella. Emma discutió con él justo en la puerta de la tienda de Ivy. Yo misma oí la discusión. Todo el pueblo la oyó.

Muriel apoyó los codos en el mostrador, disfrutando con el cotilleo.

–Dean tuvo la cara todavía de pedirle que se casara con él. Emma se negó y él perdió los estribos, acusándola de que había sido culpa suya, aunque a mí me gustaría saber la razón. Recuerdo que le gritó que si no se casaba con él, como habían pensado, lo suyo habría acabado. Ella le respondió, gritando también, que de todas maneras ella lo daba por terminado. Le tiró el anillo a la cara y le dijo que se casaría con el primer hombre decente que encontrara.

—¿De verdad? —indagó Jason, incapaz de ocultar la alegría que le habían producido aquellas palabras.

—No se haga ilusiones, doctor —le advirtió Muriel—. Estoy segura de que lo dijo por despecho. Se dice mucho por la boca, pero luego los actos son lo que importan. Lleva un año sin salir con nadie, aunque chicos no han faltado que se lo pidieran. ¿Quién le va a pedir que se case con él, si ni tan siquiera queda con ellos una vez? Todos sabemos que está esperando a que vuelva Dean. Y si vuelve... —Muriel se encogió de hombros con resignación, como si lo inevitable fuera que Emma iba a caer de nuevo en los brazos de su antiguo amor.

Y aquel hombre había sido su amante. De eso Jason no tenía duda alguna. Las mujeres enamoradas pronto olvidan los valores que les han inculcado.

De todas maneras, imaginarse a Emma en manos de semejante energúmeno le revolvía el estómago. Era una joven tan dulce y cariñosa que se merecía algo mejor.

Se merecía alguien como él, decidió Jason. La modestia nunca fue una de sus virtudes.

—¿Y qué le pasó a la chica que Jason dejó embarazada?

—Se fue a la ciudad. La gente dice que abortó.

—¿Usted cree que era de él?

—¿Quién sabe? La chica era un poco casquivana. Si era de Dean, sería la primera vez que tuvo un desliz. Porque durante todos estos años, ha salido con todas las mujeres por debajo de los cuarenta de este pueblo, tanto si estaban casadas como si estaban solteras.

Jason enarcó las cejas.

—Todo un récord. ¿Qué es lo que tiene ese hombre?

Muriel se echó a reír.

—No se lo puedo decir yo, doctor, porque ya casi tengo sesenta. Pero de lo que no hay duda es de que es un chico apuesto.

—¿Qué edad tiene?

—Un poco más joven que usted, pero un poco mayor que Emma.

—¿Y cuántos años tiene Emma?

Muriel estiró su espalda, poniendo una expresión de reprobación.

—Doctor, doctor... ¿qué es lo que ha estado haciendo estos meses mientras iba a casa de Ivy? Ese tipo de cosas es de lo que uno primero se entera, si se va en serio con la chica. Tiene veintidós.

Jason frunció el ceño. Había pensado que era mayor. Tenía una expresión más madura, serena, que sugería una mayor experiencia en la vida. Con veintidós años no era más que una niña. Una niña que había vivido toda su infancia en un pueblo. Una joven inocente y sin experiencia.

De pronto se acordó del compromiso de Emma con Dean Ratchitt. Tampoco tan inocente, quizá. Ni con tan poca experiencia. Los hombres del tipo de Ratchitt no perdían el tiempo saliendo con chicas que no les daban lo que querían.

—¿Usted cree que Ratchitt va a volver?

—¿Quién sabe? Si se entera de que Emma va a heredar la tienda, a lo mejor.

Jason dudaba mucho de que el hecho de que Emma heredara aquella tienda fuera a hacer volver a un tipo de su calaña. Aquel establecimiento no daba más que para vivir, pero solo porque no se pagaba renta. La tienda era muy pequeña y no valía mucho.

—¿Usted cree que si volviera, ella estaría dispuesta a salir con él otra vez?

—El amor es ciego.

Jason estaba de acuerdo. Por fortuna, él no estaba enamorado de la chica. Quería tomar una decisión sobre ella con la cabeza, no con el corazón.

—Hasta mañana, Muriel —se despidió. Ya había pasado demasiado tiempo en la tienda de Muriel y seguro que aquella conversación la conocerían pronto todos los vecinos.

Aunque tampoco le importaba. Ya había decidido dar el primer paso nada más acabar la consulta esa misma tarde. No quería esperar hasta que apareciera Dean Ratchitt. No quería perder el tiempo pidiéndole que saliera con él. Iba a ir directo a lo que quería. Le iba a proponer que se casara con él.

Capítulo 2

Jason estaba empezando a ponerse un poco nervioso, un estado bastante inusual en él.

Aunque comprensible, decidió mientras entraba por la puerta de atrás de la casa de Emma. No todos los días le pedía uno matrimonio a otra persona, y menos a una mujer de la que no estaba enamorado, con la que nunca había salido y menos acostado. La mayoría de la gente diría que estaba loco. Adele seguro que pensaría eso.

Pensar en la opinión de Adele le motivaba. Todo lo que Adele pensara que era locura, seguramente era lo más cuerdo en este mundo.

Decidido a no cambiar de parecer, Jason cerró la puerta y caminó por el sendero que iba hasta la puerta de atrás de la casa de Emma. Se veía luz a través de las cortinas de las ventanas. También se oía música en alguna parte. Estaba en casa.

Había unos escalones de acceso. Jason puso el pie en el primero, se detuvo, se colocó la corbata y se estiró la chaqueta.

No es que hiciera falta estirarse la chaqueta, porque llevaba un traje de corte italiano, de color gris oscuro que nunca se arrugaba y que le hacía sentirse como si fuera millonario. La corbata era de seda, también gris con rayas de color azul y amarillo. Era moderna y elegante, sin llegar a ser chillona. Incluso se puso algo de la colonia que guardaba para ocasiones especiales.

Jason sabía que esa noche tenía una misión difícil y no quería dejar nada al azar. Quería dar a Emma una imagen atractiva y deseable de sí mismo. Quería demostrarle que él era lo que Dean Ratchitt no podía ser nunca. Quería ofrecerle lo que Dean Ratchitt nunca le había ofrecido. Un matrimonio sólido, seguro, con un hombre que nunca le sería infiel y del que se podría sentir orgullosa.

Respiró hondo y continuó subiendo los escalones, levantó una mano y llamó a la puerta. Los segundos que tardó ella en abrir le hicieron sentir el estómago revuelto. Tendría que haber comido algo antes de ir. Pero no había sido capaz de probar bocado hasta no saber la respuesta de Emma.

Una vocecilla interna le advertía que le iba a rechazar, que ella era una mujer romántica y que no estaba enamorada de él.

La puerta se abrió poco a poco. Un rectángulo de luz iluminó su rostro. Emma se quedó de pie, su rostro en la oscuridad.

—¿Jason? —le preguntó con voz débil. Habían pasado bastantes semanas de visitas a Ivy, antes de que se dirigiera a él por su nombre de pila. Aunque a veces lo seguía llamando doctor Steel. Le alegró que esa noche no lo llamará de esa manera.

—Hola, Emma —saludó él, sorprendido por su tranquilidad. Tenía el corazón en un puño y el estómago revuelto, pero respondió de forma muy segura.

—¿Puedo entrar un momento?

—¿Entrar? —repitió ella como si no lograra entender lo que le había dicho. No la había ido a ver desde la muerte de su tía. Había ido al funeral, pero había recibido una llamada y se había tenido que ir a una urgencia. Seguro que pensaba que su amistad con él se había acabado cuando murió su tía.

—Es que quiero pedirte una cosa —añadió él.

—Ah, bien —se apartó y le dejó entrar.

Jason la siguió con el ceño fruncido. Parecía estar mejor de lo que había estado el día del funeral, pero todavía estaba muy pálida y delgada. Tenía los pómulos hundidos, con lo que parecía que sus ojos verdes eran más grandes. Llevaba un vestido suelto y el pelo casi no tenía brillo.

Jason echó un vistazo a la cocina. Estaba muy limpia. Posiblemente no había estado comiendo bien desde que murió su tía. El frutero que había en el centro de la mesa estaba vacío, y también el tarro de las galletas. A lo mejor es que no tenía dinero para comida. Los entierros eran muy caros.

¿Se habría gastado todo el dinero que tenían en enterrar a Ivy?

Ojalá se le hubiera ocurrido pensar en eso antes de ir. No debería haberla dejado sola. Tendría que haberle ofrecido ayuda. ¿Qué clase de médico era? ¿Qué clase de amigo? ¿Qué clase de hombre?

Pues la clase de hombre a la que no se le ocurría otra cosa que pedirle a una mujer que se casara con él solo porque le convenía. Pero no había tenido en cuenta las necesidades de ella. Era un gesto muy arrogante por su parte.

En realidad, no había cambiado tanto. Seguía siendo el mismo egoísta y avaricioso que había sido siempre. ¿Cuándo iba a aprender? ¿Cuándo iba a cambiar? Esperaba conseguirlo algún día.

Sin embargo, estaba decidido a continuar con lo que le había llevado allí esa noche. Decidió que él era un buen partido para una muchacha cuyo estado no era muy boyante.

–¿Quieres que prepare café? –le preguntó con gesto triste. Sin esperar su respuesta, se fue a llenar de agua la cafetera.

No era la primera vez que le había preparado café. Cada vez que había ido a visitar a Ivy se lo había ofrecido. Emma sabía que le gustaba tomarlo en un vaso, con solo una cucharada de azúcar.

Jason cerró la puerta de entrada y se sentó en la mesa de formica, observándola moverse por la cocina. Se movía de forma muy grácil y elegante.

Una vez más, sintió deseos de acariciarle el cuello, seducirla para calmar su deseo, un deseo tan fuerte como el que había sentido una vez por Adele.

Pero no era Adele, una mujer cuya belleza tenía un toque muy sofisticado. Adele tenía unas piernas muy sensuales, sobre todo cuando llevaba los trajes negros que se ponía para ir a trabajar.

Jason no se imaginó a Emma vestida con traje, ni con la ropa interior que Adele utilizaba.

Pero, de alguna manera, la encontraba mucho más sensual con aquellos vestidos sueltos. Seguramente, se pondría un camisón con puntilla para dormir. La verdad, le daba igual. No había cosa más excitante que una mujer con su cuerpo cubierto. Le añadía misterio, una sensación de «no me toques» que era muy excitante.

Jason no se podía imaginar a Emma desnuda. Parecía tener unos pechos de tamaño adecuado, pero no sabía lo que era sujetador y lo que era carne. Aunque a él le gustaban también los pechos pequeños.

Era una mujer pequeña en altura, a diferencia de Adele, que casi era tan alta como él. A decir verdad, le encantaba que Emma tuviera que levantar la cabeza para dirigirse a él. Le gustaba aquella mujer. A pesar de que era un hombre egoísta, Jason juró no hacer nunca nada que pudiera hacerle daño.

–Lo siento, pero no tengo galletas para ofrecerte –se disculpó mientras ponía los dos vasos de café encima de la mesa–. No me apetecía ir a comprar, ni cocinar, ni comer.

–Pero tienes que comer, Emma –le aconsejó–. ¿No querrás ponerte enferma?

Emma sonrió débilmente, como si la idea de caer enferma fuera algo que no le preocupara demasiado en aquellos momentos. Estaba claro que la muerte de su tía la había deprimido.

Pero no sabía qué decir. Parecía que se le habían borrado todas las ideas de la cabeza.

Se quedaron en silencio durante unos minutos, dando sorbos de café, hasta que Emma dejó su taza y lo miró.

—¿Qué querías pedirme? —le preguntó en un tono muy débil de voz—. ¿Es algo sobre la tía Ivy?

La verdad era que no estaba mirándolo. Podía haber llevado puesta cualquier cosa, que ella no se habría dado cuenta.

—No —respondió—. No es algo sobre tu tía Ivy. Es algo sobre ti.

—¿Sobre mí?

Por la expresión de sus ojos y el tono de su voz estaba claro que aquello la había sorprendido. Pero había llegado demasiado lejos como para echarse atrás.

—¿Qué es lo que vas a hacer ahora, Emma, que Ivy se ha ido?

—No tengo ni idea.

—¿No tienes familia?

—Tengo primos en Queensland. Pero no los conozco mucho. De hecho, llevo años sin verlos.

—No creo que te quieras marchar de Tindley. Todos tus amigos están aquí.

—Sí —le respondió y dio otro suspiro—. Supongo que abriré la tienda la semana que viene y seguiré haciendo lo que hacía antes.

Lo que hacía antes.

¿Se refería a esperar a que volviera Dean Ratchitt? ¿No se daría cuenta de que una relación con aquel tipo era un callejón sin salida?

—¿Y qué has pensado del futuro, Emma? Una chica guapa como tú habrá pensado en casarse.

—¿Casarme?

—Serías una mujer maravillosa para cualquier hombre, Emma —le dijo de corazón.

Ella se sonrojó y miró su café.

—Lo dudo —murmuró.

—Pues yo creo que el hombre que se case contigo tendría que sentirse muy afortunado.

Aquellas palabras provocaron una reacción en ella. Jason vio que había entendido la razón de su visita. Los ojos de Emma se arrasaron de lágrimas.

—Sí —continuó diciéndole—. Sí, Emma, te estoy pidiendo que te cases conmigo.

Poco a poco, su estado de sorpresa dio paso al de confusión y curiosidad. Sus ojos buscaron su rostro, intentando ver Dios sabe qué.

—Pero ¿por qué? —le preguntó.

—¿Por qué?

—Sí, ¿por qué? —insistió ella—. Y por favor, no me digas que estás enamorado de mí, porque los dos sabemos que no es cierto.

Jason estuvo a punto de mentirle. Sabía que podía ser muy convincente si quería. Le podía decir que había ocultado sus sentimientos por respeto a Ivy. Podía contarle todas las mentiras del mundo. Pero no era eso lo que quería. Si se iba a casar con ella, no quería que hubiera mentiras.

—No —replicó Jason con cierto tono de arrepentimiento en su voz—. No estoy enamorado de ti, Emma. Pero creo que eres una mujer muy atractiva y deseable. Eso lo he pensado desde el primer momento que te vi.

Jason vio que se sonrojaba, lo cual le agradó. ¿Se habría dado cuenta de su admiración por ella? Si lo había notado, nunca había intentado manifestarlo, aunque bien era verdad que ella siempre se había mostrado dispuesta a quedarse un rato con él, cuando visitaba a su tía, y le ofrecía café y buena conversación.

—Un hombre como tú puede conseguir a cualquier chica que quiera —contraatacó—. Una mucho más guapa y deseable que yo. No hay ninguna chica de por aquí que no estuviera dispuesta a rendirse a tus pies, si tú se lo pidieras.

«Pero no tú», pensó Jason. Parecía que las cosas no le estaban saliendo como él había pensado. El fracaso le dejaba un sabor amargo de boca. Ya le había ocurrido con otra chica, que lo rechazó.

Trató de mantener la calma. La miró a los ojos y continuó:
—Yo no quiero a ninguna otra chica. Te quiero a ti, Emma.
Al decirle aquello, se puso roja como un tomate.
—Como ya te he dicho, creo que serías una esposa maravillosa. Y una madre magnífica. He visto cómo tratabas a tu tía. Eres amable y cariñosa, paciente y gentil. Durante todas estas semanas que te he estado viendo, me he llegado a encariñar mucho contigo. Y creo que yo también te gusto. ¿Me equivoco?
—No —le respondió con voz temblorosa—. Me gustas. Pero eso no es suficiente para casarme contigo. Ni tampoco lo es encontrar atractivo a alguien.
Así que lo consideraba un hombre atractivo. Eso estaba bien.
—¿Crees que tienes que estar enamorada? —indagó él.
—Para serte sincera, sí.
—Hace seis meses podría haber estado de acuerdo contigo —argumentó él, entrecerrando los ojos.
—¿Qué quieres decir? ¿Qué es lo que pasó hace seis meses?
Jason se quedó dudando. A continuación, se arriesgó a contarle la verdad. Se establecía siempre un vínculo con alguien, cuando le contabas algo personal, un secreto. Y no quería que hubiera secretos entre ellos, si iban a ser marido y mujer.
—Hace seis meses estaba viviendo y trabajando con una mujer en Sídney. Una doctora. Estaba enamorado de ella y habíamos pensado casarnos este año. Un día, unos de sus pacientes murió. Un niño. De meningitis.
—¡Qué triste! Seguro que ella sufrió mucho.
—Eso mismo había pensado yo —le respondió con amargura—. Yo en su posición me habría quedado destrozado. Pero no Adele. No. La muerte de aquel niño no significaba nada para ella. Se enfadó tan solo porque no había podido identificar los síntomas, pero se justificó diciendo que era imposible en cinco minutos de consulta.
—¿Cinco minutos?
—Ese era el tiempo que teníamos para ver a cada paciente.

Había que ver a el máximo de pacientes posible. Eso significa dinero y el dinero es lo que importa. No la gente. Ni la vida. Solo el dinero.

Estaba mirándolo fijamente, viendo la verdad que se escondía en aquellas palabras. Una verdad que decía que no solo Adele había sido la avariciosa y despiadada. Él había sido igual que ella.

Jason suspiró.

–Esa es la verdad y yo más o menos era igual.

–No, Jason –le respondió ella con voz suave–. Tú no. Tú no eres así. He visto cómo tratabas a la tía Ivy. Eres un hombre cariñoso, un buen médico.

–Me halagas, Emma. Me gusta pensar que me di cuenta a tiempo y traté de mejorar. Por eso me fui de la ciudad y vine aquí, para descubrir una forma mejor de vida.

–¿Y tu relación con Adele? –le preguntó con gesto pensativo.

–No puedo seguir enamorado de una mujer que desprecio –le respondió.

Ella se empezó a reír, lo cual le sorprendió.

–¿Tú crees que el amor se acaba con tanta facilidad? ¿Tú crees que por encontrar un defecto en la persona que amas, la dejas de amar? Créeme si te digo, Jason, que eso no es así.

Sus palabras fueron como una patada en el estómago. Estaba claro que todavía estaba enamorada de Dean Ratchitt, a pesar de que le era infiel. Y creía que él estaba enamorado todavía de Adele.

Jason intentó pensárselo mejor. Tal vez tenía razón y estaba todavía enamorado de Adele. La verdad era que pensaba mucho en ella, sobre todo cuando estaba en la cama.

Pero ninguno de esos factores iban a disuadirle de su intención de convertirla en su esposa. Ni tampoco iba a dejar que pensara que no estaba enterado de la pasión que sentía por otro hombre.

—Ya me han contado lo de Dean Ratchitt —le dijo de forma abrupta. Sus ojos verdes brillaron.

—¿Quién te lo contó? ¿La tía Ivy?

—Entre otras.

—¿Y qué... qué dicen?

—La verdad. Que te ibas a casar y que te engañó con otra. Que discutisteis y que le dijiste que te ibas a casar con el primer hombre decente que te lo pidiera —le respondió mirándola a los ojos—. Y yo soy ese hombre, Emma. Y es lo que te estoy pidiendo, que te cases conmigo.

Jason se quedó sorprendido al ver que ella se enfadaba.

—No tienen ningún derecho a contarte eso —replicó ella—. Yo no quise decir eso. No me puedo casar contigo, Jason. Lo siento.

Aquella respuesta apasionada borró del rostro de Jason toda expresión de calma y tranquilidad que hasta ese momento había tenido.

—¿Por qué no? —exigió él—. ¿Es que estás esperando que vuelva Ratchitt?

—Dean —espetó ella, sus ojos verdes llameantes—. Se llama Dean.

—Ratchitt le va mejor.

—Es posible que vuelva —murmuró ella—. Ahora que estoy... estoy sola y... y...

—¿Y has heredado? —dijo por ella—. No creo que esto le haga volver, Emma —le dijo haciendo un gesto con la mano para señalar la habitación—. Los hombres como Ratchitt quieren de la vida algo más que una casa vieja y un negocio pequeño.

Emma movía la cabeza.

—No lo entiendes.

—Creo que entiendo la situación muy bien. Se apoderó de tu corazón y lo destrozó sin pestañear siquiera. Conozco a ese tipo de hombres. No pueden tener la cremallera abrochada durante más de un día. Y solo se quieren a sí mismos. No merece la pena quererlos. Lo mismo me ha pasado a mí con Adele. Y pertenece al pasado. Lo mejor que puedes hacer es olvidar a Ratchitt y seguir viviendo. Cásate conmigo, Emma –le instó cuando vio la confusión en sus ojos–. Te prometo que seré un buen marido para ti y un buen padre para los niños. Porque querrás tener niños, ¿no? No querrás despertarte un día y ver que eres una solterona con nadie más en que pensar.

Emma se cubrió la cara con las mano y empezó a llorar. Sin hacer ruido, pero con mucho sentimiento, moviendo los hombros. Jason se puso en cuclillas a su lado. Tomó su delicada mano y le giró su rostro lloroso.

–Nunca te haré sufrir así, Emma. Te lo juro.

–Pero es muy pronto –sollozó ella.

Jason no estaba muy seguro de lo que había querido decir.

–¿Muy pronto para qué? ¿Quieres decir que ha pasado poco tiempo desde que murió Ivy?

–Sí.

–¿Me estás diciendo que podrías casarte conmigo más adelante?

Levantó los ojos. Jason vio que estaba a punto de responder de forma afirmativa. Pero algo se lo impedía.

–Dentro de un mes –le respondió–. Pídemelo dentro de un mes.

Jason se sentó sobre sus talones y suspiró. Tampoco era tanto tiempo. Pero le dejaba preocupado. No creía que aquel período de espera tuviera nada que ver con la muerte de Ivy. Era por Ratchitt. Seguro que esperaba que volviera.

La posibilidad de que aquel desgraciado volviera era mínima, pensó Jason. Pero, por mínima que fuera, le ponía enfermo. Solo imaginarse a Emma otra vez en sus brazos, le revolvía el estómago.

Se sentía celoso. Lo extraño era que él nunca había sentido celos. Emma evocaba unos sentimientos extraños en él. Además de celoso se sentía protector.

Pero la mayoría de los hombres se sentiría protector con una chica como Emma. Era tan frágil, tan dulce. Alguien tenía que protegerla de tipos como Ratchitt. No tenía experiencia para saber a qué tipo de persona se estaba enfrentando.

–Está bien, Emma –replicó Jason–. Un mes. Pero eso no quiere decir que no te pueda ver hasta dentro de un mes, ¿no? Me gustaría salir contigo de vez en cuando, para así conocernos.

–Pero todo el mundo pensaría que... que...

–Que estás saliendo con el doctor Steel –terminó por ella–. ¿Y qué hay de malo en ello? Eres una chica soltera. Yo también estoy soltero. La gente soltera queda para salir, Emma. Eso no es nada malo.

–No conoces a las damas de Tindley.

–Las estoy empezando a conocer. ¿Qué te parece si quedamos mañana a cenar? Es viernes y yo siempre salgo los viernes. Nos podemos ir a la costa, si no quieres que te vean conmigo en Tindley.

Emma parpadeó y lo miró.

–¿Y después vas a pedirme que me acueste contigo?

Jason casi no pudo evitar mostrar en su mirada el sentimiento de culpabilidad. Porque no tenía pensado seducirla esa noche. Era algo que había pensado hacer después de algún tiempo.

–No –le respondió, con lo que él esperaba que fuera un tono convincente–. Te prometo que no.

Ella frunció el ceño.

–¿Por qué no? –le preguntó–. Me has dicho que me encuentras bonita y deseable. Me has pedido que me case contigo. Supongo que me deseas, aunque solo sea un poquito.

–Claro que sí, más que un poquito, Emma –se puso en pie y se alisó el pelo con las manos. No se había preparado para una pregunta como aquella. ¿Estaba pidiéndole que la sedujera, o no?

–No te preocupes, Jason –le dijo en tono tranquilo–. Me he criado en un pueblo, no en un convento. Sé lo que los hombres piensan y quieren con respecto al sexo. Sé que no has salido con nadie desde que has venido a Tindley. Lo que no quiero es darte falsas esperanzas si salgo contigo a cenar. Eres un hombre muy atractivo y con experiencia. Estoy segura de que sabes cómo conquistar a una chica. Pero no pienso acostarme contigo. Y menos antes de casarme.

Jason se quedó mirándola a los ojos. Aquel era un lado de Emma que nunca había visto. Tenía una actitud decidida y desafiante en su mirada.

Llegó a sentir admiración por ella, hasta que se acordó de Ratchitt. Estaba seguro de que no le había dado el mismo ultimátum a aquel tipejo.

O a lo mejor sí. ¿Sería eso lo que ocurrió entre ellos? ¿Le habría dicho que no quería acostarse con él hasta no casarse? ¿Le habría dado el anillo solo para acostarse con ella?

—¿Retiras entonces la invitación de salir a cenar mañana?

—No –le respondió él–. Pero me gustaría que me respondieras a una pregunta.

—¿Qué pregunta?

—¿Eres virgen?

Capítulo 3

El día siguiente le pareció interminable a Jason. Se acordó varias veces de la respuesta que le había dado el día anterior Emma a su pregunta. Sí era virgen. Pero ¿qué más daba? ¿Realmente le importaba a él eso?

Sí y no.

Nunca antes se había encontrado con una mujer virgen. Ni una sola vez. Adele no lo había sido, ni tampoco las otras novias que había tenido.

Hacer el amor con una mujer virgen era como estar en terreno desconocido.

Pero, al mismo tiempo, hacer el amor con una mujer que nadie había tocado, excitaba una parte de su personalidad que él nunca creía que hubiera existido. Nunca antes se había considerado un romántico. Pero con Emma era un hombre distinto. Era una mujer que sacaba lo mejor de él.

Y quizá lo peor.

La posesión y los celos en los hombres eran rasgos que él no admiraba. No le gustaba la forma en que trataban esos hombres a sus novias y mujeres. Era posible que las mujeres se sintieran halagadas durante un tiempo, al ver la pasión de sus compañeros. Hasta que se daban cuenta de la realidad, que daba paso al miedo. Jason decidió luchar contra la tentación de comportarse así con Emma. Quería que fuera feliz, que nunca tuviera miedo.

Y se convertiría en su esposa. Estaba seguro de ello. Solo era una cuestión de tiempo.

Tiempo...

Jason miró el reloj que había en la pared. Las cinco en punto. Y la sala de espera llena de pacientes estornudando. El clima primaveral había traído un montón de alergias.

Jason suspiró, se levantó y se fue a llamar al siguiente paciente.

–Nancy, espero que hayamos acabado –dijo Jason al cabo de un rato, asomándose a la sala de espera vacía del consultorio. Eran las siete menos cinco. Normalmente siempre acababa a las cinco y media. Nunca antes había acabado tan tarde.

–Creo que ya no vendrá nadie más hoy, doctor Steel –respondió Nancy, suspirando no por cansancio, sino por tener que dejar al amor de su vida e irse sola a casa.

No es que estuviera enamorada de él, estaba enamorada del consultorio.

Nancy había sido la recepcionista, secretaria y enfermera del doctor Brandewilde desde hacía veinte años. Trabajaba seis días a la semana, siete si era necesario, y se quedaba a hacer horas extras sin recibir ni un céntimo. Estaba en los sesenta, pero sana como una manzana. Seguro que podría aguantar en la clínica otros veinte años.

Al principio había estado un poco tirante con Jason, hasta que, a través de Muriel, se enteró de que Nancy había tenido miedo de que la despidiera. Pero en cuanto le aseguró que ella se iba a quedar allí hasta que ella quisiera, su relación había mejorado, aunque tuvo un momento delicado cuando Jason sugirió introducir un sistema informático para llevar la contabilidad. Cometió el error de decir que un ordenador era más eficaz y que así tendría menos trabajo. De lo que no se dio cuenta Jason en aquel momento era de que Nancy no quería tener menos trabajo.

Nancy se puso muy nerviosa y comentó por todo el pueblo que Jason pensaba que una máquina podía hacer el trabajo mejor que una persona con veinte años de experiencia y que no iba a seguir trabajando para una persona que pensara eso. Faltó un día al trabajo y Jason tuvo que ir a suplicarle de rodillas que volviera. Le dijo que todavía no se había acostumbrado al ritmo de los pueblos y que le perdonara su ignorancia.

Después de aquello, las cosas fueron rodadas, aunque Nancy siempre le llamaba doctor Steel, lo cual algunas veces irritaba a Jason. Pero así era la gente de los pueblos. Tenían a sus médicos en una alta estima. Los ponían en un pedestal. Y aunque era agradable, Jason a veces se sentía incómodo. Porque si hubieran sabido sus motivos al elegir la medicina como profesión, a lo mejor no le tendrían tanto respeto.

–Me voy arriba a cambiarme, Nancy –le dijo Jason.

–¿Va a salir esta noche, doctor?

–Así es.

–¿Dónde va a ir?

–Había pensado ir a la costa.

–Bastante lejos para ir solo –comentó Nancy.

Jason estuvo a punto de contarle una mentira, pero prefirió no hacerlo. A la gente de Tindley seguro que le encantaría ver a su segundo y mucho más joven médico casado con una chica de allí. Los médicos escaseaban en los ambientes rurales. Seguro que influirían en Emma para que aceptase su proposición.

–Pues la verdad es que no voy solo –comentó él–. Voy con Emma Churchill.

Lo extraño fue que Nancy no pusiera cara de sorpresa. Lo que hizo fue sonreír.

–Lo sospechaba.

–Sospecha... –empezó a decir Jason. Aquel pueblo nunca dejaba de sorprenderle–. ¿Cómo te has enterado? –le preguntó, con cierta curiosidad. No podía ser que Emma se lo hubiera contado a todo el mundo.

—Muriel me dijo que estuvo preguntando por Emma ayer. Luego, Sheryl lo vio entrar por la puerta de atrás de la casa de Ivy. Emma entró en la tienda de Beryl y se compró un vestido. Además de todo eso, ha estado mirando su reloj todo el día. No hace falta ser muy inteligente para darse cuenta de las cosas.

Jason no tuvo más remedio que sonreír.

—¿Y qué es lo que pueden pensar las buenas damas de Tindley? —le preguntó, todavía sonriendo.

—No creo que comenten nada con respecto a Emma, doctor Steel. Porque todo el mundo sabe que esa chica no hará nada con nadie hasta que no tenga el anillo en su dedo. Supongo que le pedirá que se case con usted.

—Sí, pero eso no quiere decir que ella vaya a aceptar.

—Si lo que le preocupa es Dean Ratchitt, yo sé todo sobre él —le respondió con cierta brusquedad—. Muriel me lo ha contado.

—Dicen que es muy guapo.

—No guapo exactamente —le respondió—. No es tan guapo como usted. Pero tiene algo. Tiene mano para las mujeres.

—Eso me dice todo el mundo —comentó Jason—. Pero él no está en Tindley y yo sí. Así que dejémoslo así. Bueno, será mejor que me dé prisa, porque voy a llegar tarde.

—¿A qué hora va a recoger a Emma?

—A las siete y media.

—Pues márchese, yo me encargo de cerrar aquí.

Jason subió a toda prisa las escaleras.

Al igual que la tienda de chucherías, el consultorio estaba en un edificio antiguo que daba a la calle principal de Tindley. Pero mientras que la casa de Ivy era pequeña y solo tenía un piso, la casa del doctor Brandewilde era bastante espaciosa y tenía dos pisos. El doctor Brandewilde y su mujer habían criado a tres hijos allí.

A Jason le gustaba aquella casa. Tenía carácter, como esas casas americanas que a veces se ven en las películas y que él tanto había deseado. Tenía una puerta inmensa de madera con un llamador de bronce. Los techos era muy altos. El vestíbulo servía de separación para las habitaciones, dos a la derecha y dos a la izquierda. Las dos de la izquierda las habían convertido en sala de espera y consulta. Las dos de la derecha seguían siendo el comedor y el salón.

Arriba había cuatro habitaciones y un cuarto de baño, hasta hacía pocos años, en que la mujer del doctor Bradewilde, Martha, convirtió dos habitaciones en un dormitorio con baño incluido.

Jason se metió en el cuarto de baño y se dio una ducha. No tenía tiempo para afeitarse. Una pena. Quería estar perfecto cuando lo viera Emma. Sin embargo, no era de los que ya tenía barba a las cinco de la tarde. Su padre había sido un hombre con mucho pelo y muy moreno. Pero su madre había sido rubia. Él había salido una mezcla de ambos.

Tampoco se lavó el pelo. No quería ir a buscarla con el pelo mojado. Salió de la ducha y se secó con la toalla. Cinco minutos más tarde estaba frente al armario, pensando qué ponerse.

Decidió no ir de traje. Iba a ir más informal. Estuvo moviendo varias perchas, para decidir qué se ponía. Tenía demasiada ropa. Finalmente, sacó la percha que tenía más a mano y se puso unos pantalones color crema, con una camisa azul de seda y una chaqueta que había elegido Adele, la última vez que salieron de compras.

Aquel recuerdo no le agradó mucho, pero no tenía tiempo para cambiarse. Se puso el reloj en la muñeca y un anillo, regalos que le había hecho Adele en su primer aniversario saliendo juntos. Le había regalado bastante cosas.

Pero Jason no ponía ninguna carga sentimental en los regalos. Se los ponía sin pensar en nada. Pero, sin embargo, no le parecía correcto ponérselos cuando iba a salir con una chica que quería que se casara con él. Dejó el anillo, pero se quedó con el reloj, porque le gustaba saber la hora. Pero decidió comprarse otro reloj nuevo a la mañana siguiente. Un reloj menos ostentoso.

Emma estaba lista y esperándole. Estaba guapísima con un vestido que le sentaba a la perfección. Tenía el cuello redondo y mangas, color crema. Era de una tela muy suave, suelta, que le llegaba hasta los tobillos. Se había lavado el pelo y se había puesto suavizante, porque tenía mejor brillo que el día anterior. También se había maquillado. Sus ojos parecían más grandes, aunque no parecía que se los hubiera pintado. Cuando se acercó a ella, percibió un suave olor a lavanda.

Parecía pertenecer a otro mundo. Era un tesoro que había que cuidar y querer.

¿La habría visto de esa forma Ratchitt cuando iba detrás de ella? ¿O solo supondría otra muesca en su revólver? ¿Su pureza le habría enrabietado o esclavizado? Jason no se podía imaginar a aquel energúmeno con un mínimo de sensibilidad. Seguramente le habría pedido a Emma que se casara con él porque pensó que iba a conseguir lo que quería.

No se la merecía. Los hombres como él no merecían una mujer decente, y menos a Emma.

–Estás muy guapa –le dijo él, mirándola de arriba abajo, deseándodola de forma no apasionada. La verdad era que la deseaba. Pero de manera diferente a como había deseado a Adele.

Con Adele siempre había querido tomar, nunca dar. Al fin y al cabo, era una de esas mujeres liberadas que clamaban a los cuatro vientos que ellas eran responsables de sus propios orgasmos, y algunas veces había sido verdad. Adele y él nunca habían hecho el amor. Habían fornicado. Y muy bien, por cierto. Pero solo era sexo y satisfacción física.

Con Emma quería dar. Jason quería que cuando hicieran el amor fuera una experiencia inolvidable para ella, que le borraría a Ratchitt de su mente para siempre. Su placer sería algo secundario. Eso nunca lo había pensado antes. A lo mejor estaba cambiando de verdad.

−Tú también estás muy guapo.

−Gracias. ¿Nos vamos? Mi coche está ahí aparcado en la calle −le dijo sonriendo−. Aunque la verdad está siempre aparcado en la calle.

Esa era una de las cosas que su casa no tenía. Un garaje. No había sitio en el patio de atrás.

Pero no se podía tener todo en la vida, como su madre solía decir.

Miró a Emma y su sonrisa se suavizó.

Era posible que no, pero estaba cerca de conseguirlo.

Capítulo 4

–¿Dónde está el anillo?

Jason estaba a punto de meterse una gamba en la boca cuando le hizo esa pregunta inesperada. Lentamente, dejó el tenedor en el plato y la miró a sus luminosos ojos verdes.

Por su pregunta estaba claro, pensó, que se había dado cuenta de que casi siempre llevaba un anillo puesto. Estaba claro que una persona que no tuviera interés por otra no se daría cuenta de ese tipo de cosas.

Aquel pensamiento le halagaba.

También le gustó que la conversación entrara en terrenos más personales. Mientras iban a Bateman's Bay había estado tranquila, pero tensa. Jason tenía la sensación de que estaba arrepentida de haber aceptado a ir a cenar con él. Al ver su actitud, Jason no la había acosado a preguntas y mantuvo una conversación más informal e inconsecuente. En tono gracioso, le contó su relación con Nancy. Ella se reía, pero estaba claro que su mente estaba en otra parte. Probablemente estaría pensando en Ratchitt.

Pero en aquellos momentos ya no estaba tan seguro. Lo estaba mirando con mucha intensidad.

–Me lo he quitado –le respondió–. Y lo he guardado.

–¿Por qué? –le preguntó perpleja–. Era un anillo muy bonito.

–Es que me lo regaló Adele.

–Oh –murmuró ella y miró la pierna de cordero que tenía en su plato.

–También me regaló este reloj –comentó–. Pero mañana por la mañana me voy a comprar otro.

Levantó sus ojos y lo miró con gesto de confusión.

–Lo dices como si no te importara.

–Es que no me importa. Ya han dejado de tener significado para mí. No quiero llevar nada de ella puesto –terminó diciendo con tono emotivo.

–Aún estás enamorado de ella –comentó Emma, sonriendo.

–Puede. Pero no creo que lo esté toda la vida. El tiempo lo cura todo.

–Es una afirmación muy simple, viniendo de un médico, Jason. El tiempo no lo cura todo. Algunas heridas se infectan más. Otras se convierten en úlceras, luego se gangrenan y te matan.

Por un momento, los dos permanecieron en silencio. Jason estaba horrorizado al comprobar la profundidad de su dolor. ¡Cuánto debía quererlo! ¿Cómo era tan estúpido de pensar que ella lo iba a olvidar y podrían ser felices? ¿Estaría su ego distorsionando la realidad?

–¿Y qué vas a hacer con el anillo y con el reloj?

–Se lo enviaré por correo a mis hermanos. A Jerry creo. Seguro que le gusta.

–Uno de tus hermanos –repitió ella lentamente mientras movía la cabeza–. No había pensado que podías tener familia. Como yo no tengo a nadie, había olvidado que los demás tienen padres y hermanos.

–Yo no tengo padres. Mi madre murió y mi padre sabe Dios dónde está. Dejó a mi madre el día que yo nací. No tengo hermanas, pero tengo cinco hermanos mayores que yo. Tenía seis, pero Jack se mató en un accidente. Con lo cual, quedan James, Josh, Jake, Jude y Jerry. A mi madre le gustaban los nombres que empezaban con la jota, como puedes comprobar.

Ella sonrió.

—¿Dónde están tus hermanos? ¿A qué se dedican?

—Cada uno en una parte del mundo. Desde que mi madre murió, hemos perdido contacto. Es típico de los chicos, imagino. Jerry es más o menos de mi edad y nos llevamos bien. No es muy inteligente, trabaja en una fábrica de confección en Sídney y no gana mucho. No está casado. A veces le envío dinero, ropa y cosas así –la verdad era que hacía tiempo que no le enviaba nada, por lo menos desde que había roto con Adele. Decidió arreglar la situación.

—A mí me habría gustado tener un hermano mayor –comentó ella–. Yo soy hija única. Mis padres eran mayores cuando me tuvieron. La tía Ivy era la hermana de mi padre.

—Ivy comentó que tus padres se mataron en un accidente de helicóptero.

—Sí, en un viaje de placer. Un término irónico, ¿verdad?

—Trágico.

—Estábamos veraneando en la costa. Yo tenía diez años. Iba a montar en el helicóptero con ellos, pero había comido tantas guarrerías que decidieron dejarme en tierra por si acaso vomitaba. Yo vi el helicóptero caer. Las aspas se engancharon con un árbol y se precipitó al suelo.

—Qué horror.

—La verdad es que no quedé tan destrozada como otros niños en la misma situación. Yo sentía que mis padres no me querían. Mi madre se quedó embarazada de mí por accidente y comentó delante de mí muchas veces que no deberían haber tenido una hija tan tarde y que tendría que haber abortado.

Jason no supo qué responder. Él nunca sintió el rechazo de su padre, porque no lo había conocido. Pero que alguien te dijera continuamente que no te quería, debía de ser horroroso. Jason siempre había sentido el calor y la protección de su madre.

—De todas maneras, la tía Ivy se encargó de mí –continuó Emma–. Y por fin supe lo que era sentirme querida y amada. Fue muy buena conmigo. Muy, muy buena...

Los ojos se le arrasaron de lágrimas, pero empezó a parpadear y se las secó con una servilleta.

–Lo siento –murmuró, arrugando la servilleta y poniéndosela en las piernas–. Me dije a mí misma que iba a tratar de olvidarme de las penas esta noche. Y no parece que lo haya conseguido. No me extrañaría que nunca más me invitases a salir contigo y menos a que me case contigo.

Jason se quedó mirándola. Se lo dijo con un tono de voz un tanto raro. ¿Se lo habría pensado mejor? ¿Habría decidido que era una tontería esperar más tiempo a Ratchitt?

–Yo no me preocuparía ahora de eso, Emma –respondió Jason–. Te lo pediré de nuevo. Te pediré otra vez que te cases conmigo. Una y otra vez. Te lo preguntaré hasta que me digas que sí.

Emma respiró hondo y soltó el aire poco a poco. No apartó los ojos de él en ningún momento. Era como si estuviera leyendo su alma.

–Eres un hombre con decisión –comentó ella.

–Sé lo que quiero. Y te quiero a ti, Emma.

Hizo un gesto extraño con la cara. Jason pensó que se iba a echar a llorar otra vez. Pero no lo hizo.

–No creo que sea la esposa que tú buscas –le respondió, embargada por la emoción.

–¿Por qué?

–Yo... yo... –empezó a mover la cabeza en sentido negativo. Jason vio en sus ojos la sombra de la culpa.

–Dime por qué, Emma –le exigió. Si había algo que no podía soportar era que alguien le ocultara algo. Quería saber siempre la verdad, por muy dura que fuera. Podía enfrentarse a cualquier cosa, menos a la decepción y la evasión.

–Mírame, Emma –le ordenó y ella obedeció–. Dime lo que me tengas que decir. No tengas miedo. No me voy a enfadar por nada de lo que puedas decir.

–No te va a gustar oírlo.

—Inténtalo, Emma.

Permaneció en silencio.

—Confía en mí.

—Aunque acceda a casarme contigo —confesó en un susurró—. Yo sé que nunca podré olvidar a Dean. Nunca podré amarte, mientras Dean esté en mi corazón, por mucho que lo intente.

Jason suspiró. Había imaginado que era eso lo que le preocupaba. Pero oírselo decir era más duro de lo que él había pensado. Creía que con el tiempo aprendería a amarlo, lo mismo que él aprendería a amarla. Era posible que él estuviera enamorado de Adele, pero sabía que el tiempo lo borraba todo.

El tiempo...

¡Claro! Aquel era el problema entre él y Emma. El tiempo.

Estaba diciéndole lo que pensaba en aquel momento, pero no se sabía lo que podría pensar al día siguiente, o al mes siguiente, o al año siguiente. El primer amor era muy intenso, pero como una planta, no podía vivir para siempre si no se le alimentaba y regaba. Porque al final se marchitaba y moría.

Si Ratchitt no volvía, el amor que sentía por él se marchitaría, moriría y sería sustituido por el amor a su marido. Emma era una persona muy dulce y cariñosa y no negaba el afecto a nadie, si se era amable y atento con ella.

Cuando ella dejó su servilleta sobre la mesa, él estiró su mano y se la puso encima. Se puso tensa, pero él no la apartó, acariciándole los dedos con los suyos.

—Déjame que yo me ocupe de eso —le dijo—. Yo lo único que quiero es hacerte feliz, Emma. De hecho...

Jason se quedó sorprendido cuando ella apartó la mano de pronto.

—No me gusta que me toques así —le espetó sin mirarlo. Se había sonrojado.

—Lo siento —le dijo, aunque era mentira.

Era posible que se le notase en su voz la falta de sinceridad, pero Emma levantó la cabeza y lo miró enfadada.

—No me digas que lo sientes, cuando no lo sientes. Y no me digas nunca que estás enamorado de mí, si no lo estás.

Él se quedó sorprendido por aquel ataque. No sabía que tuviera ese temperamento.

—Está bien —replicó él.

Su expresión cambió y lo miró de forma más amable.

—Lo siento —le dijo—. Estoy un poco insoportable.

Jason sonrió.

—¿Por qué no dejamos de disculparnos el uno con el otro y cenamos? —le propuso—. Me dijiste que te gustaban los restaurantes chinos, ¿recuerdas? Por eso vinimos aquí y no al italiano al que yo quería ir.

—Tenía que haberte hecho caso —le dijo mientras jugueteaba con la comida—. No tengo mucho apetito. ¿Te gusta la comida italiana?

—Me encanta. Pero también la comida china. Y la alemana, francesa, alsaciana y japonesa. La verdad es que me gusta toda, siempre y cuando no sea yo el que la tengo que hacer.

—A mí me encanta cocinar —respondió ella.

—Eso está bien.

Le dirigió una mirada cortante.

—Eso no quiere decir que me vaya a casar contigo —le dijo.

—Podré mantener la esperanza, ¿no?

—Puede que sean falsas esperanzas.

—Me arriesgaré a ello.

Ella se estiró en la silla.

—Tú no crees que vaya a volver, ¿verdad?

—Si te quisiera, no se habría marchado por nada del mundo. Pero, si te amara, nunca habría hecho lo que hizo.

—Para ti las cosas son solo blanco o negro —argumentó suspirando—. Ya sé que lo que hizo Dean está mal. Pero estoy segura de que me quería. Por eso las cosas no son tan fáciles. Por el hecho de saberlo.

—Entiendo —comentó él.

Cuando él le dijo a Adele que la iba a dejar, nunca la vio enfadarse tanto. ¿Por qué la dejaba cuando se amaban? Le dijo que ella lo quería mucho. Trató de convencerlo. Apeló a todos sus puntos débiles. A su ambición. Su avaricia. Su amor por la vida en la ciudad.

Y al sexo, por supuesto. Trató de convencerlo por todos los medios. Pero no pudo.

¿Qué habría hecho si ella lo hubiera perseguido? Si hubiera aparecido en las primeras semanas de estar en Tindley, cuando pensaba que había cometido el error más grave de su vida, antes de acostumbrarse a un ritmo más lento, antes de que la tranquilidad entrara en su ser, se habría ido con ella.

Entendía cómo se sentía Emma en aquellos momentos.

Pero la gente como Adele y Ratchitt eran incapaces de querer a nadie. Adele no había ido tras él y Ratchitt no volvería.

Miró el rostro deprimido de Emma y decidió cambiar de tema de conversación.

—¿Quieres postre? —le preguntó—. Porque no te vas a comer eso. A lo mejor algo dulce te entra mejor.

—Bueno —comentó ella más alegre—. Un helado.

—¿Nada más?

—No, pero de muchos sabores.

—Tus deseos son órdenes —replicó él e hizo un gesto al camarero.

Jason mantuvo la conversación ajena a temas de amor durante el resto de la velada y el camino de vuelta a Tindley lo hicieron más relajados. Le contó la época de estudiante y los trabajos que había tenido que hacer para pagarse sus estudios.

Cuando aparcó el coche frente a la tienda de chucherías, Emma estaba riéndose.

—¿De verdad trabajaste en un bar de homosexuales?

—Solo una tarde —le respondió mientras apagaba el motor y se quitaba el cinturón de seguridad—. No sabía que era un bar de homosexuales hasta que empecé a trabajar.

–¿En qué momento te diste cuenta?

–A las pocas horas. Pensé que iba a aguantar más tiempo por las propinas que daban.

–¿Y qué pasó?

–Que solo aguanté tres horas más. Al parecer, no necesitaba el dinero tanto como yo pensaba. Me tuve que ir, o si no iba a terminar en la cárcel. Porque, si alguien me hubiera pellizcado el trasero, te aseguro que le habría dado un puñetazo.

Ella se empezó a reír a carcajadas.

No había tenido intención de hacerlo. De verdad que no la había tenido. Pero llevaba tanto tiempo solo, que antes de que pudiera darse cuenta había girado su cuerpo y estaba besándola.

Ella no se opuso, a pesar de sentir su boca, de sentir su lengua, a pesar de toda su moralidad.

Hubo un momento en que se quedó como paralizada, hasta le llegó a poner las manos en su pecho, para apartarlo. Pero no le empujó, ni intentó cerrar la boca. Aceptó su lengua e incluso se quejó de placer.

Fue aquel quejido el que le abrió las puertas de la pasión y Jason comprobó que su intención de dar era una falacia. Porque, de repente, lo único que quería era seducirla. Quería hacerla quejarse de placer otra vez, hacerla olvidarse de quién era, que se rindiera a su voluntad.

Siguió besándola mientras que con la mano buscaba su pecho. Se lo acarició con los dedos y con el pulgar buscó su pezón. Ella se quejó de placer de nuevo. Arqueó su cuerpo, separando su espalda del asiento, para hacer más presión.

Jason estaba tan excitado y absorto por sus respuestas, que al principio no se dio cuenta de que ella estaba intentando separarse. Hasta que ella no trató de apartarse por todos los medios, él no se percató de que no quería continuar con aquello.

Nunca antes se le había resistido nadie llegados a aquel punto.

Pero poco a poco fue apartando su boca y se acomodó en su asiento. La mano que antes había estado acariciando su pezón, se la pasó por el pelo.

–Lo siento –murmuró él, furioso porque a lo mejor había puesto en peligro su relación con ella. Pero también podía haberlo rechazado antes.

Ella no dijo una palabra, se quedó sentada, con las manos entrelazadas en sus piernas. Vio que respiraba de forma entrecortada y estaba sofocada.

–He dicho que lo siento, Emma –repitió con la respiración un poco más tranquila. Aunque el resto de su cuerpo no lo estaba. Iba a necesitar unas cuantas duchas de agua fría. No quería utilizar otros métodos. Ya no era un adolescente sin capacidad de control. Era un hombre, un hombre que quería una mujer y que la deseaba.

–¿Te das cuenta de lo que acabas de hacer? –le dijo ella medio temblando.

–¿Qué? ¿Qué he hecho?

–Has trastocado todo en lo que yo creía de mí misma.

–¿Qué?

–Que yo solo podía sentir esto con Dean...

–¿A qué te refieres?

–A sentir esto... –le agarró la mano y se la puso otra vez en su pecho, no para sentir su pezón, sino los latidos de su corazón.

Su ingenuidad en cuanto al sexo era algo increíble. Jason estaba seguro de que podría utilizar su falta de experiencia para que hiciera lo que él quisiera esa misma noche. Pero sabía que por la mañana se arrepentiría. Y se culpabilizaría.

Quería su respeto, y también su cuerpo. Y sobre todo quería que fuera su esposa. Seducirla iba contra sus intereses. Pero no la iba a dejar que se fuese pensando que su mano sobre su pecho era simplemente eso.

–El amor y el sexo no tienen que ir siempre de la mano, Emma

–murmuró mientras le acariciaba otra vez el pezón, viendo cómo sus labios se entreabrían–. Lo que sientes es pura química, es una cuestión hormonal.

De pronto apartó la mano, más por bien suyo que por el de ella.

–Ya eres una mujer, Emma –le dijo–. Y posiblemente tengas tantas ganas como yo.

–Pero yo pensé que... que...

–Que el deseo es solo cosas de hombres. Que las chicas no necesitan el sexo.

–No. Sí. No. No lo sé. Yo pensaba que había que estar enamorada para desear hacer el amor.

–Estoy seguro de que estar enamorada hace la experiencia más emotiva, pero hacer el amor sin estar enamorada es también una experiencia muy placentera.

Se quedó mirándolo y él casi pudo leer su mente. Estaba pensando lo sencillo que sería hacer el amor con él. Le había gustado el beso y la mano en su cuerpo. Y más si le hubiera acariciado sus dos pechos, pero desnudos. Sentirlo dentro de ella.

Jason tuvo dificultades para aguantar su excitación. Estuvo a punto de abandonar todas sus precauciones. Hasta que se consoló imaginándose lo que sería la noche de bodas. Hacer con ella lo que quisiera.

–Los dos nos atraemos sexualmente, Emma –le argumentó–. Eso está claro. Tú también lo sabes. Cásate conmigo y te prometo que una parte de nuestras vidas será muy gratificante.

–¿De verdad crees que saldría bien?

–Estoy seguro.

–Pero no estamos enamorados.

–El amor no es garantía de felicidad en una relación, Emma. Seguro que lo sabes. Nos gustamos y nos deseamos. Podemos hacer planes manteniendo la cabeza fría. Formaremos un gran equipo.

–Eres muy persuasivo.

—Y tú encantadora.

Ella se sonrojó.

—Estoy confusa.

—Te quiero.

—Todavía no sé por qué.

—Te subestimas.

—No, creo que no. Sé lo que soy y sé que no soy una chica que un hombre como tú mire dos veces. Me has pedido que me case contigo por despecho, Jason.

—Eso no es verdad. Te he pedido que te cases conmigo porque quiero que seas mi esposa.

Ella frunció el ceño. Él se acercó y le puso la palma de la mano en su rostro.

—¿Qué respondes, Emma? —le preguntó con voz suave—. ¿Te casas conmigo?

—Ibas a esperar un mes para preguntármelo otra vez —le respondió ella con voz temblorosa.

—He cambiado de opinión. Aunque digas que sí, todavía tardaremos semanas en preparar todo. Solo la licencia de matrimonio tarda un mes, y las amonestaciones tres.

—¿Amonestaciones?

—Me voy a casar contigo por la iglesia, Emma. Juraré quererte hasta que la muerte nos separe. Y quiero que vayas con vestido blanco de cola, como prueba de tu inocencia.

—¡Oh! —exclamó ella con lágrimas en los ojos.

—No llores —murmuró él—. Solo di sí, y pasaré el resto de mi vida haciéndote feliz.

—¿Me prometes que nunca me serás infiel?

—¡Nunca! —le prometió.

—Si me eres infiel, te dejaré.

—Si lo soy, merezco que me dejes.

—Así sea. Me casaré contigo, Jason.

Capítulo 5

−¿Cómo estás? −fue lo primero que le preguntó Nancy la mañana siguiente. Era el fin de semana que se tenía que quedar de guardia, porque de lo contrario habría estado con Emma comprando el anillo de compromiso. Y un reloj para él.

Pensó no contarle nada a Nancy, pero desechó la idea, porque tenía una sonrisa de oreja a oreja.

−¿Puedes guardar un secreto, Nancy? −le preguntó muy optimista.

−¡Doctor Steel! ¡Vaya una pregunta! Por supuesto.

−Me dijo que sí.

Nancy aplaudió emocionada.

−¡Una noticia magnífica! Ya verá cuando se lo cuente a... −dejó sin terminar la frase, porque se sintió culpable−. ¿Cuánto tiempo tengo que guardar el secreto? −le preguntó.

−¿Crees que podrás aguantar hasta el lunes? Ese día es cuando voy a comprarle a Emma el anillo −porque cuando tenía guardia el fin de semana, libraba el lunes.

Jason empezó a reír. Pobre Nancy, tener una bomba y no poder soltarla.

−Está bien, Nancy, déjame que vaya a decirle a Emma que te lo he contado y luego puedes decírselo a quien quieras −la verdad era que ya había llamado una vez a Emma, para asegurarse de que no había cambiado de opinión. No lo había hecho, pero tenía la voz como perdida. Le había invitado a cenar en su casa esa noche, pero prefería ir a verla enseguida.

Emma estaba abriendo la tienda cuando Jason llegó. Sus ojos se iluminaron al verlo.

–¿Ocurre algo? –le preguntó.

–Pues que va a ser imposible mantener nuestro compromiso en secreto, Emma –le dijo sonriendo–. Nancy lo sabe. Se lo he contado.

–¡Se lo has contado! ¿Por qué?

–Porque quiero que todo el mundo lo sepa. ¿Tú no?

Por la expresión de su rostro, estaba claro que no. Se sintió un poco desilusionado.

–¿Qué problema hay? –le preguntó–. ¿Tienes miedo de que alguien le cuente a Ratchitt que te vas a casar con otro?

No lo negó y tuvo que hacer un esfuerzo por controlar su humor. La agarró del brazo y la metió en la tienda. Por nada del mundo se arriesgaría a que todo Tindley los oyera discutir.

–Escucha, Emma –murmuró, cuando estuvieron dentro–. Yo pensaba que esto ya lo habíamos hablado anoche. Ese hombre es un caradura. Y no va a volver. ¿Cuándo te vas a meter eso en la cabeza? No seas masoquista y concédete la posibilidad de ser feliz.

Lo miró con ojos relucientes.

–¿Piensas que quiero que vuelva?

–Sí. Creo que tienes una fijación con él y que no vas a ser feliz hasta que no lo veas de nuevo. Por una parte quiero que vuelva, para que puedas comprobar por ti misma la clase de persona que tanto anhelas. Yo creo que has idealizado a Ratchitt. Si supiera dónde está, le enviaría una invitación para la boda.

Emma palideció.

–No serías capaz.

–Claro que sería capaz. ¿Crees que me da miedo? A mí me dan pena todos los Ratchitt de este mundo. Si nos pones uno al lado del otro, Emma, yo sé a quién elegirías al final –su voz se suavizó al comprobar su expresión de dolor–. Es un villano, cariño. Mereces otra cosa mejor que él.

–Me... me has llamado cariño.

–Eso es lo que tú eres para mí –le susurró y la estrechó entre sus brazos. Ella se dejó abrazar. La besó hasta dejarla casi sin respiración, para que se acordara de por qué le había dicho que se iba a casar con él. Cuando la soltó, ella lo miró.

–Y ahora dejemos de hablar de tonterías –le dijo con firmeza–. Me voy a casar con la chica más encantadora de Tindley y me da igual quién lo sepa.

Las siguientes tres semanas fueron de lo más maravillosas en la vida de Jason. Su relación con Emma se estaba haciendo más profunda conforme pasaban más tiempo juntos. Descubrieron que tenían los mismos gustos en cuanto a lectura y películas. A ninguno de los dos les gustaba las películas de miedo, ni violencia. Las de ciencia ficción les gustaba si el actor era bueno. Jason siempre leía un libro o veía un vídeo en sus días libres, pero a diferencia de los libros, que solo los leía una vez, los vídeos podía verlos varias.

Cuando le enseñó a Emma su colección de vídeos, ella se puso muy contenta al ver que tenía películas que a ella le gustaban mucho, y le propuso que vieran algunas juntos. Durante todo ese mes es lo que hicieron, y cada uno elaboró un listado con las cinco que más les habían gustado. Fue increíble lo parecidas que fueron las listas. Los dos pusieron *Witness* en el número uno. En los otros tres puestos no coincidieron en el orden, pero los dos eligieron *Braveheart, Chariots of Fire* y *Tootsie*. En quinta posición ella puso la película *Emma*, de Jane Austen, mientras que él eligió *Blade Runner*.

Jason estaba asombrado de lo bien que le estaban yendo las cosas con la mujer que había elegido con la cabeza y no con el corazón. Le encantaba hablar con Emma. Y como no iban a hacer el amor hasta no casarse, pasaban mucho tiempo hablando.

Descubrió que su novia, aunque no tenía estudios, era una persona creativa, intuitiva y sensible, con opiniones muy interesantes en una gran variedad de temas. Durante los años que había estado cuidando de Ivy, le había leído el periódico todos los días, desde la primera hasta la última página. Todavía leía el periódico todas las mañanas, le dijo con orgullo.

Jason también admiraba sus habilidades en la cocina y ella simplemente lo admiraba a él. Se daba cuenta de ello y le daba confianza. Con el día de la boda ya más cerca, empezó a darle cada vez menos importancia a que Ratchitt volviera.

Pero no fue Ratchitt el que estropeó las cosas, sino Adele.

Dos semanas antes del día de la boda, un viernes muy frío de octubre, el teléfono móvil de Jason empezó a sonar. Era Nancy.

–Le ha llamado una persona, doctor Steel –le informó–. Una doctora, nada menos. Dijo que era muy urgente y que tenía que ponerse en contacto con usted inmediatamente.

A Jason le dio un vuelco el estómago.

–¿Le dijo su nombre?

–Sí, doctora Harvey. Dijo que se sabía su número de memoria –añadió Nancy, con tono suspicaz–. Quiere que la llame cuanto antes.

–Gracias, Nancy. La doctora Nancy era una compañera de universidad. Tendrá algún problema médico que quiera consultar –le respondió con voz temblorosa. Casi podía sentir el rostro de desaprobación de Nancy. Pensó en la posibilidad incluso de que Nancy fuera diciendo por ahí que él era más o menos como Ratchitt, que cortejaba a una mujer, pero que tenía una querida.

Con rostro de enfado se echó a un lado de la calzada y marcó el teléfono de Adele.

No estaba en el consultorio. Decidió llamar al móvil.

Respondió al tercer tono.

—¿Jase?

Decidió no prestar atención a vuelco que le dio el corazón al oírla dirigirse a él en esos términos. Era la única persona que acortaba su nombre y a él le gustaba. A lo mejor lo sabía y por eso se dirigía a él de esa forma.

—¿Qué quieres, Adele? —le preguntó en tono frío. Pero su largo celibato le impedía mantener la calma. A pesar de que solo quedaban dos semanas para casarse con Emma, imaginarse a Adele desnuda encima de él lo excitaba.

—Qué agradable oír tu voz, Jase. Te he echado de menos, cariño. ¿Me has echado de menos tú a mí?

—Mi secretaria me dijo que me llamabas por una urgencia —procuró cortar por lo sano.

—Es sobre tu hermano, Jase. Jerry.

Jason le había enviado a Jerry el reloj y el anillo, y también la invitación a la boda. Su hermano le había enviado una carta de agradecimiento, disculpándose por no poder asistir a la celebración.

—¿Qué ocurre con Jerry?

—Pues que anoche vino a la clínica con dolores abdominales. Yo le examiné. Al ver su estado, preferí enviarlo al hospital. Y menos mal que le envié, porque ha pasado una noche fatal. Al parecer había comido algo en mal estado. No es muy grave, pero está muy enfermo. El médico dice que no le dará el alta hasta dentro de dos días. Pensé que a lo mejor querías verlo.

—¿En qué hospital está?

—Royal North Shore.

—Iré enseguida —al doctor no le importaría sustituirle. Jason ya le había hecho con anterioridad el mismo favor, cuando tuvo que ir a un funeral.

Mejor sería no pensar que a Jerry le podía haber pasado algo malo.

—¿Cómo te has enterado de mi número? —le preguntó.

—Oh, Jase —exclamó ella, y casi pudo oír la sonrisa en su voz, esa sonrisa lenta y sensual que le solía dirigir cuando lo invitaba a ir a la cama–. Sabía dónde estabas. Estaba esperando que entraras en razón. Recuerda que te dije que te daba seis meses. Han pasado más.

Aquello era una estupidez. Sabía que no se habría puesto en contacto con él si no hubiera pasado lo de Jerry. Estaba jugando a ser una mujer fatal.

–Apuesto a que te estás aburriendo como una ostra allí –continuó diciéndole–. Los pueblos y las chicas de los pueblos no tienen lo que hace feliz a un chico de ciudad. Y tú eres un chico de ciudad, Jase –le dijo riéndose de forma maliciosa.

Jason lo sabía. Contra ello había tenido que luchar. Pero había triunfado y le gustaba su nueva vida. No es que fuera muy excitante, no iba a la ópera, ni a fiestas, ni tenía noches locas de pasión.

Pero aquellos placeres eran solo pasajeros. No era la vida que él quería.

–Pues la verdad es que no me aburro –contraatacó–. Me encanta esto. Y para tu información, me voy a casar dentro de dos semanas.

–¿De verdad? ¿Qué ha pasado, Jase? ¿Has dejado embarazada a una pobre chica?

–No, Adele, Emma no está embarazada.

–Emma. ¡Qué nombre tan dulce! ¿Es también dulce ella? ¿Te hace lo que yo te hacía, cariño? No creo que puedas prescindir de eso durante mucho tiempo.

–Emma es una buena chica, Adele –le respondió.

–¿Buena chica? Me parece que te vas a aburrir. Pero, cuando quieras, vienes por Sídney. Dale cualquier excusa. Dile que vas a asistir a una conferencia, por ejemplo.

–No pienso hacer ese tipo de cosas, Adele. Te dejé hace siete meses, y te dejé para siempre.

Ella empezó a reírse a carcajadas. Una risa un poco forzada.

–No podrás olvidarte de mí tan fácilmente, Jase. Puedes pretenderlo, pero cuando estés en la cama con tu buena chica y hagas el amor con ella, te acordarás de mí. Te lo garantizo.

–Yo no estaría tan seguro –le espetó–. Gracias por ocuparte de Jerry. Es extraño que no le dieras algún antiácido y lo enviaras a casa a morir. Supongo que hasta el peor médico del mundo a veces acierta. No me llames más, Adele. Adiós.

Cuando colgó estaba temblando. Dejó el teléfono en el asiento de al lado del conductor y apoyó su frente sudorosa en el volante, mirándose la entrepierna y viendo lo que solo con la voz le había hecho aquella mujer.

Intentó calmarse. Solo eran recuerdos que le jugaban una mala pasada. No era amor. Había vivido con aquella mujer tres años y habían hecho el amor en incontables ocasiones y se había convertido en un adicto del sexo. Era difícil borrar aquel recuerdo en tan solo siete meses. Era como un mal hábito del que es difícil desprenderse. Pero el caso era que su cuerpo había respondido. Aquella era la realidad.

«No podrás olvidarte de mí tan fácilmente, Jase...».

No le contó a Emma que la que había llamado era Adele. De hecho, no le habría contado que le había llamado una doctora, si no lo hubiera sabido Nancy. Y lo que Nancy sabía, lo sabía todo el pueblo al siguiente instante. Por suerte, Adele no le había dicho su nombre.

Le mintió dos veces, porque le dijo que era una doctora que había trabajado en otra clínica. Le contó que Jerry le había dado su número.

No eran mentiras muy graves. Solo mentirijillas, para que Emma no se preocupara por cosas sin importancia.

Se la podría haber llevado con él, pero no estaba muy seguro de que Adele no apareciera por el hospital. Era la típica persona que aprovechaba cualquier oportunidad que se le daba para desagraviarse de los insultos que le había dicho por teléfono. Una persona como Emma habría sido la víctima perfecta de su malicia.

Era mejor que no se conocieran.

Por fortuna, Emma tenía mucho trabajo, porque se estaba haciendo el vestido de novia y quería terminarlo ese mismo fin de semana. Jason se alegró de no tener que convencerla de que no le acompañara. Pareció no importarle de que se fuera. Era una persona muy independiente, que era feliz estando sola.

A Jason le gustaba su independencia. Y su falta de avaricia. Le había dicho que él le podía comprar un vestido, si ella no podía. Pero ella dijo que quería hacerse el vestido ella misma. Le dijo que cosía muy bien y él no lo dudó un momento. Los tapices que hacía eran increíbles y se los quitaban de las manos, cuando los exponía en la tienda.

Aunque no sacaba mucho dinero por ellos. El material se llevaba todo los beneficios. Pero era una afición que le había posibilitado tener siempre algo de dinero, le explicó una vez que hablaron de su situación económica. Él le dijo que no quería su dinero. Lo que ganara ella era de ella y lo podía gastar en lo que quisiera. Y tampoco quería nada de lo que había heredado de Ivy.

Ella le informó de que Ivy solo tenía la casa y la tienda. Y de la tienda sacaba bastante poco. Menos de veinte mil dólares al año. Sin embargo, Emma le dijo que quería seguir trabajando en la tienda después de casarse, por lo menos hasta que tuvieran el primer hijo, pero que después buscaría a alguien para que lo cuidase. Quería convertir aquel sitio en una casa de labores, donde las mujeres pudieran ir, trabajar, charlar y pasárselo bien.

Jason pensó que era una gran idea y se lo dijo.

–¿Cuándo vas a volver? –le preguntó Emma, cuando vio que hacía la maleta. Estaba sentada en la cama que iba a ser la cama matrimonial.

Jason la miró. Ella estaba balanceando los pies. Sintió una oleada de deseo. ¿Qué haría si hacía el amor con ella de forma violenta, no suave?

Podía hacerlo, sabía que podía hacerlo.

De pronto sintió toda la tensión sexual que se había acumulado en su cuerpo con tantos besos y abrazos que le había dado en todas aquellas semanas. La noche anterior, por ejemplo, ella casi le había suplicado que no parara y le costó un gran esfuerzo separarse de ella.

Pero lo logró y le dijo que, si lo hacían, sabía que luego ella se lo echaría en cara. Solo quedaban dos semanas. ¿Qué eran dos semanas comparadas con una vida?

Ella había movido la cabeza en sentido negativo, con la cara roja y el cuerpo tembloroso.

–Ojalá no hubiera accedido nunca a toda esta locura.

–No es una locura, Emma. Es algo dulce y especial y tú eres especial.

Ella lo miró con un sentimiento casi de amor en sus ojos. Recordó aquella mirada y abandonó cualquier plan de seducción en ese momento. Después no le iba mirar como lo había mirado en esa ocasión.

–No sé cuándo voy a volver –le dijo–. Depende de cómo esté Jerry. Pero te llamaré. Tengo que estar en la clínica el lunes. Como muy tarde volvería el lunes por la mañana. No hay mucho tráfico a esas horas –con la llegada del buen tiempo se incrementaba el volumen de coches en las carreteras y la autopista Princes se abarrotaba.

–Te echaré de menos –le dijo ella con voz suave. Se miraron los dos a los ojos. Los de ella eran dos grandes pozos verdes en los que él parecía disolverse. Tenía una boca suave e incitante, al igual que todo su cuerpo, que cubría con uno de sus vestidos sueltos y ligeros. Era un vestido sencillo, con flores estampadas.

Le hubiera gustado quitárselo.

–Yo también te echaré de menos –le respondió mientras terminaba de hacer la maleta. Si la besaba...

Ella permaneció en silencio. Él la miró por segunda vez. Tenía las manos en su regazo y le estaba dando vueltas a su anillo de compromiso. El diamante brillaba a la luz del sol que pasaba por la ventana. No era un diamante muy grande, pero era el que ella había elegido.

—¿Te ocurre algo, Emma? —le preguntó.

Ella lo miró y sonrió.

—No, supongo que no. Es una tontería, pero es que tengo una sensación muy extraña. Es como si alguien estuviera caminando sobre mi tumba. Una premonición. Ten cuidado, por favor, Jason. Conduce con cuidado.

Jason se acercó y se sentó a su lado. La agarró de los hombros y la miró a los ojos.

—Tendré mucho cuidado —le prometió—. Nada, es decir nada, me va a impedir que vuelva junto a ti.

—¿Me lo prometes?

—Te lo juro.

Emma suspiró.

—Está bien.

Sin besarla, se levantó y terminó la maleta.

El viaje fue una pesadilla. Muchos coches y camiones y muchas retenciones. Y encima empezó a llover.

Ya había oscurecido cuando llegaba al aparcamiento del hospital. En su nuevo reloj daban las nueve cuando se presentó ante el jefe de la sección como médico y hermano de Jerry, para evitar que le dijeran que iba a horas que no eran de visita. Solicitó hablar con el especialista que llevaba el caso de Jerry.

La enfermera, una atractiva mujer de unos treinta años, le sonrió y le dijo que no iba a poder hablar con ese médico hasta el día siguiente por la mañana. Que llamaría al médico de guardia. También le dijo que le habían dado un somnífero a Jerry y que probablemente estuviera dormido. Pero que podía quedarse en la habitación de su hermano el tiempo que quisiera.

Jason caminó por el pulido pasillo hasta llegar a una habitación con seis camas, aunque solo había cuatro ocupadas. Jerry estaba en la más alejada de la puerta, la que había al lado de una ventana desde la que se veía la ciudad; estaba dormido.

Gracias a Dios no se veía a Adele por ninguna parte. Pero estaba seguro de que podía aparecer en cualquier momento. La idea le hizo temblar.

Intentó quitarse aquel pensamiento concentrándose en el estado de su hermano. Le tomó el pulso y leyó el informe que había a los pies de la cama. Había tenido la presión muy alta y mucha fiebre. Por las noches había sufrido algún que otro ataque.

Debería haber estado en cuidados intensivos, pero, como no pertenecía a la sanidad pública, no tenía derecho. No obstante, parecía estar estable y posiblemente fuera de todo peligro. Aunque tenía un aspecto horrible.

Jason dejó el informe y miró por la ventana. Vio las luces de la ciudad. Un paisaje espectacular. Sídney era un sitio lleno de vida por la noche. Era una ciudad excitante y preciosa, llena de gente excitante y muy guapa.

—Hola, Jase. Te estaba esperando...

Su voz le llegó a lo más hondo de su alma. Mirarla tuvo sin embargo otro efecto diferente.

Estaba de pie, al lado de la cama de Jerry, con uno de los vestidos que siempre le habían excitado tanto. Un vestido ajustado en el que se veía con claridad que no llevaba sujetador puesto, lo cual no era una sorpresa. ¿Cuándo llevaba Adele sujetador?

Llevaba una falda muy corta y medias de las que no se rompían, por mucho que las manosearan las manos de los hombres. Llevaba puestos unos zapatos de tiras tan sensuales que podían hacer subir la presión de cualquiera.

Jason la miró sin alterarse.

Adele se acercó un poco más a él. Parecía estar interpretando su mirada de forma errónea. Lo que no sabía era que su presencia física estaba provocando en él un efecto totalmente opuesto al que había causado su voz por teléfono. Había evocado recuerdos. Pero en carne y hueso no evocaba en él más que sorpresa por haberla considerado alguna vez una mujer atractiva.

Después de estar con alguien tan encantadora como Emma, podía mirar con otros ojos a gente como Adele. Su pelo teñido de negro le quedaba disonante con la palidez de su rostro. Se había pintado los ojos demasiado oscuros, así como la pintura de labios. También llevaba demasiado perfume en su cuerpo.

Seguro que seguía teniendo una figura impresionante, pero incluso eso le pareció excesivo. Prefería la delicadeza de Emma. Prefería la falta de artificio de Emma. Prefería todo lo que rodeaba a Emma.

La preocupación que había tenido de sentir algún deseo por Adele desapareció como por encanto. Estaba libre al fin. Libre para poder forjar un futuro con Emma, sin ataduras del pasado.

Miró a Adele y se rio.

—¿Por qué te ríes de mí así? —le preguntó.

—No me estaba riendo de ti, Adele. Me estaba riendo de mí mismo.

—¿Qué quieres decir?

—Pues que no te tengo ningún rencor, Adele, pero estás perdiendo el tiempo viniendo aquí. Vete a ver si encuentras a algún otro pobre ignorante al que puedas seducir con tus artes. Yo no te quiero ver más.

—Concédeme cinco minutos y te haré cambiar de opinión.

—¿Cinco minutos? ¿Aquí y ahora?

—Aquí, ahora mismo —le dijo de forma provocadora—. Jerry está inconsciente. Podemos echar la cortina —algo que empezó incluso a hacer.

Jason agarró la cortina con fuerza y la volvió a abrir, mirándola de tal forma que la dejó en el sitio.

—Escúchame y escúchame bien. No me dejaría tocar por ti, aunque fueras la única mujer sobre la tierra. Me pones la carne de gallina, ¿lo sabes? Vete con tu veneno a otra parte y déjanos a las personas decentes respirar en paz.

No dijo una sola palabra, se quedó mirándolo, con odio en sus ojos.

Sabía que había ido muy lejos, demasiado lejos, pero ya era tarde.

Sin decir una palabra, se dio la vuelta y salió de la habitación.

Jason la observó marcharse, preguntándose de qué manera se iría a vengar de él.

Capítulo 6

Pasó un fin de semana inquietante, a pesar de que Jerry empezó a mostrar signos de recuperación el sábado y de hablar varias veces con Emma por teléfono. Adele no volvió a aparecer.

El problema era que estaba tenso sin saber la razón. Sentía un miedo irracional a que todo por lo que se había esforzado durante los últimos meses se viniera abajo. Su relación con Emma. El matrimonio. Su futuro.

Decidió marcharse a eso de las cinco de la tarde del domingo, dejando a Jerry mucho mejor. Tenía que tranquilizarse. No tenía que correr. Se lo había prometido a Emma.

Pero quería verla cuanto antes y comprobar que estaba bien. Llegó a Tindley a las siete, aparcó al lado de la tienda y entró por la puerta de atrás sin llamar.

En cuanto abrió la puerta supo que había llegado demasiado tarde. Durante toda su vida iba a recordar la expresión de su rostro. Nunca había visto una expresión tan desesperada. Tenía la cara blanca y los ojos rojos. Era evidente que había estado llorando durante horas.

Reaccionó como cualquier hombre en su lugar. Enfadándose.

—¿Qué es lo que te ha contado esa víbora?

Ella levantó su mirada y vio que lo miraba con desprecio.

—Supongo que te referirás a Adele. A la doctora Adele Harvey. La mujer con la que estuviste viviendo tres años. La mujer que te llamó el viernes. La misma mujer con la que has hecho el amor este fin de semana.

–¡No! –le gritó, agarrándola de los hombros y dando una patada a la puerta para que se cerrara–. ¡No, no, no! –repitió zarandeándola–. Mil veces no.

–¿Cuál de las cosas que te he dicho no es cierto, Jason?

–Escucha, no te quise decir quién me llamó porque no quería que interpretaras mal las cosas. Y viendo tu reacción, fue lo mejor. No me he acostado con Adele, Emma. La vi en el hospital el viernes por la noche y ella intentó seducirme, pero yo ni la toqué. Ya no estoy enamorado de ella. De hecho, le dije cosas bastante desagradables y sabía que se iba a vengar. Y eso es lo que ha hecho. Te habrá llamado por teléfono y te habrá contado un montón de mentiras.

Emma permaneció en silencio, lo miró y movió en sentido negativo la cabeza.

–¡No me he acostado con ella! –le gritó.

–No te creo. Por cierto, no llamó, vino en persona. Ha estado aquí, en esta misma cocina esta tarde.

–Dios mío –protestó Jason.

–Verla ha sido mejor que cien palabras. Ella es todo lo que yo no podré nunca ser. Muy guapa, elegante, sofisticada. Ningún hombre me elegiría a mí si tuviera que decidir entre las dos.

Jason se quedó boquiabierto. Seguro que Adele había sabido hacer una buena representación.

–Tú fuiste el que te viste obligado a marcharte de Sídney, ¿no es cierto? –le preguntó Emma–. Fue tu paciente el que murió. Tú fuiste el que cometiste un descuido, no Adele. Ella me lo contó.

Jason no daba crédito a sus oídos.

–¿De verdad? –le respondió–. No sigas. No quiero oír el resto del guion de la mejor actuación desde que Vivien Leigh hiciera *Lo que el viento se llevó*.

–Ríete de mí si quieres, pero yo sé cuándo es verdad lo que me dicen. Estaba llorando –le informó Emma en tono emotivo–. Me dijo que nunca había estado tan enamorada de nadie como lo había estado de ti. Pero después de lo que le pasó al niño no fue capaz de trabajar contigo, ni estar junto a ti. Te dijo que te fueras de su lado y eso fue lo que hiciste sin pestañear.

Aquello era increíble. Tendría que haberse echado a reír, si no fuera porque sentía que se estaba jugando su futuro.

–En ese momento, se dio cuenta de que nunca la habías querido, que tú lo único que quieres es el éxito y sexo. Me dijo que eras una persona ambiciosa hasta extremos insospechables. Que estabas obsesionado con el dinero, porque de niño fuiste muy pobre. Me dijo que pensaba que había dejado de tener sentimientos por ti, pero cuando te vio el viernes tan disgustado al ver a tu hermano, le diste pena. Además de que eres un hombre muy atractivo, Jason. Eso nadie lo puede negar.

Hizo una pausa y continuó su relato:

–Te invitó a su casa, para que tuvieras un sitio donde dormir. Pero cuando empezaste a tocarla, ella no pudo resistir. Me dijo que eres un amante maravilloso. A la mañana siguiente, quería haberte dicho que no volvieras, pero no tuvo fuerzas para ello. No se había acostado con nadie desde que te fuiste de su lado y se sentía sola.

Jason movía en sentido negativo la cabeza, pero Emma no le prestaba atención, decidida a creerse todo lo que Adele le había contado.

–Pero esta mañana se había sentido tan avergonzada, más aún porque le habías dicho que te ibas a casar con una chica de pueblo que te trataba como a un rey y que no te pedía explicaciones de dónde ibas o venías. Me dijo que le habías dicho que hacer el amor conmigo te aburría, pero que te las arreglarías para complementar con algo más exótico esa dieta tan blanda. Con mujeres que habías conocido en la costa. O cuando fueras a verla a ella a Sídney.

–Por favor –protestó Jason, pero Emma no le hizo caso.

–Me dijo que, después de que te fueras de su casa al hospital esta mañana, empezó a pensar en mí, en la forma tan cruel de engañarme. Decidió venir a disculparse y a aconsejarme que rompiera contigo mi compromiso. Y eso es lo que voy a hacer –con los ojos arrasados en lágrimas se empezó a quitar el anillo.

–¡Deja ese anillo donde está!

Ella le hizo caso.

–Te ha mentido, Emma. ¿No lo ves? Te puedo demostrar que ese niño no era mi paciente. Hay archivos. Documentos. Certificados de defunción. Además, el doctor Brandewilde revisó mi expediente antes de contratarme. También puedo demostrar dónde estuve el viernes y el sábado por la noche. Estuve en un hotel. Y, desde luego, no estaba cerca de la casa de Adele en Palm Beach. El hombre de la recepción seguro que se acuerda de mí. Desayuné en el comedor las dos mañanas. Si quieres te llevo allí para que lo compruebes.

Jason vio que estaba convenciéndola.

–Además de que te llamé varias veces –argumentó de forma lógica–. Todas esas llamadas las hice desde el hospital o el hotel. Eso es algo que se puede comprobar. No hice ninguna llamada desde el teléfono de Adele. Y te he llamado con bastante frecuencia. Si se supone que me he pasado medio fin de semana en la cama de Adele, te tendría que haber llamado desde su teléfono. Piensa un poco, Emma. No dejes que nos haga esto. No permitas que envenene nuestra relación. Lo que la está matando es que sabe que ya no estoy enamorado de ella y que he encontrado la felicidad con otra mujer. Ella no me quiere, pero no quiere que esté contigo tampoco. Te prometí que nunca te sería infiel y no lo he sido.

–¿Có... cómo puedo estar segura de ello? –le preguntó con voz llorosa–. No hay ninguna prueba. Si yo te hubiera sido infiel, al menos habría una prueba.

—Si me conocieras de verdad, no haría falta prueba alguna. Tienes mi palabra.

—Tu palabra...

—Sí –le respondió–. ¿O no es suficiente?

Emma permaneció en silencio, con los hombros caídos.

—Si no confías en mí, todo lo nuestro habrá acabado.

—Si lo que dices es verdad, esa mujer es una malvada...

—Lo es, Emma. Créeme.

—Entonces, ¿cómo estabas enamorado de ella?

—¿No fuiste tú la que dijiste que ser malvado no era impedimento para amar a alguien?

—No, lo que dije fue hacer algo malo, no ser malo. Malo de verdad.

—Ah... entonces tu amado Dean no es malvado. Solo cometió un fallo. Eso es mentira, Emma y tú lo sabes. Se ha estado acostando con todas las chicas de este pueblo antes de fijarse en ti. Y por lo que he oído, no se conformó con tener solo a una mujer. No respetaba nada, con tal de conseguir sus fines.

—¡No seas desagradable!

—Tengo que ser desagradable cuando hablo de hombres como él, y mujeres como Adele. Son harina del mismo costal. Son egoístas, inmorales. Lo que quieren y no pueden conseguir, lo intentan destruir.

—A lo mejor tienes razón...

Jason se acercó y la abrazó antes de que ella rompiera a llorar. Le acarició el pelo.

—Tenemos que mantenernos unidos, Emma. No podemos permitir que ese tipo de personas estropeen nuestro futuro.

—Es difícil –respondió ella, suspirando.

—La vida es difícil, Emma. Pero hay algunas veces que la gente la hace más. Dean fue tan malo para ti, como Adele lo fue para mí.

Emma se apartó y lo miró con ojos verdes brillantes.

—¿Todavía la encontraste atractiva, Jason?

–No. En absoluto.
–Es difícil de creer. Es una mujer guapa y con mucho estilo.
–Te prefiero a ti, Emma.
–¿Todavía quieres esperar hasta la noche de bodas.
–Sí. ¿Y tú?
–Sí. No. No lo sé –se apartó y empezó a caminar muy agitada por la cocina–. Ya no sé nada. Lo único que sé es que no puedo dejar de pensar en ello.
–¿En qué?
–Sabes muy bien a qué me refiero, Jason. No seas cruel. Para ti todo es perfecto. Has estado allí, has hecho eso. No sabes lo que es estar en la cama por la noche, dándole vueltas a todo.
–¿Qué te preocupa?
–¡Todo!

Jason prefirió decirle que él también estaba preocupado. Quería que la noche de bodas fuera maravillosa, pero le preocupaba su virginidad. Por lo que le habían contado, la primera experiencia era un poco dolorosa. Pero él no quería darle nada más que placer. Se lo merecía. Tenía que utilizar todos sus conocimientos para conseguir darle algo de placer.

Pero lo primero era quitarle sus miedos, porque eran miedos que le causaban tensión y dolor.

–Todo va a salir bien, Emma –le dijo con voz suave–. Eres una chica responsable. Preocuparse no va a arreglar nada. Sé cómo hacer que el sexo sea algo gratificante. Déjame eso a mí.

–Me dijo que eras un amante maravilloso...

–¿Tienes miedo de que también te mintiera en eso?

–No, tengo miedo de que conmigo no sientas nada.

–Lo dudo, Emma –había estado semanas deseando hacer el amor con ella–. Pero hay que ir despacio, el sexo tiene su ritmo.

Emma frunció el ceño.

–¿Quieres que dejemos esto y nos acurruquemos en el sofá a ver la película del domingo? La ponen a las ocho y media –le propuso él.

Emma lo miró como si estuviera loco.

–No, no me apetece. Ha sido un día bastante completo, y mi cabeza no está como para ver una película.

–Está bien –nunca entendería por qué a las mujeres les gustaba tanto regodearse en sus sentimientos. No entendía por qué no estaba feliz al saber que Adele le había mentido.

–Vendré mañana a la hora del desayuno, ¿vale?

–Si tú quieres.

–¿Estás enfadada todavía conmigo, Emma?

–Me mentiste.

–Pero con la mejor intención, cariño.

–Me mentiste. Y no creíste que fuera a confiar en ti. Espero que no lo conviertas en un hábito.

La miró asombrado. Era más dura de lo que él había pensado. Bastante testaruda en algunas cosas.

–Te lo repito, Emma. Hice lo que hice para que no te preocuparas. La gente dice a veces mentirijillas.

–Eso lo entiendo. Pero no creas que soy tonta, que soy una pueblerina que no va a hacer preguntas.

Jason suspiró. No se iba a olvidar tan fácilmente de las mentiras que le había contado Adele. Tendría que ganarse otra vez a Emma con sus acciones, no con las palabras. Juró no ir nunca más a ningún sitio sin ella. Aunque pronto estarían casados, y pasarían todo el tiempo juntos.

Estaba deseando que llegara aquel momento.

Capítulo 7

–Jason, deja de tocarte la corbata! –le reprendió Martha desde el primer banco de la iglesia–. Tardé un montón de tiempo en colocártela y está perfecta. Así que déjala en paz.

Jason bajó las manos, que estaban temblando.

Aquel matrimonio no iba a ser tan fácil como él había pensado. Y menos esa parte, en la que estaba de pie ante al altar y con toda la iglesia mirándolo, primero a él y luego al sitio vacío que había a su lado.

No había ningún padrino para tranquilizarlo. No tenía. No se le había ocurrido a nadie. Emma tampoco había querido tener madrinas, porque no había chicas de su edad, le explicó. Tampoco tenía familia. Nadie podría acompañarla y dar su mano.

El doctor y su mujer se habían ofrecido a ser testigos y firmar en el libro. Tampoco iban a hacer una celebración. Habían invitado a bastante gente a la ceremonia. Nada más salir de la iglesia, iban a dar unos sándwiches e iban a tomar una copa, si el tiempo lo permitía. Después de posar para las fotos, cortarían la tarta y dirían algunas palabras allí mismo.

Jason y Emma se iban a ir de luna de miel nada más terminar, a un destino desconocido en la costa donde pasarían una semana. Jason no podía tomarse más de una semana, porque llevaba poco tiempo trabajando.

Miró su flamante reloj y vio que eran las tres y veinticinco, cuando tenían que casarse a las tres.

¿Dónde se habría metido Emma? La iglesia estaba a cinco minutos caminando de su casa.

Se puso las manos en la espalda y esperó. Los minutos pasaban. Eran las tres y media y todavía no había llegado.

Seguro que había cambiado de opinión, pensó Jason. No iba a ir.

Cerró los ojos mientras consideraba esa posibilidad. Emma había estado diferente desde su encuentro con Adele. Más tranquila, más distante. No había querido ver películas con él, no había querido que la tocara, ni la besara. Algunas veces la descubría mirándolo como si no lo conociera.

Él había hecho todo lo que había podido para tranquilizarla. Pero el fondo de la cuestión era que su relación había sufrido por lo que él había hecho. Debería haber sido más honesto con ella. Iba a pagar caro su error, muy caro. No se iba a casar con él.

–Ahí llega –susurró Martha a su oído.

El órgano empezó a tocar la marcha nupcial mientras Emma caminaba hacia él con el vestido de novia más bonito que había visto en su vida. Tenía un escote bastante pronunciado. Llevaba un ramo de lilas en la mano. Un collar de perlas adornaba su cuello. El velo cubría su rostro, un velo que le caía también por la espalda.

A Jason le habría gustado ver sus ojos mientras se dirigía hacia él, pero se los tapaba el velo. Solo se le veía la boca.

No se había pintado los labios. Normalmente se los pintaba. ¿Se habría olvidado? Los nervios algunas veces te jugaban malas pasadas. Él mismo tuvo que ir a por los anillos porque se los olvidó.

Jason sonrió un poco nervioso, pero ella no respondió. Ni tampoco el doctor.

Jason sintió que se le caía el alma a los pies. Allí pasaba algo. No estaba seguro de qué, pero algo...

Frunció el ceño al doctor, pero se había dado la vuelta y se había puesto al lado de su esposa en el primer banco. Cuando Jason tomó su mano, se dio cuenta de que estaba temblando.

Quería preguntarle qué era lo que le pasaba, pero el sacerdote ya había empezado la ceremonia. En cuestión de minutos dijeron el «sí, quiero». Jason con voz fuerte y decidida. Emma con voz débil.

El intercambio de anillos también fue algo tenso. Emma estaba temblando tanto que la tuvo que ayudar a ponérselo.

Pero el momento más tenso de todos fue cuando el sacerdote preguntó si había alguien que supiera alguna razón por la que los dos no pudieran ser declarados marido y mujer. Jason sostenía la mano de Emma en aquel momento. Se puso tan tensa que pensó que se iba a marear.

De pronto se puso a pensar. ¿Por qué había llegado tarde? ¿Por qué estaba tan nerviosa?

Seguro que había estado esperando hasta el último minuto a que Ratchitt volviera, para no casarse con el hombre que no amaba.

¿Qué estaría pensando ella en aquel momento? ¿Estaría pensando que su amor de toda la vida iba a aparecer? ¿Qué haría si apareciera? ¿Irse con él?

A lo mejor. No podía estar seguro. Y no se lo podía preguntar. Lo único que podía hacer era mantener la respiración y esperar que aquel trago pasara cuanto antes.

Los minutos pasaron sin que nadie dijera nada. Jason casi pudo sentir el suspiro de todos los que allí se habían congregado.

¿Qué sabría aquella gente que él no sabía?

Conocían a Ratchitt. Eso era. Sabían lo enamorada que estaba Emma de él. Sabían la clase de persona que era.

Pero era mejor no preocuparse de eso el día de su boda. Porque Emma se estaba casando con él.

–Yo os declaro marido y mujer –dijo el sacerdote y todos empezaron a aplaudir.

Jason estaba boquiabierto. Volvió la cabeza y vio caras sonrientes. Felices por él y por la novia. Felices de que esa chica del pueblo hubiera encontrado un hombre decente. De pronto se sintió humilde, como se había sentido varias veces desde que estaba en Tindley. Esperaba que nunca más tuviera que separarse de su esposa, ni marcharse de Tindley.

De repente, se dio cuenta de que el sacerdote les había dado permiso para besarse.

Jason se dio la vuelta hacia ella y le levantó el velo. Su mirada estaba ensombrecida por la duda. Lo estaba mirando con una desesperación que no podía entender.

¿Qué era lo que quería que hiciera?

—¿Emma? —susurró en tono doloroso.

—Bésame, Jason. Bésame.

Y fue lo que hizo. Con suavidad. Con dulzura.

Al parecer no era eso lo que ella quería, porque estiró sus manos y se las puso en su cara, atrayendo su boca con firmeza. Abrió los labios y le metió la lengua como nunca lo había hecho antes, jugueteando con la suya de forma muy erótica.

Aquello le volvió loco y, antes de darse cuenta, le había puesto sus manos también en su rostro y la besó como se besa cuando quieres llevarte a alguien a la cama, metiéndole la lengua.

Cuando se separó de ella, sintió que el fuego recorría sus venas. Se quedó mirándola a los ojos, esperando su respuesta.

Ella no apartó sus ojos de él, poniendo una expresión de gratitud y alivio. Jason casi pierde la cabeza al verla. Estaba agradecida. Pero él no quería su gratitud, quería su amor.

Casi se echa a reír. Pensó que todo había salido como él quería. Pensó que había solucionado el problema de enamorarse de una mujer. La locura que ello suponía. La ceguera. La pasión incontrolada. El dolor.

Pero le había vuelto a ocurrir. Y de forma mucho más peligrosa que la anterior, porque no solo amaba a aquella mujer, sino que le gustaba y la respetaba, la quería y la admiraba.

Nunca dejaría de estar enamorado de Emma.

Pero ella nunca se iba a enamorar de él.

Se lo había dicho. Con bastante énfasis.

Pero él no la había creído. Su ego le había jugado una mala pasada. Le había hecho pensar que al final iba a ganar su corazón. Pero después de haber visto lo que había visto, sabía que eso no ocurriría. Ratchitt tenía su corazón. Y siempre lo tendría...

El dolor fue insoportable. Quería su corazón. La quería toda.

Pero no se podía tener todo en la vida, como decía su madre.

—¿Jason?

Parpadeó y vio que lo estaba mirando con gesto de preocupación.

—Estoy bien —le respondió y le dio unos golpecitos en la mano—. Es solo que necesito algo de comer.

—Tenemos que firmar primero en el registro.

—Sí, claro.

Y el fotógrafo quiere sacarnos en la iglesia.

—Ah...

Logró pasar todos aquellos trámites. La firma. Las fotos. La tarta y los discursos. Por fin se vio ayudando a Emma a entrar en el coche. Se puso al volante. El doctor quitó las latas del coche que habían atado algunos chiquillos, pero dejó el cartel de *Recién casados*, para que ellos lo quitaran donde quisieran.

Cuando emprendieron camino, se empezó a poner más contento. En la iglesia había visto las cosas con demasiado pesimismo.

La amaba. Lo cual no era malo. Era su esposa, al fin y al cabo.

Pero no podía decírselo. Todavía no. No se lo creería en esos momentos. Le había advertido que nunca le dijera que estaba enamorada de ella, si no lo estaba.

Pero podía demostrarle que lo estaba. Con sus actos. Siendo como ella quería que fuera.

Recordó la forma en que le había besado en la iglesia. Estaba claro que no quería ternura cuando hicieran el amor. Quería pasión. No quería pensar, ni recordar...

Jason apretó los dientes cuando el espectro de Ratchitt volvió a aparecer en su mente. De alguna manera, habría sido mejor que apareciera. Por lo menos podría haberse enfrentado a algo vivo, no a un recuerdo romántico. Ratchitt era como un espíritu malvado en su vida, un tercero con intenciones maliciosas.

Pero esa noche no iba a dejar que se la estropeara. Emma estaría en la cama con él y sería su primer amante.

Jason Steel. Su marido y la persona que de verdad la amaba.

Capítulo 8

–Apareciste muy tarde en la iglesia –le dijo, sin intención de acusarla.

Llevaban diez minutos en la carretera y ella todavía no había abierto la boca. Jason acababa de quitar el cartel de *Recién casados* de la luna trasera del coche. Emma había aprovechado la parada para quitarse el velo y dejarlo en los asientos de atrás. Estaba sentada, quitándose las horquillas del pelo, el cual le cayó sobre sus hombros.

Jason sabía que había oído su pregunta, pero que fingía no haberla oído.

–¿Los nervios de última hora? –sugirió él, poniendo la mano en la llave de contacto, pero sin arrancar el coche.

Ella permaneció en silencio, con las manos en su regazo, muy tensa.

–La razón por la que llegaste tarde –repitió él con calma a pesar de tener un nudo en la garganta.

–Sí, los nervios –se quedó mirando por la ventanilla del coche.

Jason decidió que la única forma de acabar con el poder que aquel hombre tenía sobre Emma, y sobre él mismo, era hablar de él abiertamente.

–Emma –le dijo con voz suave quitando la mano de la llave de contacto–, es mejor no tener secretos entre nosotros.

Volvió la cabeza, con la cara sonrojada.

–¿Qué quieres decir? ¿Secretos?

–Yo sé que estabas pensando en Ratchitt esta tarde en la iglesia. Me atrevo a decir que fue por él por lo que llegaste tarde, porque dudaste en el último minuto. Es perfectamente comprensible y no me enfado.

¡Vaya un mentiroso que era! Porque era algo que le había revuelto el estómago. Incluso Emma le dirigió una mirada que sugería que no se creía que no estuviera enfadado.

Pero si le decía la verdad, que los celos le estaban matando, no iba a conseguir su objetivo de desvelar la magia y el misterio en torno a ese hombre que Emma pensaba que amaba.

–No me voy a enfadar contigo –le dijo, apretando los dientes–. Te lo prometo. Así que puedes admitirlo. Estabas pensando en él, ¿no es cierto?

–Sí –confesó ella, con voz tensa.

Jason tragó saliva.

–Háblame de él.

Ella abrió los ojos de forma desmesurada y echó para atrás la cabeza.

–No –le respondió–. No quiero. No puedes obligarme.

Jason se puso furioso. Se sentía impotente.

Poco a poco, ella se dio la vuelta para ponerse frente a frente, con expresión de decisión.

–Yo he elegido, Jason –le dijo–. Y te he elegido a ti. Créeme si te digo que, si Ratchitt hubiera aparecido hoy y me hubiera pedido que me casara con él en vez de contigo, le hubiera dicho que no. Estaría aquí contigo. Así que, por favor, no vuelvas a mencionar a Dean en nuestra luna de miel.

Jason no sabía si Emma se sentía a gusto o no. Ojalá su tono no hubiera sido tan amargo. Ojalá su voz hubiera sido algo más cálida y apasionada, no tan fría, como si la decisión hubiera implicado un gran sacrificio por su parte.

–No sé qué decir –le dijo Jason.

—Pues podrías decirme que te gusta mi vestido, por ejemplo. Todavía no me lo has dicho.

Era verdad. Había quedado tan impresionado por lo que había pasado en la iglesia, que no había podido pensar con claridad, menos recordar las buenas formas. Aquel comentario le recordó lo mucho que les gustaba a las mujeres que les dijeran ese tipo de cosas. Que se hubiera olvidado de expresarle lo bonito que era su vestido, era algo imperdonable.

No podía disculparse, porque le parecía ridículo. Así que la miró de arriba abajo, deteniéndose en las curvas de sus incitantes pechos. Era un milagro que los pezones no se le hubieran salido, de tan escotado que era. Tragó el nudo que tenía en la garganta.

—Cuando te vi venir hacia mí en la iglesia con ese vestido, pensé que estaba ya en el cielo. Nunca una novia ha estado tan guapa. O tan sensual –añadió–. Y luego, cuando me besaste de aquella forma... –empezó a mover la cabeza–. Nunca antes me habías besado así, Emma –ella había aceptado su lengua, pero nunca había utilizado la suya. Solo pensarlo lo excitaba de nuevo.

—Lo sé –le dijo, sin apartar su mirada de él–. Pero ahora eres mi marido. Y yo tu mujer. No hay razón por la que nos tengamos que reprimir de nada, ¿no?

—No me digas esas cosas, que soy capaz de hacer el amor contigo aquí mismo.

—Si es lo que quieres...

Se quedó mirándola. Era imposible que quisiera que hicieran el amor allí en el coche, a plena luz del día. Por un momento puso cara de confusión.

—¿Es que no quieres hacer el amor conmigo?

—Por supuesto que quiero. Pero conozco a las mujeres y prefieren hacer el amor más cómodas. El otro día me dijiste que estabas preocupada por nuestra noche de bodas. Créeme si te digo que es mejor esperar hasta más tarde, cuando estemos solos –un coche pasó a su lado y luego otro, evidenciando la falta de intimidad.

–Supongo que tienes razón...

Puso cara de desilusión. Jason no sabía qué hacer.

–Emma, confía en mí.

–Lo hago, Jason.

–Bien, entonces esperemos un poco –aunque suponía un sacrificio.

Se acercó a ella y la besó, aunque solo era para borrarle de su rostro la cara de dolor. Tenía la boca suave. Le abrió los labios y esperó a ver qué hacía ella.

Y le metió la lengua de forma más sensual que la vez anterior. Jason levantó la cabeza.

Ella siguió con los labios abiertos de forma provocadora, con la boca mojada, los ojos cerrados. De pronto suspiró.

Jason arrancó el coche, pero no sin antes jurar que la iba a hacer suspirar esa misma noche, aunque esa vez de satisfacción, no de frustración.

El sitio que habían elegido para pasar la luna de miel era Narooma, un pueblecito de la costa al sudeste de Tindley, a tan solo hora y media en coche. Narooma era un sitio muy popular durante la época de vacaciones, ya que estaba a mitad de camino entre Sídney y Melbourne, con un clima benigno. Era un sitio donde se podía practicar la pesca, la natación, la navegación y los paseos por el bosque.

Había muchos restaurantes y sitios para entretenerse.

También había un campo de golf, por el cual Narooma era muy conocido. Estaba entre los diez campos más importantes de Australia, con varios hoyos que daban al océano Pacífico. A Jason le gustaba jugar al golf y Emma le dijo que ella haría de caddy.

No obstante, Jason no había programado muchas actividades al aire libre. Lo único que quería era estar en la cama con ella. Y quería que los dos quedaran unidos por lo que había unido a los hombres y las mujeres durante siglos. Un hijo.

Sabía que ella estaba en la mitad de su ciclo. Emma había elegido un día para casarse que no tuviera el período, para así no estropear la noche de bodas. También había dicho que quería tener un hijo. ¿Por qué no? Aquel matrimonio lo habían decidido con la cabeza, no con el corazón. Era un matrimonio basado en la camaradería, la amistad y el compromiso. Lo natural era que tuvieran familia.

–¡Qué sitio tan bonito! –exclamó Emma nada más entrar en Narooma–. Me gusta mucho Tindley, pero este se puede convertir en el segundo pueblo que más me gusta.

–¿Se puede convertir?

–Tenemos que volver cada año para celebrar nuestro aniversario.

–Todavía no hemos celebrado el comienzo –le respondió. Habían pasado tantos meses sin hacer el amor, que ya no podía resistir más tiempo.

–Estoy deseando quitarme esta ropa –le dijo ella.

–Y yo también –le respondió él, riéndose.

Aquello quitó algo de tensión. Se miraron a los ojos y él podría haber jurado que vio un atisbo de amor en los de ella.

–Me pido primero para el baño –le dijo, y ella hizo un gesto con la cara–. Estaba bromeando. El sitio que he alquilado tiene dos.

–¿Dos? ¿Para qué?

–Para gente impaciente –sugirió él, bromeando–. No, es que todas las casas tienen dos habitaciones. Y según el agente, tienen también cocina, comedor, garaje y un balcón. ¿Qué te parece, señora Steel?

–Magnífico –le respondió ella, sonriendo–. Muy bien.

Estuvo a punto de abrir su boca y decirle que estaba enamorado de ella. Pero no lo hizo. No se atrevió. Podría pensar que estaba mintiendo, o chantajeándola, o manipulándola.

—Tengo que ir a recoger las llaves a la agencia —le explicó, cuando aparcó el coche en la calle principal—. No tardaré.

Entró en la agencia, no hizo caso de las miradas que le dirigieron las dos chicas que había detrás del mostrador, recogió las llaves y salió otra vez. Varios otros viandantes se extrañaron al verlo. No todos los días se veía a alguien en traje de boda corriendo por las calles. Pero es que tenía prisa.

El apartamento era tal y como se lo había descrito el agente. Tenía muebles de mimbre, aire acondicionado, baño en la habitación matrimonial, vídeo y televisión.

Era un apartamento en el segundo piso de un bloque de reciente construcción, cuya fachada daba a un parque, con un pequeño puerto al otro lado. Más allá estaba el rompeolas y luego el océano. El balcón era totalmente reservado, con paredes a cada lado. Había una mesa y dos sillas en un rincón y una palmera en un tiesto en el otro.

Cuando Emma abrió las puertas de cristal para salir a admirar las vistas, la brisa marina movió las cortinas. Jason se quedó dentro, mirándola y pensando que parecía un ángel, o incluso un fantasma, con su vestido blanco, la cola del cual echaba para atrás el viento. El collar de perlas brilló y Jason recordó la primera vez que la había visto.

En aquella ocasión llevaba al cuello una cadena de oro. Pero el de perlas era mucho más erótico.

—Emma —la llamó. Ella se dio la vuelta, con mechones de su cabello en su cara.

No tuvo que decir otra palabra. Entró en el apartamento y cerró el balcón. Se acercó a él y le puso las manos en el cuello, se puso de puntillas y le acercó la boca a la de él.

—¿Sí? —susurró, abriendo un poco los labios.

Jason gimió de placer, y tomó lo que se le ofrecía. Todas sus buenas intenciones de que iba a procurar darle a ella placer se le olvidaron, al ver la pasión de su respuesta. Durante unos minutos de locura, ella le dejó que hiciera con ella lo que quisiera. Pero de pronto apartó su boca, se separó un poco de él, con la cara sofocada y temblando.

Cuando ella trató de buscar con sus manos la cremallera de su vestido, él intentó calmarse. Tenía que intentar controlar la situación o si no estaría perdido.

–No –le dijo, sin prestar atención a su excitación–. Déjame a mí...

Capítulo 9

Jason se colocó detrás de ella y le puso las manos en los hombros, bajándoselas y subiéndoselas por sus brazos, sintiendo la tensión. Solo cuando sintió que se estremecía, le abrió la cremallera, besándole al mismo tiempo el cuello y el lóbulo de la oreja.

–Mmm –susurró ella, al sentir un escalofrío recorrer su espalda.

Al principio, Jason pensó que llevaba sujetador puesto, pero cuando le acarició la espalda comprobó que no llevaba más que una de esas camisolas que tenían una gran abertura por detrás, pegada al cuerpo, resaltando las formas de su cuerpo.

Jason se sintió en otro planeta. No sabía cómo iba a ser capaz de controlarse.

El vestido cayó al suelo y el corazón de Jason dio un vuelco al ver lo que tenía delante de sus ojos. Ante él tenía el trasero más delicado y tentador que había visto en su vida.

Le dio la vuelta, para mirarla de frente, porque de esa forma pensaba que estaría más seguro. Pero cuando vio sus pechos apuntando a él, con los pezones en erección, sintió mayor tormento. De frente era tan peligrosa como de espalda. Encima lo estaba mirando con sus ojos brillantes, como si él fuera un dios griego y ella su esclava.

Si ella supiera que era él el que se sentía su esclavo. Era capaz de hacer cualquier cosa por ella. Cualquier cosa.

—Eres muy guapa —dijo él, mirándola a los ojos—. Tan sensual —nunca hubiera imaginado que llevaría ropa interior de satén.

—Pedí la ropa interior por catálogo la semana pasada... —le dijo sonrojándose—. ¿Te gusta?

—Me encanta.

—¿Quieres que me la quite?

—No —le respondió y la estrechó entre sus brazos, besándola de forma apasionada, poniendo sus manos en su trasero y apretándola contra él. Intentó calmarse un poco, pero era tal la pasión que sentía que no era capaz de controlarse.

La tumbó en el suelo de moqueta y él se puso a su lado, besándole todo el cuerpo y acariciándoselo con las manos. Poco a poco la fue desnudando.

Emma emitió un quejido de placer, y luego otro, y otro, mientras él chupaba sus pezones.

Los sonidos desesperados que ella emitía le inflamaban el cuerpo. Cuando ella empezó a jadear, él le puso una mano en el estómago y fue bajándola poco a poco hasta colocársela en la entrepierna.

Jason sabía lo que tenía que hacer y cuándo hacerlo, para transportarla a un mundo donde no había inhibiciones, donde solo se conocía el placer. Ella se entregó, se dejó llevar por su pericia, tratando de meter aire en sus pulmones mientras sentía que su cuerpo se derretía por el fuego de sus venas.

En un momento determinado empezó a gemir, a estremecerse, como si algo se hubiera roto dentro de ella, su cuerpo dando espasmos hasta que alcanzó el orgasmo.

Jason se quedó a su lado. El placer que ella había sentido era como si lo hubiera sentido él. Nunca le había pasado nada igual.

Se quedó así varios minutos, antes de levantarse un poco, apoyarse en un codo y mirarla. Tenía las manos estiradas, con las palmas mirando hacia arriba, a su lado. Los ojos cerrados y la boca abierta.

La dejó allí, se fue al baño y se dio una ducha. Cinco minutos después volvió, la levantó en sus brazos y se la llevó a la cama.

Abrió los ojos.

–No te voy a dejar que te duermas, señora Steel –le dijo–. Eso ha sido solo un aperitivo. ¿O es que pensabas que tus deberes conyugales se habían acabado por hoy?

–Oh –exclamó ella–. Estás desnudo.

–Y tú también –le respondió, poniéndose a su lado.

Se ponía guapísima cuando se sonrojaba. No hizo intento alguno por taparse, Jason se apoyó en un codo y la empezó a acariciar. Tenía unas curvas muy femeninas, con los pechos del tamaño preciso, la cintura estrecha. La piel era lo que más le fascinaba, por su suavidad. Incluso el vello de su pubis era suave. Le acarició las piernas y se las fue apartando poco a poco. Ella cerró los ojos y entreabrió su boca.

Jason intentó mantener el control. Lo que había ocurrido minutos antes le había calmado un poco.

Le metió un dedo en su sexo y ella abrió los ojos. Sabía dónde tenía que tocarla y eso fue lo que hizo. Ella abrió los ojos aún más. Él la besó y le metió dos dedos y luego tres. Ella se abrió más de piernas. En el momento en que empezó a gemir, Jason le sacó los dedos y dejó de besarla.

Hasta ese momento, había intentado olvidarse de su excitación. Cuando se miró su miembro vio que estaba más grande y duro de lo que había estado jamás en su vida.

–Jason –se quejó ella, cuando le sacó los dedos.

–Tranquila –murmuró él mientras se colocaba encima entre sus piernas. Ella levantó las rodillas y le puso las piernas alrededor de su cintura. Empezó a moverse hacia atrás y hacia delante, restregando su feminidad en su cuerpo.

Su intención era penetrar en ella tan suavemente como fuera posible, para no hacerle daño. Fue un momento de agonía y éxtasis cuando se metió dentro de ella. Al verla suspirar, se dio cuenta de que le estaba haciendo daño. Se estaba poniendo tensa, lo podía sentir. La estaba perdiendo.

–Oh, Dios –gritó ella de dolor, pero Jason no pudo pararse.

—Lo siento —se disculpó, al tiempo que se preguntaba si no hubiera sido mejor hacerlo más rápido.

Su resistencia era algo sorprendente. Jason creía que la había preparado bien. ¿Sería la dureza de su miembro el problema? Lo cierto era que nunca había sentido nada igual dentro de una mujer. Esa sensación y saber que ella por fin era suya, le hizo perder el control.

Emma se quedó quieta durante unos minutos, pero cuando él empezó a moverse, ella lo acompañó, clavándole las uñas en la espalda. Volvía a recuperarla. Jason entró cada vez más dentro de ella.

—Oh —gimió ella, pero no de dolor, sino de placer. Sus muslos empezaron a contraerse. Jason ya no podía aguantar más y lanzó su semilla en su interior.

Cuando alcanzó el orgasmo, se dio cuenta de que ella estaba llorando con la cabeza apoyada en su pecho. ¿Estaría pensando en Ratchitt?

Jason sintió angustia y todo el placer se desvaneció en el aire.

Sintió que los celos le desgarraban el alma, mientras se imaginaba que ella había respondido con tanta intensidad solo porque se habría imaginado que estaba en brazos de Ratchitt.

Tuvo que utilizar toda su fuerza para no comportarse como un estúpido. A lo mejor ella habría preferido estar con Ratchitt, pero se había casado con él. Él era el hombre que estaba a su lado esa noche. Él sería el que estuviera a su lado cada noche. Él sería el padre de sus hijos. Ratchitt era el estúpido.

Dejó a un lado sus pensamientos y la abrazó hasta que dejó de llorar y se durmió. Solo en ese momento la soltó e intentó dormirse él. Pero no pudo, hasta que casi amaneció. Todo el tiempo estuvo recordando las palabras de su madre.

«No se puede tener todo en la vida, hijo...».

Capítulo 10

Jason se despertó sintiendo una mano suave en su hombro.

–¿Qué? –exclamó, sentándose en la cama y tirando casi la bandeja que Emma llevaba en la mano.

Ella retrocedió unos pasos y se quedó de pie, sonriendo tímidamente, vestida con un vestido rosa.

–Son casi las once –le dijo.

–Dios mío –exclamó él. Nunca había dormido tanto.

–Llevo levantada cuatro horas –continuó–. He ido a comprar algo, como puedes comprobar. No había nada en los armarios, a excepción de té, café, azúcar, papel higiénico. Pensé que necesitarías algo de más alimento. Ya sé que tomas muesli para desayunar, pero pensé que una luna de miel bien se merece otra cosa.

Jason miró la bandeja y vio que había un vaso con zumo de naranja, huevos fritos con panceta y champiñones con tomate. Había dos tostadas en un platito, con un poco de mantequilla.

–Eso tiene una pinta fenomenal –le dijo, apoyándose en el cabecero de la cama. Se tapó con la sábana, para que ella no sintiera vergüenza por su desnudez. La mañana le había devuelto su inocencia. Volvía a ver a la Emma que él conoció por primera vez. Un poco tímida, recatada, con valores tradicionales.

Estaba deseando irse al cuarto de baño, pero prefirió esperar a que ella se fuese.

–Esto es fantástico, Emma. No deberías haberte molestado.
–¡Eres mi marido!

Algo se le revolvió por dentro. No supo si era de satisfacción o de desesperación. ¿Era lo único que podría conseguir con ella, ser su marido?

Probablemente, decidió, intentando no poner cara de angustia. Por lo menos no podría decir que lo que había hecho la noche anterior lo había hecho por deber. Porque había disfrutado y había llorado después.

Jason decidió no ladrar a la luna. Había tomado la decisión de casarse con la cabeza, no con el corazón. Y eso era lo que había conseguido. Una mujer casada con él con la cabeza, no con el corazón. Debería sentirse agradecido de que ella hubiera encontrado placer en su cuerpo.

–Te traeré café en unos minutos –le dijo ella con dulzura–. Mientras tanto, voy a deshacer tu maleta.

–¡No! –saltó él. Ella puso cara de susto–. No quiero que hagas eso, Emma –continuó diciéndole más calmado–. Escucha, yo no sé si tu tía te dijo cómo se debía comportar una esposa, pero yo no quiero que seas mi sirvienta. Puedo cuidar de mí mismo. Incluso puedo lavar y planchar. No es que lo tenga que hacer, porque viene una señora todos los lunes y jueves a casa y se encarga de todo. La conoces. Es Joanne Hatfield. Es madre soltera y le viene muy bien el dinero. No tengo ninguna intención de despedirla porque me haya casado contigo.

Emma puso expresión de confusión.

–Me casé contigo por ti, Emma –insistió él–. No para tener un ama de llaves gratis. No me importa que cocines, porque lo haces muy bien, pero yo pondré la lavadora todas las noches.

–No puedo dejarte que hagas eso. ¿Qué pensaría la gente?

–A mí me da igual lo que piensen los demás. Me dijiste que ibas a seguir trabajando en la tienda. Hoy día, las parejas que trabajan los dos se reparten las tareas.

–Pero tú vas a trabajar más que yo algunos días.

–Entonces, esos días te dejaré que laves.
–Si es lo que quieres...
–Eso es lo que quiero. ¿Qué te apetece hacer hoy?

Jason se quedó asombrado cuando ella de forma instintiva le miró su cuerpo desnudo. De pronto se sonrojó.

–No lo sé –le dijo, pero su expresión decía otra cosa. Quería pasar el día en la cama con él. Pero no se atrevía a decirlo–. Lo que tú quieras –añadió.

Lo que él quisiera...

Esa era una invitación que ningún hombre podía rechazar y menos si estaba enamorado de la persona que se lo decía. Cualquier pensamiento sobre Ratchitt lo puso a un lado, para disfrutar de la realidad del momento en la que estaba claro que Emma lo deseaba a él, a su marido.

Pero antes tenía que hacer algunas cosas. Desayunar, ir al baño. Pero después... podía hacer lo que más le apetecía.

–Déjame media hora y veremos lo que se me ocurre.

–¡Maldita sea! –exclamó Jason, sentándose en la cama–. Se me olvidó una cosa.

Emma lo miró.

–No sé qué –le dijo muy seria–. ¿Hay algo más?

Jason sonrió y le dio un beso en su sonrosada boca.

–Eso solo lo sé yo y tú lo tienes que descubrir –habían estado haciendo el amor todo el día. Él era el que había llevado la iniciativa. Prefería no cambiar los papeles en aquel momento. No tenía intención alguna de que lo excitara manual u oralmente. A pesar de que le gustaba mucho, conocía algunas mujeres que no querían. Era mejor dejar las cosas como estaban, hasta que ella estuviera un poco más preparada. Tenían tiempo para todo a lo largo del matrimonio.

Además, él no quería otra Adele. Quería una mujer inocente y sin experiencia, como Emma, que solo con hacer el amor quedaba satisfecha. La miró, con la sábana tapándole los pechos, su cara sofocada todavía del último orgasmo.

–Quédate aquí –le dijo mientras se levantaba de la cama. Pero cuando se fue por la ropa que él creía que estaba a los pies de la cama, no vio nada–. ¿Dónde diablos está mi chaqueta?

–La he colgado. Pero fue antes de que me dijeras que no querías que hiciera ese tipo de cosas –le respondió con voz muy dulce–. Estaba en el suelo.

–Estás perdonada –replicó él–. ¿Dónde la has colgado?

Ella señaló el armario con la cabeza. Jason abrió la puerta y sacó de su chaqueta una cajita de terciopelo verde, se la escondió detrás y la miró.

–¿Qué estás escondiendo? –le preguntó ella.

–Nada –respondió él, mirándose el cuerpo y viendo que su miembro iniciaba una leve erección. Cuando la volvió a mirar, vio que ella se había sonrojado. En todos los años que había estado con Adele, nunca se había sonrojado.

Emma sonrió.

–Dime lo que estás escondiendo.

–¿Quieres que te lo lleve?

–Sí –respondió–. Y ven tú también.

–Eres una pervertida.

–Tú eres el culpable, si lo soy –le acusó–. Me haces que piense en hacer cosas que antes nunca pensé que quería hacer.

A Jason le gustó lo que oyó.

–Dime más –le dijo sentándose en la cama al lado de ella.

–Después de que me des lo que escondes.

–Trato hecho –y le dio la cajita–. Quería dártela la noche de bodas, pero me despisté.

Emma miró la caja y frunció el ceño.

–Parece un anillo...

–¿Por qué no la abres y lo averiguas?

Fue lo que hizo. Se quedó boquiabierta al ver la alianza con el diamante.

—¡Oh, Jason, es precioso! Hace juego con el anillo de compromiso.

—Esa era la idea —lo sacó de la caja y se lo puso en el dedo.

—¡Y es mi talla! —exclamó muy contenta,

—Es la alianza de la eternidad —le explicó—. Lo cual significa que eres mía para siempre.

Se tocó la alianza como si fuera lo más preciado que tenía en el mundo.

—Para siempre —murmuró ella antes de mirarlo—. Eso es mucho tiempo, Jason.

El corazón le dio un vuelco, pero mantuvo la expresión en su rostro.

—Estar para siempre contigo no será suficiente, cariño —le susurró y le dio un beso en los labios.

Cuando retiró la cabeza, tenía los ojos arrasados en lágrimas.

—Si vas a ponerte a llorar otra vez —le advirtió levantando un dedo—. Tendré que tomar serias medidas.

—¿Por ejemplo?

—Que te quedes en la cama conmigo lo que queda de día.

—Eso es un terrible castigo.

A Jason le encantaba cómo ponía los labios cuando intentaba no reírse. A veces tenía un sentido del humor un tanto extraño. Lo había descubierto cuando habían visto películas juntos.

Jason se mantuvo serio con gran dificultad.

—A las mujeres hay que enseñarles el sitio que tienen que ocupar.

—¿Y qué sitio es ese?

—Debajo de sus maridos, por supuesto. Dime, esposa mía —le dijo en tono burlón—. ¿Qué cosas te hago pensar que quieres hacer?

—Me da vergüenza decírtelas —le dijo sonrojándose.

—Emma, no tiene que haber secretos entre nosotros, y menos en la cama. Dímelo. No me voy a asustar.

Abrió la boca y la cerró otra vez, moviendo en sentido negativo la cabeza.

–No puedo.

–Claro que puedes. Soy médico –le dijo sonriendo.

–Esto es serio, Jason.

–No, no lo es. No siempre. El sexo también puede ser divertido. El problema es que la gente le da demasiada importancia. Como tú antes de casarnos. La gente se preocupa demasiado. Si quieres hacerme algo, o que yo te lo haga, no tienes más que decirlo. Sé que puede ser difícil, pero cuando hayas expresado tus sentimientos, descubrirás que es más fácil la próxima vez. Inténtalo. Dime una cosa que quieras hacer. Solo una.

Emma se quedó mirándolo y tragó saliva.

–Lo intentaré... –apartó su mirada y se sonrojó–. A veces, cuando te miro, qui... quisiera tocarte todo tu cuerpo. Como ahora mismo, sentado ahí. Me gustaría estirar mi mano y... y...

Jason tomó su mano y se la puso en su pierna. Sus dedos descansaron en su pene en semierección.

–¡Oh! –exclamó ella, mirándolo a los ojos al notar que aumentaba de tamaño. Poco a poco, él guio su mano y ella se lo acarició. Sin que se lo indicara, lo cubrió con la palma de su mano y lo apretó.

Jason gimió de placer. Ella detuvo su movimiento y lo miró confundida y fascinada.

–¿Te he hecho daño?

–No –le respondió–. Sigue.

–Es que no sé qué hacer.

–Lo estás haciendo muy bien.

–Es maravilloso. Tan duro y tan suave. Es como el satén...

Jason tuvo que apretar los dientes cuando ella le acarició con sus dedos la punta.

–¿Te gusta? –preguntó ella sin parar de mover la mano–. ¿Qué otra cosa quieres que te haga? –insistió ella.

Jason estuvo a punto de decírselo, pero consideró que era demasiado pronto. Además, estaba a punto de alcanzar el orgasmo. Le apartó la mano y se puso encima de ella.

—Esto —le indicó introduciendo su miembro dentro de ella—. Esto es lo que más me gusta.

La semana pasó muy rápido, pero de forma perfecta. Jason no podía ser más feliz. Emma era todo lo que él sabía que era, y lo que esperaba que fuera. Era cariñosa y amable, una persona maravillosa. Y eso fuera de la cama.

En la cama, estaba preciosa y se mostraba insaciable. Muy pronto parecía que lo quería tanto como él a ella. Todas las actividades por las que era famosa Narooma pasaron desapercibidas para ellos, porque se dedicaron a hacer lo que normalmente se hace en una luna de miel. Salían del apartamento para cenar y dormían poco por la noche, algo por la tarde y nada más. El resto del tiempo lo dedicaron a hacer el amor.

La última tarde, Emma insistió en que fueran a un campo de golf.

—La semana pasada me decías que estabas deseando jugar aquí. Además —añadió ella—, me gustaría aprender. ¿Crees que me podrías enseñar?

Jason quedó sorprendido. A la mayoría de las mujeres no les gustaba el golf.

—Claro. ¿Pero de verdad quieres jugar?

—Los matrimonios tienen que hacer las cosas juntos —le respondió ella—. Donde tú vayas, iré yo.

—Solamente tienes que jugar al golf si realmente te apetece, Emma.

Ella frunció el ceño.

—Supongo que tienes razón —respondió ella sonriendo—. Pero, ¿cómo voy a saber si no me gusta, sin intentarlo?

Jason pensó que era lógico.

—Muy bien. ¿Tienes ropa para jugar al golf? No puedes jugar con un vestido.

—¿Valdrán unos pantalones cortos y camiseta?

—Claro. ¿Y de calzado? No puedes llevar sandalias. Te resbalarías.

—Tengo zapatillas de deporte.

—Por ahora será suficiente. Pero, si te gusta jugar, te compraré los zapatos adecuados.

—Puedo comprármelos yo sola —le respondió y fue a vestirse, dejando a Jason boquiabierto. A veces era una persona muy contradictoria. A veces parecía querer comportarse de forma tradicional y otras mostraba su lado independiente.

Emma permaneció en silencio durante el trayecto al campo de golf. Mantenía la vista apartada de él. Debía de estar admirando el paisaje. El océano Pacífico era espectacular.

—¿Te pasa algo, cariño? —le preguntó con voz suave, apagando el motor del coche. Ella permaneció inmóvil, casi sin darse cuenta de que se habían detenido. Lo miró y sonrió, tratando de ocultar cualquier sentimiento de su rostro.

—No, nada. Estaba pensando que tenemos que volver mañana. Y no me apetece mucho.

Jason suspiró más aliviado. ¡Eso era! No quería que la luna de miel terminara. Algo comprensible, pero nada preocupante.

Estiró la mano para acariciarle la mejilla.

—Sé cómo te sientes —le murmuró—. Sería perfecto quedarse aquí para siempre, ¿verdad? Solo tú y yo y nadie más.

Emma le agarró la mano y dejó descansar su mejilla en ella.

—Sí —le respondió, con una sonrisa llena de ternura. Jason empezó a sentir el deseo por ella de nuevo.

—Bueno, ha llegado el momento de jugar al golf —le dijo y retiró su rostro.

Enseñar a jugar al golf a Emma fue divertido. Tenía aptitudes para el juego.

—Con un poco de práctica puedes ser una gran jugadora —le dijo cuando estaban en el hoyo nueve.

—¡Pero si he perdido la mitad de las bolas! —se quejó ella—. Dos han ido al océano y otras tres a ese lago de ahí —señaló con su dedo el obstáculo con agua que había detrás de ellos. Testaruda por naturaleza, se había empeñado en tratar de superarlo por encima, en vez de rodearlo. Y las tres veces que lo intentó la pelota fue al agua.

–Hay peores cosas en el mundo, Emma –la consoló–, que perder pelotas. A mí me quedan dos, una para ti y otra para mí.

Ella se quedó mirándolo, para a continuación estallar de la risa. Solo en ese momento se dio cuenta de lo que le había dicho.

–¿Lo dejamos entonces por hoy? –le propuso.

–¡De eso nada! Yo quiero terminar y aprender un poco.

–Pero si lo has hecho muy bien, para ser el primer día.

La cara de sorpresa que puso le llegó al corazón. ¿Es que nadie le habría dicho nunca que era buena haciendo algo?

–¿De verdad? –le preguntó.

–De verdad.

–Creo que siempre se me han dado bien las cosas manuales.

–Mmm. Ya lo he notado –murmuró él.

Se puso colorada como un tomate. Apartó la mirada de él. Jason sonrió. Cuando la volvió a mirar a los ojos, vio que estaba frunciendo un poco el ceño. Volvió a abrir la boca y la cerró nuevamente.

–¿Qué? –le preguntó.

–En una ocasión me dijiste que no debía asustarme de preguntarte nada... sobre sexo, quiero decir.

–Así es –le respondió él.

–Lo que acabas de decir ahora de que soy buena con las manos... He estado pensando... Es decir... Dios mío, no me atrevo –miró a su alrededor para ver si había alguien cerca. No lo había.

Jason esperó pacientemente a que continuara.

Ella se mordió el labio y no lo miró, concentrándose en alguna de las briznas de hierba del campo.

–Me he preguntado por qué no me has... has pedido... que mm... que hiciera más cosas en la cama.

—¿Más? –repitió Jason extrañado–. ¿A qué te refieres? –le preguntó.

Lo miró a los ojos. Nunca antes la había visto tan avergonzada.

—Por favor, Jason, no me obligues a decirlo. Sabes a lo que me refiero. Tú tienes más experiencia. Como yo no tengo, me he leído muchos artículos de las revistas en los que dicen lo que más les gusta a los hombres en la cama. Hay algo que siempre mencionan. Me pregunto por qué no me lo has pedido. Me dijiste que te pidiera lo que me apeteciera. ¿Por qué tú no? ¿Es que no quieres que te haga eso a ti?

Sus preguntas le avergonzaron a él tanto como a ella.

—Bueno... claro... las mujeres solo hacen eso cuando... mm...

—¿Cuando están muy enamoradas? –terminó por él.

—Supongo que sí –replicó, aunque la verdad es que le iba a decir que cuando hacían el amor más de una semana.

—¿Y las esposas? ¿No se lo hacen las esposas a sus maridos?

—Emma, no me encuentro cómodo hablando de esto ahora.

—¿Por qué no?

¿Por qué no? ¿Por qué no? Porque era más o menos lo mismo que planchar y llevarle el desayuno a la cama. No quería que se sintiera obligada a hacer cosas para él solo porque se hubieran casado.

—¿Te lo hacía Adele?

—No muy a menudo –le respondió.

—¿Te gustaba cuando te lo hacía?

—Sí –le respondió.

—Entonces, yo también te lo quiero hacer –le dijo muy testaruda–. Quiero hacerte todo lo que te guste. ¿Me explico, Jason? Eso es lo que quiero.

Se explicaba a la perfección y, aunque le doliera, fue incapaz de decir que no.

Además, ¿cómo sabía que a ella no iba a gustarle si no la dejaba intentar?

Capítulo 11

Jason se despertó y no había nadie a su lado. La luz se colaba por las persianas, pero parecía que era todavía muy temprano. Se dio la vuelta y miró el reloj que había en la mesilla de noche. Eran las cinco y diez.

Miró a su alrededor y buscó a Emma. La puerta del cuarto de baño estaba abierta. No estaba allí. A lo mejor se había ido al otro cuarto de baño, para no despertarlo. Emma era una persona tan dulce.

El recuerdo de la noche anterior, sin embargo, no era de dulzura, sino de pasión. Al principio se mostró algo tímida, aunque en todo momento decidida. Pronto Jason dejó de preocuparse por cómo iba a reaccionar ante un acto tan íntimo. Le excitó tanto que le pidió de todo y más.

Confiaba en no haberla asustado.

Pero no pareció a asustada en aquel momento. Se había acurrucado junto a él como una gata. Pero no estaba en la cama, cuando debía estar durmiendo a su lado.

Echó a un lado las sábanas y entró desnudo en el salón. Por las puertas de cristal del balcón entraba la luz de madrugada. Ella estaba en el balcón, apoyada en la barandilla, viendo amanecer.

Jason iba a empezar a sonreír cuando de pronto vio que ella apoyaba la cabeza en sus manos y sus hombros se estremecían.

Cruzó la habitación y abrió las puertas de cristal. Ella se dio la vuelta. Estaba llorando con mucha pena.

–¿Qué te pasa, Emma? ¿Por qué lloras?

–¡Oh, Jason! –movía la cabeza y lloraba al mismo tiempo.

Jason se acercó y la estrechó entre sus brazos.

–Anda, cuéntamelo.

–No sé cómo –le replicó aplastando su cara contra su pecho.

–Tienes que decirme lo que te pasa. No puedes llorar así sin decírmelo.

–Es... es Dean –confesó ella, parpadeando con fuerza–. Ha vuelto.

–¿Ha vuelto? ¿Quieres decir que ha vuelto a Tindley? –le preguntó descorazonado.

Ella asintió.

–¿Cómo lo sabes? ¿Es que alguien te ha llamado por teléfono durante la noche? ¿O es que has llamado tú a Tindley?

–No.

–Entonces, explícate –le exigió. Ella se echó para atrás un poco asustada.

–Volvió el día de la boda –le dijo en un susurro, con miedo todavía en su rostro.

–¿El día de la boda? ¿Cuándo? ¿Dónde? ¿Dónde lo viste?

–Déjame entrar, por favor. No quiero hablar de esto aquí fuera –entró en el salón. Él la siguió y cerró la puerta de cristal de golpe.

–¿Lo viste, no es cierto? –le preguntó. Estaba claro que lo había visto. De pronto todo empezaba a cuadrar.

–No tienes que contarme nada –le dijo en tono frío–. Ya me lo imagino todo. Fue a tu casa minutos antes de la boda. Por eso llegaste tarde a la iglesia. ¿Qué quería? No sé por qué lo pregunto. Como si no lo supiera.

–Por favor, Jason, no seas así. Esto era lo que más he estado temiendo toda esta semana. Cómo ibas a reaccionar.

–Tenías que habérmelo dicho, Emma.

—¿Cuándo? ¿Querías echar a perder nuestra luna de miel? No quería que tú pensaras que... que...

—¿Qué? ¿Que no pensara que estabas pensando en Ratchitt cuando hacías el amor conmigo? ¿Que no pensara que te habías casado conmigo solo porque era lo que tenías que hacer? No me has hecho ningún favor, Emma, casándote conmigo, cuando tu corazón pertenece a otro. Lo que no sé es si lo que hiciste anoche me lo hiciste a mí o a Ratchitt.

Le pegó una bofetada con tal fuerza que él se echó para atrás. Su indignada respuesta podría haber convencido a cualquier otro, pero no a él. Menos cuando por su cabeza pasaban recuerdos de la noche anterior.

—¿Cómo te atreves a decirme eso? —exclamó ella, con voz temblorosa—. Elegí casarme contigo, no con Dean. Lo que te dije en el coche después de la boda es verdad. Dean vino a pedirme que no me casara contigo, sino que me casara con él. Le dije que no. Te elegí a ti, Jason. Hice lo que me pediste. Elegí lo que más me convenía. Cuando lo vi después de tanto tiempo, empecé a verlo de una nueva forma. Vino sin dar explicaciones, con una actitud machista, orgulloso de sí mismo. No le preocupaba lo más mínimo poder estar aguando la fiesta de nuestro matrimonio. Solo quería tomar lo que él pensaba que era suyo y de nadie más.

—¿Y lo hizo?

—¿El qué?

—¿Te tomó?

—Sí, me agarró y me besó e incluso me dijo que me quería.

—¿Y tú lo creíste?

—Como tú me dijiste, si me hubiera querido, habría venido antes. Dean pensaba que iba a estar esperando por él. Pensaba que estaba enamorada de él.

—¿Y no lo estás, Emma?

—No lo sé, Jason. De verdad que no lo sé. Lo único que sé es que se me ha caído la venda de los ojos. No me quiero casar con él. No me arrepiento el haberme casado contigo. En ningún momento me he arrepentido.

La alegría que sintió al oír sus palabras no duró mucho tiempo. Era verdad que no se había casado con Ratchitt, pero eso no quería decir que todavía no lo quisiera. Jason no se podía quitar de la cabeza que cuando Emma llegó a la iglesia no tenía pintados los labios. Se tenían que haber estado besando bastante tiempo.

–¿Te gustó cuando Ratchitt te besó? –le preguntó fingiendo tranquilidad, porque por dentro estaba rabioso.

No lo miró a los ojos. Jason dedujo lo que había pasado. Sintió deseos de matarlos a los dos.

–¿Y qué te dijo cuando le dijiste que te ibas a casar conmigo? Quiero la verdad, Emma. ¿Qué te dijo exactamente?

–Me dijo que me casara contigo si quería, pero que tarde o temprano él y yo acabaríamos juntos y nadie lo podría impedir y menos un marido estúpido del que yo no estaba enamorada.

–¿De verdad? ¿Y cómo sabe él que no estás enamorada de mí? ¿No sería por la forma en que lo besaste?

Emma se puso roja.

–Yo no quería, Jason. Pero me quedé hipnotizada. Cuando me estrechó entre sus brazos me olvidé de todo. Cuando volví a la realidad, él estaba riéndose muy ufano. Te aseguro, Jason, que cuando tú me besaste en la iglesia me gustó tanto o más.

–¿Se supone que te tengo que dar las gracias por eso?

Jason movió la cabeza. Pensaba que sus temores eran fundados. Durante toda la luna de miel había estado pensando en Ratchitt. Había intentado comportarse como una buena esposa, pero en el fondo lo deseaba a él.

–No sé qué decirte –le respondió.

–Dime que te alegras de que te eligiera a ti. Dime que confías en mí.

–Es difícil confiar en una mujer cuando sabes que está enamorada de otro, ¿no crees?

–Eso ya lo sabías cuando te casaste conmigo.

Jason sonrió de forma amarga.

–Es verdad. Pensé que no me iba a importar cuando él solo era un recuerdo. Es diferente ahora que sé que es de carne y hueso y va por ahí diciendo que no parará hasta seducir a mi mujer.

–Eso no lo conseguirá, Jason.

–Perdona si no me lo creo. Por lo que he oído, Ratchitt supera con creces a Casanova haciendo el amor.

–Eso yo no lo sé.

–Pero te gustaría saberlo –respondió él. Los celos le estaban desgarrando el corazón–. Seguro que te arrepientes de no haberle dado lo que él te pedía hace un año.

–Es posible que sí –confesó ella–. Pero no de la forma que tú piensas. Siempre has querido saber cuál era mi relación con Dean. Creo que es mejor que te lo cuente.

–¡Me encantaría!

–Muy bien –comentó ella–. Pero ponte algo encima, porque no pudo hablar contigo estando desnudo como estás. Me distraes...

Jason no sabía si sentirse halagado o furioso. Enarcó las cejas, se fue al cuarto de baño y se cubrió la parte de abajo con una toalla.

–¿Así?

–Un poco mejor –respondió ella y se fue hacia la cocina–. Haré café mientras te lo cuento.

No empezó a hablar hasta que la cafetera no estuvo en el fuego y las tazas en la mesa.

–Yo me encapriché de Dean cuando tenía doce años y él diecisiete. Yo estaba en el instituto, haciendo primero, y él estaba haciendo el último año. Todas las chicas estaban enamoradas de él. Era un chico muy sensual, muy... no sé. Se atrevía a hacer cosas que los demás no hacían. Era un provocador y para todas nosotras eso era algo muy excitante. Cuando terminó, se fue de Sídney y volvió al cabo del tiempo totalmente cambiado. Venía en moto y vestido con cazadora negra de cuero, un tatuaje en el brazo y un pendiente en la oreja.

Jason no podía creerse que Emma se podía haber enamorado de un tipo de esa calaña. Hasta que pensó en su relación con Adele. También él se había visto atraído por su sensualidad, por lo superficial. ¿Cómo podía culpabilizar a Emma por un error que él también había cometido?

–Pero no fue solo su aspecto –continuó contándole–. Tenía una forma de dirigirse a ti que te hacía sentirte deseada. Y te decía cosas muy agradables. Cosas al oído muy sensuales y provocadoras. No solo a mí, por supuesto. Se las decía a cualquier mujer que le gustara. Yo lo veía con otras y me moría de envidia. Flirteaba conmigo de vez en cuando, pero nunca me pedía que saliera con él. Cuando un buen día me lo pidió, he de admitir que casi me vuelvo loca.

–Pero al parecer no tanto como para acostarte con él –comentó Jason.

–No sabes lo que me costó no hacerlo. Ya sé que piensas que no me acosté con él porque soy una anticuada. Pero no fue así. Es verdad que mi tía me educó bajo una moral muy estricta, pero esa no fue la razón. Yo estaba deseando acostarme con él. Pero temía que, si lo hacía, él perdería todo el interés por mí, como lo perdía por todas las mujeres con las que se iba a la cama.

Jason permaneció en silencio escuchando a su mujer relatar lo que había tenido que sufrir para conseguir que Ratchitt se casara con ella.

–¿Por eso no te acostaste tampoco conmigo? –le preguntó–. ¿Temías que no me casara contigo?

–No fue por eso. Pensé que, si no me había acostado con Dean antes de casarme con él, tampoco lo iba a hacer con alguien del que... que...

–No estabas enamorada –terminó por ella.

–No digas eso. Suena horrible. Además, no es lo que siento ahora. Quiero decir...

—No digas que estás enamorada de mí, Emma, solo porque piensas que has herido mis sentimientos. Es mejor no fingir. Los dos sabemos que nos casamos sin estar enamorados. No dejes que una semana de sexo te confunda. Aunque haya sido una semana fantástica, todo hay que decirlo. Lo que no sé es cómo lograste mantener tu virginidad con Ratchitt. Pero ahora que no la tienes, podrás hacer lo que quieras.

—Yo nunca te sería infiel, Jason.

—¿Estás segura, Emma? Conozco la naturaleza humana. Tengo la sensación de que al final querrás hacer realidad tus fantasías románticas. Y yo no me enteraría, porque no habría prueba física, Emma. Como tampoco hay prueba de lo que yo haya podido hacer con Adele.

—Tendrás que confiar en mí, como yo confié en ti. Te repito, Jason, que me he casado contigo y no con Dean. Y no me arrepiento. En ningún momento.

—¿Fue por eso por lo que lloraste en la noche de bodas? —le preguntó—. ¿Te arrepentiste de que no estuviera Ratchitt en la cama contigo?

—Mi llanto nada tenía que ver con Dean.

—¿Por qué lloraste, entonces?

—Porque estábamos haciendo el amor en nuestra noche de bodas sin estar enamorados. Pensé que era una situación bastante triste. Supongo que lo que pasa es que soy una romántica. Pero ya no pienso que sea triste, Jason. Pienso que está bien, más que bien.

Estaba tratando de ser conciliadora. Pero conociéndola como la conocía, Emma trataría de comportarse como una buena esposa, a pesar de que sus sentimientos no habían cambiado. Nunca olvidaría a Ratchitt y nunca se iba a enamorar de él.

Lo cual suponía que siempre se mostraría vulnerable a las atenciones de Ratchitt. Si aquella sabandija se quedaba por allí, tarde o temprano caería en sus garras. Y entonces, ¿qué haría él?

—Está bien —le dijo. Se dio media vuelta y salió de la habitación.

Se metió en el cuarto de baño para darse una ducha. Emma entró y se quedó mirándolo a través del cristal de la bañera.

—Yo no quiero a Dean como te quiero a ti, Jason. ¿No te lo he demostrado esta última semana?

Jason se puso furioso. Un sentimiento fruto del miedo y la frustración, enraizado en su ego machista, consecuencia de todo lo que había pasado y todo lo que temía que podía pasar en el futuro.

Abrió la puerta de cristal, la agarró de la muñeca y la metió en la ducha con él. Los chorros de agua empaparon el camisón de seda que llevaba encima, revelando las curvas de su cuerpo. No se lo quitó, sino que lo desgarró y la dejó desnuda. Le apartó las piernas y la penetró.

Jason no podía saber si ella estaba preparada para recibirlo. Sus cuerpos estaban húmedos. Pero tampoco le preocupaba, porque no quería que ella sintiera placer. Quería utilizarla, como los hombres de antes utilizaban a sus mujeres, sin pedir permiso, sin preocuparse por ellas.

¿En qué medida lo que había pasado la semana anterior había sido real? ¿En qué medida no había sido fingido? Aunque por otra parte, daba igual, porque no estaba enamorada de él.

En un momento determinado, ella estiró sus brazos y se los puso alrededor de su cuello. Se puso de puntillas y aceleró el ritmo. Él la levantó del suelo, le dio la vuelta y la puso de cara a la pared. No le apetecía que le rodeara con sus piernas, ni le apetecía verla jadear, ni tampoco verla alcanzar el orgasmo.

Cuando la penetró de nuevo por detrás, pensó si no sería él el que estaba siendo utilizado, en vez de ella.

Capítulo 12

—Jason —le dijo ella muy seria—. Tenemos que hablar.

Jason levantó la cabeza del plato de estofado que ella le había servido quince minutos antes y que había estado comiendo en silencio.

Llevaban diez días en Tindley y durante ese tiempo su matrimonio había ido de mal en peor. Sabía que era culpa suya, pero no podía evitarlo. Los celos por Ratchitt le estaban envenenando y le hacían sentirse muy suspicaz.

Su vida sexual había cambiado desde que estuvieron en Narooma. Hacía el amor con ella todas las noches, pero de forma egoísta, sin preocuparse por ella.

Aunque siempre alcanzaba el orgasmo.

Empezó a odiarla por eso. Hubiera preferido que no hubiera tenido orgasmos, para poderse imaginar que estaba encontrando satisfacción en otro sitio. Sus inseguridades empezaron a alimentarse a sí mismas, y todos los días se imaginaba desagradables escenarios de Ratchitt y su querida esposa.

Lo peor había sido esa misma mañana, cuando fue por su almuerzo a la panadería. Muriel le dirigió una mirada de pena y no quiso hablar con él.

—No sé si debería decírselo —comentó mientras le entregaba el cambio—. Pero Dean ha estado yendo por la tienda de chucherías cada vez que usted ha salido del pueblo. No es que esté espiando a Emma, pero es imposible no oír la moto de Dean. Es muy ruidosa. Pensé que le gustaría saberlo, doctor Steel. Lo siento.

Le dio las gracias a Muriel de forma muy educada, diciéndole que no se preocupara, que él se encargaría de Dean Ratchitt.

Muriel, sin embargo, se quedó preocupada.

Jason estaba mirando en aquellos momentos a Emma, que estaba sentada frente a él. Se preguntó si iba a confesárselo todo. Lo dudaba. El adulterio era mucho más divertido si se guardaba en secreto.

–¿De qué quieres hablar?

–No estoy embarazada –le dijo–. Me ha venido el período.

–¿Y?

–He pensado que sería una buena idea que me tomara la píldora durante un tiempo.

–¿De verdad?

–Sí.

–¿Por qué?

–Porque no creo que sea el momento de tener un hijo.

–Sabia decisión –le respondió en tono sarcástico–. Los maridos sienten una aversión natural a tener que alimentar a los hijos de otros.

Emma puso gesto de dolor.

–Oh, Jason, no...

–¿No qué? ¿Que no diga la verdad? ¿Es que crees que no sé que Ratchitt no sale de la tienda? Aparca su moto frente a la tienda y entra cuando yo no estoy en el pueblo, según me dice Muriel.

–Yo no se lo pedí, Jason, si es lo que piensas.

–Tú no tienes ni idea de lo que estoy pensando –le respondió él.

–Yo creo que sí. Pero estás equivocado. Solo se queda unos minutos. Me dice lo de siempre y se va.

—¿Y qué te dice?

—Que está enamorado de mí y que lo llame cuando lo necesite.

—¿Y por qué no me lo has contado antes?

—Porque no quería que empezaras a imaginar cosas —le respondió ella.

De pronto recordó el pasado, la vez que él le dijo lo mismo después de haber visto a Adele. Emma había confiado en él. Pero no sabía por qué no podía confiar en ella. A lo mejor era porque estaba muy enamorado y sabía que ella no lo estaba de él.

Dejó el tenedor en el plato y lo retiró.

—Lo siento —le dijo—. No tengo hambre. Me voy a leer. No me esperes. Creo que me voy a ir tarde a la cama.

—Jason, por favor, no me dejes sola esta noche.

—Lo siento, cariño, pero tienes el período, ¿recuerdas? ¿O estabas pensando en ofrecerme otro servicio extra?

—¿Por qué haces todo esto? —le gritó.

—¿El qué?

—Estropearlo todo. Yo no puedo seguir así.

—¿No? ¿Y qué vas a hacer?

—No lo sé.

—Dímelo cuando lo sepas.

Se dio la vuelta y salió de la habitación. Ese fue el comienzo de la peor semana de su vida. No le dirigió la palabra. Ni una sola palabra. Noche tras noche se quedaba a su lado, como una muerta y él no se atrevía ni a tocarla. Cada mañana le preparaba el desayuno antes de irse a la tienda. Cada noche le preparaba la cena y lavaba los platos, quizá porque no quería siquiera decirle que los lavara él.

Y según Muriel, todos los días Ratchitt la iba a ver a la tienda.

La tensión fue en aumento, hasta que Jason sintió que tenía que decir algo.

Pero fue ella la que habló primero.

—Ya he decidido lo que voy a hacer —le dijo mientras estaban cenando—. Me voy a quedar una temporada en mi antigua casa.

Él se quedó mirándola, con el estómago revuelto. Lo estaba dejando. Su matrimonio había durado menos de un mes. La oscura sospecha se empezó a formar en su mente enfermiza por los celos, al darse cuenta de que su período ya había terminado.

—Muy conveniente para Ratchitt.

Aquel comentario evocó un gesto de desesperación.

—En una ocasión me dijiste que sería desgraciada casándome con Dean —le respondió ella—. Prometiste hacerme feliz. No soy feliz, Jason. Soy más desgraciada de lo que lo he sido en toda mi vida.

—Ya veo.

—No, Jason. Tú no ves nada. Pero no te lo voy a explicar. Sigue diciendo cosas desagradables. Tienes una vena muy cruel. Y yo pensaba, cuando me casé contigo, que eras perfecto.

Emma se levantó y lo miró directamente a los ojos.

—Te toca a ti fregar los platos esta noche. Y hacerte todo lo demás, hasta que recapacites, Jason. No te abandono. No de forma permanente. Yo me tomo el matrimonio más en serio de lo que tú piensas. Pero has de saber que esto no lo aguanto. Piénsatelo y cuando quieras hablar, pero hablar de verdad, no acusarme de cosas que no he hecho, volveré. Mientras tanto, puedes abusar de ti mismo, en vez de abusar de mí. En cuanto a la comida, estoy seguro de que Muriel puede prepararte algo. O Nancy, o cualquier otra mujer en este pueblo que todavía piense que el sol sale cuando tú te levantas.

Se dio la vuelta y se fue. Jason se quedó sentado donde estaba, pensando en lo que le había dicho, consumido por la forma tan abominable en que la estaba tratando.

Sabía que no le había sido infiel. Emma no haría algo así. Si se fuera con Ratchitt, se lo diría primero. Pero eso no quería decir que él no estuviera esperando su oportunidad.

Iba a tener bastantes, si ella se iba a vivir a su antigua casa.

Se levantó de pronto. ¿Qué diablos le estaba pasando? ¿Cómo podía permitir que alguien como Ratchitt arruinara su matrimonio? Debería luchar por esa mujer, no darle la oportunidad a otro de que se la robara.

«Luchar» era la palabra. Porque la gente como Ratchitt no entendía una conversación. Había que pegarle un buen puñetazo para que se enterara. Y Jason sabía cómo manejar a ese tipo de personajes, para eso había vivido en los suburbios de Sídney. Podría parecer un hombre civilizado en la superficie, pero era todavía el muchacho que había vivido en la calle y había aprendido a sobrevivir a base de puños.

Era el momento de entrar en acción. Había llegado el momento de hablar el mismo lenguaje que Ratchitt. Se metió las llaves del coche en el bolsillo y salió pitando, pegando un portazo tras él.

Jason sabía dónde vivía. Había tenido que ir a hacer una visita médica a su padre.

Tardó diez minutos en recorrer la distancia que había desde Tindley a la granja donde vivían los Ratchitt. A pesar de que eran casi las ocho y media, todavía no había anochecido cuando aparcó su coche frente a la puerta de la casa. Un hombre moreno estaba trasteando con una moto que había aparcado en el patio. Un perro negro, atado a una cadena, estaba ladrando y tratando de soltarse.

Cuando vio a Jason, Ratchitt irguió su cuerpo y mandó callar al perro, antes de mirarlo.

Jason trató de ver a su competidor de la forma más objetiva posible. No era muy guapo. Muriel tenía razón. Pero tenía la pinta esa de mal chico que tanto gusta a las chicas. Llevaba el pelo largo, ondulado, cayéndole sobre los hombros. Los ojos negros. Labios casi femeninos. No era muy alto, pero daba la imagen de macho, con los pantalones vaqueros muy ajustados a sus potentes piernas.

Ratchitt le devolvió la mirada cuando él salió del coche, sonriendo todo el tiempo.

Jason sintió deseos de borrarle esa mirada de su rostro. Pero no era tonto. Sabía lo que podría pasar si le quitaba los dientes de un puñetazo. Emma lo acusaría de ser una persona violenta y se iría con Ratchitt para consolarlo.

–El bueno del doctor Steel, supongo –Ratchitt comentó cuando Jason se puso a su lado.

–Y el no tan bueno Dean Ratchitt –contraatacó Jason.

Ratchitt sonrió.

–El mismo. ¿A qué debo el honor de esta visita?

–Quiero que no te acerques a Emma.

–Ya supongo. Pero lo que tú quieres y lo que yo quiero son dos cosas diferentes, doctor.

Jason no lo dudó un momento.

–No te quiere.

–¿Es eso lo que te ha dicho?

–Sí.

–Emma siempre ha tenido problemas para saber lo que quiere.

Jason estaba teniendo problemas para mantener la calma.

–No creo que sepas lo que ella quiere en estos momentos.

–No creo, tío. Por la boca puede decir una cosa, pero lo que siente es otra. Sabe besar muy bien, ¿verdad? Yo la enseñé. Y le habría enseñado muchas más cosas si me hubiera dejado. Pero esa no es la cuestión. La cuestión es lo que Emma quiere.

Jason estaba empezando a darse cuenta de que Ratchitt no era tan tonto como él había pensado. Era un chico de la calle bastante listo.

–¿Crees que yo no sabía lo que estaba haciendo Emma? –se burló Ratchitt–. Tengo ojos y oídos en todo Tindley. Sé que no salió con nadie durante todos los meses que yo no estuve. Estaba esperando por mí. Y se habría casado conmigo si se lo hubiera pedido. Pero de pronto apareciste tu y echaste por tierra mis planes. Cometí el error de no llamar durante dos meses a mi casa. Y, de pronto, me encuentro que se ha comprometido con otro y que se va a casar. No sé cómo lo has logrado, doctor.

–Seguro que sí. Para tu información, estuve atendiendo a su tía durante los últimos meses de su vida e iba todos los días a casa de Emma. Durante ese tiempo nos llegamos a conocer muy bien.

–Ya –replicó Ratchitt–. La tía Ivy. La estúpida de la tía Ivy, llenándole a Emma la cabeza con todas esas tonterías de no sexo antes del matrimonio. Si no hubiera sido por ella, Emma sería ahora mi mujer y yo estaría viviendo como un rey.

Jason frunció el ceño. ¿A qué se referiría? ¿Vivir en la casa que había en la tienda era para él vivir como un rey? A lo mejor sí, viendo el sitio donde estaba viviendo.

Cuando volvió a mirar a Ratchitt, vio que él también lo estaba mirando de arriba abajo.

–Cuando me enteré de tu existencia, me pregunté qué querría un médico de Sídney de una chica como Emma. No podría ser su belleza, me dije a mí mismo. Es bonita, pero nada comparable con la morenaza con la que estabas viviendo.

Jason se quedó boquiabierto y Ratchitt sonrió de malicioso placer.

–Sí, doctor, me enteré de todo durante la luna de miel. Y fui a ver a la chica con la que salías. Me contó muchas cosas de ti. Lo ambicioso que eras, por ejemplo. Entonces, fue cuando caí en la cuenta. Seguro que la tía Ivy te contó que Emma iba a heredar las tierras de sus padres cuando cumpliera veinticinco años, o se casara. No te acuso de nada. De verdad que no. Pero no deberías pisar la propiedad de otro.

Jason no pudo ocultar su sorpresa. No de lo que le había contado de Adele, sino de que Emma fuera a heredar. Nunca se lo había dicho.

–Dios mío. ¿Te ibas a casar con Emma solo por dinero?

A Ratchitt pareció sorprenderle su actitud.

–Claro. ¿Para qué se iba a casar uno con una tontaina como ella? ¿No pensarás que estoy enamorado, doctor? Yo soy como tú. El amor no tiene nada que ver con esto. Pero ni siquiera me tengo que casar ahora, gracias a ti. El dinero está ahí, para tomarlo. No podrá negármelo.

Jason empezó a apretar los puños.

–Espero que hayas hecho un buen trabajo por mí –siguió diciéndole Ratchitt–. Es fácil acostumbrar mal a las vírgenes. Son como las motos. Al principio hay que ir despacio. Hay que mantenerlas bien engrasadas o si no se gripan.

Jason no pudo soportar más. Ratchitt cayó al suelo de un puñetazo, antes de enterarse qué había pasado. Jason le seguía golpeando, cuando el perro que estaba encadenado saltó a por él, clavándole sus colmillos en el codo.

Capítulo 13

Ahora ya sabes lo que es que alguien te cosa a ti y no tú a él –le dijo el viejo doctor mientras cortaba el hilo con las tijeras.

Jason lo había llamado desde el móvil. Cuando Jim Ratchitt le quitó al perro de encima, él se refugió en su coche. Y se fue directo a la clínica.

Jason apretó los dientes.

–¿No puedes hacerme menos daño?

–No te quejes, que no es para tanto.

–Es una mordedura de perro –protestó Jason.

–Ya lo sé. ¿Estás vacunado contra la rabia?

–¿Qué?

–Solo bromeaba –le respondió el doctor sonriendo–. Aunque no sería mala idea ponerte la antitetánica.

–¿Sabes qué tal está Ratchitt? –le preguntó Jason.

–No tengo ni idea. ¿Tú qué crees?

–Solo le di un puñetazo, pero se desplomó como un saco. Debe de tener una mandíbula de cristal.

–O el corazón de un cobarde. Algunos se caen y siguen caídos hasta que pasa el peligro.

–¿Crees que puede ponerme una denuncia?

–No. Ese tipo no va a la policía. Lo que hará será vengarse un buen día. O a lo mejor intentará seducir a tu esposa.

Jason lo miró enfurecido.

—En este pueblo todo el mundo conoce la vida de los demás.

—Es verdad. Pero te tendrás que acostumbrar. ¿Cómo está el asunto? ¿Emma sigue enamorada de ese tipo?

—No lo sé. Ella dice que no, pero ahí está la evidencia. Se pasa todos los días por la tienda a molestarla. Y dada su reputación con las mujeres, a mí me preocupa.

—Yo también estaría preocupado. Hablando de Emma, ¿dónde está? Es extraño que no esté aquí en casa ofreciendo socorro y confort a su marido herido.

—Se va a quedar unos días en su antigua casa. Tenemos que aclararnos un poco. Seguro que esto lo va a saber todo el pueblo mañana.

—Dios mío, Jason, estás atrasado. Desde el momento en que Emma encendió la luz de su habitación, todo el mundo lo sabía.

—No me lo puedo creer.

—Pues créetelo. Por cierto, las apuestas para ver si os divorciáis o no están emparejadas. Pero no te preocupes, hijo, yo he apostado por ti. Bueno, ya he acabado. Mañana estarás perfectamente.

—Gracias —Jason se levantó, se bajó la manga de la camisa y vio que estaba rota y con sangre. Se puso tan furioso que se arrancó la manga de un tirón.

—A Emma no le va a gustar lo que has hecho.

—¿Qué más da, si no está aquí?

—¿Por qué no vas y le dices que la quieres?

Jason se quedó mirándolo a los ojos.

—Todos sabemos que no os casasteis por amor. Pero estoy seguro de que tú estás enamorado de ella. Emma es un encanto. Solo los hombres egoístas e ignorantes como Dean Ratchitt no pueden apreciar eso.

—No me creerá.

—¿Por qué no?

—En parte porque piensa que todavía estoy enamorado de otra mujer.

—Lo mismo que tú piensas que ella está enamorada de Ratchitt. Parece que tenemos a dos ciegos en vez de uno solo.

Jason frunció el ceño. ¿Y si tenía razón? ¿Podría de verdad, Emma, haberse enamorado de él?

—No dejes pasar mucho tiempo sin decírselo, Jason. Dean actúa con rapidez. No te lo quería decir, pero hace un rato se oía su moto por el pueblo. Si no quieres perder a Emma, mejor será que vayas a verla cuanto antes.

Jason se puso enfermo de pensarlo, pero se sintió confuso.

—¿Cómo puede saber que está allí y no aquí conmigo? Se fue este mediodía.

—Seguro que se lo ha dicho Sheryl. Vive cerca de la tienda —le dijo el doctor al verlo tan confuso—. Es la secretaria de Jack Winters, el abogado de Ivy. Salió con Dean hace un par de años. Es un poco mayor que Dean, pero no es fea. Y nunca se ha casado. Seguro que todavía le gusta.

Jason recordó que Dean le había dicho que tenía ojos y oídos en todo Tindley. ¿Quién podía enterarse mejor de todo, que no fuera la vecina de Emma?

—Voy a ponerme otra camisa.

—No te pelees otra vez.

—Haré todo lo que sea necesario para proteger a Emma de ese gusano.

—Creo que ya soy muy mayor para todo este drama.

—Entonces retírate, ya encontraré otro socio.

Jason se puso la primera camisa que encontró, una camisa negra de diseño por la que había pagado lo que costaba toda la ropa que tenía Ratchitt.

Cuando llegó a casa de Emma, no se molestó siquiera en llamar. Entró y vio a Ratchitt sentado en la mesa en la cocina. Tenía hinchado el mentón. El objeto perfecto para la pena de cualquier mujer.

Emma estaba en el fregadero. Se dio la vuelta con gesto de preocupación.

–¿Lo ves? –Ratchitt dijo en cuanto lo vio–. Ni un arañazo. Saltó sobre mí cuando no estaba mirando, Emma. Este hombre está loco. Y es un violento. Intentó matarme. Si no hubiera sido por el perro, lo habría hecho.

–El mundo no habría perdido nada con tu muerte, Ratchitt –comentó Jason–. Pero no seré yo el que lo haga. No vales veinte años de cárcel. Emma, no te creas una palabra de lo que te diga. Este hombre no tiene conciencia. Esta misma tarde me dijo que tú le interesabas solo por el dinero, el que heredaste al parecer por casarte. Me dijo que nunca había estado enamorado de ti. Incluso fanfarroneó de que no se casaría contigo si no fuera por el dinero. Piensa que te puede seducir y salirse con la suya.

Emma no dijo una palabra, se quedó mirándolo, como si no se creyera lo que estaba oyendo.

–Eso es lo que dice él –Ratchitt respondió. Se puso en pie y se fue al lado de Emma, a la que puso un brazo en sus hombros en tono posesivo–. Yo no fui el que dijo esa basura. Eres un canalla –le insultó a Jason–. Fuiste tú, como bien sabes.

Ratchitt levantó la cabeza de Emma con su mano.

–Me dijo que iba a ir diciendo por ahí que yo me quería casar contigo solo por el dinero –continuó diciéndole. Jason se quedó asombrado por la sinceridad que ponía en sus palabras–. Pero, de verdad, Emma, yo no sabía nada de ese dinero. ¿Crees que tu tía me lo habría contado a mí? Seguro que se lo habrá contado a él –índicó a Jason con un dedo acusador–. Seguro que se lo contó cuando le estaba dando morfina. ¿Y qué se le ocurrió? En cuanto murió, te propuso matrimonio. Y a ti te sorprendió, seguro. ¿A que no se te había insinuado nunca antes?

Jason vio asombrado cómo Emma movía la cabeza.

–Ya lo sabía. También me mintió en eso. Me dijo que os habíais hecho amigos durante las visitas a tu tía. Más que amigos, en realidad. Dio a entender casi que erais amantes.

Emma miró a Jason con gesto de dolor y reproche. Él intentó poner un gesto de agravio, pero tenía la sensación de que en realidad su gesto era de furia.

–No te lo he querido decir antes, Emma –siguió diciéndole Ratchitt–, pero cuando te fuiste de luna de miel fui a averiguar datos de él. Estaba preocupado por ti. ¿Qué sabías de él? Descubrí que tenía una novia, la cual me contó cosas que hicieron que se me pusieran los pelos de punta. Este hombre es un mercenario. El dinero es su dios, Emma. Haría cualquier cosa por dinero. Se casaría con quien fuera necesario. Además es violento, como puedes ver. Yo todavía te quiero, a pesar de todo, Emma. Pero él no. Te hará daño, Emma. Déjame que te cuide y que te quiera como te mereces.

–¡No! –gritó Jason.

–¡Eso no lo tienes que decidir tú! –espetó Ratchitt.

Jason miró a Emma, implorándola.

–Por favor, Emma, te lo ruego. No tienes que volver conmigo, pero no dejes que entre en tu vida, ni por un momento.

–¿Cómo te enteraste de que había heredado?

–No lo sabía hasta que me lo dijo Ratchitt.

–Eso no es cierto –se defendió Ratchitt.

–Tú lo sabías –le dijo Jason–. Tu amiga Sheryl te lo contó. Trabaja con el abogado de tu tía, Emma. El doctor me dijo que Dean y ella habían sido novios. Todavía está enamorada de él y le diría todo lo que él quisiera saber. Ella es la que debe de haberle dicho que estaba aquí y no en mi casa. ¿Por qué si no ha venido aquí y no a la clínica? Alguien se lo tiene que haber dicho. Yo no fui. ¿Se lo has dicho tú?

–Pues... no.

–Entonces, pregúntale. Pregúntale por qué ha venido aquí.

–¿Dean?

–Te está mintiendo. Sheryl no me ha dicho nada. Él fue el que me lo dijo. Por eso vino a mi casa. Vino porque lo habías dejado y no quería que te enterases de que nunca ha estado enamorado de ti.

—Jason nunca me ha dicho que estuviera enamorado de mí —respondió ella.

—Y nunca lo estará —insistió Ratchitt—. ¡Nunca!

—Eso no es verdad —replicó Jason—. No es verdad —repitió. Sintió una punzada en su corazón—. Yo te amo, Emma. Te amo con todo mi corazón. Yo no me he casado contigo por dinero. Yo me enterado de lo de la herencia por él. Cree que todos estamos cortados por el mismo rasero. No se puede imaginar que yo me haya enamorado de ti. Pero soy yo el que no me puedo imaginar no amarte. No puedo imaginarme una vida sin ti.

Jason sabía que su declaración de amor no estaba causando una gran impresión. Estaba cansado y derrotado. Por la forma en que lo estaba mirando, pensó que estaba perdiendo el tiempo.

—No puedo pedirte que me quieras —continuó diciéndole, casi por desesperación, sin esperanza alguna—. No puedo obligarte a que vengas a casa conmigo. No puedo impedir que te alejes de este... ser. Lo único que puedo hacer es apelar a tu sentido común. Y sé que lo tienes. Piensa un poco, Emma, y después juzga. El hombre se conoce por sus acciones, no por sus palabras. ¿Habría actuado como he actuado estas últimas semanas si no hubiera sido por celos? ¿Habría actuado Ratchitt como ha actuado, olvidándose de ti un año, si realmente hubiera estado enamorado?

No dijo una palabra, solo continuó mirándolo.

—Eso es todo lo que tengo que decir. Es lo único que puedo decir. Me voy a casa. Te esperaré hasta mañana. Si no vuelves, no me quedaré en Tindley. No podría soportarlo. Puedes divorciarte cuando quieras y marcharte con él, si es lo que quieres. No me interpondré en tu camino. Pero que Dios se apiade de ti, si ese es el camino que eliges, Emma, porque te destrozará.

—No le escuches, Emma. Él es el que te destrozará. Es diabólico. E inteligente. Más inteligente que yo. Yo no tengo el poder que tiene él con las palabras. Ni tampoco su educación. Lo único que tengo es mi corazón. Siéntelo, Emma —le agarró una mano y se la puso en su pecho–. Está latiendo por ti. Ya sé que te hice sufrir hace un año. Me equivoqué. Lo único que puedo decir es que me encontraba solo y esa chica me acosó. Pero eso no es amor, Emma. Tú te has acostado con este hombre. Has hecho el amor con él. Pero eso no es amor. Eso no viene del corazón. Cuando tú y yo estemos juntos, entonces, sabrás lo que es amor. Será increíble, princesa. Te lo prometo...

Emma se quedó mirando sus ojos negros penetrantes como si estuviera hipnotizada, incapaz de romper el hechizo que provocaba en ella sus palabras y su presencia. Jason no pudo soportar más aquella escena. Tenía el corazón roto.

Se dio media vuelta y se marchó. No supo siquiera cómo llegó a su casa.

El doctor se había marchado, gracias a Dios. No quería que otro hombre viera las lágrimas que caían por sus mejillas. Entró en el salón y se quedó sentado en la oscuridad mirando a la nada, llorando. Se quedó esperando a Emma, confiando en que volviera.

¿Cómo no podía ver la verdad? ¿Cómo se podía dejar engañar por un tipo así?

Era fácil, aceptó Jason. A él le había pasado lo mismo con Adele. Tanto Ratchitt como Adele atraían físicamente y no les interesaba nada más. Los dos eran inteligentes. Los dos hacían cosas que los demás no se atrevían a hacer. Los dos corrompían. Los dos seducían y tergiversaban las cosas.

Jason pensó en Emma y, en ese momento, se dio cuenta de que no se podía quedar sentado sin hacer nada. Pero ¿qué podía hacer? ¿Matar a ese tipo?

En otros tiempos podía haberla raptado y habérsela llevado de aquel pueblo. Pero en aquella época lo meterían en la cárcel. ¿No sería la cárcel algo mejor que la agonía de no hacer nada para salvarla de un destino peor que la muerte?

Estaba sentado, todavía pensando en asesinatos y raptos, cuando oyó el sonido de la puerta de la calle.

Capítulo 14

Jason apretó los puños. Prefirió no hacerse ilusiones. ¿Y si se había equivocado? ¿Y si iba solo para recoger algo de ropa? ¿Y si no era Emma?

Se quedó sentado inmóvil, como una piedra.

–¿Jason? –lo llamó con voz suave–. ¿Dónde estás?

No respondió. No podía.

La escuchó subir las escaleras y llamarlo.

–¿Dónde estás, Jason? –gritó ella con tono de desesperación.

–Estoy aquí –le dijo al fin, con voz vacía y hueca.

Emma encendió la luz y se quedó en la puerta mirándolo. No sabía qué aspecto tenía, pero debía de tenerlo bastante malo a juzgar por la expresión que puso ella.

–Oh, Jason –exclamó ella. Se agachó y se puso al lado del sillón–. Lo siento –le dijo con los ojos arrasados de lágrimas–. De verdad que lo siento...

¿Qué sentía? ¿El que lo iba a dejar?

Eso tenía que ser. Había tardado mucho en ir a casa, si es que no se iba a ir. Era una agonía pensar en todo lo que Ratchitt y ella habrían estado haciendo durante todo ese tiempo.

–Recoge lo que hayas venido a buscar y vete –le dijo. Si era tan tonta de querer a Ratchitt, era lo mejor.

–He venido a quedarme contigo, Jason –le respondió. Estiró su mano y se la puso donde el perro le había mordido.

Jason apartó el brazo, en parte por dolor.

−¿Qué te ha pasado en el brazo? −le preguntó−. ¡Enséñamelo! −le subió la manga de la camisa. Se quedó boquiabierta.

−Oh, Jason...

−No es nada −le dijo.

Se miraron, pero él todavía no se creía lo que le había dicho.

−¿De verdad te vas a quedar conmigo?

Ella asintió. Las lágrimas le corrían por las mejillas.

−¿Y Ratchitt?

−No quiero saber nada de él.

−No quieres saber nada de él.

−Ya no estoy enamorada de él, Jason. Ni siquiera lo quiero.

−¿No?

−No. Estoy segura. Bastante segura.

No sabía qué responder, embargado por la emoción.

−Lo que dijiste de que estabas enamorado de mí, ¿lo dijiste de verdad?

−Sí −fue lo único que pudo responder. Se sintió más aliviado, pero muy agotado.

−Sabía que no podías mentir en algo así. Tú no −le agarró del brazo bueno y lo intentó levantar.

−¿Qué haces?

−Llevarme a mi marido a la cama. Porque está cansado.

Jason obedeció. Cuando llegaron a la habitación, se sentó en el borde de la cama y ella empezó a quitarle los zapatos y los calcetines.

Quería preguntarle qué era lo que había pasado entre Ratchitt y ella cuando él se marchó. Pero no tenía fuerzas. Ni ganas. Emma lo obligó a tumbarse y le fue desnudando.

Cuando estuvo desnudo, lo tapó con la sábana.

−¿Quieres que te traiga algo? −le preguntó−. ¿Un vaso de agua, o una aspirina?

−Las aspirinas no me van a hacer nada. Tráeme unas pastillas que tengo en la consulta.

Cerró los ojos cuando ella salió de la habitación y empezó a contar hasta diez. Si aguantaba hasta diez sin llorar, todo iría bien.

No lloró. Pero tampoco pudo contar hasta diez. Algo muy extraño le pasó cuando estaba por el ocho. Se durmió.

Jason se despertó con el brazo de Emma sobre su pecho, sintiendo sus pezones en su espalda. Por un momento todo su cuerpo se agitó, hasta que vio que ella dormía plácidamente. Algo que no le extrañó, cuando miró el reloj de la mesilla de noche.

Eran las dos y media.

Se quedó tumbado en la oscuridad, pensando en lo que había ocurrido la noche anterior. Emma lo había elegido a él. No a Ratchitt. Ya no estaba enamorada de Ratchitt.

Era demasiado bonito como para ser verdad. ¿Por qué habría cambiado su opinión sobre Ratchitt? ¿Qué habría pasado cuando los dejó a los dos solos?

Sus disculpas cuando llegó fueron un tanto siniestras. ¿Por qué le habría dicho que lo sentía? ¿Habría estado haciendo el amor con Ratchitt, para saber si lo que sentía por él eran solo fantasías?

Algo debió de pasar durante todo aquel tiempo. No veía a Ratchitt perdiendo el tiempo en hablar con Emma. No era su estilo.

Pero tampoco el estilo de Emma era ser infiel. Lo sabía. Alguna otra cosa debió de ocurrir por la que ella había visto la luz.

¿Habría pensado que le esperaba un mejor futuro que con Ratchitt? Porque no podía pensar que se había enamorado de él. Eso era de tontos.

Jason se sintió morir al recordar lo mal que había actuado desde que habían vuelto a Tindley. No podía echarle en cara que lo dejara. La había tratado sin consideración ni respeto.

Emma se movió y se arrimó más a él, murmurando su nombre en sus sueños. Cuando ella levantó una pierna para ponérsela encima de su cuerpo, Jason se quedó impresionado al comprobar que estaba desnuda. Nunca se había acostado desnuda, ni siquiera en la luna de miel.

Intentó darse la vuelta, pero cuando sintió el dolor en su brazo, no pudo.

Pero el brazo no fue suficiente obstáculo para el deseo que empezaba a invadir todo su cuerpo. Aunque se le cayera el brazo a trozos, nada podía pararle.

Muy despacio, se dio la vuelta. Ella hizo lo mismo, de forma instintiva. Jason se acurrucó junto a ella, poniéndole una mano en sus pechos.

Se despertó poco a poco, de forma voluptuosa, pegando su espalda a él, demostrándole que lo que le estaba haciendo le gustaba.

Se dio la vuelta y levantó sus brazos, mostrándole todo su cuerpo. Levantó su pierna y se la puso encima de su cuerpo, para que él hiciera lo que quisiera.

Su actitud elevó a límites insospechados su deseo. Por no mencionar su amor. Aunque ella no correspondiera ese amor, lo había elegido a él. Y lo quería. Por lo cual tan solo era un problema de tiempo hasta que ella se enamorara. Aquel pensamiento lo llenó de determinación. Estaba dispuesto a hacer el amor con ella de la mejor forma que supiera, centrándose en darle placer. Quería que se olvidara por completo de las dos últimas semanas, en las que él se había comportado con ella de forma abominable.

Con mucho cuidado, fue metiéndose dentro de ella, poniéndole las manos en el estómago para mantenerla apretada contra él. Pero ella por dentro no estaba quieta. Por un momento, él se temió lo peor. Se estaba dejando seducir por su ardor. El placer era embriagador y potencialmente destructivo.

Era imposible resistirse.

Pero tenía que hacerlo, por mucho que le costara.

—Emma, despacio —le advirtió, cuando ella empezó a mover su trasero y apretar los músculos de la entrepierna.

—No puedo —susurró ella, acelerando sus movimientos, hasta que alcanzó el orgasmo. Tuvo que hacer un inmenso esfuerzo para no terminar él también de forma prematura.

Poco a poco ella fue tranquilizándose y él marcó un ritmo lento pero constante, utilizando sus manos para volver a excitarla. El segundo orgasmo de ella fue más suave. Siguió acariciándole las zonas más sensibles de su cuerpo. Ella empezó a estremecerse de nuevo. Y solo cuando él sabía que ya no podría resistir ni un segundo más, empezó a excitarla y ella alcanzó su tercer orgasmo.

—Oh, Jason —exclamó ella mientras se acurrucaba en sus brazos, su cuerpo temblando—. Jason...

—No hables, cariño —murmuró él meciéndole el cuerpo—. Relájate... y duerme...

—No puedo, yo... yo...

—Tranquila. Respira hondo y relaja tus músculos.

Ella lo obedeció. Dio varios suspiros y al cabo de los pocos minutos sus brazos y sus piernas se relajaron.

—¿Te duermes? —murmuró ella.

—Sí —respondió él mientras le acariciaba el pelo.

Cuando se quedó dormida, Jason salió de ella. Se dio la vuelta y tomó los analgésicos que le había llevado y que no se había tomado todavía. Se tomó tres. Los necesitaba. Le dolía mucho el brazo.

Pero estaba feliz. Más feliz que en toda su vida. Aunque estuviera enamorada de él, ya lo estaría. Ratchitt era ya historia.

Se volvió a dar la vuelta y la abrazó. Ella no se movió. Gracias a Dios.

Capítulo 15

Jason se despertó de madrugada y sintió más dolor. Parecía que le habían golpeado con un mazo el brazo. También le dolía la cabeza, además de todo el cuerpo.

Se dio la vuelta y vio a Emma dormida como una niña.

Se levantó y se fue al piso de abajo, donde se vendó la herida y se tomó unos calmantes. Estaba desnudo. Por eso no se atrevió a salir al porche a ver amanecer. No quería escandalizar más a la gente de Tindley. Sin duda lo que había pasado la noche anterior lo sabría ya todo el pueblo.

Pero, por lo menos, todo había salido bien. Emma había vuelto al hogar y estaba en su cama. Y Ratchitt se había marchado para siempre, o por lo menos eso esperaba.

Volvió al piso de arriba y entró en la habitación.

—¡Jason! —exclamó ella—. Me he despertado y no estabas. Estaba preocupada. ¿A qué has bajado? ¿Es que querías un té, o desayunar?

Estaba medio balbuceando. También se sonrojó. Le encantaba cuando se sonrojaba.

—Vamos a la cama, anda —le dijo, agarrándola del brazo.

—¿Qué tal el brazo?

—Bien. Aunque anoche no parecía preocuparte mucho.

Emma se sonrojó más aún, cuando recordó las eróticas escenas de la noche anterior.

—Oh, Jason... —le puso las manos en el pecho y le dio un beso en la boca—. ¿Recuerdas que me dijiste que el sexo podía ser algo maravilloso aunque no hubiera amor de por medio?

—Sí, lo recuerdo.

—Y añadiste que con amor sería una experiencia inolvidable.

Se quedó mirándola, con un nudo en la garganta.

—¿Qué es lo que intentas decirme, Emma?

—Que estoy enamorada de ti, Jason.

Tragó saliva un par de veces.

—No me digas eso si de verdad no lo sientes...

—Lo digo de todo corazón, cariño.

Solo los labios de ella impidieron que él respondiera. Se estuvieron besando y sus cuerpos se fundieron para satisfacer la necesidad que sentían el uno por el otro. Después se quedaron abrazados, sin decir una sola palabra.

Jason ya no sentía dolor alguno. Emma estaba enamorada de él.

—¿Cuándo te has dado cuenta de que estabas enamorada de mí? —le preguntó al cabo de un rato.

—Después de lo de Adele —le respondió—. Pero no estuve segura hasta anoche.

—¿En qué momento?

—No lo sé muy bien. Anoche estaba aturdida. Para serte sincera, tu declaración de amor me sorprendió. Todo me pareció irreal...

—¿Irreal?

—Tú no sabes la impresión que causas en los demás, Jason. La primera vez que viniste a visitar a la tía Ivy te miré y me quedé boquiabierta.

—¡Pues yo no me di cuenta de que me miraste!

—Pues te miré. Y después, me quedé pensando en ti. Pero te veía algo así como a una estrella del cine. Alguien inaccesible. Y después esperaba tus visitas con ansiedad. Me preguntaba qué hacía alguien como tú en este pueblo, vestido de forma tan elegante. Me preguntaba con qué tipo de mujer te ibas a casar. Por eso me quedé sorprendida cuando me pediste que me casara contigo. No pensaba que yo encajara con la imagen de la mujer que yo imaginaba para ti... Pero Adele sí... –continuó diciendo–. Era la imagen perfecta. Aquel fin de semana no sé cómo logré sobrevivir. Estaba deseando hacer el amor contigo, te echaba mucho de menos y, de repente, vino aquella mujer a mi tienda y me dijo que habíais pasado todo el fin de semana juntos. Cuando se marchó, estuve a punto de romper todo lo que encontraba a mi paso. Estaba celosa. No veía las cosas con claridad. Lo único que pude hacer fue llorar y llorar. En ese momento, fue cuando me di cuenta de mis sentimientos por ti.

–A mí también me pasó lo mismo –le respondió Jason–. El pánico que sentí al enterarme de que Adele había estado contigo fue increíble. En aquel momento, tenía que haberme dado cuenta de mis sentimientos por ti. Pero no me di cuenta hasta que no te vi en la iglesia el día de la boda.

–Yo debería haber sentido lo mismo que tú, si no hubiera sido porque estaba preocupada por los problemas que podía causar Dean. Hasta que no nos fuimos de Tindley no pude relajarme y disfrutar de haberme casado contigo. Y de verdad que disfruté. A pesar de no estar enamorada.

–Disfrutaste del sexo, quieres decir.

–Sí. Y me alegro de que tú fueras el primero. Me alegro de no haber hecho nunca el amor con Dean. Te amo más de lo que lo he amado jamás a él.

–Haces que sienta vergüenza por la forma que te he tratado estas dos últimas semanas. Mi única excusa es que estaba inseguro y celoso.

–Pues no tienes por qué estar celoso de Dean, Jason. Es alguien a quien desprecio. Sé que lo que me dijo era mentira, incluido lo que dijo anoche de ti.

–Pues yo pensaba que te habías creído todo lo que te dijo. Parecías hipnotizada cuando él hablaba.

—No estaba hipnotizada, Jason. Estaba sorprendida. Estaban pasando demasiadas cosas. Estaba desorientada. Solo cuando tú te fuiste, empecé a ver las cosas claras. En aquel momento no estaba todavía segura de que estuvieras enamorado de mí. Pensé que estabas tratando solo de convencerme para que volviera. Pero, poco a poco, me di cuenta de que tenías razón. Sus actos no eran los de un hombre enamorado. Y su actitud cuando tú te marchaste dejó bastante que desear. Se mostró muy presuntuoso. Empezó a manosearme y a decirme que me quería, pero yo lo rechacé.

—¿Qué quieres decir con eso de manosearte?

—Ya sabes, a abrazarme y a besarme.

—¿Dejaste que te besara?

—Yo no le dejé hacer nada. Lo hizo porque le dio la gana.

—Lo voy a matar.

—No, no vas a hacer nada. No quiero que vayas a la cárcel por él. Me alegro de que me besara, porque así pude comprobar el efecto que causó en mí. Me dio asco. En ese momento, me di cuenta de que ya no sentía nada por él. Cuando insistió en que lo que yo había heredado no significaba nada para él, me di cuenta de que mentía. Le dije que me dejara en paz para siempre. Pero yo sabía que no se iba ir mientras pensara que yo era rica. Así que le conté que si de verdad me quería, tenía que saber que todo mi dinero lo habían invertido mis tutores en bolsa y lo perdieron en la crisis del año mil novecientos noventa y siete.

—¿Y es verdad?

—No. Pero eso ahora no importa. Cuando se lo dije cambió por completo. De pronto dejó de considerarme irresistible. Empezó a decirme que sería mejor que dejáramos de vernos una temporada, hasta que yo consiguiera el divorcio. Cuando le respondí que no tenía intención de divorciarme y que quería volver contigo, me respondió que las mujeres nunca sabían lo que querían, que él nunca habría vuelto a Tindley si no hubiera sido por mí. Entonces le respondí que lo mejor era que se marchara.

Después, fingió estar muy enfadado y se fue dando un portazo. No creo que vuelva. Aquí en Tindley ya no tiene nada que hacer. Seguro que buscará alguna tonta en algún otro sitio.

Jason pensó que, con un poco de suerte, Ratchitt se iría a Sídney y buscaría a Adele. Eran harina del mismo costal. Prefirió no decirle a Emma que Ratchitt se había acostado con Adele cuando fue a verla a Sídney.

—Tres millones —le dijo Emma de pronto, interrumpiendo sus pensamientos.

—¿Qué dices?

—Tres millones de dólares. Esa es la herencia.

Jason puso cara de sorpresa.

—Yo no sabía nada del dinero hasta que la tía Ivy murió. Me dejó una carta contándomelo. También me dijo que no le dijera a nadie nada del dinero. Por lo menos hasta que no estuviera casada.

Jason pensó que la tía Ivy había sido una persona sensata.

—A mí no me contó nada, Emma —le dijo—. Te lo prometo.

—Eso ya lo sé. Lo que me preocupa es que el dinero cambie la situación entre nosotros.

—Pues por eso no te preocupes, Emma —le respondió—. Dónalo a una institución de caridad, o a un centro de investigación contra el cáncer.

—Me alegra de que me digas eso, porque era lo que estaba pensando. Aunque me voy a guardar un poquito, por si acaso. Pero el resto lo voy a donar.

—Me parece perfecto.

—¡Oh, Jason! —exclamó ella, abrazándolo—. Te amo. Sentí tanta pena cuando vine ayer y vi la cara que tenías. En ese momento me di cuenta de que de verdad estabas enamorado de mí.

—¿Y también en ese momento te diste cuenta de que estabas enamorada?

—Es posible, pero no podía verlo en aquel momento. No sé por qué. A lo mejor fue porque tenía miedo. Pero, cuando hiciste el amor conmigo, de la forma en que lo hiciste, me quedé asombrada. Cuando desperté y no te encontré a mi lado, me di cuenta de lo mucho que te amaba. En ese momento, fue cuando me di cuenta de todo, Jason.

Podía entenderlo. A veces una pérdida, aunque fuera solo temporal, te quitaba la venda de los ojos.

–Te quiero con todo mi corazón, Jason –le dijo.

–Dímelo otra vez –le pidió él.

–Te amo.

–Y yo también te amo, Emma. Me gusta todo de ti, incluso tu testarudez.

–¿Testarudez? Yo no soy testaruda.

–Sí lo eres, querida. Pero no me importa. No te quiero perfecta.

–Me falta mucho para ser perfecta.

–No creas que tanto –murmuró él. Recordó las palabras de su madre de nuevo.

«No se puede tener todo en la vida, hijo...».

–¿Jason?

–¿Sí?

–Quiero decirte que... que no me tomé la píldora.

–Muy bien.

–Me preocupa un poco que no me haya quedado embarazada con todas las veces que hemos hecho el amor. ¿Crees que me pasa algo?

–¿Qué te va a pasar? –le respondió para tranquilizarla–. ¿O qué me va a pasar a mí? Estas cosas tardan un tiempo, cariño –le dijo, y le dio un abrazo.

–Te quiero, Jason. Este mes haremos un niño. Estoy segura de ello.

–Procuraré por todos los medios –respondió él, sonriendo.

***

Fue el mes más difícil que Jason había tenido en toda su vida. La tensión se acumulaba, según se iba acercando el día que le tocaba el período. Lo cual era una tontería. Porque lo que le había dicho a Emma era verdad. Aquellas cosas tardaban un tiempo.

Llegó el día y no le bajó el período. Pasó otro día. Y luego otro. Jason pensó en hacerle una prueba del embarazo, pero prefirió aguardar unos días más, para no crear falsas expectativas.

Al día siguiente, cuando estaba preparándose para pasar consulta, ella llegó con algo en sus manos.

–¡Ha dado positivo, Jason! –exclamó ella muy excitada–. Estoy embarazada. He comprado la prueba del embarazo en la farmacia, la que anuncian en todos los sitios. La publicidad dice que a los diez días se puede saber. Y ya han pasado más de diez días.

Jason se sintió lleno de alegría. Hasta ese momento no se había dado cuenta de lo importante que para él era tener familia.

Incapaz de poner sus sentimientos en palabras, la estrechó entre sus brazos y la besó una y otra vez.

–Por suerte, Nancy se ha ido a la compra, porque si no, todo Tindley lo sabría esta tarde.

Emma lo miró y se echó a reír.

–¿De qué te ríes?

–Porque todo el mundo lo sabe ya.

–¿Cómo? ¿Es que se lo has dicho?

–No, pero saben deducir las cosas. Tampoco es tan complicado. Solo hay una farmacia en Tindley. ¿Qué pueden pensar si una recién casada va a comprar una prueba y luego la ven salir corriendo como loca al trabajo de su marido?

–Que está embarazada.

–Exacto.

–Pues a lo mejor incluso no tienes que hacer una ecografía. Se lo preguntaremos a las damas de Tindley. Seguro que te dicen si va a ser niño o niña y lo que va a pesar y cuándo va a nacer. ¿Sabes que incluso llegaron a apostar sobre si nos divorciábamos o no? –Jason empezó a mover en sentido negativo la cabeza–. Esa es la pega de vivir en Tindley. Que todo el mundo se entera de todo.

–Es verdad –respondió Emma–. Pero es mejor que vivir en la ciudad. No se puede tener todo en la vida, Jason. Todo el mundo sabe eso.

Jason parpadeó y se echó a reír.

–¿Qué es lo que te hace tanta gracia?

–Nada.

–¿No me estarás ocultando algo otra vez?

–En absoluto. Lo que pasa es que es lo que solía decirme mi madre, que no se podía tener todo en la vida.

–Y es verdad.

Jason miró a la mujer que amaba y que llevaba a su hijo en sus entrañas y la abrazó.

–¿Qué quieres que sea, niño o niña? –le preguntó ella.

–Me da igual. ¿Y a ti?

–A mí también. Con tal de que sea tuyo soy feliz. Gracias por casarte conmigo, Jason. Gracias por protegerme de mí misma.

Jason sintió que él era el que tenía que estar agradecido, pero se dejó halagar por sus palabras.

–De nada, cariño –murmuró y empezó a besarla.

Fue una niña. La llamaron Juliette, para cumplir la tradición de los Steel de poner nombres con la jota.

Al bautizo de Juliette fue todo el pueblo. Jerry y los Brandewilde fueron los padrinos. Jerry había ido a Tindley a instancias de Emma, porque cuando le faltaban pocos meses para dar a luz, había dicho que necesitaba ayuda en la tienda. Jerry demostró ser un vendedor nato. Su timidez se desvaneció al convivir en una comunidad más pequeña. Emma le cedió su apartamento para que viviera en él.

El papá de Juliette grabó en vídeo todo el bautizo. Emma le regalaba constantemente cosas a Jason. Un anillo de zafiros. Un vídeo. Una cámara de fotos. Le encantaba que le regalara cosas, porque le hacía sentirse especial.

La gente de Tindley estaba feliz de verlos caminar por la calle mayor. El doctor Steel se iba a quedar en aquel pueblo. No había duda.

El doctor Brandewilde ganó bastante dinero de la apuesta que dieciocho meses antes hicieron los del pueblo, para ver si Jason se iba a quedar o no.

www.ingramcontent.com/pod-product-compliance
Lightning Source LLC
LaVergne TN
LVHW091613070526
838199LV00044B/790